Flori

CW01424942

DACHAU

1933 – 1945

TEIL II

Buch

Dachau im Jahr 1938. Der junge Schriftsetzer Johann Bauer wird bei der örtlichen Tageszeitung *Amper-Bote* zum Journalisten befördert. Fortan berichtet er über die vielen Alltäglichkeiten und seltenen Außergewöhnlichkeiten des Lebens in der beschaulichen Kleinstadt. Biederer und belangloser Lokaljournalismus, oder steckt mehr dahinter? Johann jedenfalls macht sich darüber keine Gedanken. Er genießt sein Glück. Doch dann bricht Krieg aus – und Johanns bester Freund Simon muss an die Front. Johann bleibt in Dachau zurück und fristet ein Dasein zwischen Hoffnung und Angst, Stolz und Verzweiflung. Und über allem die Propaganda, deren willfähriges Werkzeug er längst geworden ist.

Autor

Florian Göttler, 1977 in Dachau geboren, beschäftigt sich in der Trilogie *Dachau 1933 - 1945* mit den dunkelsten Jahren der deutschen Geschichte und mit seiner Heimatstadt, deren Name Synonym geworden ist für die Gräuel der Nationalsozialisten. Er liebt seine Heimatstadt und die Literatur. Und findet es erstaunlich, dass es über 75 Jahre lang keinen Roman über das Leben in Dachau in der Zeit des Nationalsozialismus gegeben hat. Mit seiner Trilogie, deren zweiter Teil dies ist, setzt er dem ein Ende.

Bisher von Florian Göttler erschienen:

Voll aufs Maul, satirischer Roman (2018)
Ein Heimatlied von Gier und Grausamkeit, Thriller (2020)
Der Friedhof der Dinge, Roman (2021)
Jahrhundertweltmeisterschaft, Sportsatire (2022)
Dachau 1933 – 1945, Teil I, Roman (2022)

Für Marie-Theres,
meine Tochter.
Und Rosmarie und Kurt Göttler,
meine Eltern.

Bibliographische Information der Deutschen Nationalbibliothek:
Die Deutsche Nationalbibliothek verzeichnet diese Publikation in der Deutschen Nationalbibliographie, detaillierte bibliographische Daten sind im Internet über dnb.dnb.de abrufbar.

Herstellung und Verlag:
BoD – Books on Demand, Norderstedt

ISBN: 9783758363382

Dachau
1933 – 1945

Teil II

1938 – 1941

INHALT

HINWEISE

Wie *Dachau 1933 – 1945, Teil I* orientiert sich der vorliegende Roman an Berichten und Mitteilungen, die zu besagter Zeit in der Tageszeitung *Amper-Bote* erschienen sind. Das Personal des Romans besteht zum Teil aus damals lebenden realen Personen und wichtigeren Teils aus fiktiven Figuren. Nummerierungen verweisen auf Quellenangaben, Belege und weitere Informationen in den Anmerkungen ab Seite 409.

Dieser Roman handelt von Ereignissen in der Stadt Dachau und nicht vom Terror und Massenmord im Konzentrationslager Dachau. Über die Struktur, die menschlichen Widerwärtigkeiten und den von den Nationalsozialisten begangenen zehntausendfachen Massenmord im Konzentrationslager Dachau lese man Stanislav Zámečníks Standardwerk *Das war Dachau*. Über die Vertreibung, Inhaftierung und Ermordung in Dachau lebender jüdischer Mitbürger lese man Hans Holzhaiders *Vor Sonnenaufgang*. Über die Verbindungen zwischen der Stadt Dachau und dem Konzentrationslager sei Sybille Steinbachers *Dachau – Die Stadt und das Konzentrationslager in der NS-Zeit* empfohlen.

Die Handlung des Romans beruht lose auf tatsächlichen Begebenheiten, ist jedoch fiktiv. Kenntnisse über den ersten Teil der Trilogie erleichtern an wenigen Stellen das Verständnis, sind jedoch nicht notwendig für die Lektüre des Romans.

PROLOG

Unter der Herrschaft der ganz großen Menschen
ist die Feder mächtiger als das Schwert.[1]

Indes wann herrschten je ganz große Menschen? Unter der Herrschaft der Gewöhnlichen mochte die Feder bisweilen geduldet, selten gar ermutigt und gefördert werden. Geriet die Feder jedoch allzu spitz, dann Weh der Feder und Heil dem Schwert.

An wessen glückselige Ohren ist je die herrliche Kunde einer von den Herrschenden feierlich ausgerufenen Schwerteinschmelzung gedrungen, auf dass fürderhin Frieden und Wohlergehen für alle Völker, Klassen und Religionen erstehe? Wer wollte je auch nur einen einzigen Pfennig auf die Feder wetten, sobald das Schwert gegen sie rüstete und ins Feld zu ziehen sann?

Jene Zeiten, zu denen die Herrschenden der Feder gnädiglich Obhut vor dem Schwert gewährten, statt ihr mit dessen kalten, scharfen Klingen zu drohen, nannten und nennen wir diese Zeiten nicht immerzu die seligsten Epochen der Menschheitsgeschichte?

Welch Unglück will sein, wenn die Feder dem Schwert zur Herrschaft verhilft, und das Schwert fortan befielt, und die Feder still und klaglos gehorcht? Welch Unrecht mag geschehen, so es keine großen Menschen mehr gibt, die eine Feder zu führen wagen, sondern nurmehr willfährige Büttel? Und welch Höllensturm wird losbrechen, wenn das Schwert und die Feder auf dasselbe Ziel hin sinnen?

Wehe bald dem, der anderes denkt.

Gnade allen, die anders sind.

Wer will da andres denken?

Wer will da anders sein?

Wer will da noch gerecht sein können und reell?

Ach, wozu dem allem überhaupt noch nachsinnieren?

Wenn es doch schlichtweg ist, wie es geworden ist.

Die Welt, war sie nicht alle Zeit zu klein für alle?

Die Welt, war sie nicht immerdar ein Ort, von dem es andere hinweg zu wünschen galt zum Wohle des eigenen Wollens und Werdens?

Ob dies wirklich der Fall sein mag, ist dabei von keinerlei Bewandtnis. Tatsächlich von unerhörter Bedeutsamkeit und Tragweite ist ganz lediglich die unumstößliche Gegebenheit, dass es immerzu Menschen gibt, die dies glauben mögen.

Gestern.

Heute.

Immerfort.

Indes viel wichtiger mag vielen sein: das Wetter.

+++

Am 29. Dezember des Jahres 1941, es war ein gewöhnlicher Montag, jedoch ein besonders frostiger Tag in einem besonders kalten Winter, die Glocke der Jakobskirche schlug gerade dreiviertel zehn, da stürzten in einem beschaulichen Städtchen mit dem Namen Dachau vor einer Metzgerei in der Augsburger Straße sechs Weißwürste und drei Flaschen Bier auf den Bürgersteig. Selbiger war überreichlich mit Schnee bedeckt – weichem, erst in der vergangenen Nacht vom Himmel hingeschneitem Schnee –, und so stürzten die Würste ohne sich die Därme aufzureißen, und auch die Bierflaschen blieben unversehrt vom Fallen, und alles Hingestürzte wurde binnen einer Minute aufgelesen von Vorüberkommenden, denen frische Weißwürste und kühles Bier im Neuschnee nur recht und billig waren.

Doch aus welchem Grunde lagen die Würste und das Flaschenbier zum erwähnten Zeitpunkt am genannten Ort? Dies in Erfahrung zu bringen und zu ergründen will das Ziel der folgenden Erzählung sein. Deren Leser wie auch ihr Erzähler, wir können nun Beobachtende sein, darüber Nachsinnende, gewiss auch Meinende und Urteilende, ja selbst Kläger, Richter und Vollstrecker in Person. Denn die Gedanken, sie sind frei. Und die Urteile oft schnell gesprochen.

DAS JAHR

1938

NACH CHRISTI GEBURT

Johann Bauer saß auf seinem Drehstuhl in der Schriftsetzerei des Amper-Boten und fluchte gleichermaßen leise wie inniglich ein „Herrgott, Sakrament". Schlimmeres zu fluchen, etwa ein den Heiland schmähendes „Kruzifix" oder gar ein fürchterliches „Kruziteufel", hatte ihm der gottesfürchtige Vater einst energisch und geflissentlich mit dem Gürtel aus dem Sinn gedroschen. Der Anlass für Johanns stillen Fluch war die eigentliche Belanglosigkeit, dass ihm aufs Erneute eine Brotschriftletter aus den Fingern geglitten war. Die winzige Letter grüßte mit einem flüchtigen Klacken, als sie sich zu ihren Kameradinnen auf den Fußboden gesellte. Johann blickte sich um. Auf dem Boden rings um seinen Arbeitsplatz sah es aus, als hätte ein missgünstiger Kollege, so es denn einen solchen überhaupt gab, mutwillig die Hälfte seines Setzkastens ausgekippt. Johann griff rasch nach dem Kehrzeug unter seinem Arbeitstisch und fegte mit dem Handbesen eilig die herabgefallenen Lettern ins Kehrblech, ehe der Meister das angerichtete Letternmassaker entdeckte.

Letternmassaker, so pflegte es der Meister zu bezeichnen, wenn Johann oder einer der anderen Gesellen wieder einmal allzu unkonzentriert zu Werke ging, und – klack, klack, klack – eine Letter nach der anderen auf dem staubigen Holzboden landete anstatt an der für sie vorgesehenen Stelle im Winkelhaken. Seit einigen Monaten hatte der Meister im Besonderen Johann auf dem Kieker. Erst letzte Woche hatte er Johann vor versammelter Gefolgschaft in den Senkel gestellt und gewettert, der höchst geschätzte Herr Verleger hätte doch besser einen elendigen Kriegszitterer eingestellt statt eines dergestalt nutzlosen Taugenichtses vom Schlage eines Johann.

Dabei war Johann Bauer, und dies wusste freilich auch der

Meister, ganz ohne jeden Zweifel der mit Abstand talentierteste, tauglichste und gewissenhafteste Schriftsetzer, der je beim Amper-Boten in Lohn und Brot gestanden hatte, zumindest an gut vieren seiner sechs Wochenarbeitstage. An seinen vielen guten Tagen setzte Johann leichterhand und ohne jedwede Mühe schneller und fehlerfreier als alle anderen in der Setzstube. Seine rechte Hand flog flink wie ein Kolibri hin und her zwischen Setzkasten und Winkelhaken, und nicht eine Letter getraute sich dabei, Johanns feinfühlenden Fingern zu entgleiten, ganz so als hätte der Herrgott in Johanns Fingerspitzen, und einzig und alleiniglich auf der Welt nur in eben Johanns Fingerspitzen, winzige Magnete hineinerschaffen. Hinzu zu seiner über alle Maßen außergewöhnlichen Fingerfertigkeit gesellte sich das von den Kollegen recht rasch und durchaus mit staunender Anerkennung erkannte Faktum, dass Johann für einen Bengel seines Alters und seines Herkommens – das eine lag bei Anfang zwanzig, das andere nahe Rosenheim – eine ganz hervorragend belesene Menschensperson darstellte, weitaus literaturkundiger und klüger als es die Maulhelden in der warmen Schreibstube drüben im Vorderhaus waren, die sich den Schriftsetzern im zugigen Hinterhaus zu aller Zeit und in sämtlichen Belangen der Bildung und des Wissens überlegen wähnten und keine Gelegenheit ausließen, dies großmäulig kundzutun. Es war Johann ein spielerisch Leichtes, den vorwitzigen Schreiberlingen aus dem Vorderhaus das eine oder andere peinlich verrutschte Komma an die richtige Stelle zu korrigieren. Auch wollte es den siebengescheiten Schreiberlingen aus unergründlicher Ursache immer wieder einfallen, ein Eigenschaftswort oder ein Umstandswort mit großer Anfangsletter zu versehen, vielleicht weil sie es für besonders vortrefflich gewählt hielten. Johann pflegte solcherlei Wörter zielsicher auszumachen und diesen ohne jedes

18

schlechte Gewissen die ihnen gebührende Erniedrigung der Kleinschreibung angedeihen zu lassen. Solcherlei Fähigkeiten waren freilich Spezialitäten, die fraglos kein anderer in der Schriftsetzerei des Amper-Boten sein Eigen nennen konnte, gewiss auch nicht der Meister.

Johann hatte so viele Namen, Begrifflichkeiten und Phrasen auf Stehsatz liegen wie kein anderer in der Schriftsetzerei. Dabei befand er sich erst seit zwei Jahren beim Amper-Boten in braver Anstellung. Überhaupt war Johann erst seit zwei Jahren in Dachau ansässig. Er stammte ganz eigentlich aus einem winzigen Dorf nahe dem bereits erwähnten Rosenheim, in welcher Stadt er seine Lehrjahre bei einer Zeitung verbracht, die solchen mit Auszeichnung beendet und sich danach in keiner Handvoll an Jahren als Geselle in seinem Handwerk geradezu perfektioniert hatte.

Jedoch wo einer gelernt hat, dort vermag selbst der Allerbeste nichts wert zu sein, und so hielt man Johann in der Rosenheimer Schriftsetzerei klein, bis er endlich das Weite suchte und jenseits des gewaltig großen München im beschaulichen Dachau beim Amper-Boten Anstellung fand. In dessen Setzstube setzte er von seinem ersten Arbeitstag an mit einer Geschwindigkeit, die es ihm erlaubte, in der Zeit nach dem Setzen der ihm zugewiesenen Seite bis zum Dienstschluss hin einen umfangreichen Stehsatz anzulegen. Für dessen Aufbewahrung und einer übersichtlichen Ordnung halber hatte Johann sich einen zweiten Setzkasten angeschafft, freilich aus eigener Tasche bezahlt, und diesen rechterhand seines eigentlichen Setzkastens aufgestellt. In diesem zweiten Setzkasten stapelten sich feinsäuberlich und in alphabetischer Reihenfolge aufgereiht die verschiedentlichsten Stehsätze.

Ganz unten in seinem zweiten Setzkasten und damit am einfachsten zu greifen, hatte er über zwei Jahre hinweg einen

Sonderbereich eingerichtet, in welchem sich die am öftesten benötigten Stehsätze aufhielten. Dort fanden sich in der Hauptsache häufig zu verwendende Namen, Floskeln und Redewendungen, allesamt Buchstabenfolgen, deren Aneinanderreihung den Schreibern in der Schreibstube zu schreiben, den Schriftsetzern in der Setzstube zu setzen und den Lesern in der heimischen Stube zu lesen längst zu einer nahezu alltäglichen Gewohnheit geworden war.

Erst gestern hatte Johann gut drei Dutzend seiner Stehsätze in praktische Verwendung zu bringen vermocht. Johann konnte nicht begreifen, dass es in der Setzstube immer noch Kollegen gab, die den Namen des Führers Tag für Tag und Letter für Letter aufs Neue setzten. Er hielt solcherlei Kollegen freilich nicht für schlechte Deutsche, jedoch ganz gewiss für schlechte Schriftsetzer und tumbe Zeitverschwender. Schon während seiner Lehrzeit in Rosenheim hatte Johann die Erfahrung gemacht, dass es den Namen des Führers nahezu täglich zu setzen galt, also empfand Johann es schlichtweg als eine kluge Konsequenz arbeitsamer Gewissenhaftigkeit, den Namen des Führers jederzeit auf Stehsatz einsatzbereit zu wissen. Adolf Hitler, dies zumindest war Johanns Meinung und Überzeugung, hatte man als Schriftsetzer einfach auf Stehsatz zu haben. Johann hatte den Führer gleich in zehnfacher Ausfertigung in seinem Stehsatz liegen. Auch andere Namen und Begrifflichkeiten kamen in den zahlreichen Berichten, die ihnen Tag für Tag aus der Schreibstube zugereicht wurden – wobei Zureichen wohl das falsche Wort sein mag, es glich mehr einem achtlosen und bisweilen arroganten Hineinklatschen der Schreibmaschinenseiten in den Eingangskasten – in einer Häufigkeit vor, dass es für Johann geradezu eine Frage der Ehre geworden war, nach Möglichkeit sämtliche in seinem Stehsatz vorrätig zu wissen.

Stehsatz des Schriftsetzergesellen Johann Bauer (Auszug):

Adolf Hitler…; Beigeordneter Hans Zauner…; Bürgermeister Cramer…; Café Ludwig Thoma…; Dachauer Film-Ecke…; Der Führer hat es uns zur gefälligen Aufgabe gemacht…; Der Kunstmaler und Vorsitzende der KVD Kallert…; Der Vorschlag des Bürgermeisters fand bei den Ratsherren einhellig Zustimmung…; Die Ergebnisse der Fußballspiele vom Wochenende…; Drunten im Lager…; Es ist die Pflicht eines jeden Volksgenossen…; Es ist ein Gebot der Höflichkeit…; Es kann und darf doch nicht sein, dass…; Es trafen sich im Gasthof Unterbräu…; Gauleiter Wagner teilt mit…; Hoch steht das Korn schon in den Feldern…; H. Seemüller, Dachau[2]…; In den schrecklichen Tagen der Systemzeit…; In unserem schönen Dachau…; Im Lichtspielhaus zu sehen ist das erbauliche Filmwerk…; Kreisleiter Eder…; Niemand wird die Notwendigkeit bezweifeln, dass…; Omnibuslinie Dachau – KZ, Abfahrtszeiten…; Regierungspräsident, Parteigenosse Gareis…; Unser Führer und Dachauer Ehrenbürger Adolf Hitler…; Viel zu früh von uns gegangen ist…; Volksgenossen, seid gewahr…; Volksgenossen, aufgepasst!...; Vor dem Schloss droben auf dem Berg wehen wieder einmal stolz die Fahnen…; Wie Bürgermeister Cramer gestern bekanntgab…; Wie Gauleiter Wagner bekanntgab…; Wie Kreisleiter Eder bekanntgab…; Wie aus der Wochenschau zu erfahren war…; Wie wir bereits berichtet haben…; Wie wir den Juden kennen, ist er…; Winterhilfswerk, es gilt zu opfern…; Wochenmarkt: Die festgesetzten Preise…; Zu einem schrecklichen Unglück kam es…; Zu Zuchthaus verurteilt und sogleich in selbiges verbracht wurde…;

Johann Bauers Arbeit am Setzkasten glich einem Rad, das sich wie von selbst immer schneller drehte. Je flinker er setzte, umso mehr Zeit verblieb ihm bis zum Feierabend hin, seinen Stehsatz auszubauen. Und je umfangreicher sein Stehsatz geriet, desto schneller war er in der Lage zu setzen. Johanns Kollegen waren dem Neuen aus Rosenheim anfangs mit einigermaßenem Argwohn begegnet, kein Wunder, waren sie doch allesamt gebürtige oder in langen Jahren tüchtig geübte Dachauer und somit von einem gewissen Menschenschlage, dem man nachzusagen pflegte, einem Fremden nicht ohne weiteres und unbesehen über den Weg zu trauen – vor allem dann, wenn dieser Anstalten machte, für längere Zeit in der Stadt zu bleiben, oder gar meinte, hier sesshaft zu werden. Doch da der talentierte Johann ganz gewiss nicht zur Großspurigkeit und Prahlerei neigte und noch dazu seinen beneidenswert umfangreichen Fundus an Stehsätzen jedermann zur Verfügung stellte, der feierlich beschwor, die Leihstücke nach ihrer Verwendung wieder geflissentlich im Setzkasten einzureihen, und da er jederzeit und ohne Murren bereit war, Mehrarbeit beim lästigen Setzen kurzfristig eingereichter Inserate zu leisten, war er längst gut gelitten im Kollegenkreis, in welchem er inzwischen ehrfürchtig der Letternkönig genannt wurde.

Der Meister schlurfte nun gemächlich von Untergebenem zu Untergebenem und krümelte, während er dies tat, mit seinem Daumen und Zeigefinger getrocknete Reste von Bratensoße aus dem Dickicht seines Bartes auf den Boden hinab, die ihm beim vorherigen Vertilgen seines Mittagsmahls droben im Kochwirt in dasselbe hineingetröpfelt war. Er hieß Johanns Nebenmann, den Stift, einen elendigen Stümper, der sich am

Zeilenende nach Strich und Faden um jegliche Worttrennung herumschummle. „Irgendwann werden die Spatzen" – so pflegte der Meister die Spatien zu nennen, die man als Abstände zwischen die einzelnen Wörter einsetzte und mit Hilfe derer man sich um missliebige Worttrennungen drücken konnte, indem man so viele von ihnen zwischen zwei Wörtern aneinanderreihte, wie es brauchte, um das zu trennende Wort einfach in Gänze in die folgende Zeile zu verbannen – irgendwann würden also, um endlich zur Wortwahl des Meisters zurückzukehren, „die Spatzen über dich herfallen und dich mit Haut und Haaren auffressen. Glaub mir, es ist schon mancher Lehrbub von seinen eigenen Spatzen gefressen worden, auch hier in der unsrigen Stube. Ganz gemächlich picken die Spatzen an dir herum, aber irgendwann, wenn du so weitermachst, wirst du Vogelfutter, und dann will ich nicht dabei gewesen sein. Vogelfutter hab ich immer schon vorher und rechtzeitig rausgeschmissen. Ich will doch nicht mit eigenen Augen zusehen, wie einer von seinen eigenen Spatzen höchstpersönlich zerfleischt wird." Der Meister klopfte dem Stift mit einem hölzernen Lineal leicht auf den Kopf. Wenn dem Stift nun wieder die Tränen auskamen, wie es ihm oft passierte, wenn ihn der Meister ausschimpfte, und eine davon auf die Lettern im Winkelhaken tropfte, dann würde an dieser Stelle die Druckerschwärze nicht ansetzen und ein Schriftloch in die Zeitungsseite schießen. Johann nickte dem Stift still zu, was bedeuten sollte: Brauchst nicht wieder weinen, ich geh dir nachher zur Hand.

Der Meister schritt weiter und stellte sich nun hinter Johann. „Fertig mit der Seite?"

Johann schüttelte den Kopf. „Der Bericht über den Rühmann-Film im Lichtspielhaus muss noch rein."

Der Meister fing unversehens an zu singen. „Ich brech' die

Herzen der stolzesten Frau'n, weil ich so stürmisch und so leidenschaftlich bin." Zu seinem leidlich wohlklingenden Singsang schwang er mit Begeisterung sein Lineal durch die Luft, als wäre er ein Dirigent oder Kapellmeister und sein Holzlineal ein Taktstock. Dann herrschte er Johann an: „Hernach hilfst du noch bei den Kleinanzeigen. Der Apotheker droben auf dem Berg hat eine neue Schrundensalbe zusammengemanscht. Er wünscht sich eine Schrifttype mit besonders ruhigen und weichen Lettern." Nach seinem Rundgang verschwand der Meister in seinem von der Setzstube abgetrennten Kabuff. Der Lehrling begann sogleich zu schniefen und wischte sich mit dem Handrücken über die Wangen.

Johann Bauer blickte auf seine Hände. Heute zitterten sie besonders stark. Das Zittern, dieses elendigliche, vermaledeite Zittern! Johann wünschte es zum Teufel. Das Zittern, es kam von dem verdammten Bericht über den Verkehrsunfall in der Hindenburgstraße, den er am Vormittag zu setzen gehabt hatte. Der Unfall war seines ganz offenkundig spektakulären Hergangs zum Trotze glücklicherweise glimpflich ausgegangen, es war lediglich ein Fahrrad in recht arge Mitleidenschaft gezogen worden, dessen Fahrer gerade noch rechtzeitig hatte abspringen können, ehe sein Vehikel mit dem ungleich mächtigeren Gefährt eines Lastwagenfahrers kollidierte. Jedoch immer, wenn Johann einen Verkehrsunfall zu setzen hatte, begannen seine Hände zu zittern. Denn dann kehrte unaufhaltsam und gänzlich gegen seinen Willen die Erinnerung zurück an die junge Frau in dem Automobil.

Vor einigen Monaten, an einem besonders finsteren und nebligen Abend Ende November des Jahres 1937, war Johann spazieren gegangen. Gerade als er in der Mittermayerstraße an der dortigen Gastwirtschaft vorüberging, kam ein Automobil herangebraust, dessen Bremsen mit Plötzlichkeit zu quietschen begannen. Der Wagen kam direkt neben Johann zum Stehen und sogleich aus dem Fahrzeuginnern ein Mann auf die Straße herausgesprungen, der zu Johann auf den Gehsteig lief und diesen an den Schultern packte, als hätte Johann etwas gestohlen oder etwas anderes angestellt. Jedoch der Anlass für das laute Bremsen, eilige Herausspringen und unerhörte Schulterpacken, er war schlimmer. Der Mann deutete zum Auto hin, das mit laufendem Motor mitten auf der Straße stand und dort mit seinem Auspuffrohr keuchend Abgas ausspie, als galt es, den dichten Nebel noch zusätzlich mit seinen Gasen zu nähren. Der Autofahrer rief so laut, als stünden er und Johann nicht Gesicht an Gesicht, sondern gut hundert Meter weit voneinander entfernt: „Auf dem Rücksitz liegt eine Frau. Sie stirbt, wenn wir sie nicht schnell ins Krankenhaus bringen. Fahr mit und hilf mir, sie ins Krankenhaus zu tragen." Seine Stimme zitterte und gellte geradezu vor Aufregung.

Johann gehorchte dem Fremden und stieg ein. Als er sich vom Soziussitz zur Rückbank wandte, starrten ihn von dort hinten im Wagen zwei weit aufgerissene Augen an. Die Lippen der Frau, die mit merkwürdig verkrümmten Gliedern auf der Rückbank lag, bewegten sich. Beim Knattern des Motors konnte Johann nicht hören, was die Frau sagte. Er beugte sich zwischen dem Fahrer- und dem Beifahrersitz zu ihr nach hinten, hielt sein Ohr ganz nah an ihre Lippen und hörte: „Hilf mir, Heinrich. Hilf mir, Heinrich. Hilf mir, Heinrich."

„Sie irren sich. Ich bin nicht Heinrich", hatte Johann geantwortet, und ihm war, als hörte die Frau, nachdem sie seine Worte vernommen hatte, augenblicklich auf zu atmen. Beim Krankenhaus angekommen trugen Johann und der fremde Autofahrer die Frau eilig in den Sanitätsraum. Dort nahm der dienstschiebende Arzt die Verunglückte sogleich in kurzen Augenschein. Johann konnte sich noch gut an dessen Worte erinnern. Es waren nur wenige. „Warum schleppt ihr mir eine Leiche ins Haus? Ich bin Arzt, kein Zauberer", hatte der Diensthabende gesagt und der Gestorbenen die Augenlieder geschlossen.

Johann vermochte sich nicht mehr in jedem Detail an das Gesicht der Frau zu erinnern. Er wusste nur: Sie war jung, sie war schön, sie war tot. Und sie suchte ihn seither in seinen Träumen heim.

+++

Die Unterkunft des Schriftsetzergesellen Johann Bauer lag nicht weit entfernt vom Anwesen des Amper-Boten. Johann hielt diesen angenehmen Umstand ein kleinwenig für das verdiente Glück eines tüchtigen Gesellen, der vor und nach einem langen und harten Arbeitstag nicht noch eine Stunde mit dem Zug oder dem Fahrrad fahren musste, um zur Arbeit oder von dieser nach Hause zu gelangen, wie dies einige seiner Mitbewohner im Gesellenhaus auf sich zu nehmen hatten. Johann dagegen brauchte lediglich über die Straße zu gehen, denn das kleine Wohnheim, in dem er Unterkunft gefunden hatte, befand sich im rückwärtigen Hause des Gehöfts direkt auf der gegenüberliegenden Straßenseite.

Es handelte sich um ein Mietshaus für junge und freilich ledig zu seiende Gesellen, in welchem er sich im ersten Stockwerk ein Zimmer mit einem Schreiner aus Oberstdorf teilte. Das Mobiliar des Zimmers bestand aus zwei schmalen Betten links und rechts an den Wänden zwischen Tür- und Fensterseite, einem Holztisch vor dem Fenster, zwei Stühlen, zwei Nachtkästchen und einem Schrank, den es sich zu teilen galt. Am Boden auf Johanns Seite des Zimmers stapelten sich allerlei Bücher, die meisten davon abgegriffen und zerlesen, da bereits durch vieler Männer Hände gegangen und von ebenso vielen Augen gelesen. Karl Mays *Winnetou*, Defoes *Robinson Crusoe*, Dumas' *Der Graf von Monte Christo*, Coopers *Der letzte Mohikaner*, Vernes *Reise um die Erde in 80 Tagen*, Stevensons *Die Schatzinsel*, Melvilles *Moby Dick*, dieser freilich in einer gekürzten und verständlichen Fassung, Twains *Tom Sawyer* und einige weitere Abenteuerromane. Johann konnte nicht genug bekommen von den spektakulären Abenteuern, den gemeingefährlichen Erlebnissen und erschütternden Fährnissen

27

seiner Romanhelden, ihren Entdeckungsreisen und Überlebenskämpfen, den irrwitzigen Schelmenstücken und Schatzsuchen, den Rettungsmissionen und Rachefeldzügen. Johann liebte seine Bücher und das, was er in ihnen zu erkunden und erleben vermochte, wohl vor allem aus jenem Grunde, dass sich die Tage seines eigenen Lebens in zäher Ereignislosigkeit aneinanderreihten.

Dabei war es keineswegs der Fall, dass Johann in den einundzwanzig Jahren, die er nun schon unter diesem Himmel währte, noch nichts erlebt hatte. Jedoch das eigene Erlebte empfand Johann als zutiefst ungeeignet, es aus freien Stücken und wachen Geistes zu ergründen, pflegte es sich doch ohnehin mit absolutester Gewissenlosigkeit und mitleidlosester Unbarmherzigkeit in seine Träume zu drängen. Und davor hegte Johann eine Heidenangst.

Johann fürchtete sich nicht vor den Menschen, er ängstigte sich nicht vor ihnen im Allgemeinen, er fürchtete nur einen einzigen von ihnen, und dieser war längst und endlich tot. Doch die Furcht vor dem verhassten Vater war nicht mit diesem gestorben und nicht mit dessen Seele, so der Vater überhaupt eine solche besessen hatte, zur Hölle gefahren. Noch immer gab es Nächte, es waren viel zu viele, da schreckte Johann schweißnass und angstschreiend hoch, und es bedurfte einer langen Umarmung seines Zimmerkameraden, endlich wieder zur Ruhe zu finden. Manchmal schoben sie nach Johanns Träumen ihre beiden schmalen Betten zu einer größeren Bettstatt zusammen, wie kleine Kinder dies taten. Kleine Brüder. Es mag wohl nun an der Zeit sein, endlich den Namen von Johanns redlichem Zimmerkameraden zu nennen, auf dass er uns fortan kein Anonymus bleibt, dessen sich zu erinnern oder ihn zu vergessen uns einerlei sein könnte. Johanns Zimmerkamerad, er trug den Namen Simon.

+

Johann Bauer hatte in seinem Leben zwei Menschen umgebracht. Beide hatte er zuvor noch nie gesehen. Nun saß er auf seinem Bett und blickte wieder auf seine Hände. Sie zitterten jetzt endlich weniger stark, aber das hieß freilich nicht, dass die Chose für heute überstanden war. Er musste wohl damit rechnen, dass sie heute Nacht wieder zu ihm kamen. Seit dem Unfall waren sie zu zweit. Der Alte, er hatte Unterstützung bekommen.

Johanns Zimmerkamerad Simon saß am Tisch vor dem Fenster und schnitzte an einem kleinen Stück Lindenholz. In dem Sägewerk, in dem er arbeitete, schuftete er an einer mächtigen Kreissäge, mit der er gewaltige Baumstämme zu Balken schnitt. Indes Simons Leidenschaft war insgeheim die filigrane Schnitzerei von Hand. Am liebsten fertigte er kleine Krippenfiguren aus Ahorn an, die er an allerlei Haustürhändler verkaufte. Außerdem machte sich Simon einen herrlichen Spaß daraus, winzigste Führerfigürchen zu schnitzen und diese anschließend heimlich an den unmöglichsten Orten zu platzieren. Einmal hatte die Hauswirtin in der Küche einen kleinen Holz-Hitler im Gläserschrank entdeckt, wo dieser wild entschlossen eine Kompanie Schnapsgläser grüßte. Ein andermal saß Simon auf der Holzbank neben der Haustür und fragte jeden, der über den Hof zum Haus ging oder aus der Tür in den Hof trat, ob er denn nicht zu grüßen geruhe, wie es sich gehörte. Freilich blickten die Gefragten sogleich recht irritiert drein, da Simon selbst ja ebenfalls nicht gegrüßt hatte. Daraufhin deutete Simon auf einen kleinen Holzführer, den er auf das Fensterbrett hinter der Sitzbank gestellt hatte, und der eifrig den Arm zum Gruße streckte.

Die Hauswirtin ließ Simon derlei Unsinn gnädig durchgehen,

solang er es nicht übertrieb wie vor drei Wochen, als Simon in der Nacht auf dem Küchentisch nicht weniger als ein Dutzend Holzführer im Kreis aufgestellt hatte, die einer dem nächsten in den Rücken grüßten, und in die Mitte des grüßenden Führerkreises einen kleinen Papierzettel gelegt hatte, auf dem geschrieben stand: „Führer befiehl, wir folgen." Die Hauswirtin hatte die kleine Installation natürlich sofort weggeräumt, ehe die ersten Mieter zum Frühstück in der Küche erschienen. Danach war sie ohne jegliches Anklopfen ins Zimmer gestürmt und hatte Simon den Kopf gewaschen, freilich erst nachdem sie die Tür hinter sich geschlossen hatte.

Gehässig gebrüllte Kopfwäsche kannte Johann zur Genüge von seinem Meister in der Schriftsetzerei und zuvor von seinem Vater, aber je leiser die Kopfwäsche vorgetragen, umso eindringlicher spürte und ernstgemeinter empfand er sie. Die erboste Vermieterin hatte Simon mit einem Griff an dessen Schulter wachgerüttelt, und als der schlaftrunkene Geweckte endlich seine Sinne beisammenhatte, flüsterte sie diesem so leise zu, dass Johann es kaum hören konnte: „Wenn du sowas nochmal anstellst, dann schmeiß ich dich hochkant raus, Verwandtschaft hin oder her. Hast du verstanden?"

Simon rieb sich daraufhin träge den Schlaf aus den Augen, nickte stumm und wirkte augenscheinlich bekümmert.

Nun wandte sich die Hauswirtin an beide vor ihr Liegenden und zischte leise: „Und sperrt gefälligst ab, wenn ihr auf die schwachköpfige Idee kommt eure Betten zusammenzustellen. Man könnte ja fast denken, ihr zwei seid ihr wisst schon was. Ihr bringt uns alle noch in Teufels Küche."

Während der eiligen Prozedur des Ankleidens berichtete der gescholtene Simon wieder einmal, dass er weitschichtig mit der Hauswirtin verwandt war. Johann kannte die Geschichte freilich schon lang, jedoch war er keiner von der Sorte jener Zuhörer, die sich daran störten, Geschichten immer wieder zu hören. Und weiß Gott, Simon war seinerseits gewiss der Letzte, dem es leichtfiel zu schweigen und eine Geschichte nicht aufs Abermalige und Wiederholte zu erzählen, bloß weil er diese schon des Öfteren zum Besten gegeben hatte. Also fuhr Simon, während er sich seine graue, speckige und von winzigen Holzsplittern gespickte Weste zuknöpfte, eifrig fort zu verkünden, dass sein alter Herr und der verstorbene Gatte der Hauswirtin Vettern und einst gemeinsam bei der SPD gewesen waren, als es die SPD und den Hauswirtinsgatten noch gegeben hatte. „Nach der Machtübernahme ist ihr Mann bald gestorben und mein alter Herr schleunigst rüber zu den Nazis."

Es mag hier nun angebracht sein, die Geschichte, die Simon seinem Zimmerkameraden wortreich weitererzählte, während er sich ausführlich kämmte und im Anschluss seine immer noch widerborstig in sämtliche Richtungen vom Kopf abstehenden Haare mit dem Aufsetzen einer Schiebermütze zur Bändigung brachte, in aller Kürze selbst zu Ende zu erzählen – denn sie lässt sich durchaus knapper halten, als Simon sie vorzutragen pflegte, und, wie erwähnt, Johann kannte sie ja bereits in aller Ausführlichkeit und stand längst fertig angekleidet und zum Aufbruch bereit im Türrahmen. Etwa zwei Monate nach der Naziwerdung seines Vaters hatte Simon also das Elternhaus verlassen und das Weite gesucht, denn die liebe Mutter, derer es sich zu bleiben gehört und gelohnt hätte, war alsbald an der Grippe gestorben. Simon kam bei seinem Meister unter, bei dem er mehr schlecht als recht seine Schreinerlehre beendete, leistete im Anschluss Dienst bei der Wehrmacht und geriet schließlich in einem Sägewerk bei Allach in Anstellung.

Die geflüsterte Kopfwäsche der Hauswirtin ging Simon, so unbeeindruckt er auch tat, ganz offenbar zu Herzen. Fortan werde er keinerlei Führerfiguren mehr aufstellen, dieselben gar nicht erst schnitzen, sondern sich einzig und allein auf die Anfertigung von Krippenvieh konzentrieren. „Immer in schöner Abwechslung einen Ochsen und einen Esel. Zwei Ochsen oder zwei Esel hintereinander sind mir geradezu eine künstlerische und emotionale Unmöglichkeit. Ochs und Esel in steter Abwechslung erscheinen mir gerade noch erträglich", hatte Simon an jenem Morgen der Kopfwäsche gesagt.

+

Doch nun zurück zum Abend jenes Tages, an dessen Vormittage Johann den erwähnten kurzen Zeitungsbericht über den harmlosen Verkehrsunfall zu setzen gehabt hatte. Obwohl Simon mit seinem Schnitzwerk beschäftigt war, entging diesem freilich nicht, dass Johann wieder einmal verstohlen auf seine Hände blickte. Simon legte sogleich sein Schnitzzeug beiseite und blickte seinen Zimmerkameraden an. „Mensch Johann, du kannst doch nichts dafür."

Johann hob den Blick von seinen Händen und steckte diese in seine Hosentaschen, jedoch Simon in die Augen zu sehen getraute er sich nicht. Also besah er sich nun in aller Ausführlichkeit seine Hausschuhe, als wären diese in dem sich nun anbahnenden Gespräch von ganz besonderer Relevanz. „Du redest dich leicht", sagte er, „du hast niemanden umgebracht. Doch ich, ich bin schuld. Weil ich ihr gesagt habe, dass ich nicht ihr Heinrich bin. Daran ist sie gestorben."

Johann begann also wieder mit seiner selbstmitleidigen Litanei. Simon hatte sie seit dem Unfall im November gewiss hundertmal gehört. Sie zu kritisieren war ihm in letzter Zeit immer wieder in den Sinn geraten, indes hatte er es bisher doch bei seiner eingeübten Verfahrensweise belassen, nichts dergleichen zu äußern und stattdessen sein Bett an das seines Zimmerkameraden zu rücken. Jedoch heute nicht. Simon hatte sich fest vorgenommen, Johann endlich einen wehleidigen Egoisten zu heißen, sobald dieser aufs Neue zu seiner Trübsalblaserei und Weinerlichkeit anzuheben geruhte. Simon klopfte sich auf die Schenkel und schnaufte tief durch, um sich zu rüsten für seine Ansprache wider das kaum mehr zu ertragende Selbstmitleid seines Zimmerkameraden. „Jetzt halt den Mund und hör mir genau zu", wollte Simon gerade rufen und hinzusetzen, „du glaubst wohl, dass nur dir allein auf der ganzen Welt etwas zugestoßen ist, und alle anderen nichts zu erleiden haben. Glaubst du, du bist der Einzige in diesem Haus, der schon einmal einen Toten gesehen hat? Ich habe auch schon Tote sehen müssen, meine eigene Mutter tot im Bett, wo sie doch schon auf dem Weg der Besserung war, und bei der Bergwacht drunten in Oberstdorf, da sind auch Leute verreckt, denen wir helfen wollten. Und die Hauswirtin hat ihren eigenen Mann im Speicher am Balken hängen gesehen. Also reiß dich endlich am Riemen, Johann. Reiß dich zusammen, wie wir anderen es auch tun." Dies alles und noch ein wenig mehr endlich und tatsächlich zur Sprache zu bringen, hatte Simon sich nach langen Stunden des Nachsinnens mit unumstößlicher Entschlossenheit vorgenommen. Jedoch es nun wahrhaftig auszusprechen, dazu blieb ihm keine Zeit.

Denn es pochte nun zweimal heftig an der Tür. Ohne ein Herein von Johann oder Simon abzuwarten, standen sogleich die Gebrüder Eberhart im Zimmer. Der jüngere Eberhart, ein Maurergeselle von drahtiger Figur und gerade einmal knapp zwanzig Jahren, jedoch mit einer vorlauten Klappe ausgestattet, wie sie sonst am Bau nur dem Polier zustand, rief sogleich freudestrahlend: „Österreich ist heim ins Reich!" Er habe es, fuhr er rotbackig und schnaufend vor Erregung fort, gerade mit eigenen Ohren gehört, unten aus dem Volksempfänger in der Küche. Allerorten seien die Volksgenossen aufgerufen, sich sogleich auf den Plätzen zu versammeln. Der jüngere Eberhart forderte seinen älteren Bruder auf, nun auch an den Türen der weiteren Mitbewohner zu klopfen und die lang ersehnte Kunde zu verbreiten. Man treffe sich in zehn Minuten im Hof.

Der ältere Eberhart nickte viermal und stapfte tumben Schrittes aus dem Zimmer. Der Verstand des älteren Eberhart, dies gilt es zu wissen und nicht vorenthalten zu werden, so gern man ihn bald auch mögen mag, war nah am Schwachsinn. Aber auf dem Bau war der ältere Eberhart ein gefragter Mann, da er schleppen konnte wie ein Ochse und, mit vollkommener Schwindelfreiheit gesegnet, die stärksten und längsten Dachbalken über ungesicherte Stiegen nach oben trug, als käme ihm die allgegenwärtige Gefahr des Hinabstürzens und Zerschellens nicht im Geringsten in den Sinn.

Nachdem der ältere Eberhart davongetrottet war, klopfte der jüngere Eberhart Simon kräftig auf die Schulter. „Endlich sind die Österreicher heim ins Reich. Jetzt ist es geschehen, endlich, endlich."

Simon umarmte den jüngeren Eberhart, klopfte ihm mit der flachen Hand mehrmals auf den Rücken und versprach, man werde in zehn Minuten pünktlich im Hof eintreffen. Wenn jemand wie Österreich endlich heimkehre in ein Reich, in dem es noch nie gewesen war, gelte es dieses Ereignis freilich gebührend und ausgelassen zu feiern.

Der jüngere Eberhart wusste nicht recht, was er von den Worten seines Zimmernachbarn zu halten hatte, konnte aber nicht weiterhin darüber nachsinnen, da nun wieder der ältere

Eberhart im Türrahmen erschienen war und zu seinem Bruder sagte: „Du hast vor einer Minute gesagt, ich soll zehn Minuten sagen. Soll ich trotzdem noch zehn Minuten sagen? Weil dann kommen die Leute, denen ich jetzt zehn Minuten sage, doch eine Minute zu spät."

+

Der Frage, ob sich die Bewohner des Gesellenhauses denn nun pünktlich im Hofe einfanden, braucht hier freilich nicht in aller Ausführlichkeit auf den Grund gegangen zu werden, genügt uns doch zu wissen, dass im Verlauf der folgenden Viertelstunde nach und nach zahlreiche junge Handwerker aus dem Haus traten, allesamt zum Aufbruch bereit. Die träge Märzsonne war längst untergegangen. Eisiger Wind blies über den gekiesten Hof, eine weitere Frostnacht kündend. Sie waren zu acht, Johann und Simon, die beiden Eberharts und vier Arbeiter der nahen Papierfabrik. Die Hauswirtin selber hatte nicht mitkommen wollen. Sie begänne bereits in kaum einem Meter Entfernung vom Ofen in der Küche mit dem Frösteln, da werde sie heute gewiss keinen Schritt mehr vor die Tür tun, komme heim ins Reich, wer wolle. Ganz offenbar brüte sie gerade eine stattliche Erkältung aus oder mindestens einen sauberen Katarrh, vielleicht drohe gar eine üble Grippe, da das Fieberthermometer bereits haarscharf an einer achtunddreißig rangiere, hatte sie gesagt, ihren wuchtigen Körper in eine Wolldecke gewickelt und ihren Rücken in voller Breite gegen die wohlig warmen Fliesen des Kachelofens gelehnt. Ebenso wenig wie die kränkelnde Hauswirtin wollten die zwei Bäckergesellen aus dem Zimmer unterm Dach von der erfreulichen Neuigkeit der Wiederkehr Österreichs wissen. Sie mussten in aller Herrgottsfrüh raus und gingen lieber zeitig zu Bett, statt wieder einmal anderen Leuten beim Marschieren zuzusehen. „Die werden sich ohne uns schon nicht verlaufen", hatte einer der Bäcker gesagt und dem älteren Eberhart die Tür vor der Nase zugeknallt.

+

Die acht Neugierigen stoben über die feuchten Stufen der Martin-Huber-Treppe den Altstadtberg hinunter zur Schulwiese hin, von der bereits Trommelschläge heraufklangen und vom baldigen Beginn des Aufmarsches kündeten. Unten am Ende des Treppenwegs, wo sich ein altes, brüchiges Brückerl über den Mühlbach quälte, blieb einer der Papiermacher stehen, zog mit breitem Grinsen im Gesicht ein Schnapsfläschchen aus der Innentasche seiner Winterweste und nahm einen kräftigen Schluck. Sodann ließ er das Fläschchen herumgehen. Ein jeder trank gern einen Schluck. Es war ein Obstler. Der Schnaps brannte im Hals und tat sogleich seine wärmende Wirkung. Nachdem alle getrunken hatten, traten sie hinaus aus dem Schutz der Sträucher und Bäume und liefen über die Ludwig-Thoma-Straße der Schulwiese entgegen.

Ein praller Mond und ein nahezu wolkenloser Sternenhimmel tauchten die Wiese in graues, nicht allzu finsteres Dunkel, als ängstigte sich die Nacht, die Szenerie gänzlich schwarz zu tünchen, denn mächtig schlugen die Trommeln, und schrill gellten die Pfeifen, und prächtig streckten sich die Fahnen und Banner in den Himmel, in welche der eiskalte Wind kaum hineinzublasen wagte.

Von allen Seiten prasselten Stiefelsohlen im Formationsschritt heran. Die Hitlerjugend marschierte von der Schleißheimer Straße kommend über die Amperbrücke, alle paar Meter eilfertig und fröhlich „Heil Hitler" rufend. Die stattlichen

Mauern des Schulgebäudes nahe der Wiese riefen gehorsam zurück. Vom Oberlauf des Mühlbachs her nahten in Dreierreihen die jungen Männer des Arbeitsdienstes, und von Richtung der Papierfabrik kamen die Formationen des Luftschutzes und der Sanitätsabteilung herangeschritten. Männer der SA und SS formierten sich, stolz die dampfenden Nasen in die Nacht gereckt, bereits auf der Wiese.

Am Rand derselben stand ein Lastwagen geparkt, von dessen Ladefläche SS-Männer eifrig Fackeln herunterreichten. Kameraden stapelten sie auf hölzernen Klapptischen. Vor jedem Tisch loderte Feuer in gusseisernen Kelchen. Über die Wiese waberte der Gestank von brennendem Petroleum. Von überallher strömten Schaulustige heran. Als endlich alles aufmarschiert war, machte ein Sturmbannführer dem Versammlungsleiter lauthals Meldung.

Die Bewohner des Gesellenhauses schauten dem dienstfertigen und geschäftigen Treiben auf der Schulwiese frohgemut und heiter schnatternd zu. Ein fast jeder wusste etwas zu sagen. „Schaut her, da drüben steht der windige Lehmann von der Papiermaschine eins", raunte einer der schnapslaunigen Papiermacher. „Im Kittel ist er ein Krischperl und ausgewachsener Blödian, aber schaut ihn euch an, wie er jetzt dasteht in seiner prächtigen Uniform. Als hätt' er irgendwas zu wollen oder sagen."

„Dem gerade Meldung gemacht wurde, das muss der Kreisleiter der Partei sein", raunte ein anderer Papiermacher und deutete auf den Versammlungsleiter. „Die Leute sagen, er ist ein ganz scharfer Hund. Eder heißt er mit Namen."

Der jüngere Eberhart lächelte und meinte, dann wäre dieser Eder jemand ganz nach seinem Geschmack.

Simon neigte den Kopf und besah sich den Kreisleiter. „Der Kerl ist ja kaum zwei Stunden älter als wir."

„Mitte dreißig soll er sein, hab ich gehört. Angeblich bereits seit sechsundzwanzig bei der Partei", sagte der Papiermacher.

Simon stieß den jungen Eberhart in die Seite. „Dann stehen die Chancen ja nicht schlecht, dass du spätestens neunzehnhundertfünfzig ebenfalls Kreisleiter bist, so stramm wie du stehst."

Der junge Eberhart stieß Simon zurück. „Besser zur rechten Zeit strammstehen als ein Leben lang katzbuckeln. Noch dazu, wenn es für eine ehrbare Sache ist."

Nachdem Kreisleiter Eder die Meldung des Sturmbannführers abgenommen hatte, schritt er zu einer in der Mitte der Wiese aufgestellten Mikrofonanlage und begann unverzüglich zu sprechen. „Volksgenossen, es gibt eine Parole, die an diesem Tage alle Deutschen eint, hüben und drüben, eine Parole, die aus Linz tausendfach zu uns herüberschallte und die unsere Jahrtausende alte Sehnsucht ganz eindringlich zum Ausdruck bringt: Ein Volk – ein Reich – ein Führer!"

„Mir war gar nicht recht bewusst, dass wir uns schon seit Jahrtausenden danach gesehnt haben, uns ein Reich mit den Österreichern zu teilen", flüsterte Simon.

Der junge Eberhart feixte leise: „Du bist einfach nur grantig, weil dein kleines Oberstdorf jetzt nicht mehr das südlichste Kaff im Reich ist."

Die SS-Männer hatten nun endlich sämtliche Fackeln vom Lastwagen abgeladen und begannen diese zu entflammen, indem sie die Spitzen der Fackeln in das brennende Petroleum streckten. Die lodernden Fackeln reichten sie eine nach der anderen den angetretenen Fackelträgern.

Der Kreisleiter sprach weiter. „Freude und Dank bewegt und eint uns in diesen Stunden. Die österreichische Frage, die eine ständige Gefahr für den Frieden Europas darstellte, ist durch die Ereignisse der letzten Stunden gelöst worden. Im

Bruderlande jubeln die befreiten Volksgenossen dem Führer und seinen Truppen zu. Ein volksfremdes System, das mit brutaler Gewalt, mit Terror und Unterdrückung das österreichische Volk geknebelt hat, ist durch den Zorn des Volkes hinweggefegt worden."

Die SS-Männer entzündeten rasch Fackel um Fackel. Immer heller glomm die Schulwiese rotgelb in der Nacht. Licht und Schatten hetzten über stolze Antlitze, Uniformen und Parteiabzeichen.

Der Redner blickte in den Nachthimmel. „Mehr denn je gedenken und danken wir in dieser feierlichen Stunde unserem Führer. Sieg Heil!"[3] Aus hunderten Kehlen schallte sogleich die Antwort und brauste den Sternen zu.

Der ältere Eberhart rief am lautesten und längsten, gleich vier- oder fünfmal. Sein Stumpfsinn schien sich geradezu an der Wiederholung zu ergötzen, bis der jüngere Eberhart ihn am Arm packte und ihm mit einem leichten Klaps auf den Hinterkopf zu verstehen gab, dass es irgendwann auch mal genug war.

Der Sturmbannführer gab Befehl zum Abmarsch. Der Zug setzte sich in Bewegung. Einer der Papiermacher drängte zum Aufbruch. Denn wenn sie nicht vor dem Fackelzug an der Mühlbachbrücke ankamen, müssten sie warten, bis das ganze Trara vorübergezogen war. Die acht Gesellen liefen los und gelangten rechtzeitig vor dem Fackelzug über die Straße. Während die Papiermacher und die beiden Eberharts die Treppe hinauf in die Altstadt stiegen, blickte sich Johann nach seinem Zimmerkameraden um, der sich von den anderen unbemerkt ein wenig zurückfallen lassen hatte. Johanns suchender Blick fand Simon auf der Ludwig-Thoma-Straße stehend, wo dieser eine seiner kleinen Schnitzfiguren aus der Hosentasche zog und auf die Straße stellte. Danach lief Simon zu Johann und grinste.

„Ochs oder Esel?", fragte Johann.

Simon lachte und legte Johann den Arm auf die Schulter. „Heute ein Esel."

Während Johann und Simon einträchtig die Stufen hinauf zum Gesellenhaus gingen, trat unten auf der Thoma-Straße ein Stiefel, ohne dass dessen Besitzer das von Simon platzierte Figürchen auch nur im Geringsten wahrgenommen hätte, hinab auf den Esel. Vielleicht verspürten er und sämtliche, die ihm im Marschtritt folgten, eine kleine Unebenheit unter der Stiefelsohle, die man womöglich für einen Tannenzapfen oder einen abgenagten Apfelbutzen hielt oder für eine von einem Bauernkarren gekullerte Kartoffel, jedenfalls für etwas zu Vernachlässigendes, dem Aufmerksamkeit zu schenken sich gewiss in keiner Weise lohnte. Nachdem der Fackelzug vorübermarschiert war, lag der Esel zur Unkenntlichkeit zermalmt im schwindenden Lichtschein der Fackeln in einer Pfütze, zu ein paar Holzsplittern geworden, nass und plattgetreten und zerrieben, als wäre er niemals Figur gewesen, sondern immer nur bedeutungslose Masse.

+

Anderntags in der Schriftsetzerei setzte Johann den Artikel über die Kundgebung auf die Titelseite des Amper-Boten. Der Kollege in der Schreibstube hatte klangvolle und pathetische Worte gefunden. „Die Lieder des Volkes klingen auf, feierlich, inbrünstig. Dann setzt sich der stolze Zug in Bewegung, das leuchtende Band zieht durch die Straßen, die roten Fahnen leuchten auf, wenn sie in den Schein der Fackeln geraten. Zum Marktplatz herauf kommen sie im sicheren Schritt geeinter Kraft und Disziplin. Das famose Lichtwunder dieser geschichtlichen Nacht verlischt. Gesang und Marschtritt verklingen. Wieder glänzen nur die ewigen Sterne über der stillen, nächtlichen Stadt. In allen Herzen aber leuchtet der Sieg, und was an persönlicher Sorge im Leben des Einzelnen ist, wird klein und belanglos."[4]

Johanns Nacht indes war keineswegs belanglos vonstattengegangen. Sein Vater hatte wieder, und wie zu erwarten gewesen war, neben Johanns Bett gestanden, breitbeinig und riesig und bedrohlich, brüllend und Geifer speiend und sogleich zur Tat schreitend. Er drosch mit seinem Ledergürtel auf Johann ein. „Du hast die Mutter umgebracht, du hast sie verbluten gemacht, sie elendig verrecken lassen", plärrte er bald schwer schnaufend, denn zu schlagen, wie der Vater es zu tun pflegte, war eine gehörige Anstrengung, ehe er sich auf einen Stuhl fallen ließ und den Gürtel an die junge Frau mit den toten Augen weiterreichte. Die junge Frau griff nach dem Gürtel und schlug auf der Stelle zu. Leder klatschte auf nackte Haut und hinterließ rotdunkle Striemen, die metallene Gürtelschnalle schlug gegen Rippen, die knirschten und ächzten wie morsches Astwerk. Die junge Frau stierte Johann mit ihren toten Augen an und schalt ihn, „du hast mich umgebracht, weil du nicht der Heinrich bist, weil du nicht der Heinrich bist, weil du nicht der Heinrich bist", und jeder ihrer Schläge geriet härter, bis die Haut nachgab und riss, und die Rippen nicht mehr knirschten, sondern knackten, ehe Johann schließlich schrie, „ich hab das nicht gewollt, ich hab doch nicht sagen wollen, dass ich es nicht bin." In diesem Augenblicke hatte Simon seinen Zimmerkameraden Johann schließlich aus dem Schlaf gerissen und in den Arm genommen, bis dieser endlich aufhörte zu zittern und zu weinen. Es dauerte bis zum Morgengrauen.

41

Gegen Mittag des 11. April 1938 schlurfte der Meister durch die Schriftsetzerei und legte ein Geheft auf Johanns Tisch, freilich nicht ohne zuvor den Lehrling neben Johann getriezt zu haben, indem er so tat, als wollte er ihm mit dem Heft auf den Kopf schlagen. „Wenn ich mich mal ausstrecken will, dann lege ich mich in deine Abstände zwischen den Wörtern, elendiger Nichtsnutz." Der Stift begann sogleich zu schluchzen. Im Kreise der Kollegen schloss man bereits heimlich Wetten darüber ab, wann der arme Bursche endlich hinschmeißen würde, um sein Glück fürderhin in einem anderen Handwerk zu suchen, das weniger filigraner Hände bedurfte als die Schriftsetzerei, vielleicht in einer Hufschmiede oder noch besser in einem Steinbruch.

Der Meister tippte mit dem Zeigefinger auf das Heft und wies Johann an: „Die Ergebnisse der Reichstagswahl von gestern brauchen setzen. Ein gewaltiger Haufen Zahlen, da können wir uns keine Schlamperei leisten. Kriegst du das hin?" Johann nickte. Der Meister strich ihm unwirsch über den Haarschopf. „Wenn du mit dem Setzen fertig bist, gehst du augenblicklich zum Haareschneiden. Wir sind hier nicht bei den Hottentotten."

Johann machte sich ans Setzen: Ergebnis der Reichstagswahl vom 10. April 1938. Gesamtergebnis Großdeutschlands: 99,03 Prozent stimmten mit Ja. Ergebnis Dachau: Eine Nein-Stimme in Dachau (Wahllokal Kirchenschule), ein Nein in Augustenfeld, drei ungültige Stimmen in Etzenhausen.

Johann stutzte. Mit den ihm gereichten Zahlen konnte etwas nicht stimmen. Er selbst hatte in der Kirchenschule mit dicken Lettern Nein auf den Wahlzettel geschrieben. Eigentlich hatte er mit Ja stimmen wollen, doch Simon hatte ihn tagelang und freilich flüsternd bekniet, ebenso wie er mit Nein abzustimmen. Also log jemand, und Johann schwor sogleich Stein und Bein, dass dies gewiss nicht Simon war. Ach, lügen, schalt sich Johann nach einer Minute des stillen und insgeheimen Nachsinnens für seine argen Gedanken. Wahrscheinlich hatten sie sich in der Hektik des Auszählens einfach nur verzählt oder einen Stimmzettel übersehen. Mechanisch setzte er die weiteren Zahlen aus dem Dachauer Land. Gemäß der offiziellen Mitteilung waren Simon und er nicht die einzigen gewesen, die sich am Wahltag die lustige Schelmerei erlaubt hatten, heimlich gegen den Führer zu stimmen. Im weiten Umkreise der Stadt Dachau mit all seinen Gemeinden, Dörfern und Gehöften gab es noch sechs andere solcher Frechdachse. Lustlos aber mit flinken Fingern, die heute nicht zitterten, da es seit Tagen keinen Verkehrsunfall zu setzen galt, fuhr Johann mit seiner Arbeit fort und setzte ohne groß darüber nachzudenken Letter für Letter. Bald gingen ihm die Einsen und Nullen aus, so dass er sich am Setzkasten des Stifts bedienen musste, denn in einer Vielzahl von Ortschaften hatten glatt einhundert Prozent der Wähler für den Führer gestimmt.

Nachdem alle Ergebnisse gesetzt waren, machte sich Johann an den Bericht über die Wahl: „Es wehen die Siegesfahnen! Geeint und gefestigt steht unser deutsches Volk in der Welt. Die Bande des Blutes haben sich als stark erwiesen. Wie im Reiche so wehen auch in Dachau von allen Häusern drei Tage lang die Fahnen des neuen Großdeutschlands. Wahr geworden ist, was einst in prophetischer Weise unser unsterblicher Horst Wessel in seinem Lied der deutschen Nation geschenkt hat: Bald flattern Hitlerfahnen über allen Straßen.

Ja, nun flattern die Fahnen über allen Straßen, die Knechtschaft ist gebrochen, und die einst geschmähte und gehasste Fahne des Hakenkreuzes ist zum Symbol des Sieges unseres

Großdeutschlands geworden.

Die Dachauer Bevölkerung in Stadt und Land hat ihre vaterländische Pflicht vorbildlich erfüllt. Es ist unter uns nur eine verschwindend geringe Zahl von Unbelehrbaren, die sich mit ihrer Stimme außerhalb der deutschen Volksgemeinschaft hingestellt haben. Diesen Kreaturen soll angesichts des überwältigenden Ergebnisses die Schamesröte ins Gesicht steigen und dort für immer bleiben, als sichtbares Kennzeichen ihres Verrates am deutschen Reich. Nullkommanulldrei Prozent sind es im ganzen Kreisgebiet, und dieser Prozentsatz ist so gering, dass er den geschlossenen Ausdruck des Bekenntnisses der Dachauer Bevölkerung zu einem Reich, einem Volk und einem Führer in keiner Weise abschwächen kann.

Und darum wollen wir auch die Fahnen des Sieges stolz im Winde wehen lassen, wollen uns freuen über den erkämpften Sieg. Wir im Dachauer Land, das einst so schwer für den Nationalsozialismus zu gewinnen war, können das Ergebnis des Bekenntnisses unseres Kreises stolz mit denjenigen anderer Kreise vergleichen. Dachau marschiert auch hier mit an der Spitze, und dass dies auch weiterhin auf allen Gebieten so sein soll, das sei unser Gelöbnis, mit welchem wir aus dem erfochtenen Sieg hervorgehen."[5]

+++

Die Künstlerinnen Lissa Kallert und Paula Wimmer[6] standen am Rand der Schleißheimer Straße, die Häupter gesenkt, eine jede die Finger ihrer Hände ineinander verschränkt, und flüsterten selbst verfasste Fürbitten. Hin und wieder, nicht allzu häufig, trampelte eines der Automobile einer Wehrmachtskolonne mit seinen Rädern krachend in ein Schlagloch oder schmatzend in eine Pfütze, so dass Lissa und Paula nicht jedes Wort hörten, das die andere wisperte, jedoch der Herrgott, der Allmächtige, würde ganz gewiss verstehen.

„Lass ihr in deinem Himmelreich Respekt und Anerkennung zuteilwerden, wie sie dies verdient hat, ihr jedoch auf Erden versagt geblieben ist", sagte Lissa Kallert.

„Wir bitten dich, erhöre uns", nuschelte Paula Wimmer.

„Und entlohne sie fürstlich für ihre Großherzigkeit, ihre Hilfsbereitschaft und Nächstenliebe."

„Wir bitten dich, erhöre uns", antwortete Lissa Kallert nun ihrerseits auf Paula Wimmers Fürbitte hin, löste kurz die gottgefällige Verschränkung ihrer Finger, und wischte sich mit der Rechten eine bittere – nein dieses Wort will und vermag es nicht gänzlich und zufriedenstellend treffen, denn die winzige Träne auf Lissa Kallerts Wange ätzte wie Säure auf ihrer Haut und fraß sich geradezu heißbrennend hinein diese, jedoch um nicht weiter Zeit zu verlieren, wollen wir es bei dem hingeschriebenen Worte belassen –, also wischte sie sich mit dem Finger eine bitter vergossene Träne von der Wange. Nachdem sie dies getan hatte, sprach sie die nächste Fürbitte. „Lass unsre gute Nelly edelmütig und gnädig hinunterblicken auf uns Dagebliebene, die wir nicht den Mut aufbringen, ihr würdig zu gedenken."

„Wir bitten dich, Herrgott im Himmel, erhöre uns." Paula

Wimmer wischte sich nun ihrerseits mit den Ärmeln ihres grauen Jankers über ihre nahezu ebenso graugewordenen Wangen. „Und lass verdammt nochmal den Heinrich, den die Nelly so sehr geliebt hat, es mit ihren Werken sicher über die Grenze geschafft haben."

Lissa legte ihren Arm auf Paulas Schulter. „Wir bitten dich, erhöre uns", sagten sie nun gemeinsam und sahen einander kurz an, ehe sie hinabblickten auf die winzige Flamme, die am Docht einer neben dem Stamm einer kümmerlichen Birke ins nasse Moos gedrückten Kerze glomm. Die Flamme flackerte sogleich nahezu unmerklich im weidwunden Licht der sich zum Untergang senkenden Sonne, als zwinkerte diese, einer klammheimlichen Mitwisserin gleich, den beiden trauernden Frauen zu. Die Frauen bekreuzigten sich schnell, dann gingen sie eine jede die andere untergehakt in Richtung des Bahnübergangs zur Stadtmitte hin. Die lärmende Wehrmachtskolonne auf der Schleißheimer Straße war längst an den Schreitenden vorübergefahren. Nun schnaufte nur noch hin und wieder ein einzelnes Automobil an ihnen vorbei, es waren allerhöchstens drei in zehn Minuten. Paula Wimmer schüttelte den Kopf. „Wie viel an Pech und Unbill müssen denn überhaupt zusammengeraten, damit ausgerechnet in dem Augenblick, als unsre Nelly mitten in der Nacht auf die Straße rennt, ein Automobil daherkommt?"

„Hör endlich auf damit, Paula", sagte Lissa Kallert. Ihre Stimme klang nun müde und ein klein wenig gereizt. Lissa, dies sollten wir wissen, ehe wir sie voreilig und ungerecht für gefühllos halten, besaß schlechterdings keine Kraft mehr, aufs Neuerliche und ewig Wiederholte über die Unfassbarkeit und Grauenhaftigkeit des Vorgefallenen zu sprechen. Schroffer als sie wollte, sagte sie: „Das Auto, es ist nun mal dahergekommen."

„Wo Heinrich wohl sein mag?", sagte Paula Wimmer. „Ob er es geschafft hat? Es ist nun genau ein halbes Jahr vergangen, und er hat sich noch immer nicht gemeldet."

Auch in Lissa Kallert war von Tag zu Tag, von Woche zu Woche, und als die Wochen sich schließlich zu Monaten vereinten, die Befürchtung gewachsen, dass Heinrich bei seinem Grenzübertritt erwischt worden war. Ihr Gatte August Kallert, Paula Wimmer und Lissa selbst waren abgesehen von Heinrich die Einzigen, die Nellys letzte Werke je zu Gesicht bekommen hatten. Die Gemälde und Zeichnungen waren auf dem Dachboden des Bürgersanwesens versteckt gewesen. Heinrich hatte ihnen die Werke gezeigt, in der Nacht nach der Beisetzung seiner Verlobten. Es waren Meisterwerke, allesamt geeignet jeden, der sie in Besitz hatte oder gar wagte, sie heimlich über die Reichsgrenzen hinweg ins Ausland zu schaffen, gewiss für lange Zeit ins Gefängnis oder ins Lager zu bringen. Gemeinsam hatten sie in jener Nacht Nellys und Heinrichs Gemälde aus den Spannrahmen gelöst, die Leinwände vorsichtig gerollt und zusammen mit den Zeichnungen und Skizzen in einem großen Koffer verstaut – und Abschied genommen voneinander. Heinrich hatte erst August, dann Paula und Lissa die Hand gedrückt, ehe er sich mit dem Koffer in der Rechten zum Bahnhof aufmachte, um den ersten Zug des nahenden Morgens nach München zu nehmen. Über welche Grenze er zu gehen plante, hatte er niemandem verraten. „Macht euch keine Sorgen um mich", waren seine letzten Worte gewesen, dann war er hinaus auf die Straße getreten und dem Bahnhof zu geschritten, hatte sich nicht ein Mal umgedreht und war im Nebel des heraufziehenden Morgengrauens verschwunden.

„Ich weiß auch nicht, warum Heinrich sich nicht meldet. Ich bin mir sicher, dass er es über die Grenze geschafft hat", sagte

Lissa und erschrak über die Unsicherheit in ihrer Stimme. Sie klang fast so, als glaubte sie selbst nicht, was sie da sprach. Um ihre bitteren Gedanken zu vertreiben, legte sie Paula Wimmer einen Arm auf die Schulter und sagte: „Du bist verdammt nochmal die Einzige, die ich kenne, der es einfallen will, ihre an den Herrgott gerichteten Fürbitten mit einem stattlichen Fluch zu würzen."

Lissa und Paula versuchten ein Lächeln. Es wollte ihnen nur leidlich gelingen.

+

August Kallert hatte keine Zeit gehabt, seine Gattin Lissa zu der heimlichen Gedenkstunde zu begleiten. Er saß mit seinen Künstlerkollegen Karl Prühäußer, Wilhelm Neuhäuser, Hugo Hatzler, Maria Langer-Schöller, Karl Schröder-Tapiau und Karl Thiemann[7] in seinem Atelier und besprach die Werkliste der kommenden Sommerausstellung der Dachauer Künstlervereinigung. Die sieben Künstler bildeten heuer die Ausstellungsleitung[8], und nun, da die Eröffnung Anfang Juli bereits bedrohlich nahte, galt es Nägel mit Köpfen zu machen. Heute hieß es nicht immer nur zu diskutieren, sondern es war endlich eine Entscheidung darüber zu treffen, welche der vielen von ihren Kollegen eingereichten Kunstwerke ihrer Ausstellung tatsächlich würdig waren.

Kallert bat seinen Schriftführer Hugo Hatzler ein letztes Mal die provisorische Werkliste zur Verlesung zu bringen, ehe man abschließend über die Auswahl abstimme.

Hatzler begann mit monotoner Stimme vorzutragen: „Im Vestibül die Gedächtnisausstellung zu Ehren unserer verstorbenen Künstler. Bürgers, Buttersack, von Haug, Hölzel, Langhammer, Strützel, Taschner."

„Besteht hier Einverständnis?", fragte Kallert. Die Kollegen nickten. Kallert bat Hatzler fortzufahren.

Hatzler leckte exaltiert an seinem linken Zeigefinger, ehe er umblätterte. „Am Einlass zur Ausstellung freilich die Führerbüste des geschätzten Kollegen Neuhäuser."

Kallert blickte in die Runde. Allseits Kopfnicken. Auch Neuhäuser nickte kurz, als hätte er nichts anderes erwartet und eine Zurückweisung seines Ansinnens, die herrliche Büste aufs Neue zur Ausstellung zu bringen, als nichts weniger denn einen persönlichen Affront empfunden, der gewiss einzig und allein auf den gehässigen Neid seiner Kollegen zurückzuführen wäre.

Hatzler blätterte erneut um und trug mit schwerlich zu übertreffender Lustlosigkeit vor: „In den Ausstellungsräumen im ersten Stockwerk in alphabetischer Reihenfolge Max Bergmann mit *Mooslandschaft* und *Am Brunnen*, Tony Binder mit *Vorfrühling in Dachau*, *Blick ins Moos*, *Altes Rathaus Dachau*, vier *Amperlandschaften*, *Brücke bei Etzenhausen*, *Landschaft bei Etzenhausen*, *Kücheninterieur, Dachau*, Bleistiftzeichnungen *Mädchenköpfe*, *Alte Dachauerin*, *Besucher*, *Mittagssonne*, *Am Karlsberg*, *Kirche von Dachau*, *Bäume an der Amper*."

Kallert unterbrach seinen Schriftführer mit einem Handzeichen und sagte: „Schön, dass der Tony seine schwere Krankheit überwunden hat. Er wird ja heuer ein Siebziger und hat sich die stattliche Anzahl der ausgewählten Werke sicherlich verdient wie keiner."

Hatzler blickte von seiner Liste auf, um zu sehen, ob Kallert noch mehr zu sagen geruhte, oder jemand anderes dem Vorhaben widersprach, dem genesenen Kollegen derart viel Platz einzuräumen, der dann freilich für die Werke anderer Künstler fehlen mochte. Dass das menschliche Zusammenleben ein Geben und Nehmen war, und dass es ganz zweifellos unterschiedliche Ansichten darüber gab, wem dabei zu geben, und von wem das zu Gebende zu nehmen war, dies wusste man gewiss nirgendwo besser als in einer Ausstellungsleitung, in der es über die Zusprechung von Flächen an Künstler zu beschließen galt. So verhielt es sich freilich auch bei der Dachauer Kunstausstellung und der ihrigen Leitung, denn die zur Verfügung stehende Fläche droben im prächtigen Schloss war zwar groß, doch ungleich kleiner als die gewaltigen Egoismen und Ansprüche der ausstellungsgierigen Künstler.

Im Falle des genesenen Tony Binder hatte jedoch niemand etwas dagegen einzuwenden, diesem die Präsentation gleich achtzehn seiner Werke zu gewähren, also las Hatzler weiter vor: „Edith von Bonin, Ölgemälde *Blumenstrauß*, Reinhard Caspar mit *Dachauer Bauer, Dachau in Blüte, Frühling in Günding, Herbst an der Amper, Am Moorbach, Baumgruppe bei Dachau* und *Am Waldsaum*. Erasmus Debus, zwölf Bilder aus dem Dachauer Land, *Januar, Februar, März, April, Mai, Juni, Juli, August, September, Oktober, November, Dezember*. Allesamt gewiss gleichermaßen erbaulich in ihrer Einzigartigkeit und Wirkung, vom unvergleichlichen Ideenreichtum ganz zu schweigen, wenn ich mir die Bemerkung erlauben darf."

Nun mischte sich Prühäußer feixend ein. „Es wäre doch geradezu in allerhöchstem Maße köstlich und lustig, einfach zwei oder drei seiner Bilder nicht aufzuhängen." Die Runde lachte herzlich.

Neuhäuser, der nach der Entscheidung für die neuerliche Ausstellung seiner Führerbüste bester Laune war, schlug vor: „Wir könnten dem Debus doch den August rausstreichen und ein Schild aufhängen: August abgängig wegen Sommerfrische. Bitteschön das Juli-Bild länger betrachten."

„Und das kümmerliche Januarbild streichen wir ihm raus", setzte Prühäußer noch einen drauf, „und schreiben hin: Dem

50

guten Erasmus war zu kalt zum Malen. Imaginieren Sie sich bitte einen Kachelofen."

Neuhäuser klopfte sich auf die Schenkel. „Herrlich, mein lieber Prühäußer, geradezu herrlich, deine Ideen. Was dir immer wieder mir nichts, dir nichts an Gehässigkeiten einfallen, einfach herrlich."

Auch August Kallert hätte gern gelacht, riss sich jedoch am Riemen, klopfte auf den Tisch und sagte: „Ich bitte doch um einigermaßene Ernsthaftigkeit und endliche Hinterunsbringung der für uns alle leidigen Auswahlprozedur. Aber ich will euch zugestehen, geschätzte Kollegen, wir berühren in dieser Angelegenheit gewiss einen kritischen Punkt. Es scheint mir hier platterdings dergestalt zu sein, dass man lediglich einen windigen Jahreszyklus zu zeichnen und einzureichen hat, und schon ist man mit der allergrößten Wahrscheinlichkeit gleich mit einem Dutzend Bilder in der Ausstellung vertreten. Werter Kollege Hatzler, sei bitte so gut und schreib dir meinen Gedanken auf, damit wir nicht vergessen, bei der nächsten Sitzung des Vereinsvorstands über eben diese Frage zu beraten. Vielleicht mag es sinnvoll und angebracht sein, künftig monatliche Jahresspiegel von der Ausstellung auszuschließen und sich auf vier jahreszeitliche Darstellungen zu beschränken. Am Ende kommen noch weitere unserer findigen und gleichwohl hochgeschätzten Kollegen auf die Idee, in Zukunft Monatszyklen einzureichen."

Hatzler hob eine Augenbraue, notierte aufreizend langsam den Hinweis des Vorsitzenden und unterstrich das eben Geschriebene sogleich mit seinem Füllfederhalter. „Ist vermerkt, wie letztes Jahr bereits."

Kallert nahm die Spitze seines Schriftführers ausdruckslos hin und winkte zum Weitermachen.

„Wilhelm Dieninghoff mit *Alter Bauernhof, Bauernhof bei Berg-*

kirchen, Etzenhausen und *Aus dem Ampertal.* Ludwig Dill mit *Die Schleißheimer Straße 1901, Herbst am Gröbenbach, Schleuse an der Amper.* Paul Erbe mit *Silbergrauer Tag an der Amper, März an der Amper, Bei Dachau, Schollengeruch.* Margarete Fenner mit Aquarellen namens *Sonnenstrahlen, Raureif, Mariabrunn, Esting, An der Amper, Meine Hütte* und *Weiden an der Amper.* Wilma von Friedrich mit *Schimmelkopf, Spaniel, Fuchsgespann, Schnauzerkopf, Blumenstück, Eichelhäher* und *Dachau.*

„Keiner beherrscht die Viecherl besser als die gute Wilma", sagte Kallert. Die Tiermalerin habe sich die Anzahl ihrer auszustellenden Bilder gewiss verdient, noch dazu, da sie ja auch leibhaftig eine wirklich und ganz ehrlich über die Maßen außerordentlich Nette sei. Man nickte.

„Tiere sind immer gut", sagte Hatzler. Es wurde ein bisschen gelacht. Hatzler widmete sich wieder der Liste. „Otto Fuchs mit *Dachau, Baden im Moos, Motiv aus Augustenfeld, Schleißheimer Allee, Amper, Dachau von Westen, Waldweg, Gehöft* und *Stadtrand.* Richard Graef mit *Dachauer Bauernkopf* und *Bauernhaus.* Und nun Hugo Hatzler."

Hugo Hatzler hielt inne und blickte seine Kollegen mit breitem Grinsen an. Kallert vermied den Augenkontakt, sah aus dem Fenster in die Dunkelheit und dachte bei sich: So alt, wie du geworden bist, Hatzler, so eitel bist du immer geblieben.

Hatzler sprach in genüsslichem Tonfall: „Hugo Hatzler mit *Weiden am Bach,* das nebenbei bemerkt jüngst von der Regierung von Oberbayern erworben wurde, *Dorfinneres von Günding, Blick in das Ampertal,* über dessen Verkauf ich im Übrigen ebenfalls in guten Verhandlungen stehe, *Winter am Mühlbach, Herbststraße in Dachau,* ein Gemälde, das mir derart ausgesprochen gut gefallen mag, dass ich es wohl noch eine Weile an meiner eigenen Wand wissen will, wie es einst der hochgeschätzte und freilich viel zu früh verstorbene Kollege Bürgers mit seinem Meisterwerk gehandhabt hat." Hatzler unterbrach die Verlesung seiner Werkliste. „Wenn wir schon vom alten Bürgers sprechen, wo ist denn eigentlich der Bürgersneffe geblieben? Heinrich hieß er doch, so glaube ich mich zu erinnern."

Kallert klopfte mit den Fingerknöcheln energisch auf den Tisch. Es rumpelte lauter, als dies seine üblichen Ordnungsrufe taten. „Wo der Heinrich hin ist, geht uns nichts an. Dies ist ein freies Land, in dem ein unbescholtener Deutscher hingehen kann, wohin auch immer er will." Er blickte Hatzler direkt an. „Die Übernahme eines Amtes im Vorstand unserer Künstlervereinigung dient ganz sicherlich nicht der Befriedigung der eigenen Neugierde, sondern der Gemeinschaft und des gemeinschaftlichen Bestehens. Also lass uns endlich diese vermaledeite Werkliste festlegen. Wir alle haben Besseres zu tun, als deine Neugier zu mästen."

Die Zuhörer äugten einander schweigsam und verwunderten Blickes an, war es doch eine Seltenheit, ja geradezu eine Einmaligkeit, dass Kallert gerade derart unwirsch und herrisch einen Vorstandskollegen zur Ordnung gerufen hatte. Es war Neuhäuser, der es endlich und vorsichtig wagte, das eingetretene Schweigen zu brechen: „Also ich würde schon auch gerne wissen, wohin der Heinrich verschwunden ist nach der Tragödie, die der guten Nelly widerfahren ist."

Kallert blickte Neuhäuser scharf an und hieb mit der Faust auf den Tisch. „Wir haben hier eine Werkliste für die kommende Sommerausstellung zusammenzustellen und nicht darüber zu spekulieren, wo der Heinrich hingegangen ist. Durch unser Dachauer Land sind über Jahrzehnte hinweg unzählige Künstler gezogen, und keiner von euch hat je gefragt, wo der eine oder andere verblieben sein mag. Aber wo der Heinrich hingegangen ist, das will auf einmal jeder wissen. Dies ist hier kein Wirtshausstammtisch, an dem man schwätzt und tratscht und sich über die Leute das Maul zerreißt und Gerüchte kocht, wir organisieren Kruzifix nochmal eine Ausstellung. Sieht das irgendeiner von euch anders?" Niemand regte sich. „Also endlich und um Gottes Willen weiter mit der Werkliste", herrschte Kallert seinen Schriftführer an.

Hatzler wagte nicht zu widersprechen, also las er, wie ihm aufgetragen, indes nicht ohne sich grimmig zu schwören, fürderhin nie wieder das Amt eines Schriftführers zu übernehmen, so sehr man ihn auch bitten und betteln mochte. „Grete Hoffmann mit einer Bäuerin namens *Grimmin*, *Wiesenblumen*, *Blick ins Ampertal* und *Vorfrühlingsabend*. Richard Huber mit *Meine Mutter* und *Mein Vater*, *Günding* und *Sommernachmittag*. Walter Jacob mit *Licht eines Sommertages*. August Kallert mit *Dachauerin*.

„Bereits verkauft", schnaufte Kallert und mühte sich, als er dies sagte, beiläufig zu wirken, ehe er Hatzler zum Weiterlesen aufforderte.

„Also Kallert mit dem verkauften Gemälde, wozu wir ihm freilich gerne herzlich gratulieren, und außerdem mit *Bauerngarten*, *Dachau im Märzschnee*, *Dachau im Sommer*, *Landschaft bei Dachau*, *Mariabrunn*, *Winter in Dachau*, *Ernte im Dachauer Land*. Sieh an, eine stattliche Anzahl recht raumgreifender Bilder, die wir da für unseren hochgeschätzten Vorsitzenden in der Ausstellung unterzubringen geruhen."

Kallert winkte die neuerliche Spitze seines Schriftführers achtlos beiseite. Er fand es an der Zeit, endlich ein Schnäpschen zu nehmen. Ohne den hilfreichen und aufmunternden Geist aus einer Flasche wäre die heurige Prozedur ja geradezu unerträglich, so lange wie sich die Auswahl der Werke diesmal hinziehe. Er stand auf, holte eine Flasche Obstler und Gläser aus der Küche und goss jedem seiner Kollegen generös ein

Stamperl ein. „Zwetschgenwasser von einem gierigen Bauerntrampel aus dem Hinterland. Ein Portrait des ungeschlachten Bauernpaares in Aquarell gegen acht Flaschen. Nach der Überreichung und Beschauung des vollendeten Kunstwerkes wollte der Bauer plötzlich nur noch vier Flaschen aushändigen, weil er gar nicht so ausschauen wollte, wie ich ihn gemalt hatte, und sein Weib wäre in Realität überhaupt viel ansehnlicher, als von mir auf dem Gemälde dargestellt."

Die Künstler nickten wohlwissend und blickten auf ihre Schnapsgläser. Sie kannten die Gepflogenheiten und Zahlungsmoral mancher Kundschaft nur allzu gut. „Je breiter der Schädel eines Dachauer Bauern und umso stattlicher sein Hof und prächtiger der Gaul, desto knickriger hält er sein Geld beisammen", rief Prühäußer. „Kunstsinn fehlt ihnen allenthalben, und Geschmack haben sie nur beim Fressen, und auch beim Fressen nur dann, wenn sie sich vor Gier nicht das Maul verbrühen."

„Ich habe dem Bauern freilich recht herzlich gratuliert zu seiner außergewöhnlich hübsch gewachsenen Gattin", fuhr Kallert lakonisch fort, „die im echten Leben offenbar viel ansehnlicher ist und die seltene Gabe ihr Eigen nennen darf, von Tag zu Tag noch schöner zu werden. Daraufhin hat er mir fünf Flaschen gegeben. Insgeheim vermute ich, er säuft sich sein Weib gewissenhaft, jedoch gegen jegliche Realität, Tag für Tag zur schönsten Frau der Welt. Sie haben schon neun Kinder geschafft."

Die Künstler stießen an, tranken den tatsächlich recht schmackhaften, wenn auch scharf geratenen Schnaps und widmeten sich nach einigem Keuchen und Husten endlich wieder der Werkliste.

Hatzler las weiter. „Maria Langer-Schöller mit *Blumenstück*, *Sonnenblumen*, *Obststillleben*, *Bildnis von Traudel*, *Auf der Altane*,

Blick auf Dachau. Ferdinand Mirwald mit *Sopherl, Aschenputtel, Strickendes Kind, Vor dem Spiegel, Der Austragler, Jäger, Die Bötin.* Wilhelm Neuhäuser mit *Dachau im Vorfrühling, Dahlien, Herbststrauß, Gartenbild*, zwanzig Kleinplastiken ohne Titel aus Majolika, Bronze, Steingut, Gips und englischem Zement, sowie die bereits erwähnte Führerbüste im Aufgang." Hatzler winkte Kallert nachzuschenken. „Schau an, schau an, unser guter Wilhelm ist wieder einmal in erstaunlicher Fülle vertreten. Wie er das nur immer wieder schafft?"

Neuhäuser ignorierte Hatzlers Unverschämtheit.

Hatzler grinste kurz, dann fuhr er fort: „Henry Niestlé zeigt *Kiebitze im Moos, Rotkehlchen im Föhrenbusch* und *Herbstgold im Moos*. Carl Olof Petersen *Jäger im Schnee, Drei Jäger und drei Hunde, Dachau von Norden, Kiefer im Moor* und *Biedermeierrosen.* Karl Prühäußer ist mit einundzwanzig Kohlezeichnungen und Kleinbildern dabei, allen voran *Waldhornbläser der Dachauer Stadtkapelle.* Fritz Scholl hat *Bäuerin, Der Bräu* und *Moosbauer.* Karl Schröder-Tapiau zeigt *Alt-Dachau, Gartenbild* und *Tulpenstillleben.* Franz Xaver Stahl präsentiert *An der Amper* und das Pferdebild *Arbeitskameraden.* Hermann Stockmann ist mit acht Werken dabei, Titel noch nicht gemeldet. Carl Thiemann darf sich mit vier Gemälden und sechs Holzschnitten zeigen, Titel noch nicht gemeldet. Dann sind wir schon beim guten Friedrich Wilke."

„Schwer erkrankt, der arme Fritz", unterbrach Kallert seinen Schriftführer mit Bitterkeit in der Stimme. „Sieht nicht danach aus, als würde es mit ihm wieder werden." Er wandte sich an Maria Langer-Schöller. „Denk bitte daran, Trauerflor vorzuhalten oben im Schloss. Nur für den Fall, der hoffentlich nicht eintreten wird."

„Also Friedrich Wilke mit sechs Werken und einem Unvollendeten, Titel allesamt noch nicht gemeldet. Paula Wimmer mit zwei Plastiken und fünf Bildern, *Mutter mit Kind, Bäuerin,* die Weiteren ohne Titel, ihr kennt ja die Wimmer. Sie liebt die Farben aber hasst die Formalitäten. Josef Windisch mit sechs Werken, *Dachau an der Amper,* fünf Titel noch nicht gemeldet. Kruzifix, die Leute soll'n endlich ihre Titel melden. Aranka Wirsching mit *Blumen im Frühling, Dachauerin, Sinkende Sonne bei Puchschlagen, Aufziehendes Gewitter bei der Pechhütte, Schwabhausen, Das Geigerholz bei Stetten, Der Sickertshof, Kapelle bei Puchschlagen.* Leck mich am Arsch, die Aranka ist ganz schön rumgekommen im Dachauer Land. Schließlich und endlich Adolf Ziegenmeyer mit *Kühe beim Grashof* und *Stadtbeleuchtung.*"[9]

Hatzler wischte sich gekünstelt über die Stirn und blies in die Backen. „Ende der Liste. Da haben wir mal wieder eine bunte Mischung beisammen. Idylle allüberall, und mittendrin der Führer. Die Parteigenossen werden begeistert sein bei der Eröffnung." Er hob breit grinsend sein Schnapsglas und trank aus.

Kallert sagte: „Keine Politik an diesem Tisch." Er goss Hatzler einen weiteren Schnaps ein. Der Schriftführer habe sich diesen mit seiner Unermüdlichkeit bei der Vorleserei ganz sicherlich redlich verdient. Auch sich selbst und den anderen Mitgliedern der Ausstellungsleitung schenkte er nach, immerhin hätten sie sich die ewige Litanei mit allergrößter Geduld und Langmut angehört. Er fragte seine Kollegen, ob nun endlich Einverständnis bestehe mit der getroffenen Werkauswahl. Alle hoben die Hand und Kallert dazu glückselig sein Glas. „Dann sind wenigstens wir uns einig. Wollen wir Wetten darauf abschließen, welches unserer Mitglieder das Maul am weitesten aufreißt, weil es sich in der Ausstellung mal wieder nicht angemessen berücksichtigt fühlt?"

+++

Der Meister riss die Tür seines Kabuffs auf und rief nach Johann. Dieser eilte sogleich zu ihm. Der Meister bat ihn nicht herein. Es galt also wieder einmal einen Anschiss vor Publikum über sich ergehen zu lassen. Der Meister hob die aktuelle Ausgabe des Amper-Boten in die Höhe, ganz als hätten seine Untergebenen noch nie zuvor eine Zeitung zu Gesicht bekommen. „Der siebengescheite Seemüller aus der Schreibstube hat sich beschwert, dass du dem Bürgermeister Cramer ein Komma vor die Nase gesetzt hast, obwohl der Seemüller dort keines hingeschrieben hat. Sprich, warum hast du das gemacht, Bub?"

Johann vergrub seine Hände beinahe bis zu den Ellenbogen in den Hosentaschen. „Naja, der Bürgermeister Cramer ist ein neues Subjekt, und vor ein neues Subjekt gehört ein Komma."

Den Meister schien Johanns Rechtfertigung nicht im Geringsten zu kümmern. Er herrschte den Gesellen weiter an: „Und aus Seemüllers Neu Jork hast du New York gemacht. Begründung?"

Johann verzwergte vor dem Meister geradezu auf die Körpergröße eines Liliputaners. „Das U und das Jot gehören da nicht hin, sondern ein W wie Wilhelm und ein Ypsilon, auch wenn wir wenige davon im Setzkasten haben."

Der Meister warf die Zeitung auf den Boden und klopfte Johann auf die Schulter. „Gut gemacht, Bub", rief er. „Wie man etwas schreibt, das wissen wir hier in der Schriftsetzerei immer noch besser als die feinen Pinkel in der Schreibstube mit ihren Klackerkästen." Anschließend bat er Johann in sein Kabuff. Der Schriftleiter habe ihn darüber in Kenntnis gesetzt, dass es morgen mal wieder pressieren würde: Eröffnung der Kunstausstellung am Vormittag droben im Schloss. Der

Schriftleiter werde selbst hingehen, hoher Besuch von der Partei war zu erwarten. Seinen Bericht wolle der Schriftleiter unbedingt gleich am Montag im Blatt sehen, gut hundertfünfzig Zeilen. Johann wisse ja selbst, wie geradezu unerträglich lang diese Tranfunzel von Schriftleiter für ihre Berichte gewöhnlich brauche. „Der sitzt eine Stunde an einem Zehnzeiler über einen Fliegenschiss auf dem Fensterbrett." Also benötige er morgen seinen besten Mann, sagte der Meister, „denn, wenn der Schriftleiter endlich zu seinem Erguss gekommen ist, bleibt nicht mehr viel Zeit bis zum Andruck. Da braucht es flinke Hände. Kriegst du das hin, Bub?"

Johann nickte.

Der Meister winkte ihn aus dem Kabuff. Johann hatte die Tür schon geöffnet, als der Meister in einer Lautstärke rief, die keinen Zweifel daran ließ, dass er auch von Johanns Kollegen gehört werden wollte: „Bist unser Bester. Und wenn's morgen eng wird, dann helf' ich dir höchstpersönlich. Mag mein Ton auch schroff sein, wir in der Setzstube, wir halten zusammen wie am Zeilenende das S und das T."

Am folgenden Tag saß Johann nervös vor seinem Setzkasten. Es ging bereits auf zwei Uhr zu. Die Titelseite der Lokalausgabe war längst gesetzt. Es fehlte nur noch der Bericht des Schriftleiters. Dieser war als Aufmacher vorgesehen. Johann hatte die Seite so gesetzt, dass sich in der rechten Randspalte lediglich belanglose Meldungen türmten. Diese Meldungen könnte er problemlos eine nach der anderen herausnehmen, um Platz zu schaffen, sollte der nicht unwahrscheinliche Fall eintreten, dass der Schriftleiter kein Ende fand und sich auf zweihundert Zeilen auszubreiten geruhte statt auf den angekündigten hundertfünfzig. In diesem Fall würde die geschätzte Leserschaft eben erst in der Dienstagsausgabe über die erfreuliche Tatsache in Kenntnis gesetzt, dass die Obermeierin aus Sixtnitgern seit dem vergangenen Freitag im achten Lebensjahrzehnte stand und immer noch eine stattliche Bauersfrau darstellte, die auch in ihrem hohen Alter an keiner Arbeit vorübergehen konnte, obwohl ihr längst eine arglistige Gicht in die Gelenke biss. Oder dass eine widerspenstige Kuh einem Viehhändler zu Niederroth das Knie zertreten hatte, weil dieser beim Herausführen aus dem Stall offenbar allzu ungeduldig zu Werke gegangen war. Die Schreiber des Amper-Boten verwendeten, so es um den Umgang mit Tieren ging, recht gern das Wort *ungeduldig* als Chiffre für das zu vermeidende Wort *brutal*, seitdem vor einigen Jahren ein sturzbetrunkener Schäfer mitsamt dessen scharfem Hütehund unversehens in der Schreibstube aufgetaucht war, um dort unmissverständlich klarzustellen, dass er nicht brutal mit seinen Schafen umzugehen pflege, wie das Amtsgericht geurteilt hatte, sondern lediglich ungeduldig, und dies auch nur hin und wieder, wenn es eben pressierte und sich in der Eile nicht vermeiden ließ. Außerdem könne ein jeder mit seinen Viechern tun und lassen, was er wolle, immerhin seien es die eigenen. Freilich erachteten die Schreiber die Argumentation des trunkenen Schäfers für alles andere als überzeugend – schließlich konnte ein halbes Dutzend Schafe wohl kaum an Ungeduld verendet sein –, die spitzen Zähne seines knurrenden Hundes dagegen umso mehr.

Johann blickte auf die Uhr über der Eingangstür. Mittlerweile ging es schon gegen halb drei. Er saß längst allein in der Setzstube. Sonntags war nur schmale Besetzung, und da ein Großteil der Montagsausgabe bereits samstags gesetzt wurde, hatte Johanns Kollege bereits am Mittag Feierabend machen können.

Um dreiviertel drei kam der Meister zur Tür herein. „Noch

60

immer kein Lebenszeichen vom Schriftleiter?" Johann schüttelte den Kopf, und es kam ihm so vor, als schwankte der Meister gerade ein wenig im Takt von Johanns Kopfschütteln. Er komme vom Frühschoppen, sagte der Meister, der übliche Sonntagstrunk im Kochwirt habe sich heute unerwartet lang und feucht hingezogen. Sollte der Schriftleiter nicht bis Punkt drei Uhr mit seinem Bericht auf der Fußmatte stehen, werde er diesem höchstpersönlich einen Freundschaftsbesuch in der Schreibstube abstatten und dem feinen Herrn nach allen Regeln der Kunst den Marsch blasen. „Dann kannst du gleich noch zehn Zeilen für eine Todesmeldung freischlagen. Überschrift: Schriftsetzermeister reißt Schreiberling den Kopf vom Hals. Leichenschau ergibt: Schädel des Opfers leer."

Johann sagte, dies wäre im Groben geschätzt zu lang für eine Überschrift. Der Meister blickte Johann schwankend an. Er begann zu lachen. „Bub, ich werd nicht schlau aus dir." Dann verzog er sich in seinen Kabuff und schloss die Tür, und dies gerade rechtzeitig, um in seinem betrunkenen Zustande nicht dem Schriftleiter zu begegnen, denn dieser kam nun endlich in die Setzstube gestürmt, winkte mit seinem Bericht und warf die Schreibmaschinenseiten grußlos ins Eingabefach. „Mach dich ran, das muss heute noch rein", sagte der Schriftleiter im Befehlston.

Johann nickte. Er stand auf und nahm den Bericht aus dem Fach. Dann setzte er sich an seinen Setzkasten und begann mit der Arbeit. Nun waren sie wieder am Werk, seine Kolibrimagnetenfinger, die wie keine anderen die Gabe besaßen, in Windeseile Lettern aus dem Setzkasten zu greifen und mit ihnen den kürzesten Weg zum Winkelhaken zu fliegen. Der Schriftleiter sah Johann nicht ohne Bewunderung dabei zu.

Leise und im Takt seiner fliegenden Finger murmelte Johann jedes Wort, das er in den Winkelhaken setzte. „Vom

Eingang des Vestibüls des Schlosses grüßten am gestrigen Sonntagmittag die Fahnen der Bewegung die zahlreichen Gäste der herrlichen Eröffnungsfeier der Sommerausstellung der Dachauer Künstlerschaft." Respekt, Herr Schriftleiter, sechs Genitivobjekte in einem Satz muss man erst mal schaffen, dachte Johann bei sich und setzte weiter. „Professor Heinrich Kaspar Schmid, Ehrenmitglied der Künstlervereinigung, hat auch die heurige Eröffnungsfeier in musikalisch bewährter Weise zu einem Genuss gemacht. Schuberts Allegro in b-dur war es, mit welchem die Feierstunde eröffnet wurde."

Johann zögerte. „Bei B-Dur schreibt man das B und das D groß."

Der Schriftleiter blaffte Johann sogleich an: „Was bist du denn für ein Klugscheißer? Glaubst du, ich habe nach einem dergestalt anspruchsvollen Termin, wie die Eröffnung einer Kunstausstellung einer ist, die Muße, mich mit derlei Belanglosigkeiten herumzuschlagen?"

„Ich setze Wörter recht gern in ihrer korrekten Schreibweise", sagte Johann, und schon flogen seine Finger wieder zwischen Setzkasten und Winkelhaken hin und her. Die ganz offenbar von der Mühsal sonntäglicher Arbeit ermatteten Schweinsäuglein des Schriftleiters konnten Johanns Fingern kaum folgen.

Johann begann wieder die gesetzten Wörter zu murmeln. „Lebhafter Beifall dankte dem musischen Trio für den seltenen Genuss, durch welchen schon zu Beginn der Feierstunde die Herzen weit aufgeschlossen wurden. Anschließend sprach der Vorsitzende der KVD, August Kallert. Mit herzlichen Worten gab er seiner Freude Ausdruck über den zahlreichen Besuch der Eröffnungsfeier und sah darin einen Beweis der engen Verbundenheit zwischen der Dachauer Künstlerschaft und der Bevölkerung. Sein besonderer Gruß galt dem Stellvertreter des Stellvertreters des Führers."

Johann stutzte wieder. „Herr Schriftleiter, war heute Vormittag tatsächlich der Stellvertreter des Stellvertreters des Führers bei uns im Schloss?"

Der Schriftleiter streckte sein dickbackiges Gesicht über den Setzkasten zu Johann hinüber und flüsterte stolz: „Und mir wurde die Ehre zuteil, ihn mit eigenen Augen zu sehen."

Johann blickte den Schriftleiter unsicher an. „Aber da steht nicht, wie er heißt. Ich kann doch nicht setzen, dass niemand Geringerer als der Stellvertreter des Stellvertreters des Führers bei der Eröffnungsfeier war, und dann steht dort kein Name."

Dem Schriftleiter wurde es allmählich zu bunt. „Weiß der Geier wie der Stellvertreter vom Stellvertreter vom Führer heißt. Weißt du es etwa, Bürschchen? Ich weiß es jedenfalls nicht."

„Das ist ein Problem", sagte Johann trocken. Man könne doch nicht berichten, dass der Stellvertreter des Stellvertreters des Führers die Dachauer Kunstausstellung mit seiner Anwesenheit beehrt hatte, ohne dessen Namen zu nennen.

Der Schriftleiter wand sich unentschlossen, wollte diesen elendigen Neunmalklug von Schriftsetzerling am liebsten zur Schnecke machen, was dieser sich einbildete, wer er denn überhaupt war, ihn, den Schriftleiter, zu belehren. Jedoch von professioneller Warte aus betrachtet hatte der vorlaute Bengel freilich recht. Der Schriftleiter begann sich vorzustellen, wie zuerst Bürgermeister Cramer, der vom Rathaus fußläufig fünfzig Meter Vorsprung hatte vor Kreisleiter Eder, morgen Früh in die Schreibstube stürmte wie einst die Rüpel der SA bei der Machtübernahme und toben würde. Und kaum zwanzig Sekunden später Kreisleiter Eder, wahrscheinlich außer Atem, weil vergeblich gerannt und in Beeilung, den Bürgermeister einzuholen, aber noch genügend Luft in den Lungen, dem Amper-Boten Zersetzung und hinterlistige Wühlarbeit vorzuwerfen, immerhin stelle die Außerachtlassung des Namens des Stellvertreters des Stellvertreters des Führers gewiss keine ohne weitere Konsequenzen nachzusehende sonntägliche Lässlichkeit dar, sondern offenbare im Gegenteil einen bösartigen Mutwillen und eine übelgesinnte Heimtücke sondergleichen. „Herrschaftszeiten", fluchte der Schriftleiter und trommelte nervös mit seinen Fingern auf Johanns Setzkasten, dass die Lettern darin im Staccato hüpften.

Johann legte seine Hand auf den Setzkasten und sagte mit ruhiger Stimme: „Ich schlage vor, Sie gehen und machen ausfindig, wie der Mann heißt, und in der Zwischenzeit setze ich Ihren Bericht."

Der Schriftleiter hieß Johanns Vorschlag gut und lief sogleich hinaus, den Namen in Erfahrung zu bringen. Johann setzte weiter: „Kallert begrüßte auch den Vertreter der Reichskunstkammer, Schuster-Winkelhof, sowie den Regierungspräsidenten Gareis, die erschienenen Vertreter der Partei, der Behörden und der Stadt. Er konnte weiter die Grüße der am Erscheinen verhinderten Persönlichkeiten bekanntgeben, namentlich Reichsstatthalter General Ritter von Epp, Ministerpräsident Siebert und den stellvertretenden Gauleiter Nippold." Johann gähnte. Wen im Dachauer Land mochte wohl interessieren, wer von den Genannten erschienen oder ferngeblieben war? „Um die Ausstellung einer breiten Öffentlichkeit zugänglich zu machen, wurde gegenüber den Vorjahren der Eintrittspreis beträchtlich gesenkt. In kurz umrissener Form schilderte Kallert die Aufgabe der Dachauer Künstlerschaft, die lange Tradition Dachauer Kulturschaffens würdig weiterzuführen in die Zukunft und damit die Aufgaben zu erfüllen, die der Schutzherr der deutschen Kunst, der Führer selbst, dem deutschen Künstler gestellt hat. Dass die Dachauer Künstlerschaft hier auf dem richtigen Wege ist, dafür dürfte sicher der erfreuliche Umstand sprechen, dass durch die Vermittlung des Propagandaministeriums die gesamte heurige Kunstausstellung nach Brasilien gebracht werden soll, um dort in verschiedenen Städten gezeigt zu werden."

Johann fand, dass es an der Zeit war, einen Zwischentitel zu setzen. „Kreiskulturwart Baur spricht."

Danach setzte er weiter mit Brotschriftlettern: „Namens der Dachauer Kreisleitung der NSDAP und der Stadt Dachau übermittelte Kreiskulturwart, Regierungsrat Baur, der Ausstellung die besten Wünsche. Die Dachauer Kunst habe sich durch eineinhalbhundertjährige Tradition", der Schriftleiter hatte tatsächlich *eineinhalbhundertjährig* geschrieben, Johann machte kopfschüttelnd *150-jährige* daraus, „einen Namen erworben, der verpflichtet und dazu zwingt, dass diese Tradition nicht erstarrt oder verkümmert, sondern immer von Leben erfüllt unserer neuen deutschen Wirklichkeit dient. Mit großer Genugtuung verzeichnete der Redner, dass die Dachauer Künstlerschaft bereits in diesem Sinne arbeitet, und dass die heurige Ausstellung klare Ansätze hin zu dem vom Führer selbst gekennzeichneten neuen Stil deutscher Lebenshaltung enthält. Er brachte das Versprechen zum Ausdruck, dass die Ausstellung von der Partei jedwede Unterstützung erfahren werde.

Die Künstler selbst aber forderte er auf, nie den Glauben zu verlieren über alle Widerwärtigkeiten und Schwierigkeiten hinweg, den Glauben an die ewige deutsche Mission, wie sie der Führer und Schirmherr der deutschen Kunst in seinen Kulturreden so klar gekennzeichnet hat."

Neuerlicher Zwischentitel. „Regierungspräsident Gareis eröffnet die Kunstausstellung."

Nun wieder weiter mit Brotschrift: „In kurzer Ansprache erinnerte Regierungspräsident Gareis an die schwierige Lage, die der Führer bei der Machtübernahme im ganzen Reiche auf allen Gebieten vorfand, und trotzdem konnte er in seinem Aufbauwerke, das dem Schaffen eines Titanen gleicht, auch für die Kunst die neuen Wege weisen und die deutsche Kunst wieder zu ihrer eigentlichen Aufgabe zurückführen, während das vergangene System sich nicht einmal darüber schlüssig machen konnte, wo man das für den abgebrannten Glaspalast zu erbauende neue Gebäude errichten sollte. Er gab seiner Freude Ausdruck, dass die Dachauer Künstlerschaft in ewig jungem Schwunge den Aufgaben gerecht zu werden versucht, der Kunst als Ausdrucksform der Lebenskultur eines Volkes zu dienen."

Johann nahm nun sämtliche Meldungen aus der rechten Randspalte, denn wie vorauszusehen gewesen war, hatte sich der Schriftleiter beim Verfassen seines Berichts freilich nicht mit den von ihm angekündigten hundertfünfzig Zeilen begnügt, sondern war ganz offenbar der Überzeugung, es wäre eine gute Idee, der Leserschaft die Ereignisse der Eröffnungsfeier auf insgesamt dreihundertfünfzig Zeilen auszubreiten und in aller Tiefe darzulegen. Die Randspalte fasste neunzig Zeilen. Johann griff also in seinen Kasten mit den Stehsätzen und legte den Stehsatz „Fortsetzung folgt in unserer morgigen Ausgabe" bereit.

„Wir haben hier im Amper-Boten schon oft darauf hingewiesen, welches Verdienst die Künstlerschaft gerade um Dachau für sich in Anspruch nehmen kann. Dachauer Kunst hat den Namen Dachaus schon seit Jahrzehnten in alle Welt getragen, und sie hat auch in neuerer Zeit nicht ihre Wirksamkeit verloren. Noch immer wird Dachau von Fremden aus dem ganzen Reiche und darüber hinaus besucht, und wer das nicht glauben will, der sehe sich einmal das in der Ausstellung ausliegende Buch an, in dem sich so viele eintrugen, die Dachau um der Dachauer Kunst willen einen Besuch abgestattet haben. Unser Bericht sei darum unser Dank für die Werbung für die Stadt und das Land, das uns allen gemeinsam Heimat ist. Es sollte jeder Dachauer einmal wenigstens die Ausstellung besuchen, um vor allem einmal selbst zu sehen, wie seine Heimat von Künstlern in ihrer ganzen Schönheit geschildert wird.

Zum allmählichen Abschlusse unseres Berichtes nur noch kurz einiges Grundsätzliches über die umfassende Schau im Dachauer Schloss: Es ist ja die Zeit in Deutschland glücklich abgeschlossen, in der Kunst zu einem großen Teil bedeutete, dass ein Werk möglichst unverständlich sein musste. Man musste sich hineindenken in das, was der Künstler in seinem Werke ausdrücken wollte, oder wenigstens so tun, als ob man es verstand, so hieß es in jener Zeit des Niedergangs.

Der Führer des neuen Deutschlands hat als Schirmherr der deutschen Kunst selbst die Richtlinien gewiesen, in welchen sich das künstlerische Schaffen abweichend von der Epoche des Niedergangs bewegen soll. Und von diesem Gesichtspunkt aus betrachtet werten wir die Dachauer Kunstausstellung als ernsthaften Versuch, in zäher Arbeit des Einzelnen immer näher an das gesteckte Ziel heranzukommen. Damit wird dann auch das erreicht, was notwendig ist, damit die Kunst lebensfähig ist: die enge Verbundenheit mit dem Volke, dem sie dienen soll. Fortsetzung folgt in unserer morgigen Ausgabe."[10]

Der Schriftleiter kam polternden Schrittes in die Setzstube gestürmt und rief sogleich schwer atmend: „Schulte Strathaus. Der Stellvertreter vom Stellvertreter vom Führer, er heißt Schulte Strathaus ohne Bindestrich."

Johann setzte den Namen und fügte diesen an der dafür frei-
gehaltenen Stelle ein. „Nie gehört", sagte er und nahm sich
vor, den Namen noch heute in seinen Stehsatz aufzunehmen.

„Wie weit bist du?", fragte der Schriftleiter und rang nach
Luft, als hätte er gerade einen mehrstündigen Orientierungs-
lauf durch schwerstes Gelände hinter sich gebracht.

„Ich bin fertig", sagte Johann.

Dem Schriftleiter troff der Schweiß vom Kinn und von den
Backen. Er zog ein Stofftaschentuch aus seiner Hosentasche
und wischte sich damit ausgiebig übers Gesicht. Dann setzte
er sich neben Johann auf einen Stuhl und lehnte sich zurück,
bis die Lehne seines Sitzgeräts knarrte und mit diesem Knar-
ren androhte, unter der Last des Schriftleiterleibes alsbald zu
bersten, sofern dieser sich noch weiter zurückzulehnen geruhte. „Ich bin auch fertig. Ganz und gar fertig." Plötzlich
begann er zu lachen, geradezu in einer Weise, als hätte er draußen während seiner verzweifelten Recherche nach dem Namen des Stellvertreters des Stellvertreters des Führers seinen
gesamten Verstand verloren. Nachdem er sich endlich wieder
gefasst hatte, begann der Schriftleiter zu erzählen. „Ich renne
also raus auf die Straße und frage sogleich den Nächstbesten,
der mir über den Weg läuft, wie denn der Stellvertreter vom
Stellvertreter vom Führer heißt. Der Mann zuckt nur mit den
Schultern und gafft mich dämlich an. Sagt dabei kein Wort.
Also jage ich weiter den Berg hinauf. Überall sitzen die Leute
vor ihren Häusern und in ihren Höfen in der Sonne. Alle
haben sie Mordströmmer von Hakenkreuzflaggen an ihren
Fassaden hängen, aber nichts dahinter, gar nichts. Keiner
kennt den Stellvertreter vom Stellvertreter vom Führer. Somit
musste ich den Berg bis ganz hinauf zum Schloss, doch außer
einem Künstler an der Kasse war niemand mehr dort. Der
Künstler wusste den vermaledeiten Namen auch nicht. Ich

habe ihn gefragt, ob denn nicht irgendwo eine Gästeliste herumliegt. Der Künstler schaute in einem Aktenordner nach, aber nichts dergleichen fand sich. Du wirst dich wahrscheinlich fragen, warum wissen selbst unsre Künstler nicht die Namen ihrer eigenen Ehrengäste, aber es sind nun einmal Künstler, und mit allzu weltlichen Angelegenheiten, wie das Führen einer Gästeliste eine darstellt, haben es unsere Dachauer Künstler ganz gewiss nicht, ganz zu schweigen von gewissenhafter Dokumentation. Derlei lästige Aufgaben überlassen sie nur allzu gern den Irdischen, wie du und ich welche sind. Aber einerlei, ich schweife ab, es sind halt Künstler. Ich wollte schon wieder gehen, da kommt plötzlich jemand ganz gemächlich und erhaben aus dem Schlosssaal herausgeschritten, und was meinst du, wer ist es? Du errätst es nicht!"

„Schulte Strathaus ohne Bindestrich", sagte Johann ohne jede Regung.

Der Schriftleiter klopfte sich feixend auf den Oberschenkel. „Nun verdirb mir doch nicht meine Geschichte, Bengel. Aber du hast richtig geraten. Vor mir steht nun also leibhaftig der Stellvertreter des Stellvertreters des Führers. Er wendet sich an den Künstler an der Kasse und sagt: Wahrlich eine ganz ausgezeichnete und in höchstem Maße erbauliche Ausstellung, die Sie hier zum Erstehen gebracht haben. Sie hat mir meinen Sonntag gewiss nicht verleidet, ganz im Gegenteil schaffte sie es, mir diesen zu versüßen. Der Künstler sagt auf das Lob hin höflich Dankeschön, aber jetzt müsse er auch langsam zusperren, denn heute sei eigentlich nur die Eröffnungsfeier anberaumt gewesen und noch gar kein eigentlicher Ausstellungsbetrieb vorgesehen. Ich werfe mich sogleich in Pose und schimpfe das Künstlermännchen aus. Ja weißt du nicht, rufe ich also, wen du da vor dir hast, du elendiglicher Dummkopf! Vor dir keinen geputzten Schwammerl wertem

Künstlermannschgerl steht in aller Höchstpersönlichkeit niemand Geringerer als der Stellvertreter des Stellvertreters des Führers. Einer Würdenperson von derartig herausragender Stellung und Bedeutsamkeit im gesamten großdeutschen Reich dürfe die Dachauer Künstlerschaft doch nicht die Tür weisen, bloß weil noch kein eigentlicher Ausstellungsbetrieb anberaumt ist. So schimpfe ich also fürchterlich erbost, ehe der Stellvertreter des Stellvertreters des Führers sogleich anhebt, die Wogen zu glätten – ganz weitgereister und gescheiter und erfahrener Diplomat, das spürt man schon im ersten Augenblick, denke ich mir, weil er einfach nur sagt: Mir stand ohnehin der Sinn nach Aufbruch. Wir lassen den unverschämten Künstlerkerl also links liegen und gehen miteinander hinaus aus der Ausstellung und dem Schloss, und weit und breit steht kein Fahrer und kein Automobil für den Mann bereit. Kein Mensch nirgendwo. Also fragt mich der Stellvertreter des Stellvertreters des Führers nach dem Weg zum Bahnhof. Ich blicke ihn entrüstet an und sage: Der dritte Mann im Reich wird ja wohl nicht mit der Eisenbahn reisen müssen wie ein dahergelaufener Irgendwer, bloß weil ganz offenbar jemandem von unserer hiesigen Künstlervereinigung organisatorisch die Gäule durchgegangen sind, statt für angemessene Rückbeförderung gesorgt zu haben. Da legt mir der Mann ganz sanft, ja nahezu mild und lind, seine Hand auf die Schulter und sagt zu mir, es handle sich wohl um eine Verwechslung. Ich reklamiere augenblicklich mit der allergrößten Vehemenz und beginne auszuführen, ich hätte doch mit meinen eigenen Ohren gehört, dass der Vorsitzende der Künstlervereinigung ihn bei der Eröffnung der Ausstellung als Stellvertreter des Stellvertreters des Führers vorgestellt hatte. Der Mann, immer noch mit seiner Hand auf meiner Schulter, blickt mich an und lächelt mit einer Güte, ja tatsächlich mit einer Güte und Milde und Sanftheit ohnegleichen, wie nur wirklich und tatsächlich die allergrößten Menschenspersonen bereit sind, sie den Niederen zuteilwerden zu lassen, und sagt: Da mag der geschätzte Kunstmeister Kallert sich wohl ein wenig missverständlich ausgedrückt haben. Ich bin mitnichten der Stellvertreter des Stellvertreters des Führers. Dann bittet er mich um eine Zigarette, denn dies zu erklären erfordere etwas Zeit und auch ein gewisses Maß an Langmut, und von beiden besitze er im Augenblicke zur Genüge, da er den Führer heute nirgends mehr zu vertreten habe. Wir setzen uns also hin auf die Schlossbergmauer, von der man ja ganz herrlich auf unser schönes Moos hinabblicken kann, als wären wir zwei Lausbuben oder Lümmel, die nichts weiter zu schaffen haben, als zu sitzen und hinauszuschauen und zu rauchen, und kaum sitzen wir dort in der lauen Sommerbrise, fängt er an, mir alles im Detail auseinanderzusetzen: Kunstausstellungen wie die in unserem herrlichen Schloss gibt es im Reich landauf, landab wie Sand am Meer und Steine im Gebirge. Überall laden Künstler die örtlichen Bürgermeister und Kreisleiter zu ihren Eröffnungsfeierlichkeiten ein, und beide Eingeladenen beeilen sich, der Erste zu sein, der daraufhin den Gauleiter einlädt. Der Gauleiter wiederum lädt sogleich den Reichsstatthalter ein, und der Reichsstatthalter den Führer. Der Führer hat freilich und aus gewiss für jedermann verständlichen Gründen Bedeutsameres zu tun, als Tag für Tag ein halbes Dutzend Kunstausstellungen irgendwo im Lande mit seiner Anwesenheit zu beehren, also schreibt das Vorzimmer des Führers an das Vorzimmer des Reichsstatthalters, man möge jemanden schicken, der den Führer vertritt. Der hiernach zum Vertreten bestimmte Vertreter verspürt freilich auch keine Lust und hat gewiss Erbaulicheres im Sinne, als sich eine Kunstausstellung irgendwo in einem kleinen Kaff im Nirgendwo anzusehen.

Also bestimmt dieser wiederum einen Vertreter, und hier im Gau bin das zu allermeist und, wie ich gestehen muss, zu meinem Leidwesen ich. Glauben Sie mir bitte, und als er das sagte, hat er den Zigarettenrauch von der Schlossmauer zum Dachauer Moos hin hinausgeblasen, als könnte und wollte er es nicht mehr sehen, ich habe in den letzten Jahren so viele Gemälde von Birken, Bauernhäusern, Mooren und Knechten hinterm Pflug gesehen wie kein Zweiter in unserem schönen Gau."

„Und wie haben Sie nun seinen Namen herausgefunden?", fragte Johann.

Der Schriftleiter schlug sich wieder auf den Oberschenkel, diesmal vor Freude, und lachte herzlich. „Merk dir das fürs Leben, Bub, es gibt zwei Sorten von Menschen auf der unsrigen Welt: Männer, von denen man wissen muss, um wen es sich bei ihnen handelt, und Leute, die man ohne jegliches Zögern fragen kann, wer sie sind. Wenn einer ein Keiner ist, dann hat man von ihm doch nicht das Geringste zu befürchten, bloß weil man seinen Namen nicht kennt. Ich habe bei der Eröffnung der Kunstausstellung heute Vormittag wohl dank meines ausgeprägten Instinktes und meiner langjährigen Erfahrung als Schriftleiter bereits ganz unterbewusst geahnt, dass der Name Schulte Strathaus ohne Bindestrich gänzlich unbedeutend sein wird für meinen zu verfassenden Bericht. Aber nun, da dir so über die Maßen viel daran gelegen ist, dass ich noch einmal hinausgehe und den Namen für dich ausfindig mache, kannst du ihn freilich gern in dem Bericht stehenlassen."

Johann nickte.

Der Schriftleiter stemmte sich von seinem Stuhl hoch und streckte Johann seine Hand entgegen. „Gute Arbeit, Bub."

Der gute Johann hatte noch nie die Hand eines Schreibers

aus dem Vorderhaus geschüttelt, geschweige denn die des Schriftleiters höchstpersönlich. Vorsichtig griff er nach der ausgestreckten Hand.

„Herrschaftszeiten, lang richtig zu", rief der Schriftleiter und drückte Johanns Hand mit einer Kraft, als wollte er die Kolibris in Johanns Fingern geradezu zerquetschen. „Einen aufgeweckten Burschen von deinem Schlage können wir bei uns vorn in der Schreibstube allerbest gebrauchen. Wir schauen schon seit einiger Zeit nach einem findigen Schreiber. Jedoch weshalb in der Ferne suchen, wenn der Gute liegt so nah? Ich will morgen mit dem Verlagsleiter über deine weitere Verwendung sprechen. Jemand von deinem Verstand soll doch nicht sein Lebtag lang nach Lettern greifen und damit setzen müssen, was andere geschrieben haben. Jemand wie du kann und muss doch selber schreiben." Der Schriftleiter löste den Handschlag und wurde augenblicklich wieder geschäftsmäßig. „Ist alles gesetzt?"

Johann nickte.

„Dann flink damit zum Druck."

Johann machte die Seite fertig. Ehe er nach Hause ging, klopfte er sanft gegen die Tür zum Kabuff des Schriftsetzermeisters. Nichts regte sich. Vorsichtig öffnete Johann die Tür. Der Meister saß in seinem Sessel und schlief und schnarchte. Johann ließ ihn sitzen, schlafen und schnarchen. Und ging nach Hause.

An jenem Sonntagabend rückte Simon sein Bett nicht an jenes von Johann heran. Simon konnte und wollte einfach nicht begreifen, aus welcherlei Grunde Johann das Angebot des Schriftleiters eilfertig anzunehmen geruhte, künftighin in der Schreibstube des Amper-Boten zu arbeiten und damit fürderhin den Nationalsozialisten die Feder zu führen. „Johann, du bist doch keiner von denen, oder?", fragte Simon seinen Zimmerkameraden.

Johann war über Simons Frage und Anwurf augenblicklich in Wut und Rage geraten, wie nur einer wütend und wallend werden kann, der die Antwort selbst nicht kennt. Er zieh seinen Zimmerkameraden und besten Freund einen Moralisten und Neidhammel und fragte ihn scharf: „Welchen Unterschied macht es, ob ich ihre Worte nur setze oder fortan schreibe?"

Simon sagte nichts und löschte das Licht.

+++

Am Dienstagmorgen stand der Schriftleiter im Hof des Amper-Boten und nahm Johann, als dieser um Punkt acht Uhr erschien, mit einem geradezu knochenzermalmenden Handschlag in Empfang. Sogleich führte er Johann in die Schreibstube und stellte diesen den darin Anwesenden als ihren neuen Kollegen vor. Die beiden Männer, die am Vormittag Dienst schoben, nahmen Johann mit ausdruckslosem Kopfnicken in den Kreis der Ihrigen auf. Einer der Männer meinte knapp, es sei allerhöchste Zeit gewesen, dass man endlich Verstärkung bekam, der andere sagte zu Johann: „Jetzt zählt nicht mehr das, was du im Kasten hast, sondern das, was du auf dem Kasten hast. Der Amper-Bote steht im Ruf, von exzellenten Schreibern verfasst zu werden. Mach das bloß nicht kaputt. Seemüller der Name. Du geruhst mich fürs Erste zu siezen."

Der Schriftleiter winkte die Bemerkungen der Schreiber achtlos beiseite und zeigte Johann dessen neuen Arbeitsplatz. Dieser bestand wie sein bisheriger Arbeitsplatz in der Schriftsetzerei aus einem Drehstuhl und einem kleinen Holztisch, jedoch befand sich auf diesem kein Setzkasten, sondern eine Schreibmaschine der Firma Mercedes. Neben die Schreibmaschine hatte jemand ein Wörterbuch, ein kleines, schwarzes Notizbüchlein, einen stumpfen Bleistiftstummel von kaum mehr zwei Zoll Länge sowie einen Stapel Schreibmaschinenpapier hingelegt. „Ich habe noch nie ein unbeschriebenes Blatt Schreibmaschinenpapier gesehen", sagte Johann leise, und wer, als er dies aussprach, genau hinhörte, was freilich keiner der Anwesenden tat, der hätte die gewaltige Ehrfurcht des jungen Mannes vor seiner neuen Aufgabe geradezu mit Händen greifen können.

Der Schriftleiter lachte und klopfte Johann auf die Schulter.

„Dann will es wohl an der Zeit sein, dir allerschnellst deinen ersten Schreibauftrag zu erteilen. Hör zu, wir brauchen fünfzig Zeilen darüber, dass die Stadt München einen Stockmann erworben hat."

Johann sah seinen neuen Vorgesetzten fragend an. „Was kann man denn mehr darüber schreiben, als Sie mir gerade gesagt haben? Die Stadt München hat eben einen Stockmann gekauft. Punkt."

„Mehr weiß ich auch nicht, aber du kriegst da sicher noch ein bisschen Fleisch drumherum", entgegnete der Schriftleiter und besah sich Johann mit leicht herausforderndem Ausdruck im Gesicht. „Ich werde mich doch nicht etwa in dir geirrt haben? Schreib einfach etwas Erbauliches. Irgendetwas, das unsere Leser erfreut und ihnen das Gefühl vermittelt, am rechten Fleck und Teil von etwas Großem zu sein. Und wenn alle Stricke reißen, dann lauf zum Kallert hin und frag den, der Kallert weiß allzeit irgendwas zu schwadronieren, wenn es um seine Künstler geht."

Drei Stunden später klopfte Johann vorsichtig an die Tür des Schriftleiters und reichte diesem, nachdem er hereingerufen worden war, seinen Entwurf. Der Schriftleiter griff nach dem Blatt Papier und begann laut zu lesen: „Ein weiteres Dachauer Kunstwerk im Haus der Deutschen Kunst verkauft. In Ordnung, Bub, das kann man als Überschrift so lassen." Er las weiter: „Gleich zu Beginn der Deutschen Kunstausstellung in München konnten wir berichten, dass sich unter den damals angekauften Kunstwerken auch das Werk eines Dachauer Künstlers befindet. Es war ein Gemälde unseres Dachauer Ehrenbürgers, Professor Hermann Stockmann, das der Führer selbst gekauft hat."

Der Schriftleiter hielt inne. „Sauber, Junge! Derlei Sensation kann man gar nicht oft genug wiederholen. Stell dir vor, Bub, unser Führer hat tatsächlich einen Stockmann gekauft. Er hätte Bilder von Dutzenden anderen Künstlern kaufen können, doch der Führer hat sich für einen Stockmann und damit für einen Dachauer entschieden, und somit im Endeffekt auch ein kleines bisschen für uns alle." Der Schriftleiter widmete sich wieder Johanns Text. „Wie wir nun erfahren, ist auch das zweite im Hause der Deutschen Kunst ausgestellte Werk desselben Künstlers angekauft worden. Diesmal war es die Stadt München, die ein Werk von Professor Stockmann erworben hat." Der Schriftleiter griff nach einem Bleistift und strich etwas durch. „In erbaulichen Berichten schreiben wir nicht *Stadt München*, wir schreiben stattdessen *Hauptstadt der Bewegung*, das macht mehr her. Merk dir: München verwenden wir als Ortsangabe, aber wenn es ums Große und Ganze geht, dann schreiben wir von der Hauptstadt der Bewegung."

Johann nickte und versprach, es sich zu merken.

Der Schriftleiter las weiter vor: „Wir freuen uns ob des Erfolges unseres Dachauer Altmeisters und würden es begrüßen, wenn wir auch aus der hiesigen Ausstellung im Dachauer Schloss öfters von Ankäufen berichten könnten. Wie wir hören, wurde dort gleich am Tag der Eröffnung ein Werk von Franz Xaver Stahl angekauft."[11]

Der Schriftleiter wog seinen Kopf. „Gut geschrieben, Bub. Vom Heimatlichen hinaus in die große, weite Welt der Hauptstadt der Bewegung bis hinauf zum Führer höchstpersönlich, und abschließend wieder zurück zum eifrigen Wollen und Werden der Menschen auf der hiesigen Scholle. Gib es rüber in die Schriftsetzerei. Du kennst ja den Weg."

Johann war mit seinem Bericht schon fast zur Tür hinaus, als der Schriftleiter noch eine Frage hatte: „Sag mir, Bub, bist du etwa beim Kallert gewesen?"

Johann schüttelte den Kopf. „Der Kollege, der nicht Seemüller heißt, hat mir den Ordner gezeigt, in dem die bereits erschienenen Ausgaben abgeheftet werden. Darin fand sich allerlei Hilfreiches. Außerdem war er so nett, mir den Tipp zu geben, dass man sich jeden Tag bei der Sekretärin nach eingegangenen Briefen und Telegrammen erkundigen sollte.“

Der Schriftleiter lächelte. „Soso, dann ist also ein Telegramm aus München eingetroffen. Dies ist mir doch glatt entgangen“, sagte er, ehe sich sein Lächeln in ein breites Grinsen verwandelte, denn der Schriftleiter war keiner, dem es leicht viel, mit seiner immensen Freude über seine eigenen geglückten Schelmentaten allzu lang hinterm Berg zu halten.

„Jawohl, Chef“, antwortete Johann. „Die Hauptstadt der Bewegung hat ausführlich telegraphiert.“

„Test bestanden“, nuschelte der Schriftleiter. „Jetzt raus mit dir, du hast noch ein paar Meldungen über runde Geburtstage und Ehejubiläen zu verfassen.“

+++

Ende August saßen Johann und Simon auf der Holzbank neben der Eingangstür des Gesellenhauses und genossen die letzten Sonnenstrahlen des schwindenden Tages. Simons Groll über Johanns Wechsel von der Schriftsetzerei in die Schreibstube des Amper-Boten war inzwischen verflogen. In den vergangenen Wochen war Johann geradezu aufgeblüht, als flösse mit jeder Zeile, die er drüben beim Amper-Boten niederschrieb, endlich jegliche Trübsal und Schwermut aus seiner kindlichen Seele. Nachts schreckte Johann nun nicht mehr schweißnass und kümmerlich weinend aus bitteren Träumen auf, im Gegenteil, er schlief ruhig, erwachte morgens ausgeruht und fröhlich, und abends, nach getaner Arbeit, war er gesprächig wie nie.

Als könnte Johann die Gedanken seines Zimmergenossen lesen, sprach er zu Simon: „Sag mal, was glaubst du, mag der Grund sein, weshalb ich nicht mehr schlecht träume?"

Simon schnitzte eifrig und konzentriert an einem Jesuskind. „Vielleicht getraut sich dein alter Herr nicht mehr in deine Träume hinein, weil du jetzt ein Schreiber bist und nicht mehr ein einfacher Handwerker, wie dein Vater einer gewesen ist."

Johann schmunzelte. „Mag sein. Vater hat immer gekatzbuckelt vor Leuten, die er für ehrwürdiger hielt als sich selbst. Vielleicht kommt er auch nicht mehr in meine Träume, weil ich jetzt so viel über meine Berichte nachsinnen muss, dass ich gar keine Zeit mehr habe, an ihn zu denken."

„Vielleicht verhält es sich mit der Überfahrenen in ähnlicher Weise", wagte Simon eine Spekulation. „Oder sie hat endlich begriffen, dass du nichts dafürkonntest für ihren Tod. Vielleicht sind die Gestorbenen tatsächlich imstande, zu begreifen und zu lernen."

„Nenn sie doch bitte nicht die Überfahrene", sagte Johann. „Sie hat einen Namen. Allein in letzter Zeit will er mir selbst nicht mehr einfallen. Womöglich hat auch geholfen, meine Träume zu vertreiben, dass ich droben in Sankt Jakob eine Kerze gespendet und dabei geschworen habe, nie wieder in das Automobil eines Fremden einzusteigen, um jemandem zu helfen, den ich gar nicht kenne. Die eigenen Leute sind es, um die man sich zu sorgen und zu kümmern hat."

Simon stieß einen leisen Fluch aus. Um ein Haar hätte er seiner kleinen Jesusfigur den Heiligenschein vom Köpfchen geschnitzt. „Hoppla, da führt man das Schnitzmesser nur einen winzigen Augenblick allzu arglos, und schon mag aus dem heiligen Jesuskind ganz schnell ein gewöhnliches irdisches Bübchen werden", rief Simon und schenkte Johann sein alles und jeden einnehmendes Lächeln, jenes Lächeln, das Simon ganz offenbar alle Fahrlässigkeit und jegliche Schlingelhaftigkeit ohne Folge und Konsequenz durchgehen ließ, und das Johann sich so sehnlich selbst zu besitzen sehnte, ihm jedoch niemals zu gelingen vermochte, so sehr er sich auch anstrengte und mühte. Johann sah Simons Lächeln gern wie nichts anderes auf der Welt. Wenn jemand unter den Menschlichen überhaupt göttlich zu lächeln vermochte, dann war dies gewiss und einziglich Simon. Hin und wieder, wenn Simon derart göttlich lächelte, fühlte sich Johann gleichzeitig und ebenso gleichermaßen von Neid und Stolz bemächtigt. Neid, da er selbst nicht einmal im Wenigsten derart einnehmend lächeln konnte, so unermüdlich er auch in aller Heimlichkeit vor dem Spiegel im Waschraum üben mochte, und Stolz, weil Simon ganz eigentlich nur dann so göttlich lächelte, wenn dies Lächeln Johann galt.

Simon wandte seinen Blick und sein Lächeln nun wieder von Johann ab und konzentrierte sich auf seine Schnitzerei.

Aufmerksam schnitt er seinem Jesuskind mit der feinen Spitze seines Messers im Gesicht herum, diesem Augen zu schenken, um zu sehen, Ohren zu bescheren, um zu hören, eine Nase, um sie in den Wind zu halten, und einen Mund, um über das Gesehene, Gehörte und Gerochene ehrlich zu sprechen, wie Simon stets mit größter Feierlichkeit in seiner Stimme zu sagen pflegte, wann immer er einem Jesuskindlein ein Gesicht zurechtschnitzte.

Johann wunderte sich ein wenig darüber, dass Simon seinen feierlichen Spruch heute nicht zum Besten gab und stattdessen mit nunmehr vollkommener Schweigsamkeit vor sich hin schnitzte, bis Simon endlich, als er beim Schnitzen des Mundes angekommen war, sagte: „Und einen Mund, um über alles eisern zu schweigen."

Nachdem Simon das kleine Figürchen fertiggestellt hatte, wiegte er es zärtlich in seiner Hand und kratzte ihm hier und dort, wo ihm noch ein kleiner Schiefer oder gar das winzigste Spänchen aus dem Korpus hervorragte, mit dem Daumennagel über die Oberfläche und den Span damit hinfort. Plötzlich sagte er: „Wenn das mit dem Kerzenanzünden so gut klappt, dann will ich mir das mit dem Glauben noch einmal überlegen."

Johann blickte in die Ferne. Wo er saß, war das Ende dieser Ferne die blasse Fassade des Amper-Boten auf der gegenüberliegenden Straßenseite. „Es ist schon seltsam", sagte er. „Du schnitzt nichts und niemanden vortrefflicher als kleine Hitler und Jesusfiguren. Dabei magst du weder an unsren Führer noch an unsren Herrgott glauben."

Simon besah sich sein eben erschaffenes Jesuskind. „Damit werden die werten Herrschaften Hitler und Herrgott gewiss ganz gut zurechtkommen."

+

Der jüngere Eberhart trat aus dem Gesellenhaus, einen Kübel in der Hand voll mit in der Abendsonne glänzenden Bierflaschen der nahen Schlossbergbrauerei. Das plötzliche Erscheinen des jüngeren Eberharts allein und ohne die Bierflaschen im Kübel hätte für Simon und Johann in ihrem augenblicklichen Moment des herrlichen Schwatzens und einträchtigen Schweigens gewiss ein gehöriges und störendes, doch niemals auszusprechendes Ärgernis dargestellt. Jedoch der jüngere Eberhart im Verein mit einem stattlichen Bierkübel verhieß Freibier, welchem im Gesellenhaus freilich niemand der jungen Bewohner freiwillig aus dem Wege zu gehen pflegte, wann und wo immer man ihm begegnete. Hinter dem jüngeren Eberhart drein stapfte dessen älterer Bruder, zwei Holzstühle aus der Küche in seinen Pranken. Die Brüder setzten sich zu Johann und Simon. Der jüngere Eberhart griff in den Kübel und reichte jedem eine Flasche. „Feierabendbier. Haben wir vom Zauner spendiert bekommen für die einwandfreie Instandsetzung seines Hinterhofs. Ist ein reeller Mann, dieser Zauner. Denkt auch an die einfachen Handwerker."

„Bisschen pflastern, bisschen mauern, bisschen Bier", sagte der ältere Eberhart und leerte seine Flasche bis zur Hälfte.

„Endlich kann man wieder draußen sitzen ohne sich Frostbeulen zu holen", ergriff nun wieder der jüngere Eberhart das Wort. „Heuer hat 's geregnet für gleich drei Sommer. Das war ein August wie ein scheußlicher November, wenn ihr mich fragt. Fast hätte ich mir von der Hauswirtin Strickzeug und Wolle geliehen und mir damit höchstpersönlich eine Pudelmütze gestrickt, wenn ich 's denn könnte."

Auf der Straße schepperte eine Bubenschar auf Fahrrädern vorüber, fünf oder sechs Pimpfe der Hitlerjugend, fröhlich und gellend schnatternd und wetteifernd, wer von ihnen wohl als Erster droben beim Rathaus angelangt sein würde.

„Ich hab heut ein Automobil gesehen, das hatte ein ganz komisches Nummernschild", sagte der ältere Eberhart. „Vielleicht ein Amerikaner."

Der jüngere Eberhart gab seinem Bruder einen Klaps auf die Schulter. „Du mit deinen Amerikanern." An Simon und Johann gewandt sagte er: „Seitdem wir im Lichtspielhaus *Im siebenten Himmel* angeschaut haben, will mein lieber Bruder überall Amerikaner entdecken. Weil ihm der Kerl, den der Stewart darin spielt, so gut gefallen hat. Dabei sag ich ihm immer wieder, dass dieser Chico auf der falschen Seite gekämpft hat. Kannst nix machen, für meinen Bruder ist er trotzdem ein Held."

„Ist wahrscheinlich ein Auto aus Österreich gewesen. Solche sieht man jetzt öfters hier herumfahren", sagte Simon.

„Ein Kollege von mir will Automobile mit Kennzeichen aus aller Herren Länder in Dachau gesehen haben", sagte Johann. Der Kollege habe daraufhin einen ellenlangen Leitartikel verfasst, in dem er schilderte, wie ausgesprochen erfreulich der Fremdenverkehr aus anderen Ländern sei. Die Reisenden könnten nämlich ihr eigenes Erleben mit den Schilderungen ihrer von jüdischen Interessen gelenkten Presse vergleichen und erkennen, wie schamlos man sie über das Dritte Reich belüge.[12]

Der jüngere Eberhart lachte und verschluckte sich beinahe an dem Schluck Bier, den er gerade getan hatte. „Hör mir auf mit den Juden. Den Juden gehören schon längst die Ohrwascheln langgezogen bis zum Ausfransen, wenn ihr mich fragt."

„Ich hab dich nicht gefragt", sagte Simon und drückte dem jüngeren Eberhart seine Schnitzfigur in die Hand. „Schau her, die schenk ich dir. Ich hab dir ein kleines Judenbüberl geschnitzt. Wenn du ganz genau hinschaust, erkennst du auch die Ohrwaschel. Soll ich dir mein Messer leihen, sie höchstpersönlich auszufransen?"

Johann hob rasch seine Bierflasche und ermunterte zum Anstoßen. Er war es leid, mit den Hausbewohnern über Politik zu zanken. Die Vier stießen an. Der ältere Eberhart trank sein Bier gierig aus, rülpste daraufhin frenetisch gen Abendhimmel, öffnete seine zweite Flasche und hob sie zum Prost: „Auf die Amerikaner."

Alle in der Viererrunde lachten und stießen sogleich wieder miteinander an. Es wurde ein recht munterer Abend, in dessen Verlauf auszufransende Ohren keine Rolle mehr spielten, da sich die Plauderei der jungen Gesellen in der Hauptsache um die körperlichen Beschaffenheiten einiger ortsansässiger Jungdachauerinnen rankte.

+++

An einem ereignislosen Sonntagnachmittag, es war inzwischen Mitte Oktober geworden, ganz schleichend und ohne dass sich im Dachauer Lande etwas der Erwähnung wertes ereignet hätte, bat der Kollege Seemüller Johann unversehens um Hilfe. Es war ein Tag, an welchem Johann und Seemüller alleine Dienst schoben. Wären Kollegen anwesend gewesen oder gar der Schriftleiter, dachte Johann fürs Erste, hätte Seemüller freilich nicht im Traume daran gedacht, ihn, den jungen Neuen, nach dessen Meinung zu befragen. Das Thema war heikel. Es handelte sich um die Tschechei.

Dem Schriftleiter war am Vortag zu dessen eigener und allergrößten Verzückung eingefallen, dass Seemüller schon persönlich vor Ort gewesen war in der besagten Tschechei, und nun, da die Tschechenfrage seit Tagen die Schlagzeilen bestimmte, hatte er ihn angewiesen, einen Erfahrungsbericht zu verfassen mit dem Ansinnen und Ziel, den Lesern im Dachauer Lande die unbedingte Notwendigkeit einer endgültigen Klärung der Tschechenfrage am praktischen Beispiel begreifbar zu machen.

Seemüller reichte Johann seinen Artikel und bat um kritisches Durchlesen. Indes verhieß der lapidare Tonfall, in dem Seemüller seine Bitte zur Äußerung brachte, dass ihm dabei wohl lediglich daran gelegen war, dem Neuen die Unterschiedlichkeit ihrer jeweiligen Schöpfungskraft vor Augen zu führen. „Sag mir bitte ehrlich, was du anders machen würdest", sagte Seemüller und meinte damit insgeheim: Schau, wie gut ich bin, und komm bloß nicht auf die Idee, in meinem Revier zu wildern.

Johann versprach den ihm gereichten Text augenblicklich zu lesen. Seemüller hatte seinem Bericht den Titel *Tschechische*

Erinnerungen verliehen, ganz so, als handelte es sich bei diesem um eine ausführliche Ausarbeitung von mehreren hundert Seiten Länge, verfasst von jemandem, der eine Vielzahl an Jahren oder gar Jahrzehnten dort verbracht hatte und nicht etwa zwei kurze Frischluftwochenenden. „Zweimal in meinem Leben kam ich in die Tschechoslowakei. Das eine Mal geriet ich, es war vor Jahren, in einen tschechischen Kurort. Ich weiß heute noch, wie anders alles war in jenem Augenblick, wo deutsches Sprachgebiet und damit deutsche Ordnung und Sauberkeit aufhörte. In einer märchenhaft schönen Gegend hatte man einige Hotels hingebaut. Weite Wälder ringsum, endlos hingedehnt, über denen eine rote Pfingstsonne unterging, eine feierliche Geste der Natur, wie sie etwa Adalbert Stifter in seinen Waldgeschichten eingefangen hat. Und dazwischen diese protzigen Bauten, ohne Sinn für organische Verbindung mit der Umgebung zufällig hingestellt.

Ich kam am Pfingstsamstag in dieses Land. Anderntags kamen die Züge aus dem Landesinnern an, die Räume füllten sich vorwiegend mit Juden und deren Weibern. Fett und dickbäuchig saßen die Leute herum, im Smoking, die Frauen aufgedonnert und unkultiviert in unerträglichem Grade. Es war ein wüstes Lärmen. Man gab Geld aus, denn man konnte sich das leisten. Und es störte nicht im Geringsten, dass die Biergläser in diesem feudalen Hotel so dreckig und voll von Fingerabdrücken waren, dass man sie bei uns in der elendigsten Vorstadtkneipe entrüstet zurückweisen würde. Ich weiß es noch, wie mich das anekelte, und was für ein Gefühl wirklicher Befreiung ich verspürte, als ich so schnell als möglich über die Grenze zurückfuhr, in unmöglichsten Eisenbahnwagen, und in dem reinlichen, deutschen Fürth den beglückenden Gegensatz spürte. Ein sauberer Marktplatz und deutsche Häuser, ein gewachsenes Ortsbild mit Vergangenheit und Tradition, Menschen, die familiengebunden irgendwohin gehörten.

Zum anderen, meinem nächsten und bisherig letzten Male, kam ich nach dem deutschen Eger. Cheb nannten bekanntlich die Tschechen diesen rein deutschen Ort. Das Erste eigentlich, das ich dort erlebte, war in einer gemütlichen deutschen Gaststube, in der samstäglich ausruhend stille Bürger saßen, eine Schallplatte von unserem Weiß Ferdl auf dem Gramola. Jenseits der Straße stand ein großer Bau, modern, gewaltsam in die Straßenfront eingekeilt, irgendeine Firma mit tschechischem Namen. Es war seltsam.

Andern Tages ging ich durch die Stadt, deutsche Menschen und Gesichter, eine Gesamtstimmung der Stadt, die irgendwie an Nürnberg und Wien zugleich erinnerte, altmeisterlich und treu verankert in der Zünftestube einerseits, im abendlichen Straßenbummel andererseits.

Es war Sonntag, ein strahlend schöner Sonntag im Mai. Auf irgendeinem Platz der Stadt war Militärmusik, tschechische versteht sich. Es gab wenig Zuhörer dabei, meist Tschechen, die aus irgendeinem Grunde in der Stadt waren, urlaubshalber, oder die sich eingenistet hatten – teils von ablehnender Zugeschlossenheit gegen Deutsche, teils von einer fast servilen Freundlichkeit. Die Kapelle spielte die Freischütz-Overtüre. Nachmittags streunten tschechische Soldaten in Gruppen durch die Stadt, in wenig ansprechenden Uniformen, in unmöglicher Haltung, eingehängt, die Mützen teilweise schon schief auf dem Kopf, den Spaziergängern und Mädchen zurufend.

Es war ein unmögliches Bild, doppelt unmöglich in dieser Stadt, deren Bauweise allein schon deutsch ist bis zum letzten Stein. Durch die lauen abendlichen Straßen klang die Musik einer Schiffschaukel, es war alles wie bei uns, nur glaubte man irgendwie die stetig zunehmende Verarmung, die Aushöhlung durch eindringendes Fremdes zu spüren. Am Bahnhof misstrauische und böse schauende Beamte, dann eine Grenze, die man nicht verstand und über die man doch kommen musste, wenn man etwas mit herausnehmen wollte.

Das alles ist nun schon einige Jahre her, und der ganze Spuk ist ja nun verflogen. Aber ich musste immer daran zurückdenken, wenn in der letzten Zeit von Eger die Rede war.

H. Seemüller, Dachau."[13]

Johann stand auf, nachdem der Text gelesen, und ging hinüber zu Seemüllers Schreibtisch, welcher in etwa und nur grob geschätzt das Dreifache der Größe von Johanns kleinem Tischchen maß. Zudem besaß der Kollege Seemüller einen weitaus gemütlicheren Stuhl, ganz nämlich einen mit vortrefflichster Polsterung und noch vollkommen intakter Sitzfläche. Seemüllers Stuhl unterließ es auch und im Gegensatz zu Johanns durchgesessenem Sitzmöbel, sogleich entsetzlich zu quietschen, wann immer der auf ihm Sitzende die Drehfunktion in Benutzung zu nehmen geruhte. Ein Kollege hatte Johann erst kürzlich erzählt, Seemüllers herrlicher Bürostuhl wäre erst vor einem Jahr angeschafft worden und damit der mit Abstand jüngste, während Johann als Jüngster und dazu Novize auf dem weitaus ältesten Gerät zu sitzen hatte, welches wohl noch aus den längst vergangenen Zeiten der Monarchie stammten mochte und, wie eben bereits zur Erwähnung gebracht, auf die fürchterliche Weise zu quietschen vermochte, sobald Johann sich nur ein kleines bisschen auf dem Stuhl zu bewegen geruhte. Johann schmierte das rostige Kugellager seines Schreibtischstuhls jeden Tag geflissentlich mit einigen Tropfen Öl, woraufhin das Quietschen zeitweilig in geringerer und die Konzentration seiner Arbeitskollegen weniger störender

Weise vonstattenging, jedoch ehe das vermaledeite Kugellager endlich geräuschlos sein Werk verrichten wollte, würde es gewiss noch eine ganze Weile und eine stattliche Anzahl künftiger Ölungen dauern. Indes genug der Worte über die Unterschiedlichkeiten in der Bequemlichkeit, Funktionsweise und Lautstärke der in der Schreibstube des Amper-Boten befindlichen Sitzmöbel und zurück zu unserem guten und wackeren Johann, der nun also nach getaner Lektüre vor Seemüllers Schreibtisch stand und diesem die beiden Blätter der *Tschechischen Erinnerungen* vorsichtig auf denselben legte.

„Wenn ich mir eine winzige Bemerkung erlauben darf", sagte Johann nun mit allersanftester Behutsamkeit zu seinem Kollegen Seemüller, „ich würde alles genau so belassen, wie Sie es gewiss ganz vortrefflich geschrieben haben. Lediglich hinter das O der Freischütz-Overtüre würde ich noch ein kleines U hinsetzen."

„Klugscheißer", ätzte Seemüller ohne Johann auch nur eines Blickes zu würdigen und fügte mit Bleistift ein kleines U an der bemängelten Stelle ein. „Und in der Gesamtheit?", raunte er, „was hältst du davon? " Denn ganz eigentlich gehe es doch immer und allezeit um die Gesamtheit und um nichts weniger als diese.

Johann nickte servil. „Ich wünschte, es wäre mir gegeben, so zu schreiben, wie Sie es scheinbar mit Leichtigkeit zu tun verstehen."

Seemüller lächelte nun gnädig. „Talent will freilich nicht einem jeden von uns in die Wiege hineingelegt worden sein, der sich dies so mir nichts, dir nichts einreden und wünschen mag. Vielleicht wird's bei dir ja noch, womöglich mit kräftigem Abschauen und erheblicher Übung, mit welchen der eine oder andere sein mangelndes Talent bisweilen auszugleichen vermag. Jedoch, was dies betrifft, kann ich nicht aus eigener

Erfahrung heraus sprechen", sagte Seemüller und stand auf, um seinen Bericht in die Schriftsetzerei zu bringen.

Seemüller war schon fast zur Tür hinaus, als Johann ihm hinterherrief: „Die fetten Leute im Hotel, die Leute mit dem Geld."

Seemüller blieb stehen und bedachte Johann mit einem Blick, mit dem man sich gewöhnlich einen jungen, dummen Welpen besah, der sich irre kläffend im Kreise drehte auf der Jagd nach der eigenen Rute, oder eben einen Kollegen, den man für ähnlich nutz- und hilflos und dumm hielt. „Was soll mit den fetten Leuten sein?"

„Woran haben Sie denn erkannt, dass die fetten Leute Juden gewesen sind?", fragte Johann.

Seemüller zwinkerte Johann zu und grinste breit. „Es ist doch vollkommen einerlei, ob die fetten Leute tatsächlich Juden gewesen sind oder nicht. Das lernst du irgendwann auch noch", sagte Seemüller und verschwand in Richtung der Schriftsetzerei.

Johann schrieb noch einige Kurzmeldungen, die Seemüller ihm übriggelassen hatte, also sämtliche, und machte anschließend Feierabend. Ehe er ging, ölte er noch einmal seinen Schreibtischstuhl.

+++

Für Bürgermeister Hans Cramer[14] begann die Arbeitswoche ganz nach seinem Geschmack. Gleich am Montagmorgen gab er der gesamten Gefolgschaft des Rathauses für den kommenden Mittwoch dienstfrei. Schließlich sollte die Gefolgschaft in möglichst stattlicher Anzahl an den Feierlichkeiten zum 9. November in der Hauptstadt der Bewegung teilnehmen können. Die Großherzigkeit des Bürgermeisters löste im Kreise der angetretenen Mitarbeiterschaft freilich sogleich die allergrößte Freude aus. Anschließend, nach Abtreten der sonstigen Mitarbeiter, meldete der Hausmeister dem Bürgermeister die übers Wochenende nach einigen Überstunden gelungene Reparatur der Außenstromleitung des Rathauses. Einem erfolgreichen Einsatz der neu angeschafften Mikrofonanlage heute Abend auf dem Rathausplatz stand somit stromlicherseits nichts mehr im Wege. Auch die prachtvolle Schmückung des Platzes gehe wie angeordnet und planvoll vonstatten. Die Pylonen waren endlich angeliefert worden. Die Hakenkreuzfahnen werde er erst gegen siebzehn Uhr hissen, wegen des momentan doch recht arglistig böigen Windes, berichtete der Hausmeister. Cramer lobte den Hausmeister ausdrücklich für dessen hervorragende Arbeit und umsichtige Planung. Anschließend wies der Bürgermeister seine Sekretärin an, bis zum Mittag hin niemanden mehr vorzulassen. Er brauche nun Ruhe, um letzte Hand an seine Rede zu legen.

Die Sekretärin versprach, die Ratsstube zu hüten und zu beschützen wie ein Schäferhund. Ehe sie zurück ins Vorzimmer ging, erinnerte sie den Bürgermeister an eine Besprechung mit Kreisleiter Eder[15], die dieser heute Morgen eilig für drei Uhr nachmittags anberaumt hatte. Die Unterredung fände hier in der Dienststube des Bürgermeisters statt.

„Hat der Parteigenosse Eder erwähnt, worum es sich denn handeln mag?", fragte der Bürgermeister.

Die Sekretärin schüttelte den Kopf.

Sei 's doch drum, dachte sich Cramer. Die Tatsache, dass der Kreisleiter zu ihm ins Rathaus zu kommen geruhte statt den Bürgermeister zu sich einzubestellen, verhieß, dass es sich wohl um eine Angelegenheit eher informeller Art handeln mochte. Offenbar brauchte Eder etwas von ihm. Dies erschien Bürgermeister Cramer freilich als eine Konstellation, die ihm nicht ungelegen war und ihm eine gewisse Vorfreude auf das anstehende Gespräch bescherte.

+

Die nachmittägliche Unterredung währte lediglich eine Viertelstunde, während welcher Bürgermeister Cramer und Kreisleiter Eder die längste Zeit darauf verwandten, Bohnenkaffee mit geschlagener Sahne zu trinken und in aller Ausführlichkeit das von der Sekretärin gereichte Kleingebäck zu preisen. Ganz nebenbei, während er sich mit einer Stoffserviette Sahne von den Lippen tupfte, erwähnte Kreisleiter Eder sein eigentliches Anliegen. In der Nacht von Dienstag auf Mittwoch, und dies wäre ja recht bald, sagte Eder, geruhten zwei recht eilfertige und verlässliche Kameraden der SA zu einem kleinen Spaziergang durch Dachau aufzubrechen. Eine möglichst lückenlose und tagesaktuelle Liste mit den Wohnanschriften sämtlicher im Stadtgebiet sich aufhaltenden Judenpersonen böte den beiden spazierfreudigen SA-Kameraden gewiss eine effiziente Orientierungshilfe.

Bürgermeister Cramer wischte sich nun seinerseits exaltiert mit einer Serviette Sahnereste von der Oberlippe, griff sodann nach einem mit reichlich Puderzucker überstäubten Keks und

ehe er in diesen hineinbiss, versicherte er seinem Gast generös, eine derartige Auflistung ließe sich freilich ganz einfach
und unbürokratisch über den allerkürzesten Dienstweg über-
mitteln.

„Wirklich ganz hervorragendes Gebäck", lobte Kreisleiter
Eder aufs Neue das bereitgestellte Naschwerk. „Wo habt ihr
das bloß her? Es schmeckt mir geradezu zum Niederknien."

Cramer rief laut und herrisch nach seiner Sekretärin, um
augenblicklich die Herkunft des gepriesenen Gebäcks in Erfahrung zu bringen.

Die Herbeigerufene erschien sogleich in der Tür.

„Sagen Sie, von woher beziehen wir ganz eigentlich unser
Gebäck?", fragte der Bürgermeister. „Und tragen Sie Sorge
dafür, dass der hochgeschätzte Parteigenosse Eder bis aller-
spätestens morgen Nachmittag, am besten noch am Vormittag, eine Liste mit den Anschriften der hiesigen Juden ausgehändigt bekommt."

„Gewiss doch", sagte die Sekretärin. „Das Gebäck habe ich
selbst gemacht, erst gestern Nachmittag. Schmeckt es denn
nicht?", fragte sie mit unüberhörbarer Sorge in der Stimme.

Der Bürgermeister und der Kreisleiter lachten herzlich über
die bange Frage der Sekretärin. „Ganz im Gegenteil, meine
Gute, Ihr Gebäck, es ist geradezu grandios", versicherte Eder.

„Gott sei Dank, Herr Kreisleiter, dann fällt mir ein Stein
vom Herzen", entgegnete die Sekretärin und wischte sich über
die Stirn, wie es zu allermeist nur Menschen tun, die tatsächlich einen Moment der allergrößten Erleichterung erleben
oder einst als Stummfilmmimin bei der Ufa in Lohn und Brot
standen. Die Sekretärin wandte sich zum Gehen, um das
Gewünschte zu veranlassen.

„Sie haben ja richtiggehend eine Perle in Ihrem Vorzimmer.
Herrlich, herrlich", rief Eder. „Ich muss gestehen, ich bin ein

kleines bisschen neidisch."

„Gutes Personal ist alles", sagte Cramer und rief sogleich erneut nach seiner Sekretärin, um ihr eine weitere Aufgabe aufzutragen. „Seien Sie so gut und verstauen Sie die übrigen Kekse in einer kleinen Dose. Aber diese Dose händigen Sie dem werten Herrn Kreisleiter lediglich dann aus, wenn er mir hoch und heilig in die Hand verspricht, dass er niemals den Versuch unternehmen wird, mir Sie, meine Beste, abspenstig zu machen." Der Bürgermeister streckte dem Kreisleiter mit breitem Grinsen die Rechte entgegen. Der Kreisleiter schlug sogleich ein.

Nach der Unterredung zwischen dem Kreisleiter und dem Bürgermeister wäre es wohl selbst für den neutralsten und geübtesten Beobachter menschlicher Handlungsweisen, Empfindungen und Regungen, so denn überhaupt ein Beobachter dabei gewesen wäre, geradezu unmöglich, ein Urteil zu fällen, wer nun nach der Beendigung der Besprechung am zufriedensten mit dem Verlaufe und dem Ergebnis derselben war, wenn man diese mit all ihren Nebensächlichkeiten, aber freilich auch in der Hauptsache betrachtete. Der Kreisleiter oder der Bürgermeister oder gar die Sekretärin?

+

Gegen halb sechs Uhr abends nahm sich der Bürgermeister Zeit für eine persönliche Inaugenscheinnahme und gewissenhafte Inspektion des Rathausplatzes. Der Hausmeister war gerade damit beschäftigt, kleine Bleigewichte an die Kordeln der Banner zu binden, auf dass die Fahnen nicht über die Maßen im Wind flatterten. Die Sonne war längst träge hinter dem Schlossberg versunken. Finstere Nacht hatte sich des Himmels bemächtigt und dichter Nebel sich über den Hügel der Altstadt gesenkt, der jegliches Licht der fernen Sterne bannte. Aus metallenen Feuerkelchen, die man links und rechts der Rathaustreppe in allerordentlichste Aufstellung gebracht hatte, und die es in keiner Weise zu beanstanden galt, züngelten Flammen messerschärfster Konturen und loderten gelb und rot und in sämtlichen weiteren Farben und Nuancen im Wind, die eine Flamme jemals anzunehmen in der Lage gewesen war, seitdem Entzündbares und damit Feuer auf Erden existierte, und sie loderten endlich, ja endlich in nie dagewesener nationalsozialistischer Einträchtigkeit. Über dem Eingang zum Rathaus breitete der Reichsadler stolz auf einem eichenumkränzten Hakenkreuz thronend seine prächtigen Schwingen aus. SA-Männer stiefelten geschäftig über den Rathausplatz und markierten mit weißer Kreide die Standorte der anzutretenden Formationen. Ringsum standen neugierige Volksgenossen, die Leiber in dicke Pullover und Mäntel gehüllt, hier und dort tratschend in Gruppen, an anderer Stelle einzeln und stillschweigend glotzend die Vorbereitungen beobachtend und dem Kommenden harrend. Bürgermeister Cramer nickte zufrieden. Es war alles angerichtet für ein würdevolles Totengedenken.

Die Glocke im Turm der Pfarrkirche Sankt Jakob gegenüber dem Rathaus schlug sechs Uhr. Von der Freisinger Straße und der Augsburger Straße pochte das Geräusch treuer Stiefelschritte heran und schwoll, sich ganz allmählich steigernd, zu einem hämmernden Dröhnen an. Licht von Fackeln glomm im Nebel, und endlich waren sie nun auch mit barem Auge auszumachen, die Formationen, allesamt prächtige Mannsbilder, im Dunkel der Nacht und im Flackern der Fackeln zusammengewachsen zu einem einzigen stolzen und mächtigen Wesen. Ganz und gar unmöglich zu bestimmen, wo ein Mann enden und sein Nebenmann beginnen mochte.

„Herrlich", flüsterte Cramer, „nichts weniger als herrlich." Und dieses in die stolze Nacht geflüsterte, kaum vernehmbare *Herrlich* klang in seinen Ohren so prächtig und dem heiligen Anlasse so unendlich angemessen und würdig, dass Cramer nicht anders konnte, als es noch einmal auszusprechen, und noch einmal, und noch einmal.

Vornweg marschierten stolz die beiden Stürme der Dachauer SA, dicht dahinter die HJ, das Jungvolk, anschließend die politischen Leiter, das NSKK, der Ehrensturm, der BDM, der JM. Alle traten sie auf den Rathausplatz und stellten sich im Karree auf, ein jeder geflissentlich dorthin, wo sein Platz bestimmt war. Dahinter zahllose Dachauer Bürgersleute, sämtlich angetreten und erschienen zum Gedenken an die zu ehrenden Freiheitshelden, die dereinst als erste Mitkämpfer des Führers auf dem Schicksalsmarsch am 9. November 1923 an der Feldherrnhalle ihr Blut vergossen hatten und mit ihrem selbstlosen Opfer die Blutzeugen einer Bewegung geworden waren, die in zähem Ringen sich dieses Volk, dem wir alle angehören, eroberte.[16] Bürgermeister Cramers Lippen bebten. Herrgott Hans, jetzt werd' nicht sentimental, befahl sich Cramer und bannte seine rührseligen Gedanken. Du hast gleich eine Rede zu halten.

Nach stattlich geblasenen Fanfarenklängen, auf welche das gemeinschaftlich und inbrünstig gesungene Lied *Heute schreiten hunderttausend Fahnen* folgte, und einem von einem kleinen Hitlerbuben ganz reizend vorgetragenen Heldengedicht aus Gerhard Schumanns Feder schritt Bürgermeister Hans Cramer endlich ans Mikrophon.

„Volksgenossen, was sind uns dies für herrliche Tage des Triumpfes und der Einheit des deutschen Volkes, die wir heute erleben dürfen! Tage des Stolzes, in denen auch wir

Dachauer die Ehre hatten, unser Scherflein beizutragen. Erst vor wenigen Tagen ist unsere Dachauer SS-Verfügungstruppe gesund und siegreich aus dem Sudetendeutschland zurückgekehrt. Wir Dachauer sind stolz darauf, dass unsere SS-Männer mit dabei waren, als der Führer Sudetendeutschland heimholte ins Großdeutsche Reich. Ein jedes Haus begrüßte unsere tapferen Rückkehrer mit Fahnenschmuck als sichtbarem Zeichen unserer Verbundenheit mit der zurückkehrenden Truppe. Männer von diesem Schlage, Männer die ihren Volksgenossen zur Hilfe eilen, wo immer diese gequält und drangsaliert werden von Fehlgeleiteten und slavischen Horden, solche Männer, wie wir sie in unserer Dachauer Garnison wissen, sind das Zeichen, dass das Blut unserer Helden vom 9. November 1923 nicht umsonst vergossen wurde. Und dies alles dank unseres Führers Adolf Hitler. Heil Hitler!" [17]

„Heil Hitler", gellte die Antwort aus tausend Kehlen und hallte wider von den Mauern des Rathauses, der Jakobskirche und der Bürgerhäuser ringsum. Die Glocke im Kirchturm droben schlug zweimal zur halben Stunde, dumpf und vorsichtig und ohne jedes Echo, als wollte sie den weiteren Fortgang des Heldengedenkens auf dem Platze unter ihr in keiner Weise stören.

Bürgermeister Cramer indes war zufrieden mit sich und seinen Worten. Ganz offenbar hatte er den richtigen Ton getroffen, und diesen geruhte er beizubehalten, exakt wie er es in langen Stunden des Nachsinnens ersonnen und eigenhändig mit seinem Füllfederhalter niedergeschrieben hatte: „Es gab eine Zeit, in der man glauben musste, dass die Gefallenen des großen Krieges umsonst gefallen waren. Doch in dem allgemeinen Niederbruch blieb einer aufrecht, der das Erbe des Fronterlebens und des Frontkameradentums weitertrug und in seiner Bewegung Männer um sich sammelte, die gleich ihm mit heißem Herzen sich dem drohenden Niedergang entgegenstemmten. Für diese Idee ließen sechzehn der Besten am 9. November 1923 ihr Leben, sie besiegelten ihre Liebe mit dem Höchsten, das zu geben ist, ihrem Blute. Sie sind für das deutsche Volk auf ewige Wache gezogen und halten treu diese Wache, wie sie im Leben sich selbst treu geblieben sind. Sie sind uns allen eine heilige Verpflichtung geworden, und unser Dank für ihr Opfer muss sein, dass wir kämpfen, opfern und arbeiten an dem Aufbauwerk, an dem sie als Erste begannen, und Jahr für Jahr soll der 9. November der Tag der Rechenschaft jedes einzelnen vor den sechzehn ersten Blutzeugen der Bewegung sein."[18] Cramer streckte seinen rechten Arm in die Nacht und rief, so laut er konnte: „Sieg Heil!"

„Sieg Heil", schallte es aus der Menge, und ein drittes Heil echote von den Mauern der Jakobskirche.

Feierlich senkten sich die Fahnen zum Totengedenken, ehe die Formationen zu Baldur von Schirachs *Vorwärts! Vorwärts!* vom Rathausplatz marschierten. Nacht und Nebel verschlangen sie nach wenigen Schritten.

Jedoch der Gesang der davonziehenden Männer, Frauen, Buben und Mädel klang noch lange anhaltend durch die Altstadt, und Bürgermeister Cramer, der kein guter Sänger war, tat einen Schritt weg vom Mikrofon und sang leise und von seiner eigenen Rede innerst berührt und ergriffen mit:

„Unsere Fahne flattert uns voran!
In die Zukunft ziehen wir Mann für Mann!
Wir marschieren für Hitler durch die Nacht und durch Not,
mit der Fahne der Jugend, für Freiheit und Brot.
Unsere Fahne flattert uns voran!
Unsere Fahne ist die neue Zeit!
Und die Fahne führt uns in die Ewigkeit.

Bürgermeister Cramer steckte seine Hände in die Hosentaschen und atmete tief durch. „Gut gemacht", sagte er zu sich und schritt zum Hausmeister hin, der mit bereitgestellten Wassereimern die in den eisernen Kelchen lodernden Feuer löschte. „Sagen Sie", sprach der Bürgermeister, „wie hat nun einem wie Ihnen meine Ansprache gefallen?"

Der Hausmeister wischte sich die nassen Finger am Hosenlatz ab. „Die Rede, sie hat mir ganz gut gefallen. Doch ich bin nur der Hausmeister. Meine Bildung hat mit dem großen Krieg ein jähes Ende gefunden. Die Stelle mit den Blutzeugen habe ich nicht kapiert. Sagen Sie, was mag ein Blutzeuge wohl sein?"

Bürgermeister Cramer wippte sacht mit dem Kopf. „Naja, ein Blutzeuge, das ist eben und schlichtweg einer, der sein Blut für unsre großartige Sache hingegeben hat."

Der Hausmeister griff nach einem weiteren Wassereimer und löschte das letzte Feuer. „Soso, ich verstehe. Dann war natürlich auch diese Stelle gut."

Bürgermeister Cramer nickte zufrieden. „Heil Hitler", sagte er und ging.

„Heil Hitler", antwortete der Hausmeister. Nachdem er den Bürgermeister im Rathaus verschwunden und außer Hörweite wusste, spuckte er aus.

Drüben auf der anderen Straßenseite neben der hölzernen Sitzbank vor der Jakobskirche, zankten sich eine Krähe und ein Streuner um einen verlorenen Apfel. Der Hausmeister löste ein Kugelgewicht von der Kordel eines Hakenkreuzbanners und warf es mit gehöriger Wucht in Richtung der Zankenden, einerlei ob und wen das Blei nun treffen mochte oder nicht. Das geworfene Gewicht traf tatsächlich, und zwar das Hinterteil des Streuners. Der kleine Köter verzog sich sogleich jaulend in die finstere Apothekergasse. Dem Hausmeister war, als lachte die Krähe. Er warf ein weiteres der Gewichte und noch eines und noch eines. Die Krähe lachte unverdrossen weiter, ehe sie davonflog und den Apfel achtlos zurückließ, als hätte sie sich nie um ihn geschert.

+++

In der Küche des Gesellenwohnheims herrschte geradezu allerbeste Stimmung. Die Hauswirtin hatte ihren jungen Mietern ein stattliches Glas Johannisbeergelee spendiert. Simon schnitt mit einem mächtigen Küchenmesser eifrig Scheiben von einem Brotlaib, der jüngere Eberhart strich mit einem Löffel reichlich Gelee auf dieselben und reichte sie seinen Mitbewohnern. Johann bekam eine Scheibe und biss sogleich kräftig hinein. Im Mund leckte er mit der Zunge das Gelee vom Brot. Das Brotstück schob er beiseite in seine linke Backentasche und ließ das Gelee von vorn nach hinten und von links nach rechts durch den Mund gleiten. Die bittere Süße zu schmecken war nichts weniger als herrlich. Gelee von der Hauswirtin gab es nur selten, und zwar meist dann, wenn sie etwas Unterhaltsames erlebt und zu erzählen hatte. Johann genoss das Gelee in seinem Mund und wartete neugierig auf die Erzählung der Hauswirtin. Die Bewohner wussten bislang lediglich, dass sie heute als Zeugin vor Gericht geladen gewesen war, und harrten nun eifrig kauend der Schilderung des dort Erlebten.

„Ihr könnt euch nicht im Geringsten vorstellen, wofür man alles vor Gericht gerufen wird", begann die Hauswirtin mit ihrer Geschichte.

„Worum ging 's denn?", drängte der jüngere Eberhart.

Die Hauswirtin deutete nach oben zur Zimmerlampe. „Um Licht ist 's gegangen. Um nichts anderes als Licht."

„Was stimmt nicht mit dem Licht?", fragte der ältere Eberhart und schob sich eine halbe Brotscheibe in den Mund.

Die Hauswirtin trug Simon und dem jüngeren Eberhart auf, dem älteren Eberhart ein neues Geleebrot zu bereiten, denn exakt auf diese Frage hatte sie gewartet. „Überhaupt gar nichts mag nicht stimmen mit dem Licht. Trotzdem haben sie mich raufbefohlen zum Gericht, um dort amtlich der Frage auf den Grund zu gehen, ob mit dem Licht, mit dem doch alles stimmt, womöglich doch etwas nicht stimmen mag."

In der sich anschließenden Viertelstunde erzählte die Hauswirtin sehr umständlich und bis ins kleinste Detail hinein den sich zugetragenen Sachverhalt: Vor einigen Monaten nämlich war ein Geschäftsmann in der Altstadt von Tür zu Tür gezogen und hatte Glühlampen feilgeboten, und dies zu einem äußerst ansprechenden Preis. Freilich hatte die Hauswirtin sich dieses prächtige Geschäft nicht entgehen lassen und stante pede gleich zwei Dutzend der günstigen Glühlampen erstanden. Kaum hatte die Hauswirtin dem fahrenden Händler das Salär für die Lampen ausbezahlt und diesen daraufhin schroff vom Hof verwiesen und mit gehörigem Misstrauen zum Gehsteig begleitet, da von solcherlei Gesindel schließlich jederzeit zu befürchten war, dass es sich nach dem abgeschlossenen Handel allzu gern auch nach allerlei Stehlbarem umsah, stand ganz auf einmal der nächste Glühlampler vor der Tür im Kies. Dieser behauptete nun, seine Lampen wären die zweifellos Besseren und der Vorherige ein Betrüger, der alte Lampen als Neue anpreise. Der langsamere Lampler mit den vorgeblich vorzüglicheren Birnen hatte irgendwann offenbar den flinkeren Lampler mit den schlechteren Birnen angezeigt und die Hauswirtin in dieser Sache als Zeugin benannt. Dabei könne sie doch gar nicht beurteilen, entrüstete sich die Hauswirtin, ob der langsamere Lampler tatsächlich die besseren Lampen feilbot, da sie ihn freilich davongestoben hatte wie eine lästige Fleischfliege, weil sie doch gerade eben erst in mehr als reichlicher Anzahl Lampen eingekauft hatte und deshalb freilich nicht geruhte, noch weitere zu erwerben.

„Und wegen so einer Lappalie befielt man Sie vor Gericht?"

Der jüngere Eberhart schüttelte den Kopf und hieb sich mit der flachen Hand auf den Schenkel. „Als gäbe es nichts Wichtigeres heutzutage."

Die Hauswirtin nickte zustimmend und kinnschlotternd. „Wenn dich das Gericht nach oben heißt, dann gehst du da freilich hin, als hättest du nichts Besseres zu schaffen. Nach einer Dreiviertelstunde Herumsitzen im zugigen Gang werde ich also endlich reingerufen in den Gerichtssaal, und der Richter fragt mich sogleich, ob ich denn insgesamt zufrieden wäre mit meinem an der Haustür getätigten Lampengeschäft. Ich sage, ja freilich bin ich zufrieden. Hell ist hell. Da springt der Kläger auf und heißt mich ein ahnungsloses und dummes Weibsstück, das gar nicht beurteilen kann, wie hell denn Helligkeit zu sein hat. Der Beklagte verscherble alte Lampen als neue, mache damit einen geradezu mordstrümmlichen Reibach und schädige in gewissenloser Unart rechtschaffene Lampler, wie er einer sei. Außerdem bestehe bei der erneuten Verwendung alter Lampen die allergrößte Stromschlaggefahr. Dass der Rivale alte Lampen verkaufe, wäre an einer winzigen Schwärzung im Innern des Glases zu erkennen, hat der Kläger behauptet, woraufhin der Richter, ein offenbar ganz gewitzter Bursche, den Gerichtsdiener beauftragt hat, das seit Jahren im Gerichtssaal brennende Glühlicht aus dem Lampenschirm herauszuschrauben. Der Gerichtsdiener hat einen Tritt geholt, mit einem Stofftaschentuch die Lampe herausgedreht und vor dem Richter auf den Tisch gelegt. Der Richter hat auf einmal vier weitere Lampen unter seiner Robe hervorgeholt, dieselben mit der eben Herausgeschraubten eifrig auf dem Tisch hin und her verschoben, bis niemand mehr zu sagen wusste, wo denn die Eigentliche sich befand, und daraufhin den Kläger an den Tisch heranbefohlen und ihn aufgefordert, die alte Lampe zwischen den vier neuen herauszufinden. Der Kläger ist natürlich auf ganzer Linie gescheitert und der Beklagte vom Richter sofort und auf der Stelle freigesprochen worden."

„Und weshalb genau waren Sie nun da, Frau Wirtin?", fragte der jüngere Eberhart.

„Das habe ich den Richter auch gefragt", sagte die Wirtin und lachte, dass ihre Brüste unter der Schürze bebten. „Der Richter hat zugegeben, dass sich meine Anwesenheit für die Klärung des Sachverhalts tatsächlich nicht zwingendermaßen als notwendig erwiesen hat. Aber nun wisse er immerhin, an wen er sich fürderhin wenden kann, wenn ihm droben im Amtsgericht einmal ein Lamperl ausbrennen sollte. Ich hätte doch ganz gewiss ein trefflich funktionierendes Lamperl für ihn in der Schublade."

Die Zuhörer lachten herzlich mit der Hauswirtin über ihre gelungene Erzählung, welche, was selten vorkam, tatsächlich ein Ende gefunden hatte, das gewissermaßen einer Pointe glich und keiner weiteren umständlichen und langwierigen Erklärung bedurfte.

Der jüngere Eberhart kratzte den letzten Rest Gelee aus dem Marmeladenglas und strich ihn auf das Brotscherzerl, das Simon ihm zugeworfen hatte. Er reichte es seinem Bruder.

Der ältere Eberhart nahm das ihm gereichte Brot, stand auf, schleckte sich recht unbeholfen Gelee von den Fingern und sagte: „Mal sehen, Frau Hauswirtin, vielleicht haben Sie sich tatsächlich alte Lampen andrehen lassen. In Amerika gibt es nur neue Lampen." Er griff nach der Birne im Lampenschirm über dem Küchentisch. Es schnalzte hart und laut und Unheil dräuend, und plötzlich war es stockdunkel in der Küche.

Es dauerte etwa eine Minute, bis man im Dunkeln Streichhölzer und Kerzen gefunden, herbeigeschafft und angezündet hatte. Unterdessen lag der ältere Eberhart stockstarr auf dem Küchenboden. Nur gelegentlich zuckte eines seiner Glieder.

Das geleebestrichene Brotscherzerl klebte ihm an der Backe. In der Küche roch es nach versengtem Haar. Jemand öffnete das Fenster. Simon lief einen Arzt holen. Der jüngere Eberhart versuchte seinen Bruder aufzurichten und auf einen Stuhl zu setzen. Es war ein allzu vergebliches Unterfangen, war der ältere Eberhart doch weit schwergewichtiger als sein kleiner Bruder. Auch nachdem es mit Hilfe der anderen Gesellen und der Hauswirtin endlich gelungen war, den stromgeschlagenen Ohnmächtigen aufzuheben und hinzusetzen, wirkte der Aufgehobene und Hingesetzte mehr tot denn lebendig, obschon diesem hin und wieder, jedoch allzu selten, ein lediglich zu spärlicher Hoffnung ermunterndes Schnaufen entfuhr.

+

Etwa zu derselben Zeit, als der ältere Eberhart nichtsahnend sein eigenes Vergehen auf Erden bestimmend nach der vermaledeiten Glühlampe langte, arbeiteten zwei spazierfreudige Männer der SA geduldig die ihnen ausgehändigte Liste mit den Anschriften der jüdischen Bewohner Dachaus ab. Bei manchen der zu später Stunde Aufgesuchten wollte es recht lang dauern, ehe ihnen geöffnet wurde. Den SA-Männern war die Warterei einerlei. Sie hatten Zeit und dazu für morgen freibekommen. Die Aufgesuchten nicht. Die Aufgesuchten hatten, egal ob sie nach dem Klopfen gegen ihre Türen nun rasch öffneten oder erst nach mehrmaligem Nachhieben, bis zum Morgengrauen die Stadt zu verlassen.[20]

WINTER BIS SOMMER DES JAHRES

1939

NACH CHRISTI GEBURT

+++

Das Jahr 1939 begann mit Schneeregen, scharfem Westwind und der bitteren Kunde des jüngeren Eberhart, dass es mit seinem Bruder fürderhin nicht mehr gut werden würde. „Zu einem selbstständigen Leben nicht mehr befähigt", zitierte der jüngere Eberhart den Arzt, der dringend eine dauerhafte Überstellung des älteren Eberhart vom Dachauer Krankenhaus weg und hin zum Franziskuswerk im nahen Schönbrunn empfahl. Im Franziskuswerk zu Schönbrunn würden sich die dortigen Klosterschwestern ganz gewiss aufopferungsvoll und gottgefällig um den geliebten Bruder kümmern. Innerhalb der Mauern des Klosters wäre der Bruder allerbestens aufgehoben, hatte der Arzt versprochen.

Johann und Simon hatten den jüngeren Eberhart noch nie in derartiger Verzweiflung erlebt. Die jungen Männer saßen in der Küche. Der jüngere Eberhart vergrub das Gesicht in den Händen und wimmerte: „Jeden Tag in meinem Leben hab ich mit ihm verbracht. Einundzwanzig Jahre lang jeden einzelnen Tag."

Johann hatte den jüngeren Eberhart, den sie von nun an nicht mehr als den jüngeren Eberhart zu benennen brauchten, da es fortan nur noch einen einzigen Eberhart im Hause geben würde, ganz eigentlich nie in sein Herz geschlossen. Johann hielt Eberhart für einen vorlauten und zweifellos dummen Aufschneider, der gesegnet war mit einem Selbstvertrauen, das in einem krassen Missverhältnis zu seinen intellektuellen Befähigungen stand und ihm erlaubte, zu allem, was auf der Welt geschah, eine unumstößliche Meinung zu besitzen und diese, nach ihr gefragt oder nicht, in die Umgebung hinaus zu posaunen. Jedoch nun, im Angesichte des jähen Schicksalsschlags, tat ihm Eberhart einfach nur leid. Eberhart hatte sich

109

immerzu um seinen Bruder gekümmert, als wäre der Jüngere der Ältere und der Ältere der Jüngere gewesen. Er hatte ihn überallhin mitgenommen, und wer es wagte, sich über den stumpfsinnigen Bruder lustig zu machen, dem erteilte Eberhart eine für ein langes und gesundes Leben unerlässliche Lektion: Dass man sich nämlich besser nicht mit einem Maurergesellen anlegte, indem man über dessen beschränkten Bruder spottete.

Simon schien es ebenso zu ergehen wie Johann. Der verzweifelte Eberhart tat ihm ganz offenkundig von Herzen leid. Simon hatte seinen Arm auf die bebenden Schultern des Schluchzenden gelegt und sprach mit ruhiger Stimme, als galt es ein Kleinkind zu trösten: „Du kannst ja nichts dafür. So lang du konntest, warst du für ihn da. Bist wochenlang jeden Tag an seinem Bett gesessen und hast ihm die Hand gehalten. Das hat er ganz gewiss gespürt. Einen Bruder, wie du einer bist, kann sich ein jeder von uns nur wünschen." Simon schlug vor, fortan jeden Sonntag alle gemeinsam den älteren Eberhart zu besuchen und ihm von den Ereignissen der Woche zu erzählen. Er sagte dies alles in einer derartig liebevollen und mitfühlenden Weise, dass es Johann einen Stich ins Herz versetzte. An Simons innigliche Tröstungsversuche damals, als er noch von grässlichen Alpträumen heimgesucht wurde, mochte Johann sich heute kaum noch erinnern. Nun, als Johann sah und hörte, wie herzlich und innig Simon mit Eberhart zu sprechen vermochte, wollten ihm Simons einstige Tröstungen nurmehr allzu routiniert erscheinen.

Dabei war es doch eigentlich so, dass Simon und Eberhart häufig miteinander überkreuz gelegen hatten, bei allzu oberflächlicher Betrachtung aufgrund ihrer Verschiedenheit in der Herkunft und Jugend. Simon war der in seinem Stolz verletzte Sohn eines einst überzeugten Sozialdemokraten, der dreiunddreißig schnurstracks zu den Nationalsozialisten übergelaufen war, während der jugendliche Freigeist Simon den herrischen und mundwinkelstarren Nazis nicht das Geringste abzugewinnen vermochte. Eberhart dagegen war der Sprössling eines Vaters, der bereits früh mit den Nazis marschiert war und seinen Söhnen eilfertig beibrachte, wie man den rechten Arm zum Gruße streckte – eine Fertigkeit, von der Eberhart recht häufig Gebrauch zu machen wusste. Insgeheim jedoch interessierten sich weder Simon noch Eberhart in ernsthafter Weise für Politik. Eberhart lief lieber den Mädchen hinterher, und Simon saß am liebsten in seinem Zimmer oder auf der Bank im Hof und schnitzte. Seine kleinen Inszenierungen mit den Hitlerfiguren waren mehr Spielerei und Klamauk denn ernstgemeinter Ausdruck politischer Haltung gewesen. Seit Johann in der Schreibstube arbeitete, brachte er jeden Abend die am Tage erschienene Ausgabe des Amper-Boten nach Hause und legte sie auf den Küchentisch. Am nächsten Morgen räumte er die unberührte Zeitung des Vortags in den Heizkasten. In diesem Haus las niemand die Zeitung, keiner interessierte sich ernstlich für die Geschehnisse und Entwicklungen außerhalb des eigenen Erlebens. Im Gesellenhaus taugte eine Zeitung einzig und allein zum Anschüren.

In der Nacht, sie hatten längst das Licht gelöscht, fragte Simon irgendwann, ob er sein Bett heranrücken solle. Es war kalt. Johann tat, als wäre er längst eingeschlafen.

+++

Der Buchbindermeister und Dachauer Ortspolitiker Hans Zauner[21] saß in der Werkstatt seiner Buchdruckerei und las einen Artikel des Amper-Boten. Der Artikel erstreckte sich über die gesamte Randspalte der Titelseite und mehrere Spalten der zweiten Seite. Bürgermeister Cramer hatte ihm die Zeitung vorbeigebracht. Cramer hatte es sich ganz offenbar zur Gewohnheit gemacht, in den Tagen nach dem Jahreswechsel sämtlichen Ratsherren der Stadt einen persönlichen Besuch abzustatten, um ein gesundes Jahr zu wünschen und abseits des täglichen Dienstbetriebs und werktäglicher Hektik im Plauderton Angelegenheiten von allgemeiner Bedeutsamkeit zu besprechen. Bei Zauner war Cramer dieses Mal erst am frühen Abend des 2. Januar erschienen, was Zauner, der ein erfahrener Ortspolitiker war und überdies ein lebenskluger Mensch, als untrügliches Indiz für den bedauernswerten Umstand interpretierte, dass er im vergangenen Jahr in der Gunst des Bürgermeisters in nicht unbeträchtlichem Maße gesunken war. Vor einem Jahr war Bürgermeister Cramer bereits mittags am Neujahrstag zu Zauner gekommen und hatte ihm als Gastgeschenk feierlich eine Flasche edlen Heilbronner Zwetschgenwassers überreicht, der feine Flaschenhals verziert mit Bändern in den Farben Schwarz, Weiß und Rot.

Heuer hatte er Zauner lediglich die Neujahrsausgabe des Amper-Boten mitgebracht. Die heurigen Neujahrswünsche des Bürgermeisters glichen in ihrer Wortwahl und in dem Grade der Freundlichkeit, mit dem sie ausgesprochen wurden, durchaus den Wünschen des vergangenen Jahres, jedoch anschließend wurde Cramer alsbald geschäftsmäßig. Zauner hatte dies erwartet und geruhte es dem Bürgermeister mit gleicher Münze zurückzuzahlen. Statt in die Wohnstube seines

Hauses führte er den Bürgermeister hinein in die Räumlichkeiten der Buchdruckerei. Cramer sollte mit eigenen Augen sehen, dass Zauner nicht nur ein eifriger Ratsherr, sondern vor allen Dingen der erfolgreiche Eigentümer einer stattlichen und einträglichen Unternehmung war. Der Bürgermeister sollte begreifen, ja geradezu riechen und fühlen, dass Zauner auch abgesehen von seiner Funktion im Rathaus ein gemachter Mann war, während ein Emporkömmling wie Cramer lediglich jemand war, der seinen Status und seine Befugnisse einzig und allein dem augenblicklich in der Politik wehenden Wind verdankte.

Bürgermeister Cramer sah sich in der hell erleuchteten Buchdruckerei um und nickte durchaus anerkennend. Anschließend kam er sogleich zum Punkt: „Zauner, Sie sind ein Mann, dessen Wort Gewicht hat bei den Dachauern. Mein Vorgänger im Amte, der allseits hochgeschätzte Parteigenosse Friedrichs, er hat mir ein durchaus interessantes Dossier über Sie und Ihr segensreiches Wirken in dieser Stadt hinterlassen. In ebendiesem Dossier steht geschrieben, ich kann mich nicht mehr exakt an den Wortlaut erinnern, jedenfalls heißt es darin sinngemäß, dass mein Vorgänger Sie einst zu Ihrer Haltung gegenüber dem Juden und dessen ganz zweifellos unseligem Wirken – um nicht zu sagen seiner Schädlingshaftigkeit – im Reich und überhaupt auf der Welt gefragt hat. In dem Dossier folgt daraufhin der Vermerk: k. A. Mein lieber Zauner, K Punkt A Punkt, das will mir doch heißen: keine Antwort. Wenn ich mich korrekt erinnere, und mich korrekt zu erinnern will mir mit meinen kaum fünfunddreißig Jahren noch recht gut gelingen, haben Sie sich auch in all der Zeit, seitdem ich die große Ehre habe, Bürgermeister dieser herrlichen Stadt und ihrer rechtschaffenen und leutseligen Einwohner zu sein, bislang nicht über Ihre Einstellung zur freilich vollkommen außer Zweifel stehenden Schändlichkeit des Judentums geäußert. Doch bin ich zuversichtlich, dass die Dachauer in dieser Angelegenheit das klare Wort und Urteil eines ihrer bekanntesten und ehrbarsten Unternehmer und Ratsherren durchaus zu schätzen wüssten."

In Zauners Brust schwoll sogleich der Zorn, jedoch nicht zuvorderst Zorn auf den Bürgermeister, sondern vielmehr eine innige und ungleich schwerer zu bändigende Erbostheit über sich selbst. Der Bürgermeister war ganz offenbar von raffinierterem und ausgefuchsterem Schlage, als Zauner allzu leichtfertig angenommen hatte. Zauner hatte Cramer und dessen Finesse schlechterdings unterschätzt. Der Bürgermeister appellierte mit seinen wohlgewählten Worten nicht nur an ihn als Ratsherr, sondern auch an ihn als Unternehmer. Ich zeige ihm meinen prächtigen Betrieb, dachte Zauner verdrießlich, er zeigt mir meine gesellschaftliche Stellung, meinen Einfluss und meine Verantwortung. Dieser junge und in höchstem Maße arrogante Scheißkerl von Bürgermeister wusste offensichtlich ganz vortrefflich, wie man im neuen Deutschland etwas wurde, ohne je selbst etwas erschaffen zu haben oder künftighin erschaffen zu müssen. Dieser SA-Kretin schien sich ganz ohne jeden Zweifel darüber im Klaren zu sein, dass Zauner nichts anderes auf der Welt mehr fürchtete, als dass das neue Deutschland allzeit bereit und in der Lage war, einem jeden zu jeder erdenklichen Stunde und für alle Zeiten jegliches zu rauben, das dieser in seinem Leben zustande gebracht und aufgebaut hatte, sofern er nicht im Sinne der Machthaber zu spuren und zu sprechen gewillt war. Dabei hatte er, Hans Zauner, doch alles ihm Denkbare und Schulterbare getan, um in der heraufgezogenen neuen Zeit zu bestehen. Nun jedoch erdreistete sich dieser Speichellecker Cramer, ihm den Amper-Boten auf den Tisch zu klatschen wie einen nassdreckigen

Putzlumpen und zu sagen: „Etwas Ähnliches wie hier im Am-per-Boten geschrieben steht, hätte ich mir längst von Ihnen gewünscht. Ich habe mir erlaubt, den Artikel mit Bleistift zu markieren, nicht dass Sie am Ende glauben, es ginge mir um den wohlgemeinten Aufruf, auch im Winter nicht mit der Körperhygiene zu schludern." Cramer erhob sich von seinem Stuhl und entschuldigte sich. Er habe noch einen weiteren Hausbesuch zu erledigen, dann wäre er für dieses Jahr endlich durch mit der lästigen Besucherei. Im Übrigen, sagte Cramer, finde er selbst hinaus.

In eben jenem Moment, als der Bürgermeister sich zum Gehen wandte, sprang die Tür zum Wohntrakt auf. Zauners Tochter Margarethe streckte ihr pausbackiges Gesicht zur Tür hinein und rief: „Papa, die Mama ruft zum Abendbrot!"

Der Bürgermeister blickte daraufhin zur Tür hin und besah sich ohne jede Regung den jungen Störenfried.

Das Mädel schenkte dem Bürgermeister ein freundliches Lächeln und rief: „Ein gesegnetes neues Jahr, Herr Bürger-meister." Danach verschwand es ebenso rasch, wie es erschie-nen war.

Cramer drehte sich nun zu Zauner um, räusperte sich, räus-perte sich ein zweites Mal und sprach ebenso leise wie scharf: „Weiß Ihre Tochter denn nicht einmal, wie man heutzutage anständig grüßt? Das wird mir ja immer toller hier."

Zauner hob sogleich die Hände in der Absicht, den Bürger-meister zu beschwichtigen. „Es ist doch ihr Zuhause hier. Sie ist es nicht gewöhnt, hier in diesen Räumen deutsch zu grü-ßen, genauso wie Sie es in ihrem Zuhause sicherlich auch nicht tun. Ich kann Ihnen ganz gewiss versichern, dass meine Toch-ter draußen immerzu und allezeit grüßt, wie es sich gehört."

Der Bürgermeister blickte Zauner an, und in seinem Blick fand sich kein Quäntchen Geringschätzung oder Verachtung, womit zu leben es sich womöglich einrichten ließ, nein, im Blick des Bürgermeisters lag alleinig das Wissen um die eigene Macht. „Das will ich hoffen, dass das Fräulein draußen ordentlich grüßt", flüsterte Cramer und wurde lauter: „Man stelle sich bloß das Gerede vor, würde das kesse Töchterchen meines Beigeordneten nicht grüßen, wie es uns allen doch weniger eine Verpflichtung als vielmehr eine Ehre und Freude darstellt. Indes Sie haben Recht, es ist ihr Zuhause, und dies will dem Mädel mildernd zugestanden sein." Der Bürgermeister schien sich mit Zauners Antwort zumindest fürs Erste zufrieden zu geben, jedenfalls wandte er sich nun wieder zum Gehen, offenkundig ohne der eben vonstattengegangenen Szene weitere Bedeutsamkeit beizumessen.

Zauner konnte kaum erwarten, dass das Scheusal endlich aus seinem Hause verschwand. Er stand auf, um zum Abendbrot zu gehen. Zauner hatte bereits die Tür zu den Wohnräumlichkeiten geöffnet, als der Bürgermeister rief: „Ach, ist das vorlaute Töchterchen denn wenigstens eifriges Mitglied der Partei?"

Zauner wandte sich um. Der Bürgermeister stand seinerseits in der halb geöffneten Werkstatttür. Eisiger Wind stob in die Buchbinderei. Zauner schloss die Tür zu den Wohnräumen. „Was meinen Sie?"

Cramer lächelte: „Ich habe mich gefragt, ob Ihr adrettes und patentes Töchterchen denn schon Parteimitglied ist."

Zauner schnaubte: „Das Mädel, es ist doch noch nicht mal achtzehn."

„Nun denn, sie wird es werden. Dann werden wir ja sehen", sagte der Bürgermeister, deutete auf die mitgebrachte Zeitung und verschwand durch die Tür in die finstere Nacht.

Zauner lief zur Werkstatttür, riss jene auf und rief dem Bürgermeister hinterher und in die Nacht hinaus: „Natürlich werde ich den Artikel lesen. Und natürlich wird sie zur Partei gehen. Sie schwärmt sogar für einen SS-Mann." Der Bürgermeister war bereits durchs schmiedeeiserne Tor des Anwesens geschritten und konnte oder vielmehr wollte Zauners Rufe nicht mehr hören. Zauner umgriff die Klinke der Werkstatttür und fluchte auf geradezu fürchterlichste Weise. Was Zauner nun genau fluchte, hier im eigentlichen Wortlaute niederzuschreiben und wiederzugeben, mag den allgemein geltenden Regeln des Anstands halber nicht am Platze sein. Denn der Buchbindermeister und Beigeordnete Zauner empfand das soeben Erlebte nicht etwa als eine Respektlosigkeit, sondern als eine bewusste und mutwillige Erniedrigung, ja seelische Drangsalierung und Marter. Und dieser Empfindung folgend fluchte Zauner, nennen wir es: gehörig Ungehöriges – und hätte dies der Heiland in der nahen Jakobskirche gehört, er wäre sogleich und auf der Stelle vom Kreuze gestürzt. Allein dies stand nicht zu befürchten, dachte Zauner bei sich, denn in der Kirche drüben auf der anderen Straßenseite war der Herrgott taub, wie er überall im Reiche taub geworden war, sofern er überhaupt noch da war und das Land nicht längst verlassen hatte. Zauner warf die Tür ins Schloss, auf dass sie all die Dunkelheit und Kälte banne, bis es endlich wieder Frühling werde. Indes es war erst Anfang Januar und freilich noch elend lang hin, ehe das Draußen wieder zu wärmen vermochte. Und war nicht längst viel zu viel der Kälte und der Finsternis hinein ins Haus gedrungen, seitdem die Zeit der Politik ein Ende genommen hatte und an ihrer statt die Zeit des Nickens getreten war? Zauner schauderte.

+

Nachdem Hans Zauner schweigsam wie nie sein Abendbrot

verschlungen hatte – von essen oder speisen oder gar genießen konnte angesichts der in ihm mit Entsetzlichkeit brodelnden Wallung und fürchterlichen Aufgebrachtheit keine Rede sein, es war ihm lediglich gelungen, ein Streichwurstbrot und zwei Essiggurken aufs Nötigste zusammenzubeißen und zu verschlucken – verzog er sich wieder in der Buchbinderei, um den Zeitungsartikel zu lesen, den dieser impertinente Flegel von Bürgermeister ihm vorzusetzen sich erdeistet hatte.

Zauner las. „Juden – die geheimen Herrscher der USA. Mit dem neuesten Buch von Othmar Krainz, es trägt den Titel *Juda entdeckt Amerika*, das erst nach seinem tödlichen Unfall von seiner Mitarbeiterin Gertrud Rieglich mit Hilfe namhafter amerikanischer Persönlichkeiten zusammengestellt wurde, erhält die Welt eine einzigartige Sammlung bisher noch nie veröffentlichter Tatsachen über die Ausbreitung und den Einfluss des Judentums in Amerika.

Angefangen von dem Tage, an dem der erste Jude amerikanischen Boden betrat, bis in unsere Gegenwart, wird anhand unumstößlicher Beweise die zersetzende Schmarotzertätigkeit des Judentums dargestellt. Der Jude hat es im Laufe der Jahre, nachdem man ihm gleiches Recht einräumte, außerordentlich geschickt verstanden, unter Ausnutzung der liberalistischen Gesetzgebung sich im öffentlichen Leben Amerikas durchzusetzen. Es gibt in Amerika keine Meldepflicht. Jeder kann sich nennen, wie er will, so dass es fast unmöglich erscheint, alle Juden zu erkennen, die sich mit einem harmlos klingenden englischen Namen getarnt haben.

Aber viele Juden, die Amerika heute als ihr eigenes Land und neues Heim betrachten, die feststellen, dass Amerika ohne die Juden unvorstellbar ist, halten es gar nicht für notwendig, ihren jüdischen Namen zu tarnen. Sie nehmen die gesamte Kultur und Geschichte Amerikas, seine politische und wirtschaftliche Entwicklung als jüdische Leistung für sich in Anspruch.

Die amerikanischen Juden der Gegenwart erdreisten sich zu behaupten, dass Kolumbus und seine Mannschaft allesamt Juden gewesen seien. Sie behaupten, dass vor den großen Revolutionskriegen ein großer Teil der Kolonisten Hebräisch als Umgangssprache gefordert habe, und dass die Hauptmerkmale der amerikanischen Staatsverfassung jüdischer Herkunft seien, vor einigen tausend Jahren von Moses verkündet. Diese Lügen setzen sie in die Welt, um damit immer eindeutiger und selbstverständlicher ihren Herrschaftsanspruch über Amerika zu begründen.

Es wundert uns deshalb gar nicht mehr, wenn wir erfahren, dass der derzeitige Präsident der Vereinigten Staaten, Roosevelt, restlos von jüdischen Beratern umgeben ist. Roosevelt ist Mitglied der Shriner-Loge, der man erst angehören kann, wenn man den zweiunddreißigsten Grad der Freimaurer erreicht hat.

Als Roosevelts besonders bevorzugter Berater fungiert der durch seine dunklen Geschäfte im Weltkrieg bekannt gewordene Jude Baruch. Im Jahre 1915 hatte der damalige Präsident der Vereinigten Staaten, Wilson, diesem Juden die Gewalt über alle Gebiete der amerikanischen Wirtschaft übertragen. Baruch wusste das für sich und seine jüdische Sippschaft auszunutzen.

Wilson wurde von einem geschäftstüchtigen Ring von Juden umgeben, die dafür Sorge trugen, dass seine vierzehn Punkte scheiterten und das jüdische internationale Kapital Riesengewinne einheimste. Heute fungiert Baruch oft als Vertreter Roosevelts, auch wenn er ein offizielles Amt im Augenblick nicht bekleidet. Dafür schafft er umso eifriger hinter den Kulissen. Oberster Jude Nr. 2 ist Felix Frankfurter.

Er steht in enger Verbindung mit Roosevelt und wird vom Präsidenten oft und gern zu Rate gezogen. Ein weiterer Freund des Präsidenten ist der Jude Emanuel Rosenmann, am Obersten Gerichtshof zu New York tätig und früher einmal persönlicher Anwalt des Präsidenten.

Der wichtigste Posten der amerikanischen Regierung, das Finanzministerium, liegt in den Händen von Herrn Morgenthau junior. Dieser ist eng verwandt mit den amerikanischen Finanzjuden Seeligmann, Wertheim, Levinson und Warburg. Der Chef des Rates im Schatzamt ist der Jude Oliphant. Das gesamte Geldwesen der Regierung befindet sich also in jüdischen Händen. Ein anderes wichtiges Ministerium, das Arbeitsministerium, wird von einer Frau Frances Perkins geleitet, die nach der Chicagoer Zeitschrift *The Immigration Crew* eine russische Jüdin ist. Sie heißt in Wirklichkeit Rebecca Wutsky. Der amerikanische Außenminister Hull ist Nichtjude, er hat aber eine Jüdin zur Frau. Sein persönlicher Assistent ist Jude. Ebenso sind die wichtigsten Stellen des Außenministeriums mit Juden besetzt.

Der jüdische Einfluss auf die amerikanische Außenpolitik zeigte sich am bedeutendsten bei der Abfassung des Kellogg-Paktes, der einen allgemeinen Frieden heraufbeschwören sollte, aber nicht verhinderte, dass in der Zwischenzeit in den verschiedensten Gegenden der Erde blutige Kämpfe ausbrachen. Der Schöpfer des Kellogg-Paktes ist der Jude Samuel Levinson. Damit erscheint aber das wirkliche Ziel dieses Paktes genügend umrissen zu sein. Auch im Innenministerium, das von Harold Ickes geleitet wird, befinden sich zahlreiche Juden in wichtigen Stellen. Wo der Jude nicht an führender Stelle sitzt, so hat er ganz bestimmt einen maßgeblichen Posten im Hintergrund eingenommen. Diese Feststellung ist für die Person des Präsidenten Roosevelt bedeutungsvoll. Sein offizieller Werbechef für die Demokratische Partei ist der Jude Charles Michelsen, dessen Hauptbeschäftigung darin besteht, die Reden Roosevelts zu schreiben. Gedanken und Pläne eines Juden also werden von Roosevelt verkündet. Sämtliche der maßgeblichen Positionen in der amerikanischen Regierung sind von Juden besetzt. Nicht einmal das Marineministerium bleibt verschont. Im Ministerium für Handel sitzen Juden, ebenso im Sozialen Sicherheitsamt und in der Sonderverwaltung für öffentliche Arbeiten. Das Justizministerium ist jüdisch verseucht.

Überall, wo wir hinblicken, finden wir Juden. Man könnte hier Namen an Namen reihen. Wer sollte sich also wundern, wenn die Judenschaft der ganzen Welt mit überschäumender Glückseligkeit nach Amerika blickt wie nach dem gelobten Land?

Ihr bester Freund und Gönner aber ist Präsident Roosevelt. Er öffnet ihnen alle Türen des Staatsapparates und lässt sie schalten und walten. So hat sich die jüdische Macht in den letzten Jahren immer stärker und fester in das Staatsgefüge der Union eingefressen. Fast scheint es so, als ob die Entwicklung nicht mehr aufzuhalten wäre. Die Juden wollen die Macht in Amerika, weil sie glauben, dass dadurch ihre Stellung in der ganzen Welt für lange Zeit fest verankert ist.

Wir aber wollen für ein gesundes Europa kämpfen, weil wir wissen, dass Völker, bei denen der jüdische Parasit die Oberhand gewinnt, zu willenlosen Werkzeugen einer internationalen Verbrecherclique herabgewürdigt werden und einmal ausgesaugt und verdorben untergehen müssen. Wir aber wollen leben!"[22]

Hans Zauner stand auf und schritt mit der Zeitung in der Hand zum werkstättlichen Ofen hin, und er tat dies mit aller Entschlossenheit und Würde, die er nach dem an diesem Tage

Erlebten noch aufzubringen in der Lage war. Das Feuer im Ofen war längst heruntergebrannt. Aus schwarzverkohlten Holzscheiten glomm hier und dort noch ein winziges Flämmchen, seinem Tode geweiht und alsbald sterbend. Die Luft in der prächtigen Buchdruckerei war schneidend kalt geworden. Zauner stopfte die Zeitung in den Ofen und blies zweimal kräftig in die vergehende Glut. Was für ein unsagbarer Unsinn auf dem Papier gedruckt stand, an welchem nun allmählich und wie von allergrößter Vorsicht gezügelt die Flammen zu nagen begannen.

Der Bürgermeister erwartete also ganz unmissverständlich von ihm, nun ähnlichen Unfug zu verfassen und in die Welt zu posaunen. Zauner blies noch einmal in die Glut, und endlich loderten Flammen aus dem Zeitungspapier. Zauner zog die Nase hoch und spuckte in den Ofen. Sein Speichel und Rotz taten ein kurzes und leises Zischen, ehe sie in der aufwallenden Hitze versiegten, als wären sie nie dorthin gespuckt worden. Zauner schlug die gusseiserne Ofentür zu, schaltete das Licht in der Buchbinderei aus und ging nach oben in die Wohnung.

Nein! Nein! Nein! Einen derartigen Quatsch würde er niemals von sich geben. Eher wollte ihm die Zunge im Schlunde verfaulen, als derlei Worte über andere Menschen auszusprechen, und seien es bloß Juden. Und eher klemmte er mit einer rostigen Zange die Finger seiner rechten Hand von hinnen, bevor sie solcherlei an den Haaren herbeigezogene Schmutzigkeiten niederzuschreiben geruhten. Das Säen von Hass und Feindseligkeit war Hans Zauner eine tiefst zuwidere Menschheitsfähigkeit. Lieber würde er von seinem Amt als Ratsherr und Beigeordneter des Bürgermeisters zurücktreten, wohl mit dem wenigsten Aufsehen verbunden aus gesundheitlichen Gründen heraus, überlegte sich Zauner, und war in diesem kurzen Augenblick seines Daseins von derartiger Wut auf den Bürgermeister und ebenso viel Zorn wider sich selbst und die Welt im Allgemeinen beseelt, um seinen ungestüm galoppierenden Gedanken aufrichtigst Glauben zu schenken.

Für die Männer in der Schreibstube des Amper-Boten ver-
liefen die ersten Tage des Jahres 1939 in ebensolcher Eintönigkeit, wie sich das triste Wetter draußen vor den Fenstern
verhielt. Seit Tagen hingen dichte Nebelschwaden über dem
Moor und zogen, lediglich von einer marginalen Brise bewegt,
durch die Gassen und um die Häuser der Stadt. Gleichermaßen monoton verhielt sich die örtliche Nachrichtenlage. Das
unvermutete Ableben des in höchstem Maße geschätzten und
zutiefst verehrten Dachauer Ehrenbürgers und Künstlers
Hermann Stockmann am ersten Weihnachtstag hatte in den
letzten Tagen so manche Zeitungsspalte mit Bekundungen
aufrichtiger Anteilnahme und dem Anlass angemessenen,
schwülstig formulierten Reminiszenzen zu füllen vermocht,
jedoch nunmehr war der Zeitpunkt längst gekommen und
überschritten, als sowohl die Leser wie auch die Schreiber der
unabänderlichen Stockmannschen Misslichkeit überdrüssig
geworden waren.

„Schreib etwas Mitfühlendes über die Kettenhunde", trug
der Schriftleiter Johann auf. „Über die armen Viecher haben
wir schon allzu lang nichts mehr gebracht."

Johann getraute sich zunächst nicht nachzufragen. Aber da
ihm eine Stunde lang nicht das Geringste zu dem ihm aufge-
tragenen Thema einfallen wollte und sich auch in den gesam-
melten und abgehefteten Ausgaben des vergangenen Jahres
mit flüchtiger Suche kein ähnlicher Artikel finden ließ, rang er
sich endlich dazu durch, das Büro des Schriftleiters aufzusuchen, um sich bei diesem zu erkundigen, was es denn im
ganz eigentlichen Sinne über die Angelegenheit der Kettenhunde zu schreiben galt.

Der Schriftleiter hustete in seine Faust, schimpfte über die

Kälte in der Schreibstube und deutete aus dem Fenster. „Na, dass die armen Hunde da draußen noch mehr zu frieren haben als wir Privilegierten hier drinnen. Denk immer dran, Bub, wir sind hier drinnen Privilegierte."

Johann nickte, ging zurück zu seinem Arbeitsplatz, überlegte eine Weile und gelangte doch zu keinerlei Ergebnis. Er schritt wieder zum Büro des Schriftleiters und meldete sich ab mit dem Ansinnen, die Praxis des alten Veterinärs in der Mittermayerstraße aufzusuchen, um sich dort aus berufenem Munde eingehend über das Leben und Leiden der Kettenhunde zu informieren.

Der Schriftleiter winkte ohne jedes Interesse mit der Hand und widmete sich wieder seinen Notizen, mit deren Hilfe er eine Glosse über die winterlichen Bauernregeln anzufertigen angekündigt hatte. Über den Titel, den er für sein pfiffiges Schmunzelwerk zu verwenden geruhte, hatte er sich bereits den ganzen Vormittag über beinahe zu Klump gelacht: „Eichkatzl am Baum festg'fror'n, kalt ist 's g'worn."

+

Johann kannte den Tierarzt aus seiner damaligen Zeit in der Schriftsetzerei. Jede Woche war der Tierarzt persönlich in der Setzstube erschienen, um dort ein Inserat über die Öffnungszeiten seiner Praxis in Auftrag zu geben. Der unglückselige Veterinär hatte einst im Weltkrieg gedient und in Nämlichem eines seiner Beine an den Gestaden der Somme gelassen, und da er mit dem ihm verbliebenen mittlerweile längst über die Schwelle der Sechzig hinweggehumpelt war, war es ihm zu einer unzumutbaren Lästigkeit geworden, weiterhin Tag für Tag die Gehöfte des Dachauer Landes abzufahren, um das leidige Vieh der Bauern zu versorgen. Dies zeitigte freilich unerfreuliche Auswirkungen auf das Einkommen des Tierarztes, denn eine trächtige Kuh oder eine lahmende Stute zu ihm zur Behandlung in die Mittermayerstraße zu verschaffen, wollte einem Bauern, so sehr er sein Vieh auch lieben mochte und das Geschick und die Erfahrung des einbeinigen Veterinärs zu schätzen wusste, freilich nicht im Traume einfallen. Und so setzte Doktor Emil März seine Hoffnungen darauf, dass fürderhin die stattlichen Dachauer Bürgersfrauen und die stolzen Gattinnen der in der Garnison stationierten SS-Offiziere ihre liebgewonnenen Haustiere, zumeist handelte es sich dabei um Hunde eher kleinerer Statur, auf seine Zeitungsanzeigen hin zu ihm in die Praxis brachten, um dort deren Zipperlein beschauen und kurieren zu lassen.

Bereits wenige Sekunden nachdem er die Tierarztpraxis betreten hatte, die sich im ersten Stockwerk eines alten, windschiefen Ziegelhauses in der Mittermayerstraße befand, ahnte Johann, dass es sich bei dem Vorhaben des alten Doktor März, der Kundschaft sein heilsames Wirken fortan nur noch in den eigenen Räumlichkeiten anzubieten statt einem fahrenden Händler gleich die Höfe aufzusuchen, wohl allzu sehr um reines Wunschdenken handelte. Jedenfalls fand sich in dem kleinen Wartezimmer nicht eine Kundin, daher freilich auch kein einziges zu versorgendes oder hochzupäppelndes und damit in Abrechnung zu bringendes Tier, und ebenso wenig eine Schreibkraft oder anderweitige Praxisgehilfin. Überhaupt hatte die Stube, abgesehen von einem halben Dutzend Holzstühlen, die man entlang der Eingangsseite des Raumes in Aufstellung gebracht hatte, nicht das Geringste gemein mit einem gewöhnlichen medizinischen Wartezimmer. Die Wände waren längst nicht mehr kalkweiß, sondern eifrig im Gilben begriffen, und hier und dort war die Farbe schon abgebröckelt, was jedoch bei flüchtigem Blicke nicht allzu sehr auffiel, da die Fronten derselben vollgestellt waren mit wandhohen Regalen, auf deren Brettern sich bis zur Decke hin Bücher in einer dergestalt reichlichen Unzahl türmten, wie Johann sie noch nie zuvor in einem einzigen Raum versammelt gesehen hatte.

In Absehung der bereits erwähnten und in einigermaßen gerader Linie aufgereihten Wartestühle war das einzige weitere Sitzmöbel im Raum ein bis zur Sichtbarkeit seiner Innereien abgewetzter und durchgesessener Ohrensessel. Dieser Sessel hätte sicherlich als in nächtlicher Heimlichkeit hinweggeschaffener und ins Dachauer Moos hinausgebrachter Sperrabfall bella figura gemacht, jedoch im Wartezimmer eines seriösen Medikus, selbst wenn er nur ein Tiermediziner war, erschien der Sessel fehl am Platze wie nichts. Zumal das Folgende, das Johann ganz eigentlich nach seinem Eintritt in den Raum zu allererst aufgefallen war, und was hier bisher vorenthalten wurde, sich direkt neben dem beschriebenen Ohrensessel befand: ein kleiner Beistelltisch, auf dessen rostiger Tischplatte eine porzellanene Kaffeetasse gänzlich ohne Unterteller stand, deren Inhalt mit einer in einem stattlichen, bleiernen und übervollen Aschenbecher abgelegten, qualmenden Zigarre um die Wette dampfte.

Johann schüttelte den Kopf über die sich ihm darbietende Szenerie. Er kam sich vor, als wäre er durch das modrige Treppenhaus des fassadensplittrigen Altbaus nicht hinein in die Praxis eines tatsächlich existierenden und praktizierenden Tierarztes getreten, sondern direkt hineingesprungen in die Bibliothek des Kapitän Nemo oder in das dunkle und einsame Schreibzimmer eines Verne, Melville, Cooper oder May, sofern er sich allein die Vielzahl der Bücher vergegenwärtigte. Legte man allerdings in der Beurteilung größeren Wert auf die Beschaffenheit der Wände, des Sessels, des Beistelltisches sowie der sich darauf befindlichen Gegenstände, so käme man eher zu dem Urteil, Johann hätte nicht die Praxis eines angesehenen Mediziners betreten, sondern die Lebstatt eines langjährig geübten und gründlichen Grattlers.

„Blicken Sie sich nur in aller Ruhe um, junger Mann, ein Bengel in Ihrem Alter besitzt doch alle Zeit der Welt", schallte es plötzlich aus einem Nebenraum. Doktor März stieß die Tür zum Wartezimmer auf, hinkte flinker, als dies von einem einbeinigen Alten zu erwarten war, zu Johann hin, hieß ihn mit einem herzlichen Handschlag willkommen und ließ sodann seinen mächtigen Leib hinein in den Sessel plumpsen. „Bitte verzeihen Sie mir die Theatralik meines Erscheinens. Ich bin ein alter, nichtsnutziger Mann, der des Tages über am Fenster sitzt und hinaus auf die Straße blickt, zu sehen, wer in dieses Haus läuft, und ob er ein Tier dabeihat und womöglich zu mir kommen möchte. Es kommt nicht mehr allzu häufig vor, dass ich aufgesucht werde, und wenn es dann doch endlich einmal der Fall sein will, ist es mir eine ungemein schrullige Freude und Herzensangelegenheit, einen großen Auftritt zu machen. Ich hoffe doch, Sie sehen mir diese meine Kauzigkeit nach."

Johann trat von einem Bein aufs andere. „Ich habe kein Tier dabei, das Sie behandeln könnten, nur eine Frage."

Doktor März griff nach der Zigarre im Aschenbecher und begann kräftig an ihr saugen. Um das besonders kunstfertige und genüssliche Ausblasen des Rauches aus dem Munde, wie es vielen der wenigen wohlhabenden Dachauer Bürgersleute nachgerade zu einem Wettbewerb geraten war, schien er sich wie kaum einer um nichts zu scheren. Doktor März stieß den Rauch plump wie ein Gossenbub in einem einzigen Schwall hervor, als wollte er ihn niemals selbst mit seinem eigenen Willen und den eigenen Lippen eingesogen haben. „Jetzt erkenne ich dich, wie du so von einem Bein aufs andre trittst wie ein ängstlicher Primaner vor dem gestrengen Kantorek. Du bist doch der Junge aus der Schriftsetzerei des Amper-Boten, der mir dort seit Monaten fehlt. Hattest du nicht damals die knausrige Kratzbürste von der Zahlstelle überzeugt, mir für meine Inserate stets zehn Pfennig nachzulassen, da mein Name viel kürzer und daher viel schneller zu setzen ist als jener des großspurigen Tierdoktoren Trautmannsberger, der noch dazu stets darauf bestand, mit sämtlichen seiner drei Vornamen gesetzt zu werden? Seitdem du fort bist aus der Setzstube, berechnet mir das gehässige Weib von der Zahlstelle wieder genüsslich den vollen Preis."

Johann senkte seinen Blick, hob denselben jedoch sogleich wieder, da ihm die Befürchtung in den Sinn geriet, der Aufgesuchte könnte den freilich falschen Eindruck gewinnen, sein Besucher besähe sich mit größter ungeziemender Neugierde den Beinstumpf. „Ich habe mit den Gepflogenheiten in der Schriftsetzerei leider nichts mehr zu tun. Man hat mich in die Schreibstube befördert."

Doktor März paffte und spie den eingesogenen Rauch aus wie ätzendes Gift. Er nickte anerkennend. „Soso, man hat dich also befördert. Und jetzt will ein gestandener Schreiber des Amper-Boten, wie du ganz offenbar einer geworden bist, von einem alten Nichtsnutz wie mir etwas wissen? Ich kann und will mir nicht vorstellen, was dies denn sein mag." Doktor März deutete auf einen der Holzstühle in der Stuhlreihe und bat Johann, sich zu setzen.

Johann setzte sich auf den ihm zugewiesenen Stuhl und kramte einen kleinen Notizblock aus der Innentasche seiner Weste. „Der Schriftleiter möchte, dass ich einen Artikel über unsere Dachauer Hunde verfasse und im Besonderen darüber, wie ausgesprochen garstig und inhuman es ist, dass die Menschen sie an Ketten halten. Ich wollte Sie fragen, ob sie mir denn helfen können, da ich doch nichts von Bedeutung über die missliche Angelegenheit weiß."

Doktor März neigte den Kopf und lächelte Johann an. Oben im Kiefer, wo sich wohl einst Schneidezähne befunden hatten, klaffte eine breite Lücke. „Über die missliche Angelegenheit der Hunde oder über die der Menschen?", fragte der Doktor.

Johann senkte aufs Neuerliche den Blick. „Ich meinte freilich die Hunde, aber wenn ich ehrlich bin, ergeht es mir mit den Menschen allzu oft genauso."

Doktor März nickte und zwinkerte seinem Gast mit dem linken Auge zu. „Dann scheint es mir wohl das Gescheiteste zu sein, die gesamte Angelegenheit in beiderlei Hinsicht zu betrachten. Weißt du, Junge, dass der Hund das einzige Lebewesen ist, das aus freien Stücken beim Menschen bleibt? Natürlich abgesehen von den Flöhen und anderen Parasiten, die es allzu gut verstehen, aus unsereiner ihren Nutzen zu ziehen und zu saugen, ohne dass wir es ihnen je gestattet hätten."

Johann verneinte. Das Gerede des Doktors war ihm nichts anderes als unverständlich. Johann fragte sich, ob er zu dumm war, das Gehörte zu verstehen, oder ob Doktor März einfach nur verrücktes Zeug von sich gab, wie es wohl mancher Alte zu tun geruhte, der seine Zeit ganz offenkundig allzu lang und einsam vor sich hin fristet.

Der Doktor saugte wieder an seiner Zigarre. „Weißt du denn wenigstens, dass der Mensch das einzige Lebewesen ist, dem es je in den Sinn gekommen ist, einem Tier, das aus freien Stücken bei ihm bleibt, Ketten anzulegen?"

Johann schüttelte den Kopf. „Herr Doktor, ich weiß nicht, worauf Sie hinauswollen."

Doktor März schlug lachend mit der flachen Hand auf seinen Beinstumpf. „Die von mir zur Sprache gebrachten Tatsachen wollen mir doch recht viel über die Natur beider Spezies zum Ausdruck bringen. Der Mensch legt Hunde in Ketten, gleichwohl er es nicht müsste, und der Hund sucht die Nähe ausgerechnet jener Kreatur, die ihm die Freiheit raubt."

Johann wusste nicht, ob und mit welchen Worten er auf das Gerede des Doktors antworten sollte, also sagte er lediglich, er habe diese Angelegenheit noch nicht in jeglicher Hinsicht betrachtet.

Doktor März lächelte seinen Gast milde an. „Wegen diesem Versäumnis brauchst du dich gewiss nicht zu schämen. Nicht viele Menschen werden je die Angelegenheit in dieser Weise bedacht haben. Der Mensch ist auch das einzige Lebewesen, das aus Gier oder Hass zu töten willens und fähig ist." Der Doktor deutete auf eines der Bücherregale. „Keine Sorge, mein Junge, das habe nicht ich mir in einer dunklen und einsamen Nacht ausgedacht, das steht in diesen Büchern hier, allesamt geschrieben von Männern, die um ein Vielfaches klüger waren, als du und ich es jemals sein werden."

Johann überlegte, wie er das Gespräch wieder in die Richtung der eigentlichen Hundefrage lenken konnte. Er saß nun schon eine Viertelstunde in dem seltsamen Wartezimmer und hatte bisher nicht ein Wort in seinen Block notiert, das ihm für seinen Artikel von Nutzen sein würde. „Herr Doktor, ich möchte gern die Rede auf die Kettenhunde bringen."

„Nichts lieber als das, mein Junge", sagte der Tierarzt und drückte umständlich und gewissenhaft den schwelenden Stummel seiner Zigarre im Aschenbecher aus. „Der Hund ist nämlich und ganz selbstverständlich nicht das einzige Lebewesen, dem wir Menschlein recht gern Ketten anzulegen geruhen. Ja nicht einmal vor Seinesgleichen schreckt der Mensch dabei zurück." Er deutete auf ein Regal neben der Eingangstür des Wartezimmers. „Sei so gut, Junge, bring mir das kleine Büchlein mit dem roten Einband. Wenn mich meine alten, starenen

Äuglein nicht trügen, steht es ganz rechts dort im Regal."

Johann stand auf, fand das gewünschte Buch recht rasch, da es das einzige mit rotem Einband war, und reichte dem Tierarzt das dünne Buch. „*Vom Gesellschaftsvertrag oder Prinzipien des Staatsrechtes* von Jean-Jacques Rousseau", las Johann still. Johann hatte weder vom Autor noch je vom Titel des kleinen Büchleins gehört.

Der Doktor nahm das Buch, schlug es auf, leckte sich die Daumenkuppe seiner linken Hand und begann sodann darin zu blättern. Ganz offenbar suchte er nach einer bestimmten Stelle. Er hatte sie schnell gefunden und reichte Johann das Buch. „Lies vor, Bengel. Die Stelle ist unterstrichen. Herrgott, ich habe in den letzten Jahren gewiss mehr Zeilen mit Bleistift unterstrichen als Meter auf meinem Bein zurückgelegt."

Johann nahm das Buch und las die markierte Stelle vor: „Der Mensch wird frei geboren, aber überall liegt er in Ketten."

Der Tierarzt klopfte wieder mit der Hand auf seinen Stumpf. „Da hast du es schwarz auf weiß, mein Junge. Dort steht es nichts weniger als schwarz auf weiß geschrieben. Der Mensch, er ist geradezu ein Meister der Ketten. Besäße der Erdball einen Henkel, wie der Maßkrug einen hat, wir würden ihm sogleich eine Kette anlegen."

Johann rutschte unruhig auf seinem Stuhl herum. „Herr Doktor, was Sie mir erzählen, ist ganz unzweifelhaft hochinteressant, jedoch mag es mir nicht weiterhelfen, bis um vier Uhr einen Artikel über die Problematik der Dachauer Kettenhunde zu verfassen."

Doktor März gestikulierte beschwichtigend mit den Händen und bat seinen jungen Gast um Geduld. „Nur eines noch will ich dir sagen, Junge, ehe ich endlich auf dein eigentliches und ganz gewiss gut gemeintes Ansinnen zu sprechen komme: So lieb mir die Hunde auch sein mögen, wir Menschen, wir Deutschen und insbesondere wir in dieser Stadt, wir sollten uns in der Kettenfrage doch besser um das Schicksal unsrer eigenen Artgenossen kümmern, sofern uns daran gelegen ist, dass der Herrgott dort droben uns noch länger gnädig sein mag."

Johann nickte und schwieg, da er nicht wusste, wie anders er auf das Gesagte reagieren sollte.

Der Doktor bat Johann, das Büchlein zurück ins Regal zu stellen, und erzählte ihm schließlich doch noch, was Johann zu hören erhofft hatte.

+

Anderntags erschien im Amper-Boten ein außergewöhnlich vielbeachteter Artikel, in Folge dessen sein Verfasser, der junge und aufstrebende Schreiber Johann Bauer, von Seiten der Leserschaft ebenso zahlreiche wie dankbare Zuschriften erhielt. Sogar der arrogante und maulfaule Kollege Seemüller fand warme Worte für Johanns Artikel, vermutlich da er selbst ein uraltes Hunderl daheim hatte, um das er sich mit der allergrößten Hingabe und Fürsorge kümmerte. „Gut geschrieben, Kollege", hatte Seemüller schmallippig zu Johann gesagt, und dabei das Wort *Kollege* zum allerersten Mal in einer Weise und mit einer Betonung ausgesprochen, aus der kein Hohn und keine Geringschätzung klang.

Mit Hilfe des alten Veterinärs hatte Johann geschrieben: „Das Halten eines Kettenhundes ist nichts anderes als eine vollkommene und sinnlose Tierquälerei. Er vermag an seiner Kette nichts Besseres zu leisten, als harmlose Vorübergehende anzubellen. Wenn er vorn am Hause angekettet ist, ist es einem Dieb nicht schwer gemacht, besonders zur Erntezeit, wenn alle Hausinsassen auf dem Felde sind, ungehindert durch Stall oder Stadel einzudringen. Der Hund gehört zum Haus und in das Haus, aber er muss so gezogen oder dressiert sein, dass er freiwillig beim Haus bleibt und nicht streunt. Auch der freilaufende Hund bellt, wenn ein fremder Mensch dem Hause zukommt, und es macht nichts, wenn er dadurch die Bewohner auf den nahenden Besuch aufmerksam macht. Aber er wird sich nicht benehmen wie ein angeketteter Hund, der fortwährend und besonders nachts bellt, heult und den Vollmond ansingt, dass es stundenweit im Umkreise zu hören ist.

Was hat ein angeketteter Hund zu leiden, sei es im Sommer oder im Winter! Das ihm vorgestellte Wasser wird in der Sonnenhitze im Augenblicke lauwarm, ist selbst für den Hund nicht mehr genießbar, und zu einem Brunnen oder einem Bach laufen kann er nicht, um seinen Durst zu löschen. Dabei ist vorausgesetzt, dass ihm auch zu rechter Zeit immer Wasser vorgesetzt wird.

Im Winter gefriert das Wasser im Geschirr. Streuwechsel in seiner Hütte lässt oft lange auf sich warten, im Sommer wimmelt es dort von Ungeziefer, im Winter ist die Streu nicht genügend, den armen Kerl warmzuhalten. Dass man einem Hund, der im Freien weilen muss, an kalten Tagen ein warmes Fressen vorstellen soll, sollte man gar nicht mehr erörtern brauchen."[23]

Nachdem der Schriftleiter am späten Nachmittag des Vortages den Artikel abgenommen, ja diesen sogar in den höchsten Tönen gelobt hatte, ging Johann nach Hause. Irgendwo im Osten knallte ein Schuss, auf welchen kein zweiter folgte. Ein Warnschuss also, oder ein Treffer. Weiter nichts. Was wollte, konnte oder sollte man anderes wahrnehmen, tun oder unterlassen? Johann kannte nur Menschen, die sich an Sitte, Recht und Gesetz hielten. Hinter niemandem, den Johann kannte, war je hinterhergeknallt worden. *Der Mensch ist frei geboren, aber überall liegt er in Ketten*, erinnerte sich Johann an die Worte aus dem Buch des Tiermediziners März. Er fand diese Worte nun reichlich übertrieben, ja geradezu unpassend und anmaßend und herausnehmerisch. Der Mensch, dachte Johann, ist frei geboren, und wenn er sich an das Gesetz hält, dann bleibt er auch frei.

Als Johann nach Hause kam, fand er Simon still in der Küche sitzend, wo dieser konzentriert an einem Jesuskindlein schnitzte. Johann setzte sich wortlos an den Tisch. „Was ist los?", fragte Simon.

„Ach nichts", antwortete Johann. „Wie immer nichts Besonderes."

+++

Bürgermeister Cramer bat seine Sekretärin zum Diktat. „Und zwar unverzüglich", rief er durch die offenstehende Tür seiner Amtsstube ins Vorzimmer hinaus. Die Sekretärin wetzte sogleich mit ihrem Eilschriftblock ins Büro des Bürgermeisters. Zwei Schriftstücke, offenbarte ihr der Bürgermeister, galt es mit unbedingter Dringlichkeit noch heute zu verfassen und auf schnellstem Wege auslaufen zu lassen, ein kurzes und ein sehr kurzes. „Sie können sich aussuchen, mit welchem wir beginnen", sagte Cramer generös und schenkte seiner Sekretärin ein zufriedenes Lächeln, denn ihm war einerlei, wofür sich die ihm Untergebene entschied.

Die Sekretärin entschied sich für das kurze Schreiben. Cramer schritt zum Fenster hin, hinter dem dicke Schneeflocken dem Rathausplatz entgegentanzten. Der Hausmeister schlurfte gemächlich mit einem Eimer in der Hand über den Platz und streute mit einer Handkelle graue Asche aus einem Blechkübel auf den eisigen Trampelpfad, der sich in den letzten Tagen unter den Tritten der Gefolgschaft und der Behördengänger zwischen der Straße und der Rathauspforte gebildet hatte. Der Bürgermeister schüttelte den Kopf. Minus zehn Grad dort draußen, und der Hausmeister trug keinen Mantel, ja nicht mal eine Jacke. „Ich frage mich, wann es den mal friert. Wohl nie", sagte er und begann mit dem Diktat. „An die geschätzten Leiter der Schreibstuben unserer Dachauer Zeitungen mit dem dringenden Ersuchen behördlicherseits um weitere Veranlassung. Als Bürgermeister der Stadt Dachau ist es mir ein Anliegen, öffentlich zum Ausdruck zu bringen, dass ich mich dem Ansinnen des beachtenswerten Artikels im Amper-Boten über die Haltung von Kettenhunden in unserer schönen Stadt vollumfänglich anschließe. Da freilich nicht ein jeder Volksgenosse den Amper-Boten liest, empfehle ich den Abdruck ähnlicher Berichte in Ihren jeweiligen Zeitungen, und dies zu möglichst baldigem Zeitpunkt, um weiterer Tierquälerei schnellstmöglich und rigoros einen Riegel vorzuschieben. Sie können Ihre Artikel um meine Stellungnahme ergänzen, die wie folgt lautet. Haben Sie das?", fragte er die Sekretärin.

Die Sekretärin schrieb noch ein paar Sekunden lang eifrig in ihren Block, ehe sie nickte. „Ich habe alles."

Der Bürgermeister fuhr fort: „Wer also seinen Hund in tierquälerischer Weise hält, sei es aus mutwilliger Gesinnung oder in fahrlässiger Arglosigkeit, der wird es schneller, als er denken kann, mit der Stadtpolizei zu tun bekommen. Diese wurde von mir angewiesen, im Besonderen an kalten Tagen auf die Einhaltung der im Reichstierschutzgesetz festgesetzten Regeln zu achten und Verstöße zur Anzeige zu bringen. Dem Schriftleiter des Amper-Boten möchte ich zu seiner Initiative und seinem Tatendrang in dieser Angelegenheit ganz herzlich gratulieren. Heil Hitler, gezeichnet Bürgermeister Cramer. Haben Sie das?"

Die Sekretärin nickte und schenkte ihrem Dienstherrn ein ausgesucht herzliches Lächeln. „Herr Bürgermeister, es freut mich ganz außerordentlich, dass Sie sich höchstpersönlich dieser elendigen Tragödie annehmen. Es ist eine wahre Schande, wie unmenschlich manch einer sein Hunderl behandelt. Ganz so, als wären ihre Hunderl nicht ebenso Geschöpfe unseres Herrgotts, wie wir es sind."

Bürgermeister Cramer bedankte sich ehrlich angetan für das Lob seiner Sekretärin. „Jetzt aber weiter. Das war das kurze Schriftstück. Nun zum noch kürzeren. Es soll an Kreisleiter Eder gehen. Sehr geehrter Kreisleiter Eder, hochgeschätzter Parteigenosse, ich freue mich Ihnen mitteilen zu können, dass mit dem heutigen Tage Dachau völlig judenfrei ist. Heil Hitler, gezeichnet Bürgermeister Cramer."[24]

„Das war nun in der Tat erfreulich kurz", sagte die Sekretärin und versicherte, beide Schriftstücke würden bis spätestens drei Uhr auslaufen. Ehe sie die Amtsstube des Bürgermeisters verließ, erinnerte sie Cramer, wie es ihr längst zur Gewohnheit geworden war, an dessen nächsten Termin: Der Schneider des beauftragten Kostümverleihs aus München warte im Flur, und dies mit wachsender Ungeduld, um die finale Anpassung der Bauerntracht für den morgigen Künstlerball vorzunehmen.

Der Bürgermeister ließ den Schneider sogleich herbeirufen, und begrüßte ihn freudig als „tapferes Schneiderlein", da dieser doch so geduldig gewartet und ausgeharrt hatte.

Ehe das tapfere Schneiderlein endlich mit seinem Werk am Körper des Bürgermeisters beginnen konnte, eilte dieser hinaus ins Vorzimmer, wo er seine Sekretärin fragte: „Sagen Sie, meine Beste, haben wir noch etwas übrig von Ihrem herrlichen Weihnachtsgebäck?"

„Zimtsterne sind noch reichlich da. Und ein paar Vanillekipferl, doch die sind leider zerbrochen", sagte die Sekretärin und setzte dem Bürgermeister sogleich eilfertig auseinander, das Zerbersten der Kipferl liege nicht etwa an einer etwaigen Unachtsamkeit ihrerseits, sondern ganz eigentlich an der Beschaffenheit des den Kipferln zugrundeliegenden Teiges an sich, der nach einigen Wochen einfach von selbst brüchig werde, da könne man tun, was man wolle, jedenfalls habe sie bisher noch keine Herangehensweise und Behandlung entdeckt, die dem allmählichen Verfall ihrer Kipferl fürderhin Einhalt gebieten wolle. Dies alles äußerte die stattlich erregte Sekretärin freilich mit anderen und unverständlicheren Worten und in geradezu bairisch kryptischer Eigenart, welche sich für den Bürgermeister, der kein Bayer war und zudem in der

Angelegenheit der Plätzchenanfertigung keinen belastbaren Wissenshintergrund besaß, als nichts weniger denn vollkommen rätselhaft und unentzifferbar darstellte. Dabei hatte die Sekretärin einfach nur gesagt: „Vanillekipferl bräsln hoid amoi irgndwann zam, do kon ma macha, wos ma wui."

Bürgermeister Cramer kannte die Befindlichkeiten seiner Sekretärin inzwischen recht gut, weshalb er wusste, dass sie, sobald es um ihr Gebäck ging, eine allzu leicht reiz- und kränkbare Frauensperson war, der sogleich die Tränen zu rinnen begannen, sobald man ihr Backwerk auch nur im Geringsten in Frage stellte oder es, wie nun geschehen, mit gänzlicher Unwissenheit und ohne jegliche böse Absicht zu einem ihr unangenehmen Thema machte. Also sagte Cramer: „Meine Teuerste, jetzt will Weinen gewiss fehl am Platze sein. Bringen Sie mir bitteschön sogleich die geborstenen Vanillekipferl, denn zerbrochen oder nicht, will ich sie mir liebend gern schmecken lassen. Und die Zimtsterne verbringen Sie mit den allerherzlichsten Grüßen zusammen mit dem diktierten Judenschreiben zum Kreisleiter hin. Der Kreisleiter wird Ihnen gewiss Augen machen vor Begeisterung und Wiedersehensfreude."

Die Sekretärin tat wie ihr geheißen, und als sie mit einer Dokumentenmappe, in welcher sich der Brief an den Kreisleiter befand, und einer stattlichen Anzahl an Zimtsternen, untergebracht in einer Blechdose, in deren Boden recht gediegen ein Hakenkreuz eingraviert war, auf dass der mit dem Döschen Beschenkte auch nach dem Verzehr der Plätzchen die hellste Freude an dem Geschenk haben würde, schließlich zum Büro des Kreisleiters stapfte, kam ihr endlich wieder in den Sinn, dass, von sämtlichen Seiten besehen und in aller Gesamtheit betrachtet, ihr Bürgermeister es doch nur gut gemeint hatte. Ganz eigentlich, dachte die Sekretärin bei sich, ist der Bürgermeister nichts weniger als ein vorzüglich guter und reeller Mensch.

Der Schriftleiter trat in die Mitte der Schreibstube und drehte, die Hände in den Taschen seines prächtigen Jankers vergraben und die Ellenbogen weit von sich gestreckt, seinen wuchtigen Körper theatralisch im Kreis, wobei er wirkte wie eine allzu überlustig geratene Karikatur einer tollpatschigen Eiskunstläuferin. Der Schriftleiter vollführte diese Figur in der Schreibstube, wann immer es jemanden ausfindig zu machen galt, der spontan einen aufwändigen Schreibauftrag zu übernehmen bereit war. Wobei das Wort *aufwändig* an eisigen Wintertagen wie eben dem jenen, dessen Geschehnisse nun hier zur Beschreibung gebracht werden wollen, zumeist ganz lediglich bedeutete, die Schreibstube verlassen zu müssen. Je kälter es draußen war, und an jenem Tage war es bitterkalt, geradezu arktisch, umso beliebter war den Schreibern das Verweilen in der Schreibstube, denn diese mochte sich mit Hilfe eines alten Kachelofens, welcher eifrig mit den überzähligen Zeitungsexemplaren des Vortages gefüttert wurde, in zumindest einigermaßene Wärme bringen lassen.

„Wer von euch kältescheuen Stubenhockern kennt sich mit Skilanglauf aus?", rief der Schriftleiter und drehte sich noch einmal im Kreis. Das eifrige Kreiseln des Schriftleiters ging freilich unter vollkommentlicher Unbesehenheit vonstatten, denn sämtliche Schreiber blickten stier hinab auf die Buchstabenfelder ihrer Schreibmaschinen, als wäre ihnen just vor einem Augenblick ein Markstück zwischen dem G und dem H ins Innere der Maschine hineingestürzt, für dessen Bergung es nun mit allerhöchster Konzentration einen ausgefeilten Rettungsplan zu ersinnen und in Ausführung zu bringen galt.

„Kommt schon, wer von euch hat etwas mit Skilanglauf oder Skipatrouille am Hut? Freiwillige vor", insistierte der

Schriftleiter. Niemand meldete sich. Der Schriftleiter drehte sich ein drittes Mal im Kreis und lachte silberhell, ja geradezu perlend. „In Ordnung, ich will es euch und mir einfacher machen. Wer von euch weiß oder besitzt zumindest eine leise Ahnung davon, welcherlei Farbe denn Schnee haben mag?"

Der Kollege Seemüller blickte von seiner Schreibmaschine auf und rief: „Das muss ganz unbedingt unser geschätzter Johann am besten wissen. Der Johann stammt doch von dem schönen Rosenheim, und dort hat's gewiss mehr Schnee als bei uns."

Johann war noch nicht lang genug in der Schreibstube beschäftigt, um die leidige Betrauung mit einer Ausrede an einen Dritten weiterzuschieben, ohne ein Faulpelz oder Drückeberger geheißen zu werden. Ihm blieb daher nichts anderes, als zu nicken. Und so nickte er.

Der Schriftleiter klatschte in die Hände und perlte aufs Neuerliche. „Dann wollen wir uns alle außergewöhnlich glücklich schätzen, einen derart ausgemachten Schneeexperten wie den guten Johann unter den Unsrigen zu wissen. Johann, nun also ab mit dir zum Hias Kern. Der Kern Hias nimmt in aller Nämlichkeit im nahenden Februar an den Deutschen Meisterschaften im Skilanglauf teil. Außerdem ist der Hias bei der SS. Ich erwarte einen erbaulichen Bericht über unsere hervorragende Dachauer Skikanone. Gut hundertfünfzig Zeilen dürfen es gern werden. Wenn der Kern Hias sich nicht allzu maulfaul gibt oder gar etwas Herzerwärmendes mitzuteilen hat, kannst du gern auch zweihundert schreiben."

Johann hob vorsichtig die Hand. „Ich kenne mich nicht aus mit Skilanglauf im Speziellen, ja von Sport ganz überhaupt habe ich keinerlei Ahnung."

Der Schriftleiter schenkte Johann ein mitleidiges Lächeln. „Mein Junge", sagte er lakonisch, „merk dir was fürs Leben.

Schrieben wir hier Tag für Tag nur über das, womit wir uns tatsächlich auskennen, dann wären die Zeitungsseiten blank bis auf das Datum, und selbst bei diesem lägen wir wohl alle paar Tage gründlich daneben."

Der Kollege Seemüller lachte daraufhin sogleich in einer Lautstärke, wie nur einer lachen konnte, der allzu lang Bescheid wusste über solcherlei Dinge und Beschaffenheiten, und klatschte dem Schriftleiter ob dessen humorigen Bonmots eifrig Beifall.

Johann nickte, zog sich seinen Wintermantel an und schritt hinaus in die Kälte.

+

Johann redete nicht unnötig herum um seine journalistische Misslichkeit. „Ich besitze keinerlei Wissen über die Skifahrerei, geschehe sie bergab oder in der Ebene. Nichtsdestoweniger hat man mich mit der Aufgabe betraut, einen Bericht über Sie und Ihre Skifahrerei zu verfassen, da Sie, wie man mir gesagt hat, bei den Großdeutschen Meisterschaften unser herrliches Dachau vertreten werden."

Matthias Kern lachte herzlich und führte Johann sogleich in die rückwärtigen Räume seiner Sportartikelhandlung in der Augsburger Straße. „Da sind Sie nicht der Einzige im Dachauer Land, der keinerlei Ahnung hat vom Skisport. Setzen's sich, ich werd's nicht allzu kompliziert machen. Stellen's sich meinen Sport so vor: Ich renn, so schnell es geht, auf Skibrettern durch den Wald, und wenn kein andrer schneller rennt, hab ich gewonnen. So einfach ist die ganze Angelegenheit." Und eben dieser Einfachheit seines Tuns wegen wundere es ihn, dass niemand Geringerer als der Schriftleiter des Amper-Boten nun einen Artikel über ihn wünsche, schließlich wäre bei alledem Geschildertem nicht viel dabei.

Johann zog einen Schreibblock aus der Innentasche seines Mantels und begann, sich mit seinem Bleistift Notizen zu machen. Nebenbei sagte er: „Was heißt, da ist nicht viel dabei? Die ganze Rennerei muss man sich ja erst einmal zusammenschnaufen können mit dem Körper und freilich zuvorderst mit den Lungen. Das schafft gewiss nicht jeder. Ich selbst gerate bereits ins Schnaufen, wenn ich die paar Stufen der Huber-Treppe allzu schnell in Angriff nehme. Sagen Sie, wie weit überhaupt rennen Sie denn durch den Wald?"

„Fünfzig Kilometer am Stück, oder zwei, drei, vier mehr, wenn ich mich dabei verlaufe."

Johann blies die Backen auf und nickte mit ehrlicher Bewunderung. „Sagen Sie, werden Sie denn gewinnen bei den Meisterschaften?"

Kern fing an zu lachen und winkte ab. „Nachdem der arme Hermann Schertel, Gott hab ihn selig, den grausamen Bergtod gestorben ist, wäre ich eigentlich der sichere Anwärter auf den Sieg. Aber da hat mir niemand anderer als der Führer höchstpersönlich einen fetten Strich durch meine Rechnung gemacht."

Johann stutzte und hielt inne mit seiner Mitschrift.

Hias Kern lachte erneut. „Das ist freilich nur als Spaß gemeint, bitte schreiben's das nicht wortwörtlich." Nur sei es nun einmal eine unumstößliche Tatsache, dass mit des Führers geglückten Heimholungen Österreichs und des Sudetenlandes eine stattliche Anzahl ganz ausgezeichneter Skilangläufer dazugekommen sei, und gegen diese ausdauernden und spannkräftigen österreichischen und sudetischen Bergfexe besitze er als Dachauer Flachländler nicht die geringste Gewinnchance. Möglicherweise würden bei der anstehenden Meisterschaft auch einige eingeladene Norweger an den Start gehen.

„Wenn Sie mal einen brauchen, der Ihnen ganz genau beschreibt, wie ein Norweger von hinten ausschaut, dann fragen Sie am besten mich", sagte Kern, lachte und wirkte dabei gänzlich reell, als wäre er tatsächlich ein Sportskamerad, dem das Dabeisein und Erleben wichtiger waren als der zu erringende Sieg und das persönliche Triumphieren.

Kern erzählte Johann eine Stunde lang von seinen Erlebnissen und Erfolgen, die umso höher einzuschätzen waren, da Kern die Langlauferei lediglich nebenbei betrieb, weil freilich in der Hauptsache das hiesige Sportgeschäft zu führen war, und es dazu noch galt, den zahlreichen Aufgaben und Pflichten eines Rottenführers der SS-Standarte 7/92 nachzukommen.[25]

Drei Stunden später gab der Schriftleiter Johanns Bericht über den eifrigen Dachauer Skilangläufer Hias Kern zum Setzen frei. „Gut gemacht, Junge", lobte der Schriftleiter den Verfasser und schien ob der hervorragenden Qualität des ihm vorgelegten Artikels zu Scherzen aufgelegt. „Mag sein, dass ich dich bald zum obersten Schreibbeauftragten ernenne für alles, was mit S anfängt: Saukälte, Schnee, Skilaufen, Sport im Allgemeinen und SS im Besonderen."

Als Johann seinen Artikel über den verschneiten Hof hinüber zur Schriftsetzerei trug, war er sich nicht sicher, ob er sich über das Lob des Schriftleiters ganz eigentlich freuen sollte oder etwa nicht.

Indes er schob die Frage beiseite. Johann wollte sich freuen. Sich die Freude gönnen.

Und so freute er sich.

+++

Eberhart zeigte neuerdings großes Interesse an der Zeitung. Feierabends saß er nun häufig in der Küche und las den Amper-Boten. Es hatte eine Zeitlang gedauert, ehe Eberhart nach dem vermaledeiten Stromunfall seines Bruders und dessen Überstellung in die fürsorglichen Hände der Schönbrunner Klosterschwestern eine neue abendliche Beschäftigung gefunden hatte. Ein paar Wochen lang hatte er sich in allerlei Dachauer Wirtshäusern herumgetrieben und in diesen nach jedem Rockzipfel gegriffen, der an ihm vorüberhuschte. Irgendwann hatte er seine ohnehin nicht eben stattlichen Ersparnisse versoffen und genügend Rüffel und Watschen eingesteckt, um fürderhin oder zumindest einstweilen abends zu Hause zu bleiben. Die Papiermacher schoben nach ihrer Tagschicht in der Papierfabrik allzu oft noch eine Abendschicht, Simon verbrachte die kalten Winterabende am liebsten schnitzend im Bett, und Johann hatte von einem seiner Arbeitskollegen neue und interessante Lektüre erhalten, darunter Ernst Jüngers fesselndes Werk *In Stahlgewittern* über die beeindruckenden Erlebnisse und Heldentaten der deutschen Soldaten an der Westfront und ein Buch namens *Heia Safari!*, ein im höchsten Grade spannendes und aufschlussreiches Werk des Generals Paul von Lettow-Vorbeck und des Hauptmanns und Dachauer Künstlers Walter von Ruckteschell über Deutschlands siegreichen Kampf in Ostafrika während des Weltkrieges.[26] Auch mit den maulfaulen Bäckergesellen war abends nicht viel anzufangen, da diese am nächsten Tag früh raus mussten. Also blieb Eberhart an Möglichkeiten abendlicher Beschäftigung nichts weiter, als sich der Zeitung zu widmen, die Johann täglich aus der Schreibstube mitbrachte, wollte er nicht stundenlang sinnlos aus dem Fenster starren, hinein in die

146

schwarze, ereignislose Nacht, und dabei unwillkürlich an das harsche Schicksal des geliebten Bruders denken. Jeder Artikel und jede Meldung in der Zeitung erschien Eberhart interessanter oder zumindest erträglicher als das immergleiche Nichts vor dem Fenster und die tiefgraue Tristesse und Bedrücktheit in seiner Seele. Eine Annonce forderte ihn dazu auf, fortan und immer am echten Erdal festzuhalten, war Erdal doch so gut und so billig! Nimm zur täglichen Schuhpflege immer Erdal. Schwarz 20 Pfenning, farbig 25. Eberhart schüttelte den Kopf. Gab es tatsächlich Leute, die täglich ihre Schuhe putzten? Er blickte auf seine Füße. Aus zerschlissenen Wollsocken grüßte ein halbes Dutzend nackter Zehen.

Im Gesellenhaus war es den Bewohnern strengstens untersagt, Arbeitsschuhe zu tragen. Wer sein schmutziges Schuhwerk nicht anständig vor der Türschwelle auszog und stattdessen wagte, mit dreckigen Stiefeln einzutreten, dem drohte die Hauswirtin die Löffel langzuziehen wie einem alten störrischen Esel und ihn bei erneuter Zuwiderhandlung unwiderruflich vor die Tür zu setzen.

Eberhart widmete sich dem Artikel neben der Erdal-Anzeige. Soso, die Londoner Presse musste also endlich ihren Schwindel zugeben. Es gebe „keinerlei amtliche Bestätigung der wilden Gerüchte von einem beabsichtigten deutschen Angriff gegen Polen." Meldungen über deutsche Truppenzusammenziehungen wären nichts anderes als Schwindelgerüchte und entbehrten jeder Grundlage.[27]

Eberhart stand auf und ging zum Bücherregal im Flur, dem er seit seinem Einzug ins Wohnheim bisher keinerlei Aufmerksamkeit geschenkt hatte und das dort überhaupt ein einsames Dasein fristete. Ganz unten im Regal fand er einen alten Atlanten und schlug in dessen vergilbten Seiten nach, wo denn auf der Welt sich Polen befand.

+

Am Ende ihrer ebenso langen wie sinnlosen Diskussion wusste Johann nicht mehr, ob es Simons oder sein eigener Vorschlag gewesen war, dass Simon doch besser in Eberharts Zimmer schlafen sollte. Es war bereits spät nach Mitternacht, als Simon leise fluchend sein Bettzeug zusammenraffte und an Eberharts Tür klopfte. Überrascht von der nächtlichen Störung, doch keineswegs missmutig ließ Eberhart ihn eintreten. Er deutete auf das verwaiste Bett seines Bruders. „Du kannst in seinem Bett schlafen. Die Hauswirtin will es einstweilen noch für ihn freihalten. Vielleicht geschieht ja ein Wunder, und mein Bruder kommt wieder zurück."

Simon setzte sich auf das Bett. „Der Johann und ich, wir haben gestritten."

Eberhart kam die nächtliche Gesellschaft gerade recht. Er hatte nicht einschlafen können und wollte nicht weiter an den armen Bruder denken. Er nickte mitfühlend und sagte: „Überhaupt ist der Johann noch seltsamer geworden, seitdem er sein Geld als Geistesmensch verdient. Vorher war er einfach nur ein Geist. Als Geist war er mir lieber. Ich hab schon an meinem ersten Tag hier im Haus gemerkt, dass der Johann ein Besserer ist als wir anderen Gesellen. Jetzt ist er ein Journalist. Jetzt weiß auch er, dass er ein Besserer ist. Glaubst du, ihm ist sein Bessersein zu Kopf gestiegen?"

„Ach was", schnaubte Simon und klopfte sein Kissen zurecht. „Der Johann ist der Johann, wie er immer schon gewesen ist. Wir haben halt einfach nur gestritten."

+

Derweilen warf Johann still weinend Simons Krippenfiguren

und Schnitzwerkzeug aus dem Zimmer hinaus in den Flur. Ein kleines Jesuskind prallte hart an die gegenüberliegende Wand und brach sich dort sein Köpfchen ab. Mit beinahe tonlosem Klackern hüpfte das winzige Köpfchen die Stufen des Treppenhauses hinab ins Erdgeschoss und kam direkt vor der Haustür zum Liegen, gänzlich ungewahr, dort von jedem, der des Wegs kam, mit aller Achtlosigkeit zertreten zu werden.

Wie hatten Simon und er über eine Selbstverständlichkeit nur derart in Streit geraten können? Johann hatte seinem Zimmergenossen lediglich von seinem Bericht über den Dachauer Langläufer Hias Kern erzählt. Simon hatte ihn daraufhin gefragt, ob es ihm denn Spaß mache, über einen SS-Mann zu schreiben. Johann hatte sodann geantwortet, das Verfassen von Artikeln über die stolzen Männer der SS bereite ihm tatsächlich ein ganz außergewöhnliches Vergnügen. Freilich hatte Johann dies nicht gesagt, weil es etwa stimmte – Johann waren die stattlichen Männer der SS ebenso gleichgültig wie die derben Dickschädel des Bauernverbandes, die sich für Sportasse haltenden Trampeltiere der örtlichen Fußballmannschaft oder manch eitle Gecken der hiesigen Trachtenvereinigung. Johann hatte derlei geantwortet, da ihn längst nicht zum ersten Male bittere Enttäuschung und heiße Wut übermannt hatten darüber, dass Simon sich ganz offenbar nicht im Geringsten für seine Berichte und überhaupt seine Arbeit beim Amper-Boten zu interessieren schien. Johanns spannender und durchaus aufschlussreicher Artikel über die örtliche Sportskanone im Speziellen und den Langlaufsport im Generellen hatte ihm ähnlich viel Lob eingebracht wie der Artikel über die Kettenhunde zu Jahresbeginn. Der Schriftleiter hatte ihm anerkennend auf die Schulter geklopft, einige Kollegen ihm zugenickt, und sogar der eitle Seemüller hatte gemeint, aus Johann könne tatsächlich noch ein vernünftiger Schreiber werden. Auch von einigen sportinteressierten Lesern hatte Johann wohlmeinende Worte vernommen. Erst gestern im Kramerladen nahe der Martin-Huber-Treppe hatte er zwei Frauen eifrig über den Bericht tratschen gehört, und der Porträtierte selbst hatte ihm ein Informationsheft über den Langlaufsport in die Schreibstube gebracht, aus Dankbarkeit und als Anerkennung für den herrlich geratenen Artikel. Nur Simon, sein Mitbewohner, sein bester Freund und Kamerad, wollte Johanns Schreibarbeit einfach keine Aufmerksamkeit schenken. Im Anschluss an Johanns unbedachte Antwort hatte ein Wort das andere ergeben, wie es recht häufig der Fall ist, wenn Menschen miteinander in Streit geraten, die einander ganz besonders gern haben und im Streiten nicht geübt sind.

Johann lag hellwach im Bett, bis der Morgen graute. Mit dem ersten Lichtschimmer, der sich vorsichtig durch die nachlässig zugezogenen Vorhänge hinein ins Zimmer stahl, schlich sich auch Johanns schlechtes Gewissen in den Raum. Wie oft in letzter Zeit, fragte es Johann flüsternd, hast du deinerseits Simon nach dessen Arbeit gefragt? Hast du Simon je gefragt: Was hast du denn heute im Sägewerk zurechtgeschnitten? Hast du denn heute nur gesägt, oder musstest du auch hobeln? Wer bist du, zu erwarten, dass Simon dich immerzu fragen soll: Was hast du heute wieder Spannendes geschrieben?

Johann warf die Bettdecke zur Seite und sprang aus seinem Bett. Mit allergrößter Vorsicht und kurzen, tappenden Schritten darauf bedacht, nur kein lautes Geräusch zu verursachen, schlich Johann in den Flur und legte sacht den Lichtschalter um. Das Licht flackerte, und als es endlich anhaltend leuchtete, offenbarte es hell und schroff das grausame Gemetzel, das Johann in seiner Wut unter dem Schnitzwerk seines Zimmerkameraden angerichtet hatte. Hastig raffte er die überall im Flur herumliegenden Figürchen zusammen und schaffte sie zurück ins Zimmer. Es dauerte mehrere Minuten, ehe Johann sämtliche Figuren und Schnitzgeräte aufgelesen hatte. Mit zitterndem Kinn und Tränen in den Augen machte er dabei die Entdeckung, dass einem kleinen Jesuskind das Köpfchen fehlte. So sehr Johann sich auch mühte, es mit seinen weitsichtigen Augen zu entdecken, das Köpfchen wollte sich einfach nicht auffinden lassen. Johann wischte sich die Tränen aus dem Gesicht, fluchte leise und gab schließlich die Suche nach des Heilands kindlichem Haupte auf. Er schlich zurück in sein Zimmer und verbarg das kopflose Jesuskind beschämt unter seinem Kissen.

August Kallert ging schweren Schrittes vom Briefkasten zurück zum Haus. Der Kasten war leer gewesen. Eigentlich kümmerte sich seit vielen Jahren Kallerts Gattin Lissa um die Postangelegenheiten. Jedoch bald nach Heinrichs Verschwinden war Lissa der tägliche Weg zum Briefkasten und zurück ins Haus zu einer unerträglichen Last geworden. „Ich kann das nicht mehr", hatte Lissa vor Jahresfrist unter Tränen ihrem Gatten gestanden. „Zum Postkasten gehen und hoffen, dass Heinrich geschrieben hat, und dann ist der Kasten doch wieder leer."

Kallert hatte seiner braven und immerzu bis hin zur vollkommenen Selbstlosigkeit hilfreichen Gattin daraufhin geradezu feierlich versprochen, den Gang zum Briefkasten fortan selbst zu übernehmen und bislang gewissenhaft Wort gehalten. Freilich wünschte auch er sich von Herzen, dass endlich Post von Heinrich eintraf, aber das beharrliche Ausbleiben der erhofften Nachricht konnte und durfte doch nicht sein ganzes weiteres Leben und Werden bestimmen. Deshalb redete sich Kallert mit gehöriger Ausdauer und Entschlossenheit ein, es würde Heinrich schon gutgehen, er hätte lediglich zu viel zu tun, um ins von ihm verlassene, ferne und womöglich längst vergessene Dachau zu schreiben. Auswandern war schließlich kein Pappenstiel, keine geringfügige Angelegenheit, die man mal mir nichts, dir nichts hinter sich brachte und in der neuen Heimat angekommen sogleich die Zeit und die Muße fand, den einstigen Freunden in der alten Heimat sentimentale Briefe zu schreiben.

Heute hatte August Kallert seinerseits etwas Bedeutendes zu schreiben, namentlich eine Bekanntmachung der Dachauer Künstlervereinigung an die örtlichen Schreibstuben. Gestern nämlich hatte ihn sein Künstlerkollege Tony Binder aufgesucht und ihm stolz ein Telegramm aus Berlin gereicht. Binder gab sich zu bescheiden, um die Nachricht selbst an die Zeitungen weiterzureichen. Also hatte Kallert zugesagt, ein entsprechendes Schriftstück an die Schreibstuben zu verfassen und zu verschicken. Als Vorsitzendem der Dachauer Künstlervereinigung gingen ihm derlei Mitteilungen an die Schreibstuben inzwischen mit Leichtigkeit und auch mit einer gewissen Stilsicherheit von der Hand. In den allermeisten Fällen pflegten die Schreibstuben Kallerts Bekanntmachungen ungekürzt und Wort für Wort zu übernehmen und abzudrucken, was gewiss ein deutliches Indiz dafür darstellte, dass sie selbst das Geschriebene nicht besser zu formulieren vermochten. Vielleicht, dachte sich Kallert mehr scherzhaft denn ernst gemeint, war es an der Zeit seine Schaffenskraft nicht nur in der Malerei, sondern fortan auch in der Literatur zur Wirkung zu bringen, um auch in diesem Kunstgewerke auf ein Meisterwerk zu sinnen, wie sie ihm in der Systemzeit mit seinen Elendsbildern geradezu leichterhand gelungen waren. Kallert musste über sich selbst und seine Hybris lachen. Wer war man denn geworden, wenn man nicht jederzeit herzlich und ehrlich über sich selbst zu lachen verstand? Er setzte sich an seinen Sekretär und begann mit den Zeigefingern auf die Tasten seiner Schreibmaschine zu tippen:

„Der Führer verlieh Tony Binder, Dachau, die Goethe-Medaille! Eine freudige Nachricht traf am Donnerstag in Dachau ein. Unser beliebter und geschätzter Dachauer Künstler Tony Binder, der im Vorjahre seinen 70. Geburtstag hat feiern können, erhielt von Reichsminister Dr. Goebbels folgendes Telegramm:

Der Führer hat Ihnen in Anerkennung Ihrer immensen Verdienste um die deutsche Malerei die Goethe-Medaille für

Kunst und Wissenschaft verliehen. Ich spreche Ihnen zu dieser hohen Auszeichnung meine herzlichsten Glückwünsche aus. Heil Hitler! Reichsminister Dr. Goebbels.

Ebenso hat auch der Stellvertreter des Führers, Rudolf Heß, dem verdienten Künstler zu dieser ehrenden Auszeichnung die herzlichsten Glückwünsche zum Ausdruck gebracht.

Im März des heurigen Jahres war Tony Binder vom Reichsminister Dr. Goebbels aufgefordert worden, einige seiner Kunstwerke nach Berlin einzusenden, ohne dass der Künstler gewusst hätte, um welcherlei Angelegenheit es sich dabei handelte.

Nun hat das reiche Schaffen des Künstlers durch den Führer selbst eine Anerkennung gefunden, zu der auch wir unseren Landsmann herzlichst beglückwünschen möchten. Als Meister des Pinsels hat Tony Binder in seinen Werken immer feinempfundene Stimmung mit aller Zartheit festgehalten. Wir freuen uns, dass ihm nun diese hohe Auszeichnung für sein unermüdliches Schaffen zuteilwurde, die auch für Dachaus Kunst und Künstlerschaft eine Ehrung darstellt."[28]

August Kallert las seinen Brief an die örtlichen Schreibstuben noch einmal gewissenhaft durch, ob sich denn ein Tippfehler in das Geschriebene eingeschlichen hatte, nickte zufrieden, als er feststellte, dass dies nicht der Fall war, faltete die Durchschläge, steckte sie in Kuverts und ertappte sich mit einem Lächeln bei der Frage, ob er selbst wohl ebenso wie sein Künstlerkollege Binder bis zu seinem 70. Geburtstage hin auszuharren hatte, ehe ihm der Führer die Goethe-Medaille zu verleihen geruhte. Kallert rechnete nach. Dann müsste er ja bis zum fernen Jahre 1952 warten. Ein wenig früher käme ihm dann doch zupass, gestand sich Kallert ein und musste ein wenig schmunzeln über seinen allzu narzisstischen Gedankengang.

+++

Seit Beginn des April 1939 arbeitete Johann nicht nur tagsüber in der Schreibstube, sondern nach einem kurzen Abendbrot dazu noch einige Stunden in der Schriftsetzerei. In dieser galt es Dutzende Sonderseiten zu setzen, die Ende des Monats im Zuge des großen Kreistages der NSDAP in Dachau im Amper-Boten erscheinen würden. Auch zahlreiche Kollegen in der Schreistube und der Setzerei schoben Sonderschichten, denn es war eine nie dagewesene Vielzahl an Texten und Anzeigen zu verfassen und zu setzen. Nach der Arbeit fiel Johann todmüde ins Bett, während Simon und Eberhart nun häufig bis um Mitternacht in der Küche beisammensaßen und sich unterhielten. Wenn Simon spät nachts ins Zimmer kam, stellte Johann sich schlafend. Simon hatte nach dem Streit mit Johann nur eine einzige Nacht in Eberharts Zimmer verbracht. Am nächsten Tag hatten sich Johann und Simon ausgesprochen, jedoch hatte der nichtsnutzige Streit ganz offenbar Wunden geschlagen, die immer noch schwärten. Schließlich waren beide von jenem Menschenschlage, der besser über seine Wunden zu schweigen denn zu sprechen verstand.

So frustrierend sich seine Freundschaft mit Simon zu entwickeln schien, so glücklich war Johann während der Arbeit beim Amper-Boten, und als die Sonderausgabe endlich erschien, nahm Johann nicht nur ein einzelnes Exemplar mit nach Hause ins Gesellenwohnheim, sondern eines für jeden seiner Mitbewohner und freilich auch ein solches für die Hauswirtin.

Tatsächlich stieß die Ausgabe auf besonderes Interesse. Der Schriftleiter hatte recht behalten mit seiner Behauptung, sie würden mit der Sonderausgabe zum Dachauer Kreistag der NSDAP eine so breite Leserschaft erreichen wie nie zuvor in der langen Geschichte des Amper-Boten. Und mit den vielen Anzeigen und Inseraten würde der Verlag einen derart gewaltigen Reibach machen, hatte der Schriftleiter prophezeit, dass sich niemand sorgen müsse, für die unzähligen Stunden fleißig geleisteter Mehrarbeit nicht großzügig entlohnt zu werden.

Johann, Simon, Eberhart, zwei Papiermacher und die Hauswirtin saßen in der Küche und blätterten neugierig in ihren Zeitungen. Johann reichte jedem eine Flasche Bier aus einem Kasten, den er mit einer Sackkarre von der Schlossbergbrauerei geholt hatte, und sagte nachgerade feierlich: „Ich hab viel arbeiten müssen in den letzten Wochen. Ganz gewiss habe ich von nun an wieder mehr Zeit." Als er dies sagte, blickte Johann Simon an.

Simon zwinkerte fast unmerklich mit dem linken Auge, wie er es stets zu tun geruhte, wenn er sich freute, jedoch niemand anderes als Johann diese Freude bemerken sollte. Simons Zwinkern war für Johann ein Augenblick allerhöchster Erleichterung. Dieses Zwinkern machte Johanns Herz hüpfen, als schlüge es einmal öfter, denn es eigentlich zu schlagen hatte, um zu leben, indes um glücklich zu leben, war der eben verspürte überzählige Herzschlag eine Unerlässlichkeit. Vorbei das Schweigen, verschlossen die Wunden, egal von wem verschuldet und von wessen Worten geschlagen. Welch gigantische Kraft, ja geradezu göttliche Allmacht doch dem simplen Schlage eines winzigen Lids innewohnte. Ein willkürlicher Lidschlag ein Hinwegwischen alles Vorgefallenen.
Ein Neuanfang.
Ein Freund.

+

„Da schau her, das hat der Johann geschrieben, da steht sein

Name drunter", rief einer der Papiermacher und begann vorzulesen:

„Aufruf an die Dachauer Bevölkerung! Am Donnerstag, den 27. April, beginnt der Kreistag Dachau der NSDAP für die Kreise Dachau, Freising und Pfaffenhofen. Damit wird das gesamte Leben unserer Stadt im Zeichen dieses großen, gemeinsamen Erlebens stehen. Fleißige Hände waren die ganzen letzten Tage an der Arbeit, um alle Vorbereitungen für einen würdigen Rahmen zu schaffen. Nun ergeht an die gesamte Dachauer Bevölkerung der Aufruf zur Beflaggung. Ganz Dachau muss bis zum Ausklang des Kreistages ein einziges Fahnenmeer darstellen. Dachauer, zeigt euch durch reichen Flaggenschmuck der Ehre der Abhaltung des Kreistages in unserer Stadt würdig!"[29]

„Herrschaftszeiten, die Flaggen", rief die Hauswirtin und sprang auf. Die Gesellen lachten herzlich und stießen an. „Ja, ja, lacht nur, ihr jungen Teufel", schimpfte die Hauswirtin und stob aus der Küche. „Aber wenn sie mich ins Lager stecken, weil ich vor lauter hinter euch her Putzen nicht zum Flaggenhissen komme, werdet ihr glotzen wie die Ölgötzen." Die jungen Männer in der Küche lachten noch ausgelassener. Einer der Papiermacher folgte der Hauswirtin, um ihr beim Hissen der Flaggen zur Hand zu gehen. Die anderen widmeten sich wieder der Sonderausgabe.

„Was hast du noch geschrieben, du Schlaumeier?", fragte Eberhart.

Johann deutete auf einen langen Bericht: „Die Geschichte der Dachauer SS ist ebenfalls von mir. Die wird dich wahrscheinlich interessieren."

Eberhart begann laut vorzulesen:

„Allgemeine SS im Kreisgebiet Dachau. Am ersten Dezember eintausendneunhundertdreißig, halt, ich meine natürlich neunzehnhundertdreißig, befahl SS-Obergruppenführer und Komman, Komman, Kommandeur…" Eberhart hörte mitten im Satz auf vorzulesen. „Johann, komm, sei so gut, lies du vor. Ich hab's nicht so mit der lauten Vorleserei. Aber das Thema interessiert mich tatsächlich. Ich kann besser zuhören und trinken, als ich vorlesen kann."

Man stieß an.

Johann ließ sich die Seite reichen, um an Eberharts statt weiterzulesen: „Am 1. Dezember 1930 befahl der Kommandeur der Leibstandarte Adolf Hitler, Sepp Dietrich, dem SS-Sturmbannführer und ersten Beigeordneten der Stadt Dachau, Karl Dobler[30], die Aufstellung der SS im Kreisgebiet Dachau. Mit fünf Mann, und zwar Franz Maier, Willy Keil, Karl Wagenthaler, Johann Wiesbauer und Johann Bodamer begann Karl Dobler alsbald seine verantwortungsvolle Arbeit.

Zwischen fünfzehn und zwanzig Mann schwankte die Stärke des Dachauer SS-Trupps in den Jahren 1931 und 1932. Wenn auch die Schar der Männer, die den schwarzen Rock im Kreisgebiet Dachau vor der Machtübernahme trugen, nicht groß war, so glichen sie dies durch eine eisern disziplinierte Kameradschaft aus. Nichts konnte die Einheit des Trupps stören, auch nicht der Überfall auf mehrere unserer Kameraden im Monat Juli 1932, im Gegenteil, der Zusammenhalt wurde dadurch nur noch fester. Auch nicht das Verbot der SA und SS im April des gleichen Jahres. Als Tischgesellschaft der Leberkranken wurde weiter Dienst geschoben, und es konnten sogar während dieser Zeit neue Leberkranke geworben werden."

„Ein Kollege an der Papiermaschine, der bei der SA ist, hat einmal von dem Überfall erzählt, nur dass in seiner Erzählung nicht SS-Männer verprügelt wurden, sondern er und seine Kameraden von der SA", sagte einer der Papiermacher.

Simon, der gerade an einer Jungfrau Maria schnitzte, meinte lakonisch: „Unsre Braunhemden und Schwarzröcke, alle wollen sie dabei gewesen sein. Wenn damals tatsächlich ein jeder dabei gewesen ist, der dies heute behauptet, können sie sich gar nicht in der Unterzahl befunden haben."

Eberhart forderte Johann auf, doch endlich weiterzulesen.

„Auch der Tod des treuen Kameraden Karl Wagenthaler, dem es nicht mehr vergönnt war, den Sieg zu erleben, entmutigte nicht, sondern wurde den tapferen Männern Ansporn weiterzukämpfen. Mit seinem Kämpfergeist und seiner Kameradschaft ist Karl Wagenthalers Name mit ehernen Lettern in das Geschichtsbuch der Allgemeinen SS Dachau für immer eingetragen.

Schwer wie überall waren die Aufgaben, die der SS gestellt wurden. Stolz kann die SS darauf sein, dass alle diese Aufgaben unter der tatkräftigen und zielbewussten Führung Karl Doblers gelöst wurden. Als besonderes Verdienst des Trupps sei die Ausfindigmachung des lang gesuchten geheimen Depots der Dachauer KPD im Herbst 1932 erwähnt. Die Polizei hatte dadurch einen schönen Erfolg zu verzeichnen.

Mit dem 30. Januar 1933, dem Tag der Machtübernahme, wurden der zähe Kampfeswille und der Opfergeist – denn nur wenige hatten damals das Glück, in Arbeit zu stehen, die meisten waren jahrelang arbeitslos – der Männer belohnt. Noch war jedoch der endgültige Sieg nicht errungen. Dies sollte dem 9. März 1933 vorbehalten sein. Unter dem Kommando Doblers zog der SS-Trupp Dachau gemeinsam mit der SA bewaffnet mit ganzen sieben Gewehren und fünf Patronen vor das Bezirksamt und das Rathaus."

Eberhart pfiff durch die Zähne. „Also Schneid haben sie schon immer gehabt, die Schwarzröcke. Ich hätte damals mit Sicherheit auch mitgemacht, aber ich war ja gerade mal fünfzehn.“

„Ach, so viel Schneid steckt in deinen dünnen Knochen, dass du damals auch mitgemacht hättest? Warum bist du dann jetzt nicht dabei bei der SS? Alt genug bist du doch längst, auch wenn man es dir nicht ansieht“, versuchte einer der Papiermacher den Eberhart zu provozieren.

Der Gefragte wischte mit dem Ärmel seiner Jacke und unverkennbarer Verlegenheit im Gesicht einen kleinen Bierfleck vom Wachstuch des Küchentischs und sagte: „Ich hab einen AV-Schein eingereicht. Ich will ja dabei sein, bei der SS. Aber ich bin denen einen Zentimeter zu klein.“

Der Papiermacher lachte, wie eben einer zu lachen verstand, der sich mehr am Scheitern seiner Mitmenschen zu erfreuen wusste als am eigenen schlichten Dasein. „Zwischen Wollen und Sein war schon immer ein gehöriger Unterschied, auch wenn's wie bei dir nur ein Zentimeter ist.“

Eberhart blickte den Papiermacher finster an. Eberharts Augen zählten zu jener Art von Augen, die jegliches Sprechen zu einer Unnötigkeit zu machen vermochten.

„Lies weiter“, forderte der Papiermacher Johann auf und blickte auf das Etikett seiner schwitzenden Bierflasche, denn Eberharts Blick zu erwidern, war ihm, obwohl er ein Kerl von stattlicher Figur war, nichts weniger als eine Unmöglichkeit.

Johann tat ihm den Gefallen. „Hakenkreuzfahnen wurden gehisst und die Gebäude besetzt. Mit der Machtübernahme änderte sich der Kampf. War er bisher in der Hauptsache auf die Erreichung der Macht eingestellt, so nunmehr auf den Aufbau unseres Vaterlandes, auf die Gewinnung noch abseitsstehender Volksgenossen zum Nationalsozialismus. Erfolgreiche Werbeaktionen wurden durchgeführt, und bald war eine Stärke des Dachauer Trupps von nahezu neunzig Mann erreicht. Ende 1933 trat eine Änderung in der Führung des

Sturmes ein. Karl Dobler wurde mit der Führung des Sturmbannes II/34 beauftragt, Walter Frieß mit der Führung des unsrigen Sturmes.

Zähe, harte aber auch erfolgreiche Arbeit wurde in den Jahren nach der Machtübernahme bis heute geleistet. Es sei an die mehrere Male stattgefundenen Wehrsportschwimmen gedacht und an die erfolgreiche Beteiligung am Ritter-von-Epp-Gepäckmarsch, an die sportlichen Erfolge verschiedener Männer des Sturmes, an der Spitze unser Kern Matthias, der in diesem Jahr zweiter Deutscher Meister im Skimarathon wurde.

Durch Wegversetzungen und Arbeitsüberlastungen wurden mehrere Führerwechsel notwendig. SS-Oberscharführer Teufelhart und SS-Oberscharführer Ringer führten durch längere Zeit zielbewusst den Sturm. Kleiner wurde jedoch mit der Zeit die Allgemeine SS in Dachau. Manche Kameraden meldeten sich zur aktiven SS-Truppe oder mussten beruflich Dachau verlassen.

Auch der Tod riss mehrere Lücken in unsere Reihen. Die treuen Kameraden Wachtveitel, Höfler und Speisebecher werden unvergessen bleiben. Nicht vergessen sein soll aber auch der ehemalige Kamerad Josef Geitner, welcher im Dienste der SS tödlich verunglückte. Aber auch zeigte sich, dass Einzelne den großen Dienstanforderungen und der äußersten Disziplin der SS nicht gewachsen waren.

Im April 1936 wurde SS-Untersturmführer Hans Schuster mit der Führung des Sturmes beauftragt. Die Stärke desselben war zu dieser Zeit etwas über fünfzig Mann. Durch eine zu Beginn des Jahres 1937 groß angelegte Werbeaktion konnte dank der Befürwortung und Unterstützung staatlicher wie parteilicher Stellen die Stärke der SS-Standarte auf über hundertfünfzig Mann gebracht werden. Kraftvolle, erdgebundene, charakterlich einwandfreie deutsche Männer konnten so zur tatkräftigen Mitarbeit am Werk unseres Führers geworben werden.

Es sei hierzu bemerkt, dass der Stärke der SS durch die streng gehandhabten Auslesebestimmungen, so zum Beispiel 1,70 Meter Körpergröße, vollkommene Gesundheit, rassische Eignung und Freiheit von Erbkrankheiten in der Sippe, immer Grenzen gesetzt sein werden.

Nicht vergessen sei auch die große Zahl der fördernden Mitglieder der nunmehr mit 7/92 benannten SS-Standarte. Auch sie haben durch ihre regelmäßige finanzielle Unterstützung am Aufbau großen Anteil.

Und so wird bei unsrer Allgemeinen Dachauer SS weitergearbeitet, jeder an seiner Stelle, getreu dem der SS vom Führer selbst gegebenen Wahlspruch:

Deine Ehre heißt Treue!"[31]

„Sapperlot, Johann." Eberhart klatschte begeistert in die Hände und blickte den Vorleser mit großen Augen an. „Das alles hast du einfach so gewusst?"

Johann schüttelte den Kopf und musste kurz überlegen, was er antworten sollte. Er war es nicht gewöhnt, dass sich einer der Hausbewohner für seine Arbeit interessierte und Fragen stellte. Johann erklärte Eberhart, ein SS-Mann habe einen mehrseitigen Bericht in die Schreibstube gebracht. Johanns Aufgabe habe lediglich und in der Hauptsache darin bestanden, den eingereichten Text zu kürzen und zumindest ein Mindestmaß an Ordnung und Rechtschaffenheit in die haarsträubende Kommasetzung zu bringen. Noch ärger als bei der SS sei die Angelegenheit bei dem Artikel gewesen, den die Dachauer SA in die Schreibstube verbracht hatte. „Ein kurioser Fehler in der Zeichensetzung und der Rechtschreibung nach dem anderen. Pro Heldentat und Aufmarsch drei falsche Kommas, und bei jedem inbrünstig gebrüllten Treueschwur gewiss fünf scharfe S zu viel."

Die Hauswirtin schnaufte zur Küchentür herein und setzte sich auf ihren Stuhl an der Stirnseite des Tisches gegenüber dem Fenster, auf welchem nur ihr zu sitzen erlaubt war. „Habe ich gerade SA gehört? Auf geht's, Johann, vorlesen. Bei der SA geht es wahrscheinlich auch um den Teufelhart.[32] Für den Teufelhart hab ich als junges Mädel mal geschwärmt." Sie blickte ihre jungen Mieter streng an. „Lacht bloß nicht, ich bin tatsächlich vor langer Zeit einmal ein junges Mädel gewesen mit allerlei kunterbunten Schwärmereien im Kopf. Aber dann hab ich mich für meinen Oskar entschieden, Gott hab ihn selig." Sie bekreuzigte sich flüchtig und schenkte sich ein Glas Bier ein. „Der Oskar war ein Fescher bis zum letzten Tag", fuhr die Hauswirtin fort, nachdem sie einen Schluck getrunken hatte. Der Teufelhart hingegen wäre mit den Jahren aufgegangen wie keiner seiner lumpig gewalkten Hefeteige, bis sie es irgendwann beim Einkauf in seiner Bäckerei mit der Angst gekriegt habe, die Knöpfe seiner Uniform könnten jeden Moment abplatzen und auf sie zuschießen wie Gewehrkugeln. „Geh weiter, Bub, lies vor", forderte sie Johann auf, und Johann begann artig zu lesen:

„Geschichte der Dachauer SA. Es war nicht leicht, hier in Dachau die SA aufzubauen. Zu stark hatte in den Jahren nach dem Kriege die Meinungsfreiheit der Parteien auch in Dachau gewütet. Die Pulver- und Munitionsfabriken hatten marxistische Elemente in großer Anzahl nach Dachau gebracht. Die Bayerische Volkspartei hielt auf der anderen Seite die Macht in Händen, und so hatten die ersten Nationalsozialisten es ziemlich schwer, sich hier durchzusetzen.

Jahrelang schlugen sich die wenigen Kameraden in Dachau durch, hielten ihre Appelle und propagierten die Idee des Führers. Drunten in den Deutschen Werken, wo alles stilllag, kamen die Kameraden immer wieder zusammen und hielten in der Umgebung ihre Übungen. Allmählich wuchs die Schar der SA-Männer. Aus dem Bund Oberland stieß eine Anzahl von Kameraden zur SA, in Altomünster wuchs allmählich eine treue Kameradschaft von Mitkämpfern heran, und auch in verschiedenen Orten unseres Kreises erklärten einzelne Männer ihren Beitritt zur Kampforganisation des Führers.

Während der verschiedenen Wahlen waren die Männer überall tätig. Fast die gesamte Propaganda lag auf ihren starken Schultern. Plakate mussten angeschlagen, Handzettel und Zeitungen verteilt werden, und zwischenhinein war auch noch die wichtigste Werbung der Partei, die von Mund zu Mund, zu erfüllen.

So brachten die Jahre 1928 bis 1930 Arbeit und Kampf für die Dachauer SA. Der erste Aufmarsch in diesen Jahren fand 1929 statt mit einer Kriegererklärung, die gegen den Willen des damaligen Gemeinderates durchgeführt wurde. Das Jahr 1930 brachte die denkwürdige Reichstagswahl im September, die auch für die Dachauer SA-Männer Einsatz und Kampf und auch Erfolg brachte. Bald darauf fand in Zell am See in Österreich ein großer Aufmarsch statt, an dem auch die Dachauer SA-Männer teilnahmen.

1931 war es dann so weit, dass Dachau zu einem eigenen Sturm erklärt wurde, nachdem auch in den Landorten ganz allmählich die SA erstarkte. Neben Altomünster gab es nun auch in Unterweilbach und Röhrmoos-Riedenzhofen SA-Männer, die eifrig bestrebt waren, in ihren Ortschaften eigene Scharen zu bilden. Josef Haslinger war Sturmführer und ließ sich die innere Festigung der SA angelegen sein. Der Gasthof Unterbräu war schon von früher her das Lokal der SA und blieb es auch weiterhin.

Zu den einzelnen Appellen und Übungen fanden sich die

SA-Männer drunten im Waldkasino zusammen und später dann im Gasthaus Hupfloher in Augustenfeld. Das Uniformverbot zwang, die Appelle in die Säle zu verlegen, und gar mancher SA-Mann wanderte des Abends, sein Braunhemd wohl verpackt oder durch übergezogene Zivilkleidung gut getarnt, zum Arbeitsplatz. Der Sommer brachte den großen SA-Aufmarsch in Fürstenfeldbruck, wo die Männer, nachdem das Tragen der Uniform nicht gestattet war, mit nacktem Oberkörper durch die Stadt marschierten."

„Jessas Maria und Josef, ein solches Bild will ich mir vom Teufelhart nicht vorstellen. Geh, Eberhart, gieß mir nur recht zügig und reichlich nach. Und Johann, lies schnell weiter", rief die Hauswirtin. „Der Teufelhart ohne Uniform am Oberkörper nackert durch die Stadt marschierend, ich fürcht', mich sucht heut Nacht ein Alptraum heim."

„Es war ja nicht in unsrer Stadt, sondern drüben in Fürstenfeldbruck", sagte Johann, der weder den Teufelhart kannte geschweige denn dessen bare Brust, und auch noch nie im drübigen Fürstenfeldbruck gewesen war, ehe er weiterlas:

„Der Herbst brachte nochmals ein gemeinsames Treffen, diesmal in einem Gut bei Inning am Ammersee. Mit allen möglichen Fahrzeugen waren die Dachauer SA-Männer hingefahren zum vereinbarten Treffpunkt, jeder die Uniform irgendwie wohlverpackt versteckt. Ein grauer Nebeltag deckte die Hügellandschaft und die Niederungen des Ammersees in ein farbloses Licht. Auf dem umfriedeten Gutshof und dem dahinterliegenden Gelände wurden die Übungen durchgeführt. Der Nachmittag vereinte dann alle im großen Saale der Wirtschaft. Als der damalige Gausturmführer den Saal betrat, standen die Stürme von Dachau und der Gegend westlich von München ausgerichtet und tadellos im Dienstanzug da."

„Gott sei Dank", rief die Hauswirtin und lachte. „Der gute

Teufelhart hat sich endlich wieder etwas übergezogen. Nun bin ich beruhigt, und du kannst weiterlesen."

„Todmüde machten wir uns auf den Heimweg, aber das Erlebnis des gemeinsam verbrachten Tages lebte kraftvoll in uns. Die nächsten Monate waren wieder eifriger Werbearbeit gewidmet. Nun hatten sich auch in Eichstock und Karlsfeld Scharen gebildet.

Überhaupt war ein Merkmal der damaligen SA, dass, wenn Appell angesetzt wurde, alles da war. Da fehlte keiner, der nur irgendwie kommen konnte. Oft setzten sie dabei ihre Stellung und ihren Arbeitsplatz aufs Spiel, die Kameraden, aber sie waren da. Und wenn es etwas zu arbeiten gab – und das gab es eigentlich immer – dann war auch alles da.

Der Terror der Gegenseite erschöpfte sich immer noch im Versuch, die SA lächerlich zu machen, und in gelegentlicher Hetze gegen die unerschrockenen Männer im Braunhemd. Unbeirrt haben sie dagegen ihren Dienst getan. Wenn sie bei den Wahlversammlungen und den Klebekolonnen die wenigeren waren, dafür hatten sie doch die wirkungsvollere Propaganda und die besten Plätze in den Straßen mit ihren Plakaten. In der Früh um zwei Uhr schon begann an den Wahlsonntagen im Frühjahr 1932 die Klebekolonne ihre Tätigkeit. Sie hatte sich in verschiedene Abteilungen geteilt, von denen jede einen bestimmten Teil des damaligen Dachauer Marktes mit Plakaten versorgte. Mit Leitern rückte die Kolonne Karlsberg aus, um hier die Bergmauer, die für die großen Plakate der NSDAP wie geschaffen war, voll auszunützen und den kleineren Gegnern das Abreißen unmöglich zu machen. Denn das war während der Wahlzeiten wohl die Hauptaufgabe der Gegner in Dachau, Plakate abzureißen.

Diese hatten sich eigene Instrumente, eine Art Kratzbürste, angefertigt. Die Männer der SA mussten deshalb an solchen wichtigen Tagen einen Kontrolldienst einrichten bis zum endlichen Tagesgrauen. Am Vormittag freuten sich alle an der Arbeit und besuchten wohl auch die anderen Teile des Marktes, um die herrlichen Plakatarbeiten anderer Kollegen zu bewundern.

Draußen auf dem Lande versuchten die Scharen ebenfalls während des Jahres der Wahlen, Propaganda in jeder Form zu betreiben. In jener Zeit gab es viel Einblick in die Herzen der Dachauer. Man ist ja von Haus zu Haus gegangen mit den Flugzetteln. Manchmal erlebte man Freude, manchmal ist tiefe Bitternis und heißer Zorn in die Herzen der SA-Männer eingekehrt, wenn sie wieder an einen ganz Hartnäckigen geraten waren. Und solche gab es viele.

Doch man ließ den Mut nicht sinken. Davor hat schon der urwüchsige Sturmführer bewahrt. Immer hatte er ein lustig-derbes Wort für schwere Stunden bereit. Im Kreise der Kameraden und Parteigenossen verlebten wir manch schöne Stunde. Die Weihnachtsfeiern, die Deutschen Abende, die damals miterlebt und gestaltet wurden, sind allen noch in bester Erinnerung. Sie waren keine rauschenden Feste, aber alle, die daran teilgenommen haben, waren von der gleichen Freude und Sorge erfüllt.

Das Jahr 1932 brachte nach dem Ende des Verbots der SA – das sie eigentlich gar nicht viel berührte, denn sie haben sich genauso getroffen, nur sind sie nicht in die Natur hinausgewandert und hatten dem SA-Dienst eine neue und gewiss auch schöne Seite abgewonnen – die großen Aufmärsche zurück, diesmal wieder in Uniform. Herrgott, wie hatten sie an ihren Braunhemden gebürstet und gefummelt, als nach dem Sturze Brünings das SA- und das Uniformverbot gefallen war.

Beim großen Gautag im Frühsommer waren alle mit dabei. Sie sind durch die Straßen Münchens marschiert und haben drunten an der Isar im Vorbeimarsch unserem Führer in die Augen gesehen. Alle Not, alle Sorge der letzten Monate und Jahre waren in diesem Augenblick vergessen, und mit froher Hoffnung hat man den nächsten Wochen der Zukunft entgegengesehen. Jetzt musste die Wendung, musste die NSDAP an die Macht kommen.

In Dachau gab es auch einen großen Aufmarsch der SA. Von Pasing über Allach nach Dachau ist die ganze damalige Standarte 2 marschiert. Drunten in Augustenfeld war gemeinsame Verpflegung. Ein Tag, den die Dachauer SA-Männer nicht so schnell vergessen haben. Aufmärsche in Landsberg und noch verschiedenen anderen Orten der Umgebung haben sich angeschlossen.

Der Terror der Marxisten machte sich, nachdem er sich jahrelang in mehr harmloser Weise geäußert hatte, nun auf einmal in übler Art bemerkbar. Bei einem Aufmarsch kam es zu Zusammenstößen, die hernach als harmlos bezeichnet wurden, und an einem Montag wurden von Hunderten von Marxisten und Reichsbannerangehörigen einige SA- und SS-Männer vor dem Dachauer Arbeitsamt überfallen. Mit Messern und allerlei gefährlichen Schlagwerkzeugen wurden die einzelnen Kameraden, die keine Ahnung von der Absicht der Gegner hatten, überfallen und bearbeitet, und nur mit Glück und dank ihrer Findigkeit entkamen die Angegriffenen dem sicheren Tode."

„Da haben wir es also. Es waren die Braunhemden und die Schwarzröcke miteinander, die damals in den feigen Hinterhalt gerieten", rief einer der Papiermacher. „SA und SS, beide waren sie dabei, beide waren sie Blutzeugen der roten Barbarei."

Die Hauswirtin hieß den krakeelenden Papiermacher still zu sein. Sie fand die Geschichte, die ihr Mieter Johann in die Zeitung geschrieben hatte, zu spannend und unterhaltsam, um sie sich vom lauten Palaver eines geschwätzigen Papiermachers verderben zu lassen.

Johann fuhr fort: „Zur Ehre unserer Dachauer sei gesagt, dass die Rädelsführer und die größte Zahl der Roten aus nahen Industrieorten stammten. Die Dachauer SA hat auch diese Zeit der Prüfung, die besonders hart erschien, überstanden. Achtzig Prozent der Kameraden waren arbeitslos, und bei Versammlungen draußen im Hinterland sind sie oft mit hungrigen Mägen rausgefahren und genauso hungrig wieder heim. Und doch waren sie immer mit dabei. Gegenseitig haben sie sich geholfen, so gut es ging. Sie erlebten eine gemeinsame Weihnachtsfeier, die allen viel Freude bereitet hat, und dann kam endlich im Frühjahr 1933 die Machtübernahme durch den Führer. Der 30. Januar war schon ein Freudentag, und der 9. März wurde dann zu einem denkwürdigen Erlebnis. In der Nacht hatte man auch hier in Dachau auf den staatlichen Gebäuden die Hakenkreuzfahne gehisst.

Sturmführer Robert Teufelhart, der seit einigen Monaten den Sturm führte und in peinlich genauer Art Dienst und Organisation aufrichtete, erlebte nun endlich diese herrlichen Tage und Wochen, die so viel neue Arbeit brachten. Inzwischen umfasste der Sturm über dreihundert Mann, und ein jeder hatte seine helle Freude an den jungen Menschen, die nun zur Dachauer SA kamen.

Nunmehr ist viel von dem früheren Dienst, von dem vielgestaltigen Einsatz der SA nicht mehr nötig. Ein schönes Aufgabengebiet kam ganz freilich mit der wehrsportlichen Ertüchtigung und nun in jüngster Zeit mit der hervorragenden vor- und nachmilitärischen Ausbildung. So geht die Dachauer SA gläubig in die Zukunft. Im Herzen trägt sie die Idee des Führers, sein Stoßtrupp will sie für immer sein."[33]

Johann räusperte sich kräftig und trank einen Schluck Bier, denn sein Mund war arg trocken geworden von der kaum enden wollenden Vorleserei. „Ende der Geschichte", sagte er und dachte bei sich: Es ist tatsächlich das eine, etwas zu redigieren und in eine Schreibmaschine zu tippen, dasselbe zur Vorlesung zu bringen und mit dem eigenen Munde auszusprechen, ist hingegen etwas gänzlich anderes.

Die Hauswirtin lobte Johann für seinen tapferen Durchhaltewillen, einen dergestalt langen Artikel in Verfassung gebracht und vorgelesen zu haben. Anschließend gemahnte sie die Mieter auszutrinken und ins Bett zu gehen. Schließlich sei ihre Küche wohl vieles, aber ganz gewiss kein heimliches Hinterzimmerlokal und insgeheime Schwatzstube.

Der Ratsherr Hans Zauner saß auf einer hölzernen Sitzbank im Garten seines Anwesens. Die pechschwarze Amsel hatte die Rosinen, die er ihr ins Gras geworfen hatte, allesamt geflissentlich aufgelesen und forderte nun mit empörtem Piepen Nachschlag. Zauner griff in die Hosentasche seines frisch gestärkten Sonntagsanzugs und legte eine letzte Rosine auf seinen Oberschenkel. Als er dies tat, bemerkte er zunächst durchaus erschrocken, sich jedoch nach einigen Sekunden des Nachsinnens als eine nur allzu verständliche und zutiefst menschliche Reaktion zugestehend, dass seine sonst so ruhigen Finger leicht zitterten. Zu viel Kaffee beim Frühstück, redete er sich ein. Jedoch insgeheim musste er vor sich zugeben, und gewiss niemand auf der Welt als Zauner war ein schärferer Richter gegen sich selbst: Er war nichts anderes als nervös.

Hatten sie seinen Artikel in der Sonderausgabe des Amper-Boten gelesen? Hatte Bürgermeister Cramer ihn gelesen? Wie, fragte sich Zauner, würden sie auf seinen Artikel reagieren? Wie vor allen anderen Cramer, auf dessen Auffassung und Reaktion es in der delikaten Angelegenheit im ganz Besonderen ankam?

Die Amsel piepte indigniert. Nach jedem Winter dauerte es stets ein paar Wochen und hin und wieder gar einen mit Engelsgeduld hindurchzuwartenden Monat, ehe die kleine Gefährtin sich wieder auf Zauners Oberschenkel zu setzen getraute. Im Winter begab Zauner sich freilich nicht stundenlang in den Garten, um auf seine Vogelfreundin zu warten. In der besagten kalten Jahreszeit musste sich die Amsel mit einem drögen Futterknödel begnügen, den Zauner an einem Ast seines Hausbaumes, bei welchem es sich um einen stattlichen

Apfelbaum handelte, in Aufhängung zu bringen geruhte. Solcherart alleingelassen bedurfte es alljährlich im Frühling einer gewissen Zeitlang, das Vertrauen und Wohlwollen des scheuen Tieres aufs Erneute zurückzugewinnen. Wir als stille Beobachter, die wir zwar nüchternen Verstandes und frei von Sentimentalität uns das Leben, Werden und Geschehen im Städtchen Dachau besehen, jedoch gewiss auch ein Herz in unsrer Brust schlagen haben und eine Seele in uns wohnen wissen, die sich am unbedeutend Schönen und Erbaulichen zu erfreuen vermögen, sind nun gerade rechtzeitig im Zaunerschen Garten angelangt, denn plötzlich hüpfte das aufgeregte Vögelchen tatsächlich auf Zauners Oberschenkel und schnappte sich die dort präsentierte Rosine. Wen der beiden Beteiligten dieser im Großen betrachtet vollkommentlich unbedeutende Vorgang nun herzlicher zu erfreuen vermochte, den großen Zauner oder die kleine Amsel, mag dahingestellt und gewiss unerkundbar sein, allein er freute wohl beide. „Scheiß mir bloß nicht auf die Hose", ermahnte Zauner das Vögelchen. Als hätte sie die Warnung ihres Wohltäters verstanden, flog die Amsel mit ihrer Beute im Schnabel davon und entleerte sich erst, als sie weit weg von Zauner im Apfelbaum einen gemütlichen Platz zum Verweilen und Zwitschern gefunden hatte. Zauner klatschte ihr Beifall, stand auf und ging ins Haus.

Dort fand Zauner seine Gattin, wo er sie stets aufzufinden geruhte, ganz nämlich in der Küche, in welcher sie an der Spüle mit dem Geschirr beschäftigt war. „Wie sehe ich aus?", fragte er seine treue Seele. Die Gattin drehte sich um und musterte Zauner gewissenhaft von oben bis unten. Schließlich wischte sie ihre tropfenden Spülhände an ihrer Schürze ab und begann sich mit ebenso geübten wie flinken Fingern am Krawattenknoten ihres Ehemannes zu schaffen zu machen. „Viel zu streng gebunden, Hans. Als wolltest du dich erdrosseln." Nachdem sie Zauners Krawattenknoten ein kleines bisschen, aber freilich nicht allzu sehr gelockert hatte, sagte sie: „Krawattenknoten sind wie Prinzipien, Hans. Allzu streng geraten machen sie einem nur zu schaffen." Sie gab ihrem Gatten einen Kuss auf die Wange und ermahnte ihn zum Aufbruch. „Du bist spät dran. Es hat schon längst dreiviertel geschlagen."

„Ist Margarethe denn schon fort?", erkundigte sich Zauner nach seiner Tochter.

„Bereits vor einer Stunde. Sie steht ja mit ihren Freundinnen Spalier", sagte die Gattin.

Zauner nickte zufrieden und gab nun seinerseits seiner Gattin einen Kuss auf die Stirn. Ehe er ging, bat er sie ausnahmsweise darauf zu hoffen, er kehrte heute erst spät wieder nach Hause zurück.

Zauner war schon durch die schmiedeeiserne Pforte seines Anwesens aus dem Hof hinaus und auf den Gehsteig getreten, als die Gattin seine Kaffeetasse ausspülte und ganz leise sagte, als dürften es selbst die eigenen vier Wände nicht hören: „Ach Hans, oder willst du mir nicht lieber doch recht früh zurückkehren? Ich weiß es ja auch nicht."

+++

Auf dem Rathausplatz waren der Ehrensturm der SA, die Ehrenkompanie der SS, die Hitlerjugend und der Arbeitsdienst angetreten. Ringsum drängten und mühten sich hunderte Dachauer Bürger, einen Blick auf den Ehrengast zu erhaschen. Zwei Buben, keine sechs Jahre alt, rannten in kurzen Lederhosen freudig kreischend über den Platz und durch die Formationen hindurch, gänzlich in ihr kindliches Spiel versunken und alles sie Umgebende vergessend, bis ein Mann in Tracht einem der Buben habhaft wurde, ihn grob am Arm packte, ihm mit der flachen Hand kräftig auf den Hintern drosch und ihn wegzog. „Kruzifix, Bub, ihr könnt's doch hier nicht Fangermandl spielen."

Mit Interesse nahm Zauner, der gerade vorüberging, wahr, dass es nicht der gepackte und geschlagene Bub war, dem zuerst die Tränen kamen, sondern der andere, der Verschonte, der ganz offenbar nicht mitansehen konnte, wie der Vater den großen Bruder züchtigte. In jungen Jahren macht Erleben mitfühlend, dachte Zauner bitter, in älteren machte es einfach nur stumpf.

Zauner ging höflich grüßend an den Leuten vorbei ins Rathaus hinein. Im Treppenhaus standen Mädel vom BDM und JM hübsch Spalier bis hinauf zum Festsaal. Auch seine Tochter Margarethe war unter ihnen. Als er an ihr vorüberging, zwinkerte er seinem Mädchen zu und freute sich, wie sich allein Väter zu freuen vermögen, ohne jemals einen Gedanken darüber zu verschwenden, ob es denn tatsächlich der Wahrheit entsprach, dass das eigene Töchterchen das mit weitem Abstand schönste und bestgeratene unter allen Mädchen war.

Als Zauner im zweiten Stockwerk angekommen den Festsaal betrat, bemerkte er sogleich, dass er tatsächlich spät dran war. Sämtliche seiner Ratskollegen saßen bereits auf ihren Plätzen und harrten schweigend der Ankunft des Ehrengastes. Zauner setzte sich auf seinen Stuhl, und schon fing draußen auf dem Rathausplatz das Rufen an. Sieg Heil! Sieg Heil! Sieg Heil! Wenig später gellten die hellen, in ihrer Vielzahl kreischenden Stimmchen der Mädel im Treppenhaus. Kaum zwanzig Sekunden danach war er da, der Ehrengast, sekundiert von Bürgermeister Cramer, Kreisleiter Eder und dem stellvertretenden Gauleiter Nippold[34], und alle im Festsaal sprangen von ihren Sitzen auf und streckten ihm eilfertig den Arm entgegen. Der Ehrengast grüßte flüchtigen Armes zurück, nuschelte ein schnelles „Heil Hitler", und während ihm die Dachauer Ratsherren entschlossen die Antwort zuriefen, setzte sich der Ehrengast bereits in den für ihn in der Mitte des Saales bereitgestellten Ledersessel, zog sich die SA-Mütze vom Kopf und blickte auf das Zifferblatt seiner im gleißenden Licht der durch die Fenster hereinstrahlenden Sonne glänzenden Armbanduhr. Ganz offenkundig schien der Ehrengast es eilig zu haben.

Bürgermeister Cramer trat sogleich ans Rednerpult und begrüßte die Ratsherren und zahlreichen weiteren Vertreter der Partei. Anschließend stellte er den Ehrengast vor. Er nannte ihn einen verdienten Kampfgefährten des Führers und unentwegten Kämpfer des Nationalsozialismus. Im Anschluss legte Cramer ein Manuskript aufs Rednerpult und begann wortwörtlich daraus vorzulesen, was eine Ungewöhnlichkeit darstellte, denn Cramer, der sich akribisch auf Sitzungen und Auftritte als Redner vorzubereiten pflegte, zog es gewöhnlich vor, frei zu sprechen. Zauner mutmaßte, dass Cramer vor dem Ehrengast jedes leichtfertig dahingesprochene Wort vermeiden wollte, und deshalb auf einen gewissenhaft im Vorfeld ersonnenen Text zurückzugreifen geruhte. Cramer sagte:

„Der Stadt Dachau ist es eine außerordentlich große Freude, dass Sie als Ehrengast am Kreistag der NSDAP in Dachau teilnehmen. Sie waren bereits im Jahre 1934 anlässlich der Stadterhebungsfeier in Dachau, mit der gleichzeitig das Richtfest des neuen Rathauses verbunden war, und mit welchem, im Großen gesehen, das Richtfest für Großdeutschland in Verknüpfung war, da damals der Führer die festen und unzerstörbaren Grundlagen für den Bau des Reiches geschaffen hat. Seitdem ist es auch in Dachau gelungen, den Haushalt wieder in Ordnung zu bringen, zunächst dank der vom Führer geschaffenen Voraussetzungen, zweitens dann aber auch dank dem Opfersinn der Bevölkerung, wodurch es möglich war, viele Aufgaben in Angriff zu nehmen, die die Systemzeit unerledigt liegengelassen hat. Wo einst viele Parteien erbittert miteinander rangen, ist nun eine Schicksalsgemeinschaft entstanden, die einzig und unerschütterlich bereit ist, stets der Gemeinschaft zu dienen."

Der Ehrengast blickte aus dem Fenster hinab auf die Niederung des Dachauer Mooses, als ginge ihn dies alles nicht im Geringsten an. Wahrscheinlich hatte er derlei Ansprachen schon tausendmal gehört.

Cramer richtete sich nun direkt an den Ehrengast. „Danke für das der Stadt stets bewiesene Wohlwollen und die tatkräftige Unterstützung."

Der Bürgermeister wird doch jetzt nicht etwa das Lager ansprechen, es gar beim Worte nennen, dachte Zauner. Möglich wäre es, schließlich hatte der Ehrengast bei seinen seltenen Besuchen in Dachau oft und gern erwähnt, dass er damals keineswegs unbeteiligt gewesen war an der Entscheidung, das Lager nirgendwo anders als in Dachau in Entstehung zu bringen.

Bürgermeister Cramer hatte freilich nicht im Sinn, in dieser

Feierstunde das Lager beim Namen zu nennen. Der Ehrengast hatte den Hinweis gewiss auch so verstanden. Wenn er überhaupt zugehört hatte. Denn als Cramer von seinem Manuskript aufblickte und an einem Wasserglas nippte, denn seine Lippen und sein gesamter Mund waren trocken geworden ob der Ergriffenheit, mit der er sprach, bemerkte auch er, wie unverblümt der Ehrengast mit offenkundigem Desinteresse aus dem Fenster blickte. Mit nun etwas lauterer Stimme sprach der Bürgermeister weiter: „Ich schätze mich glücklich, Sie mit meinen beiden Beigeordneten, meinen zahlreichen Ratsherren und dem Beauftragten der Partei bitten zu dürfen, das Ehrenbürgerrecht der Stadt Dachau entgegenzunehmen, wie dies vor Jahren bereits unser Führer Adolf Hitler dankenswerter Weise getan hat. Der Text der Ehrenbürgerurkunde trägt folgenden Wortlaut, den ich Ihnen nun zur Verlesung zu bringen die Ehre habe: Die Stadtgemeinde Dachau verleiht mit dieser Urkunde dem Gauleiter unseres Traditionsgaues München-Oberbayern, Herrn Staatsminister Adolf Wagner[35], in dankbarer Anerkennung seiner Verdienste um Volk und Staat das Ehrenbürgerrecht."[36]

Der Ehrengast wandte endlich den Blick vom Fenster ab, erhob sich, deutete eine Verbeugung an und sagte: „Es ist mir eine Ehre."

+

Der feierliche Empfang gleich im Anschluss an die offizielle Verleihungszeremonie währte noch keine zwei Minuten, als sich Gauleiter Wagner grußlos an Bürgermeister Cramer wandte. Dem Gauleiter war nämlich zu Ohren gekommen, dass die Partei im Rahmen des Kreistages auch eine stattliche Kunstausstellung auf die Beine gestellt hatte. Es wäre ihm freilich eine außerordentliche Freude, diese Ausstellung höchstpersönlich in Besichtigung zu nehmen. Immerhin sei er ja nicht nur Gauleiter und Dachauer Ehrenbürger, sondern überdies und ganz nebenbei auch noch Kulturstaatsminister. Vor etwa zwei Jahren, es mochten ein paar Monate hin oder her gewesen sein, sei ihm dem puren und reinsten Zufall gedankt die Ehre zuteilgeworden, in München eine Gruppe Dachauer Künstler durch die Ausstellung *Entartete Kunst* führen zu dürfen. Eingedenk dessen gliche es doch geradezu einer ehrlosen Respektlosigkeit seinerseits, würde er nun am heutigen Tage, an dem er zum Mitbürger dieser Dachauer Künstler ernannt worden war, sich nicht ausreichend Zeit und Muße nehmen, um sich die Werke der Hiesigen mit eigenen Augen zu besehen.

Bürgermeister Cramer versprach augenblicklich, das Notwendige zu veranlassen. Er verließ den Empfang und machte sich auf die Suche nach seiner Sekretärin. Indes im Vorzimmer seiner Amtsstube traf er sie nicht an. Schließlich fand er sie im Treppenhaus, wo sie ganz freilich nicht hingehörte. Dort kniete sie neben dem Hausmeister auf einer Stufe, beide eifrig mit nassen und schmatzenden Lappen über die Holztreppe wischend. Cramer fragte seine Sekretärin, was die beiden denn dort zu schaffen hatten.

Die Sekretärin blickte kurz auf und wischte sogleich hektisch weiter. „Irgendjemand ist in Hundsdreck getreten und damit die Stiegen hinaufgetrampelt. Wir schauen, dass wir es wegkriegen, bevor der Gauleiter runterkommt. Herrschaftszeiten, das kann doch nicht so bleiben."

Cramer rümpfte die Nase und wies seine Sekretärin an, den Hausmeister alleine weitermachen zu lassen. Zum Hausmeister sagte er: „Wischen Sie das Gröbste weg, dann lassen Sie es gut sein. Rufen Sie diese grässliche Person herbei, wie heißt das alte Scheuerweib noch mal?" Er blickte seine Sekretärin an.

„Das Lumpenreserl", sagte die Sekretärin.

„Exakt, holen Sie das Lumpenreserl. Es soll die ganze Scheiße dann im Detail wegmachen." Bürgermeister Cramer packte seine Sekretärin an der Hand und zog sie die Treppe hinauf.

„Jetzt hören's doch auf, Herr Bürgermeister", rief die Sekretärin in heller Aufregung, „mich an der Hand zu nehmen, ich hab mir doch noch nicht einmal die Hände gewaschen."

Cramer ließ die Hand der Mitgenommenen los und blickte die seine, mit welcher er die ihrige umfasst hatte, prüfend an. Dann flüsterte er seiner Sekretärin zu, er wolle sie doch nur ein Stückchen weiter weg vom Hausmeister haben, schließlich müsse dieser ja nicht unbedingt und im Einzelnen mitbekommen, dass er in einer besonders bedeutsamen und eiligen Angelegenheit ihre Hilfe benötige: Der Gauleiter, so setzte er nun seiner Sekretärin flüsternd auseinander, geruhe nämlich unbedingt und auf der Stelle die Kreistagsausstellung der hiesigen Künstler zu sehen. Er deutete mit der Hand treppauf zum Festsaal hin. Von den Banausen dort droben besäße jedoch niemand auch nur ein Fünkchen Kunstsinn. Daher gelte es nun, so rasch wie möglich einen kompetenten Führer durch die Ausstellung aufzutreiben, wollte man vor dem Gauleiter, der ja, wie jeder wisse, überdies und ganz nebenbei auch noch Kulturstaatsminister sei, nicht als komplette Banausen und kulturlose Kleinstadttrampel dastehen.

Die Sekretärin dachte einen Augenblick lang nach, ehe sie mit den Schultern zuckte. Cramer liebte es, wenn sie dies tat. Nicht etwa, weil es sich bei den Schultern seiner Vorzimmerdame um ausgesucht wohlgeratene Schultern handelte. Im Gegenteil, die Sekretärin war alles in allem in Wuchs und

Form ein recht ungeschlacht geratenes Frauenzimmer. Jedoch wenn sie mit ihren Schultern zuckte und sie dann auch noch, wie dies nun geschah, unter ihrem Damenbart die Lippen spitzte, war sie für ihn in Gold nicht aufzuwiegen, denn dann, so hatten es ihn die Beobachtung und Erfahrung gelehrt, war eine ihrer rettenden Ideen bereits zum Greifen nah.

Die Sekretärin nickte sodann und deutete in Richtung des Rathausplatzes. „Dort draußen auf dem Platz wird gewiss noch dieser Prühäußer mit seinen SA-Männern herumstehen. Wie ich gehört habe, wollen sie dem Gauleiter unbedingt noch einmal ein kräftiges Sieg Heil zurufen, sobald er das Rathaus verlässt." Prühäußer, dieser eitle, alte Stutzer, habe sogar den unverschämten Versuch unternommen, sich hinter dem Gauleiter her die Treppe hinauf und hinein in den Festsaal zu schleichen, um uneingeladen beim Festakt dabei zu sein. Solcherlei Dreistigkeit müsse man sich erst einmal vorstellen und ausmalen, geschweige denn zur eigentlichen Ausführung bringen, ereiferte sich die Sekretärin. Es würde sie auch in keiner Weise wundern, setzte sie kopfschüttelnd hinzu, sollten die auf den Stiegen hinterlassenen Hundsdreckspuren eigentlich und ganz direkt von Prühäußers Stiefeln stammen. Immerhin ende die Ekelfährte exakt auf jenem Treppenabsatz, wo Prühäußer vom stellvertretenden Gauleiter Nippold resolut aufgehalten und zur Rede gestellt worden war, und führe von dort wieder hinunter und zur Rathauspforte hinaus.

Bürgermeister Cramer winkte seiner Sekretärin ungeduldig, doch endlich zum Wesentlichen zu kommen.

„Jedenfalls ist der Prühäußer nicht nur ein strammer SA-Mann, er ist auch ein Künstler, jedenfalls nennt er sich einen solchen", sagte die Sekretärin.

Bürgermeister Cramer rieb sich nervös über die Oberarme. „Ausgerechnet dieser elendiglische Wichtigtuer."

„Und Stinkstiefel", setzte die Sekretärin hinzu. Dann spitzte sie wieder ihre Lippen, und Cramer wusste, was sie sagen würde. Er kam ihr zuvor. „In der Not frisst der Teufel Fliegen. Also holen Sie den Lackaffen. Wir kommen in ein paar Minuten raus."

„Fünf Minuten. Ich will noch kurz die Fenster öffnen und durchlüften", rief der Hausmeister vom Erdgeschoss nach oben. Ganz offenbar besaß er recht gute Ohren.

+++

Auf ihrem Weg den Altstadtberg hinunter zum Schulgebäude hin, in welchem die Ausstellung der hiesigen Künstler untergebracht war, unterließ es der von des Bürgermeisters Sekretärin in aller Eiligkeit herbeigerufene SA-Mann und Künstler Karl Prühäußer freilich nicht, in jeglicher Ausführlichkeit zur Erwähnung zu bringen, dass er einst im damaligen Weltkriege als Offizier gedient hatte und in der leidigen Systemzeit ein erfolgreicher Unternehmer gewesen war, ehe er sich nach einer Vielzahl langer und schlafloser Nächte dazu entschieden hatte, von nun an all sein Wollen und Werden einzig und allein der nationalsozialistischen Idee sowie den schönen Künsten zu widmen. Im Übrigen sei er einer der Mitbegründer und federführender Karikaturist der Zeitschrift *Die Brennessel* gewesen.

Der Gauleiter Wagner gab sich aufrichtig entzückt und beeindruckt von Prühäußers Ausführungen. Er habe in seiner Funktion und Wirkung als Kulturstaatsminister die besagte Satireschrift *Brennessel* immerzu mit dem allergrößten Interesse durchgeblättert, entgegnete er. Ganz einmal sei ihm daraufhin selbst eine recht originelle Idee für eine Karikatur in den Sinn geraten, und er habe auch tatsächlich den Willen besessen, diese zu zeichnen und einzuschicken, jedoch nach eingehender Betrachtung des Ergebnisses schließlich und endlich von einer tatsächlichen Einsendung abgesehen. Am Ende müsse man immer das schlichte Ergebnis in Betrachtung und Urteil nehmen, und nicht der herrlichen Idee nachhängen, und dabei gelte es ganz unbedingt Manns genug zu sein, auch einmal hart gegen sich selbst vorzugehen und etwas nicht zu tun und guten Gewissens zu unterlassen. „Als ich nach getaner Arbeit also meine Zeichnung betrachtet habe, da habe ich

182

mir gedacht: Einem jeden das Seine, und das Meine will das Zeichnen nun leider nicht sein. Da hat man ehrlich zu sich zu sein. Ganz und gar kompromisslos ehrlich und aufrichtig und gewissenhaft und schonungslos gegenüber der eigenen Person."

Prühäußer bat den Gauleiter, ihm die ersonnene Karikatur doch bitte zu beschreiben. Wagner blieb stehen und mit ihm sämtliche seine Begleiter. Ausnahmslos jeder, der bei der Feierstunde anwesend gewesen war, war Wagner gefolgt, denn wer wollte sich später einmal nachsagen lassen, nicht dabei gewesen, sondern nach Hause gegangen zu sein, als doch der Gauleiter, der Kulturstaatsminister und leibhaftige Ehrenbürger Wagner höchstpersönlich und mit eigenen Augen eine Dachauer Kunstausstellung in Beschau zu nehmen geruhte.

Nachdem also die kultursinnige Wandergemeinschaft allesamt stehengeblieben war, zeichnete Gauleiter Wagner mit seinen Händen ein großes unsichtbares Rechteck in die Luft, auf das nun alle ehrfürchtig starrten, als existierte es tatsächlich. „Oben im Bild", raunte Wagner, „eine fette Sau auf der Flanke liegend, die Zitzen am Bauch prall bis hin zum Platzen geschwollen. An ihren Zitzen gierig saugend das Ferkel Roosevelt und der Franzose, dessen Name mir gerade nicht einfallen will. Daneben der Pole, der Engländer und sonst noch wer, freilich sämtliche als Ferkel dargestellt, auch ein Saarlandschweinderl und ein Rheinlandferkel sind eifrig am Saugen, und unter den Ferkeln die Weltkugel. Zwischen den Ferkeln und der Weltkugel die Scheiße der Ferkel, wie sie aus ihren kleinen, wunden Arschlöchern herauspulsiert und sich klatschend und spritzend auf die Erde ergießt. Man will allein beim Anschauen kaum mehr den Geruch ertragen, so sehr stinkt die ganze Szenerie zum Himmel."

Wagners Begleiter applaudierten eifrig ob der herrlichen Idee des Gauleiters. Der Gauleiter zeigte mit dem Zeigefinger auf eine der unsichtbaren Bildecken. „Aber da kommt eine kräftige und prächtige und geradezu herrlich gezeichnete Hand herbeigewischt und zieht das saarländische Ferkel weg von seiner Zitze, dann das rheinische, bald das österreichische und freilich auch geschwind das sudetendeutsche. Und alle befreiten Schweinderl lächeln selig und froh, da sie endlich, ja endlich und schließlich doch noch errettet wurden von der galligen und giftigen Sauermilch der niederträchtigen Hurensau, die ganz eigentlich ein jedes Ferkel abgefeimt und hinterlistig ins Verderben reißen wollte mit der elendigen Giftbrühe aus ihren abgefeimten und eitrigen Zitzen und nun selber recht bedröppelt dreinblickt, weil es ihr jetzt ganz allmählich zu dämmern beginnt, dass es ihr selbst wohl bald an den fetten Kragen geht." Wagner wandte sich ab von seinem in die Luft imaginierten Bild und seinen Begleitern zu. Die Arme ausbreitend fragte er: „Na ja, was soll man davon halten?"

Wagners Begleiter klatschten erneut und lachten vor Begeisterung. Manch einer, der ganz besonders angetan war von des Gauleiters Schilderung oder diesem einfach nur auffallen wollte, hieb sich mit sämtlichen Händen auf die Schenkel vor Vergnügen.

„Da hatten Sie sich in der Tat eine Menge vorgenommen", sagte Prühäußer und fühlte sich ob der illustren Darstellung der Karikatur in seiner eigenen Geisteshaltung derart inniglich mit dem Gauleiter in Verbindung, dass er sogleich den Wagemut aufbrachte, diesem mit nahezu väterlicher Zuneigung die Hand auf die Schuler zu legen und dabei zu sprechen: „Ein geradezu herrliches Bild, das Sie uns da geschildert haben und dessen wir alle gerade einmalige Zeugen zu sein die Ehre haben", sagte Prühäußer und blickte tiefberührt zu Boden. Alsbald entfuhr es ihm: „Ihre Karikatur, Herr Gauleiter, für jedermann in ihrer ideellen Prächtigkeit und Genialität vor dem geistigen Auge leichterhand zu imaginieren, aber freilich ganz unerhört schwierig, ja geradezu selbst für einen Caravaggio, Donatello oder gar Michelangelo unmöglich zu Papier zu bringen."

Der Gauleiter nickte zufrieden. „Hauptsachte, Sie wissen, was ich meine."

+

Über der Pforte der Knabenschule hing träge ein Banner und litt am eigenen Gewicht, als wäre es sich selbst zu schwer. *Leistungsschau Schaffende Kunst* stand darauf in dicken roten Lettern. Neben der Eingangstür lehnten zwei SA-Männer an der Hausmauer und rauchten.

Prühäußer nahm die beiden SA-Männer augenblicklich in Hab Acht und stauchte sie zusammen. Ein stolzer und dienstbeflissener SA-Mann habe gefälligst selbstständig und schnurgerade zu stehen und nicht knochenlos gegen eine Mauer zu lehnen wie ein arbeitsscheuer, negrischer Jazztrompeter in Neu Jork. Die leidige Mauerlehnerei wäre nämlich weder der Mauer noch der Würde der Uniform der SA zuträglich. Noch dazu gelte es nun erstens, endlich den Gauleiter in der ihm gebührenden Weise zu grüßen, und zweitens danach unverzüglich und auf der Stelle einen Tritt oder eine Leiter herbeizuschaffen und dem traurig herabhängenden Banner sofortig jene Spannkraft angedeihen zu lassen, die dessen stolzer Aufschrift Rechnung trage.

Als Prühäußer den Gauleiter und die hinter diesem drein trippelnden Dachauer Stadtpolitiker in den ersten Ausstellungsraum führte, entschuldigte er sich beim Gauleiter für das geradezu flegelhafte Verhalten der SA-Männer. Ein derartiges

Gebaren sei in keiner denkbaren Weise zu dulden und stelle nichts weniger dar als eine Schande für die stolze Stadt Dachau. Er werde höchstpersönlich Sorge dafür tragen, dass den beiden Rotzlöffeln die Ohren gehörig langgezogen werden.

Gauleiter Wagner lächelte Prühäußer milde an. Die beiden Burschen hätten doch nicht ahnen können, „dass auf einmal der Gauleiter höchstpersönlich um die Ecke kommt." Im Übrigen könne er recht gut beurteilen, ja in der Tat wie kaum ein andrer, was der Stadt Dachau zur Schande gereiche, und was dagegen ihr zu ewiglicher Ehre. Er sei gewiss der Letzte, der die Absicht hege, die zwei Bürschchen in die Waagschale zu werfen.

+

Prühäußers Ausführungen zu den in der *Leistungsschau Schaffende Kunst* ausgestellten Kunstwerken beschränkten sich zuallermeist auf die Nennung des Künstlernamens und der Titel der Ausstellungsstücke, als wäre ein Gauleiter und Kulturstaatsminister nicht selbst in der Lage, die Buchstaben auf den unübersehbaren Schildern, die neben den Werken prangten, allein zu entziffern. „Margarete Fenner, *Winter, Blumenstrauß in blauer Vase, Skihütte*. Otto Fuchs, *Landschaft bei Dachau, Schleißheimer Schloss, Sommer, Badende, An der Amper, Dachau,* noch einmal *Badende,* aber sichtbar andere. Grete Hofmann, *Ringelblumen, Margeritenstrauß.* Josef Windisch, *Sonniges Moos, Primel, Windröschen, Dachauer Moos.* Aranka Wirsching, *Erntezeit, Gewitterwolken.* Julius Beda, *Bei Deutenhausen.* Asmus Debus, *Abendliche Felder, Spätwinter im Hinterland, Frühjahr im Moos.* Paul Erbe, *März an der Amper, Winter an der Amper, Abend an der Amper, Wolkenschatten über Haimhausen.* Hugo Hatzler mit *Vorfrühling an der Amper, Bei Eichenried, Amperauen bei Feldgeding.*"

Gauleiter Wagner nickte jedes Bild stoisch ab wie ein alter, erfahrener Lehrer, dessen Schüler still darüber rätselten, ob dieser heute gnädig aufgelegt war oder lediglich desinteressiert. Plötzlich begann der Gauleiter zu lachen. „Gell, ihr Dachauer, ihr liebt's die Landschaft und die Jahreszeiten. Wenn's nach euch ginge, hätte das Jahr nicht vier, sondern acht Jahreszeiten, und eure Amper nicht nur Ufer links und rechts, sondern dazu noch welche vorn und hinten und oben und unten." Wagner blickte seine Begleiter an, die zuerst betreten dreinblickten, bald jedoch ebenfalls zu lachen begannen. Wagner war lang genug in Amt und Würden, um zu wissen, dass man als Gauleiter und Minister niemals allein lachte.

Prühäußer winkte die Gesellschaft in den nächsten Ausstellungsraum. „Tony Binder, er hat gerade erst vom Führer höchstpersönlich die Goethemedaille verliehen bekommen."

„Ja da schau her, Respekt", sagte Wagner.

„Im Atelier, San Marca, Abend am Nil, Basareingang, Araberjunge", sagte Prühäußer. „Carl Thiemann, *Aichacher Marktplatz, Aichacher Stadttor, Graßlfinger Moos, Altes Häuschen, Amper bei Dachau, Burgruine im Sudetengau.* Thiemann kommt von dort. Walter Jacob, *Telefonist, Geschossträger, Ludwigsbrücke.* Wilma von Friedrich, *Pferdemarkt, Schnauzer, Pferdekopf.* Karl Schröder-Tapiau, *Wald bei Mitterndorf.* Ferdinand Mirwald, *Im karierten Kleid, Aichacher Mädel.* Professor Herrmann Stockmann, unser verstorbener getreuer Eckart und wie Sie Ehrenbürger unserer Stadt, *Fernblick.* Richard Huber, *Günding, Dachauer Land.* Letzteres hat die Stadt unlängst erworben und Ihrem Stellvertreter Nippold geschenkt. Es wird ihm unmittelbar nach Beendigung der Leistungsschau ausgehändigt." Prühäußer wandte sich an Nippold: „Herzlichen Dank für Ihr Entgegenkommen

und die einstweilige Überlassung dieses herrlichen Gemäldes. Es wäre doch allzu schade gewesen, dieses großartige Werk nicht in der Leistungsschau zu zeigen."

Gauleiter Wagner schlug sich voller Entrüstung mit der rechten Faust gegen die Brust. „Und was habt ihr für mich?" Er blickte seinen Stellvertreter gestreng an. Nippold öffnete zögerlich die Handflächen, wie er es stets zu tun pflegte, wenn er wieder einmal nichts dafürkonnte.

Bürgermeister Cramer wünschte Prühäußer in aller Stille zum Teufel. Gleichzeitig kam ihm eine Idee. „Herr Gauleiter, Sie als unser Ehrenbürger haben natürlich die freie Wahl."

Wagner grinste seinen Stellvertreter an. „Hörst du, Nippold, du kriegst eins geschenkt. Ich dagegen hab die freie Auswahl. Dann bin ich ja gespannt, was noch so kommt."

Prühäußer winkte zum nächsten Bild. „Ludwig Dill, Nestor der Dachauer Künstler, *Blumiges weißes Moor*, *Nebliger Morgen in der Lagune*. Carl Thiemann, *An der Amper bei Mitterndorf*, Toni Bichl, *Geranienstock in einer Mauernische*, *Landschaft bei Petershausen*, *Nelken*.

„Noch mag für mich nichts dabei sein", sagte Wagner, und wohl allenfalls und einzig Prühäußer entging der Grant, der sich nun in des Gauleiters Stimme geschlichen hatte.

„August Kallert, *Dachauerin*, *Dachau im März*, *Dachauer Bäuerinnen*, *Winter im Dachauer Moos*. Grete Hofmann, *Im Gewächshaus*, *Vorfrühling*. Fritz Scholl, *Tiroler Bauern*. Adolf Ziegenmeyer, *Birkenweg bei Grashof*. Paula Wimmer, *Dachauerin*."

Gauleiter Wagner trat einen Schritt näher und studierte das Gemälde. Ein Dachauer Mädchen bei der Erntearbeit. In ihrer – wie er und gewiss nicht nur er fand – die deutsche Frau entstellenden Dachauer Tracht waren das Alter und der Körperbau der Portraitierten unmöglich einzuschätzen, jedoch die Augen des Mädels schlugen Wagner unversehens in Bann und übten eine geradezu hypnotische Anziehungskraft auf ihn aus. Traurig und doch von einem Schimmer Hoffnung beseelt blickten sie ihn an in einer Weise, wie allein ein heldenhafter, ja mythischer Retter angeblickt zu werden das Recht besaß. Ganz gewiss ein einmaliges Meisterwerk, geradezu gemacht für seine Konferenzstube im Ministerium, in welcher er es an der Wand gegenüber seines Sitzplatzes aufhängen lassen würde, auf dass das Mädchen von dort fürderhin allein ihn anblickte, wann immer er zu konferieren geruhte. Wagner zeigte auf das Bauernmädel und sprach mit größter Entschlossenheit: „Das nehme ich."

Prühäußer räusperte sich. „Mein Gauleiter, ich fühle mich verpflichtet, nicht unerwähnt zu lassen, dass Paula Wimmer entartete Kunst gemalt hat."

Wagner trat mit dem Stiefelabsatz auf den Fußboden, dass es knallte. „Herrschaftszeiten, das einzige Bild, das bis jetzt einer Schenkung an mich würdig ist, stammt von einer Entarteten."

Bürgermeister Cramer versuchte, den Ehrengast zu beruhigen. Es werde sich sicherlich noch etwas Brauchbares finden.

Prühäußer versicherte, er habe die Führung durch die Ausstellung spontan dergestalt geplant, dass man sich zum Ende hin steigere, und das Beste selbstverständlich erst zum Schluss komme.

Gauleiter Wagner herrschte seinen Stellvertreter an: „Nippold, wie viel Zeit habe ich noch?"

Nippold blickte auf seine Armbanduhr. „Zehn Minuten. Reichsstatthalter von Epp hat für fünfzehn Uhr zu einer Besprechung geladen."

Wagner winkte unwirsch ab. „Ja sapperment, nur noch zehn Minuten. Und der Nippold, der weiß schon, was er kriegt. Nur ich nicht."

Prühhäußer führte die Gruppe eilig weiter zu den nächsten Werken. Dabei handelte es sich um seine eigenen Bilder. „Karl Prühäußer, *Erntekranz, Alte Weide, Jungdachauerin.*"

Wagner warf einen Blick auf Prühäußers Jungdachauerin. Die Zeichnung des treuen SA-Mannes vermochte selbst bei allerbestem Willen dem Trachtenmädel, das die Entartete erschaffen hatte, in keiner Hinsicht das Wasser zu reichen. „Ebenso lieblos wie leblos gezeichnet.", schnaubte Wagner. „Alles in allem ein pfuscherhaftes Produkt", urteilte der Gauleiter scharf und befahl: „Weiter, weiter!"

Der stolze SA-Mann und Künstler Karl Prühäußer hatte seit der Machtergreifung im Winter 1933 nicht mehr geweint. Nun jedoch, nachdem er die Worte seines Gauleiters vernommen hatte, begannen Prühäußers Lippen zu beben, und seine Augen füllten sich mit Tränen, beides gänzlich gegen seinen eisernen Willen. Prühäußer drehte sich kurz um und tat, als wäre ihm eine kleine, gemeine Fliege direkt hinein ins Künstlerauge geflogen, wischte sich hektisch mit dem Uniformärmel übers Gesicht und führte den Gauleiter rasch von den eigenen Werken fort und hin zu den nächsten Ausstellungsstücken. Weitermachen, redete Prühäußer sich ein, ungerührt und diszipliniert weitermachen. „Wilhelm Neuhäuser, *Blumenstück*", brachte er mit belegter Stimme hervor.

Der Gauleiter hielt inne. „Hörte ich gerade den Namen Neuhäuser? Der Name will mir doch etwas sagen. Hat dieser Neuhäuser nicht vor einigen Jahren eine geradezu famose und herrliche Führerbüste erschaffen? Etwas in ähnlicher Art und Weise schwebt mir für mich vor."

„Henry Niestlé, *Dämmerung.* Paul Erbe, *Brücke bei Hamburg.* Wilhelm Dieninghoff, *Landschaft von Dachau, Bauernhof bei Freising.* Richard Graef, *Oktobersonne, Welkendes Laub, Rotes Haus.* Maria Langer-Schöller, *Sonnenblumen.*"

Wagner sah nicht mal mehr hin. „Weiter. Weiter."

„Syrius Eberle, ein großes und eigens zur Erinnerung an den Kreistag der NSDAP in Dachau angefertigtes Fenster mit Glasmalerei."

Der Gauleiter winkte ab. „Jedes Jahr ist irgendwo Kreistag, und mein Ministerium hat keine tausend Fenster."

Prühäußer führte Wagner zur nächsten Stellwand. „Max Widmann, Radierungen verschiedener Charakterköpfe. Der Künstler hat es ganz offenbar versäumt, die Titel zu melden. Eine Nachlässigkeit, die bei Künstlern leider immer wieder vorkommt, aber gleichwohl auf einer Leistungsschau der NSDAP nicht zu entschuldigen ist."

Wagner blickte kurz auf die Bilder und rief sogleich: „Aber mein lieber Prühuber, seien Sie doch nicht gar so gestreng mit Ihren Künstlerkollegen. Titel zu melden will mir doch überhaupt nicht notwendig erscheinen für so ein Genie, vor dessen Werk wir hier zu stehen und zu staunen die Ehre haben." Wagner deutete mit beiden Händen ausladend auf die Kunstwerke. „Da sind wir doch alle feinsäuberlich aufgereiht, die führenden Männer der Bewegung, aufs Herrlichste dargestellt in Antlitz und Profil und für jedermann erkennbar. Da braucht es keine Titel und Namensschildchen. Uns kennt doch ein jeder!" Der Gauleiter breitete die Arme aus und umarmte Bürgermeister Cramer, der ebenso überrascht wie kurzentschlossen einer Eingebung folgend dem Gauleiter nun ebenfalls die Arme um den Leib warf.

Nach der Umarmung wischte sich der Gauleiter Tränen von den Wangen. „Ich muss sagen, ihr Dachauer, ihr habt schon einen ganz speziellen Sinn für Humor. Und wie geschickt ihr das alles auch noch eingefädelt und zur allerherrlichsten Ausführung gebracht habt. Erst führt ihr mich mit allergrößtem Kokolores durch ein nicht enden wollendes Kabinett der

Belanglosigkeit, und das erste Werk, das einigermaßen etwas taugt, ist angeblich als Geschenk für meinen Stellvertreter reserviert. Dann schleppt ihr mich wie einen weidwund Geschossenen unerbittlich weiter knietief durch Amper und Moos und Mist, bis ich fast ersaufe in diesem bodenlosen Ozean der Ödnis. Ich habe mir zwischenzeitlich schon vorgenommen, mir mit eurer Ehrenbürgerurkunde den Arsch auszuwischen. Und dann das! Dieses prächtige, ja geradezu herrliche Portrait von mir!"[37] Wagner nahm es von der Wand und wiegte es zärtlich in seinen Händen wie ein Neugeborenes. „Dieses herrliche Portrait. Ach, dieses allzu herrliche Portrait von mir."

Wagners Stellvertreter Nippold wusste aus Erfahrung, dass der Gauleiter ausschließlich in Momenten innigster Rührung zu verbalen Wiederholungen neigte. Befehl war Befehl und Anordnung war Anordnung, und beides genügte gewöhnlich und in der Regel ein einziges Mal ausgesprochen zu werden. Wenn Gauleiter Wagner, wie es nun der Fall war, auch noch Tränen kamen, musste es sich für Nippolds Chef um einen nachgerade einzigartigen Augenblick der Glückseligkeit handeln.

Plötzlich begannen sämtliche Begleiter des Gauleiters zu klatschen. Nachdem sich der Applaus endlich gelegt hatte, fragte Wagner seinen Stellvertreter Nippold: „Wie viel Zeit haben wir noch?"

Nippold blickte auf seine Uhr. „Gemäß Zeitplan nicht länger als zwei Minuten, so Sie nicht zu spät kommen wollen."

Gauleiter Wagner klatschte in die Hände, rannte sogleich los, zurück in den Ausstellungsraum nebenan, und rief dabei: „Zeit genug, das Bauernmädel der Entarteten zu beschlagnahmen."

Zwei Minuten später trat Gauleiter Wagner aus der Eingangstür des die Ausstellung beherbergenden Schulgebäudes, zwei gerahmte Kunstwerke unter der schwitzenden Achsel zwischen Arm und Leib geklemmt, und warf den beiden vor der Tür Wache stehenden SA-Männern zwei Markstücke zu. „Ihr habt schön mitgespielt bei dieser Scharade. Danke. Heil Hitler."

Die SA-Männer klaubten die Markl aus dem Kies. Noch ehe sie sich fragten, bei welcherlei Schauspiel sie ganz unwissentlich mitgewirkt haben mochten, saß der Gauleiter bereits auf der Rückbank seines Automobils und hieß seinen Fahrer, ihn zurück nach München zu chauffieren. Das straffgespannte Banner über der Pforte hatte er keines Blicks gewürdigt. Die SA-Männer zündeten sich Zigaretten an und lehnten sich gegen die Mauer des Schulhauses. Sie hatten kaum zwei Mal an ihren Zigaretten gezogen, als Prühäußer aus dem Schulhaus eilte. Die Männer gingen in Hab Acht. Prühäußer nahm sie nicht wahr. Er stürmte zur Amperbrücke hin von dannen.

Unter den Ratsherren, die an jenem Tag an der Führung des Gauleiters durch die *Leistungsschau Schaffende Kunst* teilgenommen hatten, gab es manch einen, der in nächster Zeit an den Stammtischen der Dachauer Gaststätten eine besonders herrliche Geschichte zu erzählen wusste. Man schwor beim bierseligen Vortrage derselben launig Stein und Bein, Prühäußer wäre einzig und allein zur Amperbrücke hingerannt, um sich von dieser in den Fluss hinabzustürzen und seinem irdischen Dasein mittels Ertränkung ein sofortiges Ende zu bereiten. Dieses Vorhaben, so erzählte man, hätte Prühäußer gewiss auch in die Tat umgesetzt, hätte in der Amper nicht ein für die Jahreszeit außergewöhnliches Niedrigwasser vorgeherrscht, welches den Fluss in diesen Frühlingstagen lediglich als kleines Rinnsal unter dem so eilig aufgesuchten Brücklein hindurchfließen ließ und das lebensmüde Unterfangen des zutiefst in seiner Künstlerehre gekränkten Mannes allein rein physikalisch verunmöglichte.

+

Nach der grußlosen Abfahrt des Gauleiters stapfte Zauner übellaunig den Karlsberg hinauf. Zauner konnte Prühäußer kein bisschen leiden, er hielt diesen für einen eitlen Schwätzer und alten Widerling, jedoch nun im Augenblick mit ihm zu fühlen vermochte er wahrlich, erging es Zauner doch ganz ähnlich oder gar noch ärger. Prühäußers Zeichnungen waren immerhin zur Kenntnis genommen worden, wenn auch nicht mit der vom Künstler erhofften Wertschätzung. Zauners Werk hingegen war allseits geflissentlich ignoriert worden. Niemand hatte ihn auf seinen Artikel angesprochen, geschweige denn Worte der Würdigung oder zumindest des Respekts geäußert, ganz so, als hätte man Zauners Artikel schlichtweg für des Lesens unwert befunden. „Saubande, hundsmiserable", schimpfte Zauner für sich. Mit jedem Schritt, den er den Karlsberg hinauftat und der ihn seinem stattlichen Anwesen dort oben in der Altstadt näherbrachte, wuchs Zauners Entschlossenheit, sein Amt als Dachauer Ratsherr und Beigeordneter des Bürgermeisters mit unabänderlicher Sofortigkeit niederzulegen und fürderhin jemandem zu überlassen, der besser zurechtkam mit fehlender Respektsbekundung und vorenthaltener Dankbarkeit. „Soll's machen, wer will, ich hab's heut den letzten Tag gemacht", flüsterte Zauner ebenso leise wie entschlossen, und als sich seine Kiefer nach dem Gesagten wieder zusammenbissen, eisern und unabänderlich entschlossen für immer das Maul zu halten, das viel zu lange ihr Lied gesungen hatte, ja zuletzt sich gar zu einer – wenn auch offenbar ungehörten – Arie der Willenlosigkeit aufgeschwungen hatte, knirschten seine Zähne lauter als das eben Ausgesprochene, so unerbittlich schwoll die Wut in ihm über die erlebte Erniedrigung und noch mehr jene über die unvermeidlich zu treffende Entscheidung. Zauner schüttelte den Kopf und rief sich mit einem Räuspern zur Räson. Die Verhältnisse, unter denen er sein bisheriges Leben und Werden verbracht und errungen hatte, hatten sich häufig geändert, jedoch nicht oft genug, um ihn am weiteren Bestehen und Fortkommen zu hindern. Weshalb also fürchtete er sich so vor einem Rücktritt aus Gesundheitsgründen? Seine vorbehaltlose Treue zum neuen Deutschland hatte er doch längst zu jedermanns Genüge unter Beweis gestellt. Die ihm von Partei und Staat in Auftrag gegebenen Drucksachen erledigte seine Druckerei beanstandungslos und überpünktlich. Niemand würde ihm ernsthaft etwas vorwerfen oder künftighin gar vorenthalten können, wenn er nun mit Mitte fünfzig die öffentlichen Ämter ruhen ließ.

Dies war nun also die Räson, die Zauner solcherlei Gedankengänge bescherte. Er war schon fast oben auf dem Berg angekommen, immer noch festen Willens, seine Ämter abzugeben, und bereit, sein weiteres Leben der Familie und gewiss auch und vor allem seiner Unternehmung zu widmen und zufrieden und stolz und gleichmütig sein Dasein zu fristen, wie nahezu sämtliche seiner Volksgenossen dies so prächtig zu tun verstanden.

Stolz. Stolz. Stolz. Was war die Räson doch eine winzige, bedeutungslose und lächerliche Kreatur im Angesichte des Stolzes? Zauners Gedanken hatten sich in seiner Aufwühlung und in seinem Entsetzen über die erlebte Nichtbeachtung um allzu viele Nebensächlichkeiten gerankt. Und so musste sich Zauner plötzlich eingestehen, so ernsthaft er es sich auch vornahm, er würde niemals zurücktreten, denn so überzeugend und drängend ihm die Räson dies auch riet, der Stolz verbat es ihm mit einem einfachen und kurzen und klaren Nein. Kreisleiter kamen und gingen, Bürgermeister ebenso, wenn nicht gar in noch rascherer Abfolge. Sie waren Kommende und Gehende, allesamt dem allgemeinen Vergessen Anheimfallende. Doch seinen Namen, den Namen Hans Zauner, würden sie in Dachau niemals vergessen. Nach seinem Ableben würden sie seinen Namen von Generation zu Generation weitergeben und voll Ehrfurcht aussprechen, denn er war kein Mann, der kam und ging, er war Hans Zauner, der Mann, der blieb, was immer kommen wollte. Der Mann, der seiner Stadt stets ein treuer und kluger Ratgeber gewesen sein würde und seinen rechtschaffenen und arbeitsamen Bürgern mit ruhiger Stimme und klarem Verstand allezeit den rechten Weg gewiesen hatte.

Als Hans Zauner in Gedanken versunken den Berg emporschritt und sich dies alles eingestand, was lediglich Sekunden dauerte, vernahm er, als er beinahe oben angelangt war, von weiter unten eine Stimme.

„Mein lieber Zauner, jetzt rennen Sie doch nicht so schnell", rief ihm jemand hinterher. Zauner drehte sich um. Der Rufer war Bürgermeister Cramer. Zauner blieb stehen und wartete, bis der Bürgermeister zu ihm aufgeschlossen hatte. Gemeinsam gingen sie langsam den Berg hinauf. Plötzlich fing Cramer an zu lachen. Zauner fragte ihn nach dem Grund.

„Habe ich richtig gehört, oder wollen mir meine Ohren einen Streich spielen, mein lieber Zauner? Haben Sie mich allen Ernstes gerade nach dem Grunde gefragt, weshalb ich lache? Sie sind doch ganz eigentlich ein geistreicher und jedwedes

Maß übersteigend scharfsinniger Zeitgenosse. Muss ich Ihnen tatsächlich auseinandersetzen, weshalb ich hier und jetzt zum Lachen aufgelegt bin?"

„Ich bitte darum", sagte Zauner.

Cramer fasste Zauner am Arm, blieb stehen und blickte seinen Beigeordneten an: „Ach Zauner, welche Laus ist Ihnen denn über die Leber gelaufen? Halten Sie es etwa nicht für geradezu entzückend amüsant, dass der Gauleiter tatsächlich glaubt, wir hätten ihm mit der Ausstellung eine Scharade gespielt? Das ist doch, bei allem Respekt vor unserem neuen Ehrenbürger, einfach unübertrefflich amüsant."

Der Bürgermeister und sein Beigeordneter Zauner gingen weiter. Cramer lachte wieder. Dieser Prühäußer habe ihnen mit seiner Wichtigtuerei und Geschwätzigkeit ja eine nahezu unlösbare Kalamität eingebrockt. „Und dann, wie aus dem Nichts diese unverhoffte Wendung und Errettung, ein Deus ex Machina ohnegleichen, da ein einziger von hundert Dachauer Künstlern endlich mal keine Landschaft hingerotzt hat, sondern den Gauleiter höchstpersönlich." Nein, so einen Zufall, so ein Glück wolle sich selbst der weltgrößte Optimist gar nicht erst erhoffen. Der Bürgermeister konnte mit dem Lachen gar nicht mehr aufhören. Zauner lachte nicht.

Oben auf dem Altstadtberg angekommen ging Cramer nicht nach rechts zum Rathaus hin, sondern begleitete Zauner auf dem Bürgersteig die Augsburger Straße hinunter zu dessen Anwesen. Vor dem Tor desselben nuschelte Zauner ein flüchtiges Heil Hitler. Zauner war schon fast durchs Tor hindurch, als er Cramer sagen hörte: „Ausgezeichneter Artikel von Ihnen, wirklich ganz hervorragend geschrieben, sowohl im Ausdruck als auch, was die Thematik und die intellektuelle Durchdringung derselben angeht. Mir hat sich beim Lesen ein ganz neuer Blickwinkel aufgetan, und ich bin mir sicher, dass es zahlreichen Dachauer Volksgenossen bei der Lektüre ebenso ergangen sein mag."

Zauner drehte sich zum Bürgermeister um. „Sie haben meinen Artikel gelesen?"

„Sogar zweimal, mein Guter", entgegnete der Bürgermeister und schenkte Zauner ein Lächeln. Der Artikel enthalte in der Tat einige bemerkenswerte Gedanken. „Ein großer Feind des Handwerks war der Jude. Der Jude verabscheut und hasst bekanntlich die Handarbeit. Er verstand es –", Cramer schnippte mit den Fingern, als könnte er die Worte aus ihnen hervorzaubern.

„Er verstand es infolge seines großen Einflusses", half ihm Zauner beim Zitieren, „den er immer mehr im geistigen Leben jener Zeit gewann, den Minderwert der Handarbeit auch den Massen unseres Volkes einzuimpfen."[38] Zauner deutete auf sein Schaufenster. „Ich habe den Artikel ausgeschnitten und ins Fenster gehängt. Es kann sich nicht ein jeder Volksgenosse eine Zeitung leisten."

Cramer klopfte Zauner auf die Schulter. „Das ist unser Zauner, wie wir ihn kennen und lieben. Mit seinen blitzgescheiten Gedanken und seinem unermesslich großen Herzen immer auch bei jenen, die es schwerer haben als unsereiner. Und nun, da Sie endlich, aber eindeutig und öffentlich Ihre Haltung gegenüber dem Juden an und für sich geäußert haben, sind Sie mir tatsächlich ein Nationalsozialist ganz nach meinem Geschmack." Jetzt könne man doch endlich die Förmlichkeiten beiseitelassen, sagte der Bürgermeister, er sei der Hans und geruhe unter Gleichgesinnten gern zu duzen.

Zauner entgegnete, er sei ebenfalls der Hans, ließ das Tor offenstehen und ging mit seinem neuen Duzkumpanen die Augsburger Straße hinunter zum Unterbräu. Seit an Seit schritten sie, und Zauner beschlich während des gemeinschaftlichen Schreitens das erhebende Gefühl, dass von nun an kein Blatt Papier mehr zwischen ihn und den Bürgermeister passte.

Mit Papier kannte sich der Buchbindermeister Zauner aus wie kaum einer. Eine Seite Papier mit Tinte zu beschreiben und zum Amper-Boten zu tragen, hatte ausgereicht, zum Duzfreund des Bürgermeisters aufzusteigen. Es musste von nun an schon mit dem Teufel oder noch Üblerem zugehen, dachte Zauner, wollte der Bürgermeister ihm fürderhin nicht bereits wieder am Neujahrstag die Aufwartung machen.

Johann war wieder einmal der Letzte in der Schreibstube. Es war später Nachmittag. Sämtliche Berichte, Artikel und Meldungen für die morgige Ausgabe waren verfasst und in die Schriftsetzerei gebracht worden, und ein Schreiber nach dem andern war nassschwitzend und schweißhemdig der Schreibstube entflohen, als stünde diese lichterloh in Flammen.

Es war tatsächlich quälend heiß und stickig in der Stube. Auch Lüften half nicht und brachte keinerlei Erleichterung, denn draußen war es zu dieser Jahres- und Tageszeit beinahe noch heißer, und seit Tagen wehte kein Lüftchen, die Stube zu kühlen, denn, dies gilt es zu wissen, wir sind nun mit unserer Erzählung bereits im Frühsommer des Jahres 1939 angekommen.

Der Schriftleiter stürzte schweißnass zur Tür herein. „Wo ist der Seemüller?"

„Seemüller ist ins Freibad gegangen", sagte Johann. „Er hat heute früher Feierabend gemacht, da er doch gestern den Abendtermin bei den Leuten von der Kraft durch Freude hatte."

„Von den anderen Schreibern auch schon alle fort?", fragte der Schriftleiter, als sehe er nicht selbst, dass sämtliche Arbeitsplätze in der Schreibstube verwaist lagen außer eben Johanns.

Johann nickte. „Nur noch ich da. Uns wurde telefoniert, dass sie in der Amper nach einem versunkenen Kind suchen. Es ist von der Brücke in Mitterndorf ins Wasser gehüpft und nicht wieder aufgetaucht. Wenn sie es bis um fünf Uhr finden, können wir *das Kind wurde bis zur Drucklegung nicht aufgefunden* noch in *das arme Kind wurde alsbald tot aus dem Fluss gezogen* ändern."

Der Schriftleiter wog den Kopf hin und her, blickte zum in

der Mitte der Schreibstube aufgestellten Telefonapparat und danach sogleich auf seine Armbanduhr. „Hoffen wir das Beste. Aber für dich habe ich eine schlechte Nachricht. Die Garnison hat droben im Rathaus angerufen. Unser Bataillon kehrt morgen in aller Herrgottsfrüh in einem Sonderzug zurück."

Johann zuckte ungerührt mit den Schultern. „Um wieviel Uhr, Chef?"

„Etwa um fünf. Du musst schon um halb fünf am Bahnhof sein für den Fall, dass das Bataillon früher eintrifft. Bei Sonderzügen weiß man nie, wann sie tatsächlich ankommen. Die Heimkehr unserer Dachauer Helden dürfen wir auf keinen Fall verpassen. Ich stelle mir einen begeisternden Augenzeugenbericht vor. Kann gerne zweihundert Zeilen lang sein oder mehr, sofern er besonders erbaulich ist."

„Wenn ich es übertreibe, wird das dem Seemüller recht sauer aufstoßen", sagte Johann. „Berichte über die SS sind doch neuerdings sein Lieblingsressort."

Der Schriftleiter hob die Hände. „Was kann ich dafür, dass der Seemüller beim Baden ist statt an der Arbeit? Keine Widerrede, du gehst morgen Früh zur Heimkehr der SS, dann scheibst du am Vormittag deinen Bericht, und anschließend machst du Feierabend. Danach will ich dich bis Sonntag nicht mehr sehen. Kannst gern auch mal baden gehen."

„Ich kann nicht schwimmen", entgegnete Johann.

„Herrgott, dann schau halt den Madln beim Schwimmen zu. Oder was man halt so macht."

Johann glitt das Wasserglas, aus dem er eben einen Schluck Zitronenlimonade trinken wollte, aus der Hand. Das Glas schlug auf den Boden. Es blieb heil. „War nur noch wenig drin", rief Johann eilig, hob schnell das Glas auf und wischte hastig mit dem Ärmel über die nassen Dielen. „Ich hol gleich noch einen feuchten Lappen. Die Putzfrau kann recht garstig werden, wenn der Boden pappt."

Der Schriftleiter schüttelte den Kopf. „Mach dir keine Sorgen, ich sag nix."

+

„Zu frühester Morgenstunde hatte Dachau sein schönstes Festkleid angelegt, galt es doch die Heimkehr des 3. Bataillons der 1. SS-Totenkopfstandarte in seine Garnisonsstadt würdig zu feiern. Überall leuchteten die Hakenkreuzfahnen in den Straßen auf, über die Straßen spannten sich Spruchbänder und hießen die Heimkehrer willkommen, und auf den Dächern der Dachauer Bergfront da flatterten sieghaft die mächtigen Fahnen den SS-Kameraden zum Gruß, die nun über ein Vierteljahr in Mähren gewesen sind und mitgeholfen haben, die Rückgliederung der alten Reichslande Böhmen und Mähren durchzuführen. Trotz des Wochentages und der frühen Stunde waren viele Menschen auf den Straßen, um die heimkehrende Truppe zu grüßen. So wollte unser Dachau seine Verbundenheit mit seiner Garnison zum Ausdruck bringen.

Pünktlich auf die Minute brachte der Zug das Bataillon nach Dachau, und rasch waren die Männer dem Zug entstiegen und marschierten zum Bahnhofsplatz, wo sich zahlreiche Angehörige der Heimkehrer eingefunden hatten, und wo es dementsprechend ein frohes Winken und Grüßen gab nach so langer Trennung. Gesund und frisch und schneidig sind unsere SS-Männer wieder heimgekehrt, und bei manchem schmückte das rote Bändchen der Medaille von der Heimkehr der Ostmark die Brust.

Unter den Klängen der Männer des Spielmanns- und Musikzuges erfolgte dann der Marsch in die Stadt, überall von der

202

Bevölkerung freudig begrüßt. Auf der Schulwiese war die gesamte Dachauer Jugend angetreten zum feierlichen Begrüßungsakt. Hier hatten sich auch der Führer der Standarte, SS-Standartenführer Simon, und als Vertreter der Stadt der erste Beigeordnete, SS-Sturmbannführer Dobler, eingefunden.

Es war ein Bild soldatischer Haltung, als das ganze Bataillon in Kompaniefront, und vor der Front die Fahne des Bataillons, wie aus einem Guss geschaffen stand. Dann sprach Beigeordneter Dobler herzliche Begrüßungsworte. Er gab seiner Freude Ausdruck, die Männer der SS wieder in Dachau, ihrer Garnisonsstadt, zu wissen, nachdem sie in treuer Pflichterfüllung sich im Einsatz bewiesen haben. „Wenn sie nun auch wieder in der Garnison ihren Dienst aufnehmen, so wissen wir doch, dass sie immer und jederzeit bereit sind, der nationalsozialistischen Idee zu dienen und für ihre Verwirklichung zu kämpfen." Er schloss mit einem herzlichen Heilruf auf das 3. Bataillon der SS-Totenkopfstandarte.

Donnernd waren während der Ansprache Flugzeuge der deutschen Luftwaffe über den Köpfen der Versammelten dahingebraust. Die Luftwaffe am Himmel und darunter auf der Schulwiese der SS-Block in Waffen, ein Zufall, der die gemeinsame starke Macht zum Ausdruck brachte, die Deutschlands Grenzen gegen jeden Feind zu sichern in der Lage ist.

Hierauf wandte sich der Führer der Standarte, SS-Standartenführer Simon, an seine Männer. „Als wir vor zwei Tagen in Brünn zum Abmarsch bereitstanden, hat der dortige Kreisleiter die vorbildliche Haltung unseres Bataillons in den mehr als drei Monaten, die es in Mähren stand, hervorgehoben. Nun sind wir wieder in Dachau, in unsrer Garnison, begrüßt von der Partei, von der Stadt Dachau, der Bevölkerung und der Jugend. Jetzt wird unser Dienst in der Garnison weitergehen, und dies nach den gleichen Prinzipien der Pflichterfüllung und der Treue."

Zackig klangen die Kommandos über den weiten Platz, und ebenso zackig klappten die Griffe, und begeistert hallte das Sieg Heil auf den Führer in den herrlichen Sommermorgen hinein.

Der Marsch in die Stadt wurde fortgesetzt. In der Mittermayerstraße nahmen der Standartenführer sowie Beigeordneter Dobler und Bürgermeister, SA-Oberführer Cramer, den Vorbeimarsch ab. Zündend klang das Spiel des Spielmannszugs und des Musikzugs auf, exakt erfolgte die Einschwenkung gegenüber dem Standartenführer, und dann führte der Kommandeur des Bataillons seine Männer in musterhaftem Vorbeimarsch vorüber. Kompanie um Kompanie marschierte vorbei, durch die stramme Haltung beweisend, dass unsre SS-Männer auch nach dreimonatigem Einsatz in bester Form sind.

Viele Menschen hatten sich eingefunden zu diesem wuchtigen Marsch, und jeder war tief beeindruckt von dem Bild soldatischer Haltung, wie es das 3. Bataillon der 1. SS-Totenkopfstandarte gezeigt hat. Das festliche Bild aber, das Dachau an diesem Tage bot, soll Ausdruck unserer Freude und unseres Dankes an das nun wieder in seine Garnison heimgekehrte Bataillon sein."[39]

+++

Der Dachauer Kunstmaler Tony Binder stand krummbeinig, im Verlaufe der vergangenen Jahre auch etwas hüftschief geworden und mit den Fingerspitzen an den Ärmeln seines besten Jankers zupfend vor seinem Hauseingang und war unschlüssig, was er sagen sollte zu dem Mann in Uniform, der in seinem Vorgarten genüsslich und in aller Ruhe an den scharlachroten Blüten eines prächtigen Rosenbusches schnupperte.

Zuvor hatten Polizisten und SS-Männer eine Stunde lang geflissentlich das Haus und den Garten in Augenschein genommen, die Pracht der Rosen und deren herrlichen Duft im Gegensatz zu dem nun im Vorgarten stehenden Mann gänzlich außer Acht lassend. Sie hatten nach Waffen, doppelten Böden und verstecktem Sprengstoff gesucht und freilich nichts dergleichen gefunden. Anschließend hatten sie Tony Binder mit ernster Miene verkündet, was dieser gewiss auch ohne ihr Urteil wusste: Das Bindersche Anwesen war sicher. Nachdem dies in aller Förmlichkeit in Feststellung gebracht worden war, hatten sie ihm gesagt, er dürfe nun vor die Tür treten und seinen Gast im Empfang nehmen.

„Heil Hitler", sagte Tony Binder recht vorsichtig zu dem Mann im Vorgarten und reckte den Arm zum Gruß, wobei das Recken ihm nicht leichtfiel, da die nunmehr siebzigjährigen Gelenke in Binders Schulter und Ellenbogen rheumatisch bedingt nurmehr widerstrebend ihren Dienst verrichteten.

Der Mann im Vorgarten schnupperte ein letztes Mal an einer besonders stattlichen Rosenblüte und grüßte freundlich zurück. „Schön haben Sie es hier. Erlauben Sie denn, dass ich mir ein Blütchen stehle?"

Tony Binder nickte. „Es wäre mir eine, eine, eine Ehre", stammelte er.

Der Besucher zog ein kleines Kettenpendel aus der Innentasche seiner Uniformjacke, hielt es vor eine Rosenblüte, ließ es dort einige Male und in aller Sorgfalt hin und her pendeln, nickte sodann zufrieden über das nur ihm bekannte Ergebnis der rätselhaften Prozedur und zwickte mit den Nägeln seines Daumens und Zeigefingers die zur Mitnahme auserkorene Blüte ab. Anschließend verstaute er das Pendel wieder in seiner Uniformtasche und brachte statt diesem ein Stofftaschentuch zum Vorschein, in welches er die Blüte mit allergrößter Vorsicht bettete. Nachdem er das Blütengebett mit aller Vorsicht einem Adjutanten überreicht hatte, als wäre es eine ganz besondere Kostbarkeit, trat der Besucher ein in Tony Binders Haus. Kaum stand er in der Diele, reichte der Adjutant dem Besucher einen funkelnden Gegenstand, den dieser sogleich in Binders Hand drückte. Dabei sagte der Besucher: „Im Auftrag des Führers überreiche ich Ihnen für ihr künstlerisches Schaffen die Goethemedaille für Kunst und Wissenschaft."[40]

Der Adjutant wies Binder an, den Besucher nun durch das Atelier hindurch zum Hinterausgang des Hauses zu führen. Binder geleitete den Gast wie ihm geheißen zur Hintertür, an welcher sich dieser mit einem flüchtigen Heil Hitler verabschiedete. Der Adjutant blieb noch einen Moment neben Binder stehen und lächelte. „Von nun an können Sie mit Fug und Recht behaupten, dass Ihnen der Stellvertreter des Führers, Rudolf Heß, nicht nur höchstpersönlich die Goethemedaille überreicht hat, sondern Sie überdies die Ehre hatten, ihn durch ihr Atelier zu führen, in welchem er sich hocherfreut ihre Werke besehen hat. Eine entsprechende Mitteilung ist bereits an die Dachauer Zeitungen verschickt worden. Sie müssen sich um nichts weiter kümmern. Heil Hitler."

+++

Im Sommer des Jahres 1939 war den jungen Männern im Gesellenhaus das gemeinschaftliche Lesen der Zeitung zu einem fröhlichen Zeitvertreib geworden. Einmal in der Woche, gewöhnlich an einem Sonntagabend, versammelten sich die Hauswirtin, Johann, Simon, Eberhart und oft auch zwei oder drei der Papiermacher und Bäcker in der Küche und blätterten sich durch die Zeitungen, die Johann unter der Woche mitgebracht hatte. Es war ein raschelndes und geschäftiges Blättern und Herumreichen der verschiedenen Seiten und Ausgaben, denn die Interessen waren freilich unterschiedlich geartet, und allmählich wusste ein jeder des bunten Lesezirkels, den wir nun in genauere Beobachtung nehmen wollen, was der eine oder andere denn am liebsten las oder vorgelesen zu bekommen wünschte. Hin und wieder spendierte die Hauswirtin ein Glas in Essig eingelegter Gurken und machte sich einen Spaß daraus, Geleebrote für jene zu schmieren, die ihr gefällige Artikel entdeckten und reichten oder – noch besser – ihr diese vorlasen.

Die Hauswirtin interessierte sich vor allen Dingen für die Ankündigungen der Dachauer Lichtspielhäuser, da neben dem Stricken und Häkeln ihre einzige freizeitliche Beschäftigung darin bestand, jeden zweiten Samstagabend mit einer Nachbarin ins Kino zu gehen, nicht zuvorderst der Filme oder der Wochenschau wegen, sondern des Tratsches und insgeheim auch der Erinnerung an ihren Oskar halber, der zu Lebzeiten das Kino beinahe, aber auch nur beinahe, so sehr geliebt hatte wie seine Gattin. Wenn einer der Gesellen also eine Filmkritik fand und diese vorlas, war ihm ein Essiggürkchen oder ein Geleebrot so gut wie sicher. An den sonntäglichen Zeitungsabenden erlaubte die Hauswirtin sogar übermäßiges

Trinken in der Küche, bis hin zu fünf Bierflaschen pro Person, denn die Beschäftigung mit der Zeitung sei Bildung und daher anstrengend und verursache Durst. Aufgrund dieser erwähnten Bierregelung war es glattweg eine Unmöglichkeit, zweifelsfrei und abschließend ein Urteil darüber zu fällen, welcher der anwesenden Gesellen beim Zeitungsabend tatsächlich aus Wissensdurst und welcher denn einfach nur aus Durst erschienen war. Meistens brachte jeder sein Bier selbst mit, doch immer wieder kam es vor, dass jemand den anderen ein paar Flaschen spendierte. Recht häufig war Johann dieser Spender. In der Schreibstube des Amper-Boten verdiente er erheblich mehr Geld als seine Mitbewohner in den Handwerksbetrieben und in der Papierfabrik und hatte sich dies ungehörig oft als Vorwurf anzuhören. Schwelenden Neid, man löschte ihn in der Küche des Gesellenhauses wie allüberall am besten mit Freibier.

+

Es war nun bereits der späte August angebrochen, denn während wir beobachten und erzählen, schreitet freilich auch die Zeit voran und vergeht ganz wie im Fluge, wie auch die herrlichsten Rosenblüten vergehen oder die Blätter einer Tulpe, und selbst auch die Herbstzeitlosen zu welken beginnen, ehe ein Künstler sie ewiglich blühend auf Leinwand zu bringen und mit Firnis für die Ewigkeit zu rüsten vermag.

Das Dachauer Volksfest war vor einigen Tagen zu Ende gegangen und rückblickend für die meisten der Hausbewohner nichts weniger als unerfreulich verlaufen. Viel Geld war ausgegeben und doch kein heiratswilliges oder allerwenigstens williges Mädel in Kennenlernung gebracht oder gar gefreit worden. Nun saßen die Gesellen mit der Hauswirtin in der

Küche beisammen und blätterten sich durch einen Stapel allzu lang vernachlässigter Zeitungen.

„Unten in der Rothschwaige hat's einen derschlagen", sagte ein Papiermacher.

Die Hauswirtin winkte ab. „Das ist ein alter Hut. Der arme Kerl liegt längst unter der Erde. Guter Tratsch beim Krämer ist immer schneller als die Zeitung."

Da jedoch nicht alle seiner Mitbewohner die Geschichte und ihren tragischen Hergang kannten, drängten einige nun den Papiermacher, die Meldung dennoch vorzulesen. Dank der gelegentlichen Zeitungsabende hatte der Papiermacher in den letzten Wochen im Übrigen erstaunliche Fortschritte im Lesen und Vorlesen gemacht.

Der Papiermacher las vor: „Am vergangenen Montag ereignete sich beim Umlegen eines Getreidestadels im Gut Rothschwaige ein folgenschwerer Unfall, der ein Menschenleben forderte. Bei den Arbeiten wurde ein schwerer Ballen vom Winde abgetrieben und stürzte in die Tiefe, wodurch der darunter stehende Zimmermann Jakob Ammann von Arzbach am Kopfe getroffen wurde. Dem noch jungen Manne wurde durch die Wucht des Ballens der Schädel gespalten, und außerdem erlitt er noch schwere Prellungen und weitere Verletzungen. Man transportierte den so schwer Verunglückten sofort in die Chirurgische Klinik nach München. Dort ist der erst 20-Jährige am Mittwochabend seinen schweren Verletzungen erlegen. Die Leiche des jungen Mannes, der als fleißiger Arbeiter bei seinem Betriebsführer wie bei der Gefolgschaft beliebt war, wird in die Heimat überführt und hier zur letzten Ruhe bestattet."[41]

„Respekt", entfuhr es einem der Bäckergesellen geradezu mit allergrößter Ehrfurcht in der Stimme, „gespaltener Schädel, und trotzdem hat er von Montag bis Mittwoch durchgehalten."

„Sogar bis zum Mittwochabend hin", präzisierte einer seiner Kollegen. „Das muss man erst mal schaffen mit kaputtgeschlagenem Kopf."

Die Hauswirtin bekreuzigte sich, und alle taten es ihr rasch gleich.

„Er war wirklich ein ganz harter Hund", rief plötzlich Eberhart in die eingetretene andächtige Stille hinein und hob eine Zeitungsseite in die Höhe. „Hier ist der Bericht über seine Beerdigung. Da steht geschrieben, dass er bei der SS war." Eberhart, der trotz der Zeitungsabende noch kein guter Vorleser geworden war, reichte Johann die Seite mit der Bitte um Vortrag.

Johann hatte den Artikel selbst verfasst, beziehungsweise den von der SS eingereichten Bericht redigiert. Er wusste, wo die entscheidenden Stellen zu finden waren und beschränkte sich auf diese: „Herrlicher Sonnenschein lag über der Heimat des allzu früh verstorbenen Kameraden Jakob Ammann von der 12./92. SS-Standarte, als sich der Trauerzug vom Hause seiner Eltern auf der von vielen Menschen aus nah und fern umsäumten Dorfstraße des schmucken Ortes Arzbach nach dem Friedhof hin bewegte. Treu wie der Tote sich zu seiner Heimat, zu seinem großdeutschen Vaterland, zur Idee Adolf Hitlers bekannte, hatten sich seine Kameraden der SS, der Partei und der Freiwilligen Feuerwehr eingefunden, um ihm das letzte Geleit zu geben. Nachdem der Sarg, der von sechs SS-Kameraden getragen wurde, in die mit Tannengrün geschmückte Gruft gesenkt worden war, fand SS-Obersturmführer Hans Schuster in seiner Gedächtnisansprache Worte herzlichster Kameradschaft: Wir, deine Kameraden, deine Mitkämpfer, die gewohnt sind, ruhig und trotzig dem Tod ins Auge zu sehen, stehen bewegt vor deinem Grabe. Dein

Schicksal wird uns mit verstärkter Kraft an dem Werke unseres Führers arbeiten lassen, und du wirst dabei sein, der du nun zur großen Armee der toten Kämpfer eingerückt bist. Toter Kamerad, sei gewiss, du wirst weiterleben, so lange Deutschland lebt, und dafür sind deine Kameraden die Garanten."[42]

„So will ich auch mal beerdigt werden", sagte Eberhart und trank einen kräftigen Schluck Bier.

Die Hauswirtin holte mit der Hand aus. „Ich hau dir gleich eine hinter deine Rotzlöffel, Bengel. So will keiner beerdigt werden. So blutjung."

„Freilich, liebe Hauswirtin, nicht so jung. Doch ganz gewiss mit so viel Ehre", präzisierte Eberhart sogleich.

Die Hauswirtin wischte das Thema beiseite. „Kein Wort will ich mehr hören über Menschen, die der Herrgott viel zu früh zu sich geholt hat. Es wird doch gewiss auch etwas Schöneres in der Zeitung stehen."

„Ja sapperlot, die neue Dachauer Tracht für die Madln", rief einer der Bäckergesellen. Er legte seine Zeitung auf den Küchentisch und tippte mit dem Zeigefinger vehement auf die schwarzen Lettern einer Überschrift. „Auf geht's, Johann, lies uns vor."

Die anderen Gesellen schlossen sich der Bitte des Bäckers augenblicklich an. Schon länger hatte man hier und dort reden und raunen und munkeln gehört, es würde bald eine neue Dachauer Tracht in Umlauf gebracht, was männlicherseits freilich nur allzu herzlich herbeigesehnt wurde, denn die bisherige Frauentracht pflegte selbst den anmutigst und grazilst gewachsenen Frauenfiguren eine abstoßende Tonnenhaftigkeit zu verleihen, die Anbahnungen, Komplimente und kostspielige Einladungen zu einer reinen Glückswette darauf machte, ob sich im Innern der klobigen Trachtenrüstung nun

211

wirklich ein hübsches Fräulein verbergen mochte oder ob dies bedauerlicherweise eben nicht der Fall war.

Johann las vor: „Warum eine neue Dachauer Tracht? Wenn man in diesen Tagen durch die Freisinger Straße abwärts wandert, dann zieht ein Schaufenster die Blicke an. Hübsch und geschmackvoll hergerichtet enthält es zwei Gewänder, die auf den ersten Blick für modische Dirndl gehalten werden können. Bei längerer Betrachtung erkennt man aber unschwer, dass diese Kleider in ihrer ganzen Ausarbeitung, in der Wahl der Farben und des Ausputzes besonders gut gelungen sind. Sie sprechen uns irgendwie an, erinnern uns an Vergangenes und sind doch gänzlich neuartig.

Das ist der Eindruck, den wir mehrmals bei völlig unbeeinflussten Beobachtern feststellen konnten. Ein kurzer Hinweis im Schaufenster belehrt uns, dass es sich hier um die neue Dachauer Tracht handelt, die zu diesem Volksfest erstmals öffentlich gezeigt wird."

„Ich hab auf dem Volksfest keine Mädel in neuer Tracht gesehen", unterbrach Eberhart Johann.

„Die werden sich vor dir versteckt haben", feixte ein Papiermacher.

Die Hauswirtin rief ihre Mieter zur Ruhe. „Mund halten und zuhören, wenn der Johann uns vorliest."

Johann las weiter. „Wie ist es nun zu dieser Tracht gekommen, und warum wurde sie überhaupt geschaffen? Das sind die beiden nächsten Fragen, und da wird es sofort eine Menge von Zeitgenossen geben, die sagen: Auch wieder so ein alter Krampf, der neu aufgebügelt wird.

Unsere alte Dachauer Tracht ist jedem bekannt. Sie hat wohl in der Farbe Schönheiten zu verzeichnen, in der Form aber ist sie, in die heutige Zeit umgesetzt, für den allgemeinen Gebrauch nicht mehr tragbar. Als Schaustück etwa in Museen, in bodenständigen Festzügen gezeigt in Verbindung mit den historischen alten Tänzen ist sie gut und interessant, nicht aber kann sie allgemein getragen werden.

Sich mit dieser Tatsache als einmal bestehend abzufinden und nichts Neues zu erfinden, würde heißen, alles Bodenständige, alles Volkstum unserer Heimat, dem gänzlichen Verschwinden preiszugeben. Denn die Art des Volkstums einer Gegend verlangt auch eine bestimmte Kleidung.

Es hat sich in den vergangenen Jahrzehnten überall auf dem flachen Lande die großstädtische Kleidung durchgesetzt. Dabei war es meist so, dass das Land den verschiedenen modischen Varianten der Großstadt meist um zwei bis drei Jahre nachgehinkt ist.

Der Bauernmensch ist etwas anderes als der Großstädter. Er ist natürlicher und dafür weniger elegant. Übertragen auf die großstädtische Bekleidung wirkte sich das so aus, dass er schwerfälliger erschien. Die Überheblichkeit des Städters über den Bauern ist nicht zum geringen Teil auf die unvollständige Einbürgerung seiner Kleidung auf dem Lande, auf das Nachäffen derselben, zurückzuführen.

Wenn nun aber schon der äußere sichtbare Ausdruck der Lebensform eines Volkstums verschwindet, liegt die Gefahr, dass es vergessen wird, sehr nahe. Auf diesem Wege befinden wir uns seit Jahrzehnten. Das alte Volkstum war verrufen und verlacht, das Eigenleben auf dem Lande immer mehr im Zurückgehen und Schwinden. Zum Kulturzentrum wurde ausschließlich die Großstadt, die Verödung des flachen Landes ging immer weiter.

Heute versuchen die Menschen in einzelnen Dörfern den Jazz zu begreifen und vergessen darüber ihre alten und schönen Tänze, den Zwiefachen, den Schottisch, die Polka und so weiter. Dabei ist es ungleich schwieriger, diese alten, schönen

Tänze zu tanzen, als irgendeinen modernen Schwof auf das Parkett zu legen.

Die gleiche Erscheinung wie im Tanz war auch im Liedgut zu verzeichnen. Einzelne Gesangsvereine und Singgruppen bemühen sich noch um das Volkslied, aber die breite Masse singt den Schlager. Und wie sie ihn singt: einfach lächerlich, denn er liegt ihr nicht, er liegt überhaupt unserer deutschen Art nicht.

All das hat die nationalsozialistische Bewegung erkannt, und so ist an ihre Freizeitorganisation Kraft durch Freude der Auftrag ergangen, hier Wandel zu schaffen. Seit Jahren bemühen sich nun auch in Dachau die Männer der nationalsozialistischen Gemeinschaft Kraft durch Freude und auch die Künstler um die Wiedererweckung des Volkstums und streben danach, Neues zu schaffen. Denn das ist das Wesentliche! Nicht allein Volkstum der Vergangenheit unter allen Umständen wieder aufzuwecken, ist die Aufgabe von heute, sondern Neues auf diesem Gebiet zum Leben zu bringen.

Dem dient auch die Neufertigung der Dachauer Tracht, um die sich neben den Männern der KdF auch unser Dachauer Künstler Richard Huber verdient gemacht hat, der den ersten Entwurf der weiblichen Tracht geliefert hat. Unser allseits hochverehrter, verstorbener Professor Hermann Stockmann hat das Alte in seiner Lebensarbeit zusammengetragen, bewahrt und uns überliefert. Auf diesem Gut nun zu entwickeln, neu zu formen und zu gestalten, ist unsere Aufgabe.

Die neue Tracht ist ein Anfang. Mit ihr soll nun auch wieder das Eigenleben, der Ausdruck unserer Dachauer Heimat, Wurzel in uns fassen. Das Volkslied, die schönen, einfachen Lieder unserer engeren und auch der weiteren Heimat, die doch dem Schlager so unendlich weit überlegen sind, sollen uns wieder vertraut werden. Und neue Lieder unserer Heimat sollen entstehen.

Wir sind hier in Dachau keine Großstadt. Wir sollen uns im Volkstum auch nicht ausschließlich nach der nahen Großstadt ausrichten. Gerade wir im kleineren Ort, die wir uns alle kennen und – vielleicht – auch schätzen und lieben, können einen bodenständigen Lebensstil, eine Form unserer Freizeit schaffen, zu der die Großstadt nie in der Lage ist.

Das, was für Dachau gilt, ist auch für das Dorf notwendig. Das Eigenleben des Dorfes ist in den letzten Jahrzehnten verschwunden. Die Landflucht hat hier auch mit eine Wurzel. Die Menschen fliehen das Dorf, weil hier kein Ausdruck der Eigenart mehr gefunden wurde. Damit ist es auf dem Dorf langweilig geworden.

Wenn wir uns denken, dass auf den Dörfern wieder Tanz- und Spielgruppen entstehen, dass eine Dorfgemeinschaft ein Volkslied auf einem Dorfabend singt, dass ein Dorf einen Gemeinschaftstanz übt, dann sind die Menschen wieder gerne auf dem Dorf, dann freuen sie sich auf den Feierabend und dann behaupten sie nicht mehr, dass bei ihnen nichts los ist.

Hier den Anfang zu gehen, unserer Bodenständigkeit sichtbar zum Ausdruck zu verhelfen, dazu wurde die neue Dachauer Tracht geschaffen. Die Gruppen der KdF werden sie in den nächsten Monaten einführen. Doch nicht sie allein sollen ihre Träger sein. Alle Mädels und Frauen aus unserm Kreis Dachau sollen da mitmachen. Sie sollen aber auch in den Volkstumsgruppen mitwirken, welche die KdF ins Leben zu rufen versucht. Nicht aus Selbstzweck geschieht dies, damit wir sagen können, es sind soundso viele Gruppen vorhanden im Dachauer Kreis, sondern um dem Einzelnen selbst zu dienen. Ihn herauszuführen aus der Rolle des Zuschauers und Kritikers hinein in die Reihen der Mitwirkenden. Denn dann erlebt er wahre, wirkliche Lebensfreude.

Wir haben in zwei Bildern die alte und die neue Tracht gegenübergestellt. Es braucht dazu nicht viel gesagt werden. In den Farben sind jene unserer alten Tracht für die neue hergenommen worden: Mieder rot, Rock schwarz und mit einer hellroten Borte, Schurz blau und versehen mit einem alten Dachauer Muster.

Unser Dachauer Handdruckhaus Witte hat die Stoffe erstellt und alte Dachauer Muster verwendet, die sonst nirgends verwendet werden dürfen. Den Verkauf hat unser altes Dachauer Kaufhaus Lerchenberger übernommen. Natürlich wurde vor allen Dingen darauf geachtet, dass alles erschwinglich ist und keine zu großen Auslagen mit der Beschaffung der Tracht verbunden sind. Denn sie soll doch von allen getragen werden, sie soll eine Verbindung der Menschen in unserer Heimat sein und uns zusammenführen zu einer Gemeinschaft. An dem zu arbeiten, ist schön und dankbar – und die Aufgabe eines jeden."[43]

„Auf gut Deutsch: Unsre Mädel kriegen endlich eine gescheite und ansehnliche Tracht", sagte einer der Bäcker und hob seine Bierflasche zum Prost.

Eberhart lachte. „Stimmt. Vor ein paar Tagen auf dem Volksfest hab ich mit einer Frau in Dachauer Tracht geredet. Sie hat ewig nix gesagt. Hin und wieder ist jemand dahergekommen und hat ihr ein Rotztuch in den Mund geworfen. Irgendwann hab ich gemerkt, das ist gar keine unserer Trachtenfrauen, sondern ein Abfallkübel."

Einige lachten herzlich, bis die Hauswirtin den Eberhart bös anblickte und ihm damit unmissverständlich in Erinnerung rief, dass sie derlei Hinterfotzigkeiten gegenüber Frauenspersonen in ihrem Hause nicht duldete. Normalerweise würde die Hauswirtin einen jeden, der eine derartige Flegelei auszusprechen wagte, augenblicklich aus der Küche verweisen, dachte

Johann. Jedoch hatte die Hauswirtin nun offenbar ihrerseits einen Zeitungsartikel ausfindig gemacht, dessen Thema ihr gefiel und den sie vorzulesen geruhte, ohne vorhergehend ihr Publikum aufgrund übertriebener Prinzipienreiterei zu dezimieren.

Sie begann vorzutragen: „In der Kleintierzucht wird gerade das Angora-Kaninchen recht vernachlässigt. Mit Unrecht, denn es hilft bei der Wollversorgung und trägt damit sein Teil am Vierjahresplan bei. Es dürften wenige wissen, dass Angorawolle zehnmal wärmehaltiger ist als Schafwolle. Mit diesem Hinweis dürfte der Wert der Angorawolle schon genügend dargelegt sein. Das wäre nun der Vorteil, den dieses Tier für die Allgemeinheit besitzt, aber es bringt auch seinem Züchter als Nebenverdienst einen Nutzen, denn Angorawolle wird gut bezahlt, die Aufzucht durch Zuschüsse aller Art unterstützt, und obendrein bereitet die Haltung fast keine Mühe.

Gewöhnlich ist bei der Anspruchslosigkeit des Tieres seine Wartung älteren Kindern oder invaliden Senioren überlassen. Das Kaninchen braucht nur frisches Gras, Heu, Runkelrüben und Wasser. Es frisst alle Küchenabfälle sowie Weizenkleie mit Salz vermischt. Für dreißig Kaninchen braucht man als Futtergrundlage nur etwa ein halbes Tagwerk Wiesen.

Als Beihilfen werden gewährt: für eine Zuchthäsin bis zu fünf Monaten drei Mark, über fünf Monate fünf Mark, jedoch nur für zwei Weibchen. Für einen Rammler auf durchschnittlich je zehn Zuchthäsinnen sechzig Prozent des Kaufpreises, jedoch nicht über zwei Mark. Für Stalleinbauten, Stallumbauten und Stallneubauten für je einen Quadratmeter drei Mark unten und oben. Das heißt, wer also einen Stall mit zwei oder drei Etagen hat oder bauen will, bekommt sechs beziehungsweise neun Mark. Man kann also sagen, dass somit dreißig Prozent der Anschaffungskosten im Normalfall von den Zuschüssen gedeckt werden."

„Das wäre doch eine feine Sache für Sie", unterbrach Simon die Hauswirtin. „Ich könnte Ihnen die Ställe zimmern. Sie zahlen das Material, und für den Zuschuss baue ich Ihnen die Ställe zusammen."

„Schnitz du mal weiter deine zwölf Apostel, solange ich nicht mit eigenem Sinn und Verstand nachgerechnet habe, ob sich die Karnickel denn tatsächlich rentieren", sagte die Hauswirtin.

Simon entgegnete, er habe bereits einige Dutzend Apostel beisammen. Wenn er sich nicht rasch eine andere Aufgabe suche, werde aus dem doch recht exklusiven Kreis des letzten Abendmahls des Herrn Jesus Christus bald die Speisung der Fünftausend.

„Mit acht Wochen kann man sie zum ersten Male scheren, danach wird die Schur alle neunzig Tage wiederholt. Je älter die Tiere werden, desto dichter wird das Fell, und die anfangs dünnen und weniger wertvollen Haare werden dicker und steigen damit im Wert. Ein Tier liefert im Jahr dreißig bis vierzig Gramm Wolle, je nach der Dichte und Schwere der Haare, und bringt damit einen jährlichen Verdienst bis acht Mark ein. Wer sich also auch nur eine kleine Zucht von dreißig Tieren zulegt, erreicht spielend einen Nebenverdienst von zweihundertvierzig bis dreihundertzwanzig Mark. Irgendwelche Mühe wegen des Verkaufes braucht sich der Züchter nicht zu machen. Es gibt nur eine Anlaufstelle im ganzen Reich: die Reichswollverwertung GmbH Berlin. Sie kauft zum festgelegten Preis restlos alle Produktionen auf, und deshalb braucht niemand Angst zu haben, dass ihm Material liegen bleibt. Aber nicht nur als Wolllieferant ist das Kaninchen der Zucht wert. Auch sein Fleisch ist gut. Schon mit sechs bis acht Monaten ist es schlachtreif und liefert einen ausgezeichneten Braten."[44]

„So ein feines Kaninchen alle paar Wochen würd' ich mir schon schmecken lassen", rief Eberhart und ermunterte die Hauswirtin zur Anschaffung einer stattlichen Zucht.

Die Hauswirtin kramte einen Bleistift aus der Tischschublade und begann mit diesem, Zahlen an den Rand der Zeitungsseite zu schreiben. In ihre Kalkulation vertieft, ob sich die Anschaffung von Angora-Kaninchen für sie rentierte, bekam sie alsbald nur noch Wortfetzen aus den Überschriften und Artikeln mit, die ihre Mieter einander vorlasen:

„Gedenkt auch im Sommer der Wachhunde…gebt ihnen täglich mehrmals frisches Wasser…schützt ihre Hütte vor Sonnenbrand…das Reichstierschutzgesetz verlangt sorgfältige Haltung, Pflege und Unterbringung."[45]

„Damenbart sowie alle unnatürlichen Gesichts- und Körperhaare kann man jetzt durch ein neu erfundenes Enthaarungsöl restlos und grundlegend beseitigen…frei von Sulfiden und auch für empfindliche Haut unschädlich."[46]

Die jungen Männer blickten aus den Augenwinkeln heraus stillfeixend ihre Hauswirtin an. Ins Rechnen vertieft nahm diese davon keinerlei Notiz.

„Generalfeldmarschall Göring: Deutschland arbeitet unermüdlich für den totalen Frieden…das unerschütterliche Vertrauen der deutschen Menschen zu Adolf Hitler geht über alles…"[47]

„Sechsundzwanzig Dachauer Hausfrauen mit Kraft durch Freude auf froher Omnibuswanderfahrt nach Landshut…"[48]

„Abnormalität im Kuhstall. Im Stalle des Bauern Maier zu Riedenzhofen befindet sich ein Kalb, das am vorderen Huf keinen Wiederkäuerhuf, sondern den eines Pferdes hat…"[49]

„Ufa-Film *Frau am Steuer* in den Stadtlichtspielen mit Lilian Harvey, Willy Fritsch, Rudolf Platte und zahlreichen lustigen Szenen…"[50]

Frau am Steuer, bei dem Film handle es sich gewiss um ein Trauerspiel, meinte einer der Bäckergesellen. „Oder um einen Katastrophenfilm", setzte ein Papiermacher noch eins drauf. Man lachte herzlich. Die Hauswirtin zog kurz eine Augenbraue hoch und musterte missbilligend die Keckernden. Dann rechnete und kalkulierte sie eifrig weiter.

„Grazynskis Schergen feiern Blutorgien…die Schandtaten der Polen gegen das Deutschtum reißen nicht ab…viehisches Wüten gegen deutsche Flüchtlinge…chauvinistischer Hass des polnischen Pöbels…immer neue und brutalere Gewalttaten und Rohheitsakte…Volksdeutscher von Aufständischen in sinnloser Wut unablässig mit Hammer über den Kopf geschlagen…fünf Monate alter Säugling aus dem Kinderwagen gerissen und aus dem Fenster geworfen…Vater zu Tode gemartert[51]…englische Kriegshetze trägt Früchte…fieberhafte militärische Vorbereitung der Polen…krankhafter polnischer Größenwahnsinnsapparat…militärische Vorbereitungen der Polen im Grenzgebiet[52]…Wahnsinnstat polnischer Aufständischer…Familie viehisch niedergemetzelt…fünfzehnjähriger Sohn durch zwei Schüsse getötet…die Mutter mit Mistgabel erstochen…Anwesen in Brand gesteckt…Lage für das Deutschtum wird von Stunde zu Stunde unerträglicher…der polnischen Hölle entronnen…Fußtritte in den Unterleib …mit glühender Zigarette gebrannt…die Daumen in den Hals gedrückt."[53]

Am Ende des letzten gemeinschaftlichen Leseabends um kurz vor halb zwölf in der Küche des kleinen Gesellenwohnheims stand für die Anwesenden fest: Die Polen waren die Pest und wollten Krieg. Und die Hauswirtin eine Kaninchenzucht.

HERBST

1939

BIS FRÜHSOMMER

1941

NACH CHRISTI GEBURT

+++

Lenggries, 20. September 1939

Lieber Johann,

du weißt: Mir mag schon im Allgemeinen die leidige Schreiberei nicht allzu leichtfallen. Nun einem gestandenen Schriftsetzer und aufstrebenden Zeitungsjournalisten und überhaupt einem derartig belesenen Menschen, wie du einer bist, einen Brief zu schreiben, erwächst mir geradewegs zu einer unerhört erschreckenden Herausforderung. Du kennst dich aus wie keiner, wohin jedes einzelne Komma sich in einen Text einzureihen hat, wie ich nun wieder weiß, wo und in welcher Reihe ich beim Morgenappell zu stehen und die Hacken zusammenzuknallen habe. Und du weißt auch mit unumstößlicher Gewissheit, welches Wort an seinem Beginn groß zu schreiben ist, und welches andere sich dagegen schüchtern und brav mit einem kleinen Anfangsbuchstaben zurechtfinden muss und sich zu fügen hat, ebenso wie ich mir nun wieder gewahr geworden bin, dass mein Dienstgrad Schütze zwar großgeschrieben wird, aber in Wirklichkeit doch unendlich klein und gering an Bedeutung ist.

In unserer Stube sind wir zehn an der Zahl. Die Stube ist eigentlich nur für sechs tauglich und eingerichtet. Vier von uns müssen in Feldbetten schlafen, die wir vor dem Nachtbefehl im Gang aufstellen. Wir wechseln uns alle paar Tage ab mit der unbequemen Schlaferei im zugigen Gang. Einer meiner Stubenkameraden heißt Maximilian, aber wir nennen ihn freilich bei seinem Nachnamen Köhler. Hier sprechen sich alle nur mit dem Nachnamen an, als hätte ein jeder beim Eintritt durchs Kasernentor seinen Vornamen an der Wache abgegeben. Die Wachstube am Schlagbaum, sie muss längst überquellen von Vornamen.

Köhler ist ein beinahe zwei Meter hoher und furchterregend kräftiger Kellner aus Passau. Er kann eine Handgranate, oder zutreffender, eine Handgranatenattrappe so weit werfen, dass sie hinterm Horizont verschwindet. Er war schon vor ein paar Jahren in meinem Zug gewesen, als wir unseren Wehrdienst leisteten. Stell dir vor, wir sind sogar im gleichen Gebäude untergebracht wie früher. Jedenfalls wollte Köhler schon damals ein Schriftsteller werden, ein großer Dramatiker vom Schlage eines Gerhart Hauptmann. Er hilft mir bei der Wortwahl sowie bei der Rechtschreibung und der Zeichensetzung. Ich schreibe also diesen Brief, und Köhler korrigiert ihn anschließend. Dann schreibe ich den Brief noch einmal ins Reine, hoffentlich ohne dabei aus Nachlässigkeit neue Fehler hineinzuschreiben.

Es tut mir immer noch im Herzen weh, dass ich den Kaninchenstall für die liebe Hauswirtin nicht mehr fertigbekommen habe. Die Drahtgitter müssen noch in die Türrahmen eingesetzt werden. Vielleicht bin ich in ein paar Wochen zurück, dann will ich die restliche Arbeit schnell erledigen.

Nun, nach meinen ersten Tagen hier in der Kaserne, kommt mir der Drill viel härter und gestrenger vor als zu meiner Wehrzeit, aber damals war Frieden, und nun herrscht Krieg. Marschieren, Orientierung im Gelände mit Kompass und Karte und nachts mit den Gestirnen und freilich auch das Hantieren mit dem Gewehr müssen erst wieder geflissentlich eingeschliffen werden. Wenn eintritt, was Metzger sagt, der tatsächlich ein Metzgergeselle aus Pfaffenhofen ist, geht es bereits in drei Wochen an die Front. Ob das stimmt, und wohin wir kommen, darüber wird unter uns Schützen eifrig spekuliert. Natürlich weiß keiner, wo wir tatsächlich hingeschickt werden. Heute nach dem Morgenappell befahl uns der Zugführer fünfzig Liegestütze nach Osten der aufgehenden Sonne zu und ebenso viele mit dem Haupt zum Westen hin. Soweit wir als Kasernierte wissen, haben der Franzose und der Engländer noch nicht begonnen, von dort gegen uns anzurennen, doch der Zugführer glaubt, es könnte jede Sekunde damit losgehen. Den Polen haben wir ja längst in Schach, also will unser Zugführer ganz dringend nach Westen. Wer will schon in einen gewonnenen Krieg ziehen, hat er uns gefragt. Ich hätte am liebsten meine Hand gehoben, aber weil niemand anderer dies tat, ließ auch ich die meine brav unten.

Ich bin recht unschlüssig und zweifelnd. Ich hätte eigentlich nichts gegen Polen einzuwenden. Meine Hoffnung ist, wenn wir nach Polen kommen, bin ich bald wieder zurück, da dort doch schon so gut wie alles erledigt ist. Unsere Dachauer SS war ja auch schnell wieder daheim aus Österreich und Mähren. Bis dahin schnitze ich dir einen kleinen Simon in Uniform mit Schießgewehr.

Bitte halte mich auf dem Laufenden darüber, wie es dir ergeht, und was in unserem Hause und unserer Heimat so alles geschieht.

Herzliche Grüße
Heil Hitler
Simon.

+++

Lieber Simon,

was habe ich mich lang und innig über deinen Brief gefreut! Auch die Hauswirtin. Ich habe mir erlaubt, ihr den Brief vorzulesen. Ich hoffe, du hast nichts dagegen. Sie grüßt dich recht herzlich. Sie hat mir aufgetragen dir auszurichten, du sollst dir wegen des Kaninchenverschlags in keiner Weise Gedanken machen. Die Fertigstellung kannst du sicherlich mit Leichtigkeit erledigen, wenn du bald wieder zurück bist. Sie will die Kaninchen ohnehin erst im Frühjahr anschaffen, frühestens im April. Dein Bett will sie dir für die nächsten drei Monate freihalten, kostenlos. Dann bist du gewiss wieder bei uns. Vom Bäckergesellen Haberl, der zwei Tage nach dir eingerückt ist, verlangt die Hauswirtin ein Aufhebegeld. Vielleicht sucht sich der elendige Griesgram endlich eine neue Bleibe, hat sie gemeint. Der Haberl geht ja schon auf die 30 zu und sollte längst verheiratet sein, statt sich auf ewig hier im Gesellenhaus breit zu machen.

Gestern ist auch der Eberhart eingerückt. Die SS hat ihn nun doch genommen, obwohl er eigentlich zu klein ist. Vielleicht hat er sich beim Nachmessen extra gestreckt, oder sie nehmen es nicht mehr so genau mit der Größe. Er hat ja wie du seinen Wehrdienst geleistet, und wenn es stimmt, was er behauptet, hat er sich damals bei den Schießübungen ganz trefflich hervorgetan. Freilich hat der Eberhart ein großes Hallo gemacht um seine Abreise, du kennst ihn ja. Ich habe ihn gebeten recht oft zu schreiben, natürlich nicht so oft, wie ich dich bitte zu schreiben. Aber auf dem Laufenden bleiben wollen wir hier schon, wie es dem Eberhart so ergeht in seinem neuen Leben bei den Schwarzröcken.

Wenn er etwas Interessantes schreibt, teile ich es dir natürlich mit, oder besser, ich lege dir gleich den ganzen Brief von ihm bei. Ich habe mir überhaupt überlegt, dass ich meinen Briefen sämtliche Zeitungsartikel beilege, von denen ich vermute, sie könnten dich interessieren. Heute ist es ein Bericht über die verblüffende Begebenheit, dass nicht nur du und der Bäcker Haberl und der Eberhart von unserem schönen Dachau weg sind, sondern auch unser Bürgermeister Cramer. Ich habe den Bericht über Cramers Weggang selbst verfasst und ich gestehe, er wollte mir nicht leicht von der Hand gehen. Denn gewiss ein jeder der vielen, die unserem geliebten Städtchen Dachau in den letzten Tagen den Rücken kehren mussten, um gegen den Feind zu ziehen und unser Reich zu verteidigen, hätte zum Abschied einen ähnlichen Bericht in der Zeitung verdient, wie er leider nur dem Bürgermeister zuteilwurde.

Mit der Verdunklungspflicht will es in Dachau mittlerweile besser klappen. Bei der Verdunklung hat ja der eine oder andere anfangs allzu oft den Schlendrian walten lassen, bis Bürgermeister Cramer gegen die Fetzenklauberin von der Ostenstraße – sie heißt mit eigentlichem Namen Haaser Frieda, du kennst die Lumpensammlerin gewiss vom Sehen – eine Geldstrafe von zehn Reichsmark verfügt hat wegen Übertretung des Luftschutzgesetzes. Noch dazu hat Cramer ihren Verstoß mitsamt ihrem Namen in der Zeitung veröffentlichen lassen.[54] Daraufhin hat allerorten ein eifriges Nachbessern bei der Verdunkelung eingesetzt. Überall haben die Hausbesitzer ihre Fensterläden instandgesetzt, und wo keine vorhanden sind, Kartonagen zurechtgeschnitten und direkt gegen das Fensterglas gepappt. Selbst die kleinste Ritze wurde mit dicker, schwarzer Farbe getüncht, damit nicht ein Lichtstrahl mehr den Weg nach draußen findet. Keiner mag der Nächste sein, der sich als Verdunklungssünder namentlich in der Zeitung findet. Lebensmittel gibt es jetzt übrigens nur noch mit Karten.[55]

In unser liebgewonnenes Gesellenhaus ist Tristesse eingekehrt. Du fehlst mir, und auch der Eberhart, obwohl ich ihn nicht immer leiden mochte, fehlt mir hin und wieder. Ich hege die Hoffnung, dass wir uns alle an Weihnachten wiedersehen. Bis dahin ein herzliches Heil Hitler,

Johann

Im Umschlag findest du meinen Bericht über den Abschied des Bürgermeisters, der auch eine Würdigung deiner und all der anderen sein soll, die unser friedliches Dachau verlassen haben, um unser Vaterland zu verteidigen.

+

Abschied von Bürgermeister Cramer

Vor einigen Tagen haben wir von Regierungsrat Max Baur Abschied genommen, der nunmehr drüben in Polen die Dienstgeschäfte eines Landrates versieht und am Aufbau dieses Landes, das unsre Truppen in einem unerhörten Siegeszug erkämpfen, tatkräftig mitwirkt. Kurz nach ihm ist nun wieder ein Mann, der in unserer Stadt an führender Stelle gestanden hat, einberufen worden, um ebenfalls drüben in Polen am Aufbauwerk mitzuarbeiten. SA-Oberführer und Bürgermeister Hans Cramer wurde vom Führer berufen, in einer Stadt in Polen das Amt des Bürgermeisters zu erfüllen.

Mit Bürgermeister Cramer verlässt ein Mann unsere Stadt, der von einem tiefen und ernsten Willen erfüllt war, die Geschicke Dachaus gut zu lenken. Wir sind hier in Dachau gewiss nicht auf Rosen gebettet. Wie nicht leicht ein anderer Ort hat gerade Dachau in der Systemzeit unter der Arbeitslosigkeit besonders zu leiden gehabt. Wir haben in Dachau keine großen Industriewerke und auch keine besonderen städtischen Anlagen, die Einkünfte und große Überschüsse bringen. Deshalb ist es gerade in Dachau schwer gewesen, das Aufbauwerk des Führers und die finanzielle Gesundung durchzuführen.

Seit längerer Zeit nun hat unser jetziger Bürgermeister kein Mittel unversucht gelassen, hier Wandel zu schaffen. Er ist dabei von einer großen Planung ausgegangen, die weniger auf den Augenblick als auf die lange Sicht abgestellt war und bestimmt auch in den nächsten Jahren zum Erfolg führen wird. Umso mehr tut es leid, dass er uns jetzt verlässt. Es freut uns aber auch, dass gerade er ausersehen war, drüben in Polen wesentlich am Aufbau mitzuarbeiten und dort deutsche Zucht und deutsche Ordnung einzuführen.

Es wird nicht leicht sein, in einem verlotterten polnischen Betrieb nun alles neu und straff zu organisieren. Wir kennen aber die Tatkraft unseres Bürgermeisters, und deshalb glauben wir, dass er es auch drüben schaffen wird. Unsere besten Wünsche begleiten ihn zum schweren Werk![56]

+++

Maginot-Linie bei Saarbrücken, 22. Oktober 1939
Lieber Johann,
wie du an der Ortsangabe erkennen kannst, ist es der Westen geworden. Seit einer Woche stehen wir im Felde. In meinem Zug gibt es noch keinen, der behaupten kann, bereits einen Schuss gegen den Feind abgefeuert zu haben. Auch auf uns wurde bisher nicht gefeuert. Es scheint fast so, als ließen uns die Franzosen aus Höflichkeit erst einmal in aller Ruhe ankommen, ehe sie auf uns losstürmen, um uns an die Gurgel zu gehen.

Der Feldwebel nutzt die Ereignislosigkeit an der Frontlinie, um uns weiter fleißig zu drillen. Das Auswechseln eines geborstenen Schlagbolzens im Verschluss meines Karabiners will mir inzwischen in weniger als einer Minute gelingen, mit geschlossenen Augen brauche ich keine zwei Minuten länger. Liegestütze und Kniebeugen machen mich unter fünfzig an der Zahl keinen Tropfen mehr schwitzen. Die Pausen und Feierabende vertreiben wir uns mit Kartenspielen. Ich bin inzwischen ein vifer Watter geworden, ans Grasobern getraue ich mich jedoch noch nicht heran.

Die Verpflegung ist nahrhaft und reichlich. Trotzdem sehne ich mich nach einem Geleebrot der Hauswirtin. Wenn ich an ihre Brote denke, kann ich das Gelee geradezu auf der Zunge schmecken. Richte ihr bitte aus, dass ich den Kaninchenstall im Nu fertigstelle, sobald ich zurückgekehrt bin.

Wann immer wir nicht vom Zugführer gedrillt werden, Patrouille gehen oder Karten spielen, vertreibe ich mir die Zeit mit meinen Schnitzereien. Ich fertige neuerdings kleine Landserfiguren an. Es fällt mir nicht schwer. Sie sind ganz eigentlich zu schnitzen wie der Heilige Josef, nur mit Gewehr in der

Hand statt dem Stenz eines Zimmermanns und freilich mit Helm anstatt des Heiligenscheins.

Nun hat es der gute Eberhart also doch noch zu seiner SS geschafft. Hat er euch schon geschrieben? Vielleicht hat er auch jemanden gefunden, der seine Briefe korrigiert, wie ich den Köhler. Ich bin Köhler gehörig dankbar dafür, dass er sich die Zeit nimmt, mir bei der Rechtschreibung und Formulierung zu helfen.

Köhler hat mir übrigens ein Buch zu lesen gegeben. Es trägt den Titel *Der letzte Mohikaner*. Das Buch ist nichts weniger als faszinierend. Ich habe es schon bis zur Hälfte durchgelesen. Abends, wenn wir auf Patrouille sind, und die Sonne im Westen glutrot hinter den Bäumen des Grenzwaldes versinkt, wähne ich mich in den amerikanischen Wäldern, Spuren lesend wie Falkenauge, obwohl hier keine Spuren zu lesen sind außer unsere eigenen Stiefelabdrücke vom Vortage. Uns lauern auch keine Wilden mit Pfeil und Bogen, Musketen und Tomahawks auf, sondern Franzosen mit Maschinengewehren und Handgranaten, mit Artillerie, Panzern und Jagdgeschwadern, aber wenn ich an den *Letzten Mohikaner* denke, dann wähne ich mich nicht in einem Krieg, sondern in einem Abenteuerroman, der freilich gut ausgehen wird.

Es grüßt dich ganz herzlich dein Zimmergenosse.
Heil Hitler
Simon

+

Johann zerknüllte die letzte Seite des Briefs und warf sie auf Simons leeres Bett. Die Erinnerung kehrte unerbittlich zurück an eine jener Nächte, in denen Simon noch bei ihm gewesen war, ganz nah die Betten zusammengeschoben. Johann hatte

Simon damals mit Begeisterung vom *Letzten Mohikaner* erzählt, und freilich auch davon, dass die Geschichte eben nicht gut ausging. Hatte Simon ihm überhaupt zugehört? Auf diesen Köhler schien er ganz offenbar zu hören. Und er hatte zu lesen begonnen. Johann hatte ihm den *Letzten Mohikaner* empfohlen, ihm *Moby Dick* und *Robinson Crusoe* und *Die Schatzinsel* ans Herz gelegt und freilich auch *Der Schatz im Silbersee*. Niemals hatte Simon daraufhin eines der Bücher auch nur angefasst. Nun las Simon plötzlich mit Begeisterung Coopers Mohikaner, nur weil irgendein dahergelaufener Kamerad ihm dies geraten hatte.

Überhaupt der gesamte Duktus des Briefes. Schrieb ihm da tatsächlich Simon? Oder war es in Wirklichkeit dieser Köhler, der da die Feder führte und der sich in geradezu lächerlicher Weise anschickte und einbildete, ein Literat vom Niveau eines Hauptmann zu werden, tatsächlich aber nur ein gewöhnlicher Schütze und im zivilen Leben nichts weiteres als ein Kellner, ein simpler Bringbursche und Holmirschnell war?

Johann lief aus dem Zimmer und die Treppe hinunter hinaus auf den Hof, hinein in die Dunkelheit der Nacht. Schwer und, ja, auch wütend schnaufend blickte er zum Himmel. Der Mond schien hell über ihm. Den Mond focht Johanns Rage nicht an. Dem Mond war alles einerlei, was unten auf Erden vor sich ging und was es dort zu erdulden und erleiden galt. Neben dem Mond verschlang eine dunkle Wolke langsam kriechend doch unerbittlich einen Stern. Gleich darauf einen nächsten. Und bald wieder einen. Die Wolke, sie war ein gieriger Sternenfresser. Indes, dies vergegenwärtigte Johann sich nun, nachdem er schon einige Minuten in den nächtlichen Himmel geblickt hatte und sein Groll sich allmählich zu zähmen begann, was vermochte eine Wolke, ein Wölkchen zu bewirken? Eine Wolke, bloßer Dunst zwischen der Welt und den

Gestirnen, mochte fressen und verschlingen, was immer sie wollte, am Ende musste sie das Verschlungene doch wieder preisgeben, auf dass dies strahlte und glänzte wie eh und je. Jedoch, wie mag es sich in dieser Angelegenheit mit dem Krieg verhalten, dachte Johann und begann sogleich zu frösteln, obschon es keineswegs kalt war für eine Nacht im späten Oktober. Der Krieg war eine allein irdische Angelegenheit, der Krieg war irdisch wie nichts anderes. Und war es nicht so, dass was auf Erden einmal verschlungen ward, niemals mehr ans Licht kroch?

Johann ging zurück ins Haus und in sein Zimmer. Er überprüfte die im Fenster angebrachte Verdunkelung, befand sie für zuverlässig dicht, legte sich in Simons Bett und ließ zum ersten Mal in seinem Leben bis zum Morgengrauen die Nachttischlampe brennen.

+++

Dachau, 12. Dezember 1939

Lieber Simon,

ganz offenbar mag unser inniglicher Wunsch, gemeinsam in unserem schönen Dachau ein fröhliches Weihnachtsfest zu feiern, nicht in Erfüllung gehen. Allein es will mir auch gar nicht nach einer fröhlichen Feier zumute sein. Etwas geradezu Fürchterliches ist geschehen: Der Bub unseres Schriftsetzermeisters ist totgeschossen worden. Ich habe recht oft über meinen alten, ungehobelten Dienstherrn in der Schriftsetzerei geschimpft. Wie er damals mit uns Gesellen und allen voran mit den Stiften umgesprungen ist, was habe ich ihn dafür oft und von Herzen gehasst. Und nach meinem Wechsel hinüber in die Schreibstube hat er mich lange Zeit wie einen Verräter behandelt. Doch insgeheim trägt er das Herz am rechten Fleck, und nun ist dieses ihm unendlich schwer geworden. Ich habe dir den Zeitungsbericht über das tragische Ereignis beigelegt, es fällt mir schwer, noch weitere Worte darüber zu schreiben.

Seit Krieg ist, bekommen wir beim Amper-Boten öfter als früher eine Todesanzeige eingereicht. Sie lauten allesamt gleich oder ähnlich. Der innig geliebte Sohn sei für Führer, Volk und Vaterland in Polen den Heldentod gestorben. Wir schreiben und setzen solcherlei Texte mit einer gewissen Duldsamkeit und Langmut und mit der unumstößlichen Überzeugung, dass der bedauernswerte Volksgenosse sein Leben für eine bedeutsame, ja allergrößte und uns alle überragende Dringlichkeit geopfert hat. Aber wenn das Unglück so nah ist, wenn man den hinterbliebenen Vater recht gut kennt, dann ist es auf den Schlag etwas ganz anderes, dann geht es einem sogleich durch Mark und Bein und so schnell nicht wieder hinaus.

Eberhart hat nun endlich geschrieben, er grüßt dich recht herzlich, aber das kannst du gleich selbst lesen, denn ich habe seinen Brief beigelegt. Er ist in Polen stationiert.

Von meinem eigenen Leben und Erleben gibt es wie in den vorherigen Briefen nichts Aufregendes zu berichten. Die Arbeit in der Schreibstube gerät mir von Tag zu Tag eintöniger. Veranstaltungen und Zusammenkünfte, seien es Feiern, Tänze oder andere Geselligkeiten, finden keine statt, so lange wir im Krieg sind. All die herrlichen und erbaulichen Berichte über Ausstellungen und Konzerte und dergleichen weitere Lustbarkeiten sind Aufrufen zur Einhaltung der Verdunklung und rechtzeitiger Beantragung von Lebensmittelmarken gewichen. Einzig unsere Lichtspielhäuser spielen unentwegt und fröhlich gegen die Trübnis und Gedrücktheit an. Aber ich will nicht klagen, immerhin stehe ich nicht im Felde wie du und der Eberhart.

Dies ist vermutlich mein letzter Brief, der dich vor dem Weihnachtsfest erreichen wird. Also wünsche ich dir eine frohe Weihnacht und freue mich auf deine hoffentlich baldige, gesunde und siegreiche Heimkehr.

Heil Hitler

Johann

+

Beim Spiel getötet

Am gestrigen Sonntagnachmittag ereignete sich in der unsrigen Stadt ein tragischer Unglücksfall, dem ein junges Menschenleben zum Opfer gefallen ist. Aus der Schar seiner Spielgefährten hat ihn eine tückische Kugel aus einem Flobert hinweggerissen in den Tod.

Wieder hat eine Schusswaffe in Kinderhänden ein schweres Unglück verursacht, wie so oft schon in vergangenen Jahren. Wir sind erschüttert, wenn wir den Vorgang hören, wir können es kaum begreifen, dass eine verirrte Kugel so viel Schmerz und Kummer anrichten kann.

Der junge sechzehnjährige Lehrling Gregor Kohlbacher spielte im Garten der elterlichen Wohnung unten an der Weinmannstraße mit einem Flobertgewehr. Ohne besonders zu zielen drückte er das Gewehr, das mit einer Kugel geladen war. Im gleichen Augenblick stieg etwa zweihundert Meter entfernt der dreizehnjährige Schüler Hermann Angermeier mit einigen Spielgefährten aus einer kleinen Bodensenkung im Gelände zwischen der Straße und dem Bahnkörper. Die Kugel aus dem Flobert traf ihn mitten ins Herz. In den Armen seiner Spielgefährten ist er wenige Minuten später verschieden.

Es war ein gänzlich und vollkommentlich unglückseliger Zufall, der hier die vermaledeite Kugel führte, die den jungen Menschen tötete, es war ein ebenfalls unglückseliger Zufall, der den jungen Mann in eben jenem Augenblick, als der zu betrauernde Hermann Angermeier die Bodensenkung verließ, den Abzug berühren ließ. Zwei Vorgänge, voneinander vollständig unabhängig, haben zu schwerem Kummer in zwei Familien geführt.

Uns allen aber soll dieser Vorfall wieder eine Mahnung sein, mit Waffen, selbst wenn sie nur Kleinkaliber sind, nie leichtsinnig umzugehen. Der Garten ist kein Schießplatz, auch wenn man glaubt, es ist bestimmt niemand in der Nähe, und Gewehre sind nicht zum Spielen da, gerade wenn sie Kleinkaliber sind, und wir glauben, man kann da nicht viel anrichten damit.[57]

+

Leslau in Polen, 30. November 1939
Volksgenossin Hauswirtin,
Volksgenosse Johann,
jetzt habe ich es tatsächlich endlich geschafft, euch einen Brief zu schreiben. Ich habe es bereits mehrmals versucht, es hat mir nicht gelingen wollen. Erst fand ich keine Gelegenheit und dann keinen Kameraden, der sich die Mühe geben wollte, mir Worte und Schrift zu leihen.

In den letzten Wochen hatten wir kaum Zeit für Privates. Wir wurden hart an der Waffe ausgebildet, am Karabiner und recht fleißig auch an der Luger. Mitte November sind wir mit dem Zug nach dem besetzten Polen gerückt. Ich diene dort als Offiziersbursche. Es will mir recht gut gefallen, obwohl ich nicht an vorderster Front stehe und dem Feind dort Aug in Aug entgegentreten kann. Ich weiß, ich leiste meinen Beitrag, auch wenn er derzeit allein darin besteht, Kaffee zu kochen, Tische zu wischen und Botengänge zu erledigen. Augenblicklich sind wir im von der polnischen Gewaltherrschaft befreiten Städtchen Leslau zugange. Ihr werdet nicht glauben, wer hier nun der Bürgermeister ist. Es ist niemand anderer als unser Dachauer Bürgermeister Cramer, den die Pflicht hierhergerufen hat.

Ich bin ihm persönlich und leibhaftig gegenübergestanden. Es ereignete sich bei einem Botengang. Man hatte mich geschickt, dem Leslauer Bürgermeister ein Dossier meines Offiziers zu übergeben. Mein Offizier ist übrigens kein Geringerer mehr als ein erst vor wenigen Tagen beförderter Hauptsturmführer. Er hat sich diese Beförderung gewiss redlich verdient, da er sich gegen die Polen offenbar ganz ausgezeichnet geschlagen hat. Der Hauptsturmführer weiß meine Beflissenheit

239

und Genauigkeit bei der Ausführung seiner Befehle in höchstem Maße zu schätzen. Deshalb schickt er immerzu mich, wenn es Botengänge von größerer Bedeutung zu besorgen gilt.

Jedenfalls übergab ich das Dossier im Leslauer Rathaus gerade an eine Sekretärin, als plötzlich und ganz unverhofft der Bürgermeister zur Tür hereinkam. Er stand direkt vor mir, ich ihm gegenüber und freilich sogleich in Hab Acht. Ich habe ihn sofort erkannt und war ganz spontan dazu aufgelegt, ihm ein schmissiges „Heil Hitler aus dem schönen Dachau" zuzurufen.

Der Bürgermeister hat augenblicklich ein großes Hallo um meine Person gemacht und seiner Sekretärin aufgetragen, uns auf der Stelle einen Schnaps einzuschenken. Den Schnaps heißen sie hier Wodka. Er ist aus Kartoffeln gemacht, doch er schmeckt gar nicht schlecht. Ich habe ihn schon öfter getrunken. Kameraden stoßen bei der Durchsuchung verdächtiger Häuser und Judennester immer wieder auf diesen Wodka, den es dann freilich zu beschlagnahmen und vernichten gilt. Er macht zunächst den Hals wild brennen, aber im Magen hinterlässt er ein wohliges und langanhaltendes Gefühl der Wärme und Geborgenheit.

Bürgermeister Cramer trug mir auf, recht herzliche Grüße nach seinem geliebten Dachau zu schicken. Dann riefen ihn alsbald die Dienstgeschäfte, und er verabschiedete sich von mir mit einem herzlichen Händedruck und auch mit einem stattlichen Schulterklopfen, was beides sicherlich nichts weniger als ganz außergewöhnliche Gesten der heimatlichen Verbundenheit sind, da unsereiner doch zahlreiche Dienstgrade und Bedeutsamkeiten voneinander trennen.

Bürgermeister Cramers Sekretärin hat mir verraten, dass er seine Aufgabe in Leslau ganz hervorragend in Angriff nimmt.

Er hat verfügt, dass die in der Stadt ansässigen Juden einen gelben Stern an der Kleidung zu tragen haben. An dem Stern kann man nunmehr sämtliche Juden, nicht nur die Schläfenlockigen, endlich von Weitem erkennen und Spucke sammeln, schließlich haben sie uns diesen Krieg eingebrockt. Überhaupt sind die Juden hier inzwischen weniger geworden, was gewiss auch das Verdienst meines Hauptsturmführers sein will. Denn ihm obliegt die über alle Maßen dringliche Aufgabe, sie hier dingfest zu machen und nach Warschau zu verschicken, wo sie unter ihresgleichen einquartiert werden.

Ich grüße herzlich nach Dachau und wünsche vorsorglich frohe Weihnachten, sollte es mir nicht gelingen, vorher noch einmal einen Kameraden einen weiteren Brief schreiben zu lassen. Und grüßt mir den Simon recht herzlich.

Heil Hitler

Euer A. Eberhart

+++

Maginot-Linie bei Saarbrücken, 21. April 1940

Lieber Johann,

rückblickend habe ich mich in meinen letzten Briefen allzu wehleidig über das Wetter beklagt. Wie alle Winter, so ist auch dieser vorübergegangen. Entlang der unter unseren Stiefeln schmatzenden Trampelpfade, die wir in den vergangenen Monaten in den schlammigen Waldboden getreten haben, sprießen die Krokusse und lächeln uns zu Zehntausenden mit dem herrlichen Gelb und Violett ihrer Blüten zu. Über unseren Köpfen flattern geschäftig die Schwalben, und Spatzen und auch hin und wieder eine Amsel pfeifen uns fröhlich ein Frühlingslied. Die Sonne grüßt uns warm und schickt auch dann noch ihre Strahlen zu uns herüber, wenn sie längst über unsere Linien hinweggewandert ist und über dem Feindeslande steht.

Der Franzose macht keine Anstalten, uns anzugreifen. Der Sitzkrieg zieht sich hin, zäh und ereignislos, Tag für Tag im immer gleichen Trott. Unter den Kameraden machen heitere Sprüche die Runde. „Der Krieg im Westen wird nicht mit Gewehrschüssen, sondern durch Hexenschüsse entschieden. Wer am Ende mehr Soldaten besitzt, die noch von ihren Stühlen aufstehen können, der hat gewonnen."

Letzte Woche ist meinem Kameraden Köhler auf Patrouille ein Foxl zugelaufen. Der winzige Hund kam freudig hechelnd von der Frontlinie her. Wahrscheinlich ist er drüben irgendeinem schläfrigen französischen Jäger davongelaufen, der sich nicht recht um ihn kümmern wollte, so dreckig und verfilzt wie das arme Hunderl sich präsentierte. Fortjagen ließ es sich nicht. Der Foxl ist dem Köhler die ganze Patrouille lang nicht von der Seite gewichen. Also hat Köhler ihn mit in die Scheune hineingenommen, in der unser Zug untergebracht ist, und ihm unter seinem Feldbett ein Lager bereitet.

Du wirst es dir ganz vermutlich längst denken, dieses deutsch-französische Arrangement, auch wenn es sich nur um eines zwischen Mensch und Tier handelte, konnte freilich nicht lang gutgehen. Beim Morgenappell ist der Kleine natürlich nicht in seinem Lager unterm Feldbett geblieben, sondern dem Köhler eifrig hinterher und vor der Scheune quasi mit angetreten. Der Zugführer war zuerst völlig aus dem Häuschen und fuchsteufelswild und drohte Köhler mit Meldung und Anzeige wegen Zersetzung, und dem Hunderl mit standrechtlicher Erschießung.

Jedoch sogleich, als hätte der Foxl ein jedes Wort verstanden, begann der kleine Schlawiner plötzlich treuherzig winselnd um die Stiefel des Zugführers zu scharwenzeln. Der Zugführer ist, wie ich schon öfter geschrieben habe, gewiss kein Unmensch, sondern im Gegenteil ein reeller Mann und, wie sich nun herausstellte, einer mit herzlicher Tierliebe und einem ganz ausgezeichneten Sinn für Humor. Natürlich konnte der Hund nicht bleiben. Der Zugführer befahl Köhler also, den Foxl zu baden, und dem Kameraden Hörmann, der im zivilen Leben das Friseurhandwerk gelernt hat, ihm das Fell zurechtzuschneiden. Beim Mittagsappell sei ihm der Kleine vorzuführen, und zwar tadellos und picobello. Wenn auch nur ein einziger Floh auf dem Foxl herumhüpfe, oder das winzigste Zeckerl an ihm sauge, werde er dem Hauptmann Meldung machen, und dann gnade der Herrgott dem Köhler und dem Köter, doch nicht die Wehrmacht.

Ein jeder Kamerad im Zug half sogleich mit Feuereifer mit, den Foxl bis zum Mittag in einwandfreien Zustand zu versetzen. Das kleine Mistvieh wollte sich das Baden in einem Sautrog nicht widerstandslos gefallen lassen, und so gab es beim Mittagsappell kaum einen, dem nicht ein Heftpflaster an der Hand oder um einen Finger herum klebte, um das Rot des Jods auf den Bisswunden zu verbergen.

Es mag recht vielsagend sein, dass es nicht die französische Armee, sondern ein kleiner Foxl gewesen ist, der uns nach einem halben Jahr an der Westfront die ersten Verwundeten bescherte. Doch dies war es wert. Mittags konnten wir dem Zugführer nicht ohne Stolz einen vorzüglich hergestellten Foxl präsentieren, ungezieferfrei bis unter die Haut und perfekt frisiert vom Kameraden Hörmann. Wir hatten ihm auch noch ein hübsches Schleifchen in den Farben des Großdeutschen Reichs um den Hals gebunden und daran einen kleinen Hakenkreuzanhänger eingefädelt.

Auch der Zugführer war den Vormittag hindurch nicht tatenlos geblieben und hatte einen der Elsässer Freiwilligen in unserer Kompanie zu sich befohlen und diesem aufgetragen, in französischer Sprache auf einen Zettel zu schreiben: „Offenbar halten es nicht einmal die Hunde in eurem Lande aus. Wir haben ihn ordentlich geschoren und von eurem Ungeziefer befreit, wie es sich für uns Deutsche gehört und ihr es unterlassen habt." Das hat der Zugführer exakt so verlesen, ich habe es mir genau gemerkt. Dann hat er den Zettel so oft gefaltet, wie es ging, und dem Foxl mit einer Kordel an den Schwanz gebunden. Anschließend befahl er Patrouille und ging zum ersten Mal seit Wochen selbst mit. Am Südwestspitz, wo sich unser Patrouillenweg recht nah entlang den feindlichen Linien schlängelt, hat er dem Foxl einen Fußtritt verpasst und ihm mit seiner Pistole einen Schuss hinterhergejagt. Der Hund stob wütend kläffend davon und seinem Frankreich entgegen. Von drüben knallten bald auch ein paar Schüsse, wahrscheinlich weil sie sich dort tüchtig darüber ärgerten, dass wir ihren Foxl so prächtig instandgesetzt hatten.

Meine kleinen Soldatenfiguren schnitze ich neuerdings auf

einem Stuhl sitzend. Also nicht ich sitze auf einem Stuhl, ich schnitze vorwiegend im Liegen, sondern die Figuren sitzen auf einem Stuhl. Die Kameraden reißen sich geradezu um diese Figürchen. Sie schicken sie nach Hause zu ihren Lieben und behaupten in ihren Briefen, es handle sich um Unikate eines befreundeten Kameraden, der nach dem Kriege ganz zweifellos ein berühmter Holzbildhauer werden wird. Auch der Zugführer hat mir eine abgekauft.

Mein Kamerad Köhler hat mir ein neues Buch geliehen. Es ist ganz eigentlich ein altes, so abgegriffen wie sein Einband und so vergilbt die einzelnen Seiten sind. Köhler hat es offenbar recht oft gelesen oder verliehen. Es handelt von einem wagemutigen englischen Seemann, der im tiefsten Schwarzafrika einen unheimlichen Fluss hinauffährt und dabei Vorkommnisse erlebt und Menschen begegnet, die man sich selbst in den allerdunkelsten Stunden nicht auszudenken in der Lage ist. Gegen Ende der Erzählung trifft der Seemann auf einen Menschen, dessen Herz und Seele so finster und so unsagbar böse sind, dass es einem allein beim Lesen ganz kalt wird. Der Mann hat sich inmitten des afrikanischen Dschungels einen Handelsposten und die dortigen Eingeborenen untertan gemacht und herrscht dort nach Gutdünken, wie es ihm gefällt. Es stecken abgeschnittene Köpfe auf Pfählen, und alles ist so übertrieben und gänzlich undenkbar entsetzlich, bis einem endlich wieder einfällt, dass es sich ja nur um eine Erzählung handelt, die jemand ersonnen hat, und nicht um unsere reale Welt und echte Menschen und Taten. Das Buch war recht spannend geschrieben, doch es hat mich insgesamt ins Zweifeln gebracht über die Leserei. Sie kostet Zeit in rauen Mengen und auch erheblich Aufmerksamkeit, und dann wird einem etwas aufgetischt, das am Ende doch haarsträubend ausgedacht ist. Denn so fürchterlich, so grausam ist ja kein

Mensch, so böse kann doch keiner sein. Mir hat dieses Buch das Lesen ein wenig verleidet.

Den Teil des Briefes über das geliehene Buch habe ich im Übrigen selbst verfasst und ins Reine geschrieben, ganz ohne den Kameraden Köhler. Ich habe mich nicht getraut, ihm einen Brief zur Korrektur vorzulegen, in dem ich als nahezu gänzlich Unbelesener über das von ihm empfohlene Buch zu schimpfen wage. Ich finde, der Absatz ist mir nicht schlecht gelungen. Ich hoffe, du erkennst, ich mache Fortschritte.

Ich wurde inzwischen zum Gefreiten befördert, und der Biss des Foxls an meiner rechten Hand ist längst verheilt. Du siehst, es geht mir gut.

Es grüßt dich herzlich

Heil Hitler

Simon

+++

Dachau, 13. Mai 1940
Lieber Simon,
jetzt hat er also begonnen, der Feldzug gegen Frankreich. Ich
bete jeden Tag nach dem Aufwachen und vor dem Schlafen-
gehen für dein Wohlaufsein und deine Gesundheit. Wie euch
vor ein paar Wochen der Foxl zugelaufen ist, so ist mir wegen
der geradezu unanständigen Aggression der Franzosen gegen
euch an der Westfront der Glaube an den Herrgott zugelaufen. Er tat dies einfach so, gänzlich ohne mein eigenes Zutun
und Wollen. Wobei das Wort Glaube es nicht ganz trifft, es
ist vielmehr ein hoffender Zweifel oder eine zweifelnde Hoffnung, es möge doch ein höheres Wesen existieren, das schüt-
zend seine Hand über dich hält. So es tatsächlich einen Herrgott gibt, kann es gewiss nicht schaden, ihn um deinen Schutz
zu bitten. Ich rede mir ein: Damals mit dem Kerzenanzünden
in der Jakobskirche gegen meine Träume hat ein bisschen
Glauben ja auch geholfen.

Ich habe hinlänglich Zeit über derlei Fragwürdigkeiten und
vermeintliche Zusammenhänge nachzusinnen, da es in der
Arbeit ohnehin nicht viel zu erledigen gibt. Bei uns an der Heimatfront gilt es nach Möglichkeit Papier zu sparen, weshalb
wir in der Schreibstube weniger Seiten zu füllen haben. Freilich nicht ohne dabei unsere Aufgabe zu vernachlässigen, die
Dachauer Volksgenossen über sämtliche Ereignisse des Tages
und die erforderlichen Notwendigkeiten vollumfänglich und
nach bestem Gewissen zu informieren. Die Zeitung quillt
über von sich alle paar Tage wiederholenden Mitteilungen der
Partei und aus dem Rathaus, die wir unverändert ins Blatt nehmen. Aufrufe, immer wieder Aufrufe:

Gebt Acht, dass ihr in den Gaststätten mit euren Zigaretten

keine Löcher ins Tischtuch brennt, denn ein Ersatz der Tücher ist nicht möglich!

Verursacht auf eurem nächtlichen Heimweg keinerlei Lärm, denn unter diesem leidet nicht nur die Nachbarschaft, sondern auch der gute Ruf des Wirts und dessen Gastwirtschaft![58]

Überprüft eure Luftschutzbereitschaft! Haltet euch an das Rauchverbot im Walde![59]

Ach, mein lieber Simon, was sind unsere winzigen Problemchen und Unannehmlichkeiten gegen die euren, die ihr nun mitten im Feuer steht! Zum Luftschutz habe ich dir einen Aufruf aus dem Amper-Boten beigelegt. Es gibt tatsächlich immer noch Volksgenossen, die sich über die Regeln des Luftschutzes entrüsten, dabei sind diese ohne großen Aufwand einzuhalten und im Vergleich zu eurer Opferbereitschaft geradezu Lappalien, die einen jeden zutiefst beschämen müssen, der sie nicht anstandslos zu erledigen gewillt ist. Doch lies selbst.

Seitdem du im Felde stehst, liest du ja recht gern. Womöglich findest du meine beigelegten Berichte interessanter als die Literaturempfehlungen deines Kameraden Köhler, die mir nach deiner Schilderung wie die Ratschläge eines doch recht verstörten Geistes vorkommen wollen.

Während der ereignislosen Tage vor dem 10. Mai und dem Beginn des Kriegsgewitters im Westen hat hier bei uns die Dachauer Künstlerschaft für Furore gesorgt, genauer gesagt ein Bericht über eine Sommerausstellung vergangener Jahre, die dank der tatkräftigen Unterstützung des Propagandaministeriums und der eifrigen Mitarbeit des Dachauer Künstlers August Kallert schon seit längerer Zeit in Südamerika gezeigt wird. Die Ausstellung war bereits in Sao Paulo zu sehen, danach in Rio de Janeiro und nun wird sie in Porto Alegre aufgebaut. Uns hat die Übersetzung eines Berichts erreicht, der in einer brasilianischen Monatsschrift erschienen ist und in dem die Werke der Dachauer Künstler die allergrößte Wertschätzung erfahren. Diese herrliche Außergewöhnlichkeit, die sich derzeit tausende Kilometer von unserer geliebten Heimat abspielt, mochte sich in Dachau freilich gern ein jeder ausmalen: Wie die Brasilianer, unter welchen es freilich auch zahlreiche von deutschem Blute gibt, unsere Dachauer Nebellandschaften, unsere Amper und unsere Bauernköpfe betrachten und aus dem Staunen nicht mehr herauskommen. So werben also auch unsere Dachauer Künstler während des Krieges im Ausland für die deutsche Art und das deutsche Wesen.[60] Ich mag mir gern ausdenken, wie sehr sich die Brasilianer eine hinreißende Landschaft wie jene unserer Amperauen in ihr tristes Südamerika hineinwünschen.

Gestern wurde ich in der Schleißheimer Straße Zeuge eines kleinen Zwischenfalls. Ich war dort zugegen aus einem allzu sentimentalen Grunde, der mir gleichzeitig zuwider aber doch ein innigliches Anliegen sein wollte. Ich mochte an dem dort befindlichen winzigen und heimlichen Mahnmal, das an die junge Frau erinnert, die ich damals ins Krankenhaus zu verbringen mitgeholfen hatte, ein Liliensträußchen niederlegen. Du musst wissen, mit dem Glauben und der Hoffnung, dass es ein höheres Wesen geben mag, das dich beschützt, ist auch die Erinnerung an die Sterbende zurückgekehrt, der ich damals nicht zu helfen vermochte, ja nicht einmal daran dachte, ein Stoßgebet für sie gen Himmel zu richten. Jedenfalls schoben und zogen gestern ein paar Gestreifte, sie zählten in etwa ein knappes Dutzend, unter der Bewachung von zahlreichen SS-Männern auf der Schleißheimer Straße einige Handkarren dem Lager zu. Wir haben eine solche Szenerie in den letzten Jahren ja gelegentlich zu sehen bekommen, wenn Häftlingstrupps allerlei Notwendiges von der Stadt nach dem Lager verschafften oder umgekehrt vom Lager nach der Stadt hin. Ich mochte nicht genau hinsehen, bis eine Frau des Wegs kam und sogleich zu zetern begann: Für die Dachauer Bevölkerung gebe es Lebensmittel längst nur noch gegen Marken, aber die werten Gäste im Lager dürften sich nach Herzenslust die Karren vollschaufeln mit den prächtigsten Speisen. Ein stattlicher SS-Mann hieß das Weib sogleich zu schweigen, doch dieses war im Begriff, nun erst richtig loszulegen mit ihrer Tirade. Sie habe fünf Kinder durchzubringen, die beiden Ältesten stumpfsinnig und noch dazu von der Kinderlähmung verkrüppelt, der Gatte Kriegszitterer, bis ihn der Herrgott zur ewigen Ruhe gerufen habe, die jüngeren Kinder noch in der Schule, der Allerjüngste klumpfüßig, asthmatisch und wehleidig.

Lieber Simon, du wirst es wohl längst erraten haben, dass es das stadtbekannte Lumpenreserl war, das da so eifrig vor sich hin schimpfte und vom Leder zog. Es hat in Dachau schon allerlei Gerede gegeben, dass das faltige Lügenmaul sich neuerdings auf das Auflauern von Häftlingstrupps spezialisiert hat. Jetzt habe ich dies durchaus beeindruckende Schauspiel zum ersten Mal mit eigenen Augen gesehen. Einer der SS-Männer griff nach einem kleinen Kartoffelsack und warf diesen dem Reserl zu. Ganz nämlich unterhält die SS direkt in unserer Altstadt ein Kartoffellager, von dem allerlei Säcke hin und her gehen.[61] Das Reserl versprach dem SS-Mann sogleich, ihn fortan in seine Gebete aufzunehmen. Der SS-Mann lachte herzlich und entgegnete, er fürchte fürderhin den Tag, an dem dies nicht mehr geschehen möge, und gab dem alten Weib den Hinweis, dass es in der Würmstraße womöglich etwas Geräuchertes abzustauben gab. Dort entlang sei gerade ein Trupp unterwegs, der das Rauchfleisch eines geschlachteten SS-Gauls zurück in die Garnison bringe. Dies wäre eine seltene

Gelegenheit für sie, meinte der SS-Mann. Die vor kurzem in Brand geratene Räucherstube im Lager wäre bald wieder instandgesetzt, und dann wäre wieder Schluss mit ihrer leidigen Lebensmittelbettelei. Auf den Hinweis des SS-Mannes hin hastete das Lumpenreserl augenblicklich davon, um in der genannten Würmstraße vielleicht noch Beute zu machen. Aus dem löchrigen Kartoffelsack, den es sich über die Schulter geworfen hatte, kullerten Kartöffelchen, als wäre das Lumpenreserl ganz unwillkürlich nicht eine kleine alte Hexe, sondern gänzlich im Gegenteil eine Gretel, die sich mit Brotkrumen den Rückweg markierte. Ich bin ihr ein wenig gefolgt und habe dabei eine stattliche Anzahl an Erdäpfeln auflesen können. Das Lumpenreserl wird auch ohne seine unwissentlich gelegte Kartoffelfährte den Weg zurück in die Armensiedlung gefunden haben, und die Hauswirtin freute sich recht herzlich über den knapp halben Schock Kartoffeln, den ich ihr in sämtlichen meiner Hosen- und Westentaschen nach Hause tragen konnte. Was nicht mehr in meine Taschen passte, verstaute ich in meinen Strümpfen. Ach Simon, ich habe nie so stramme Waden besessen wie an diesem Tag.

Du siehst, es mag sich einiges ein wenig verändert haben in unserm schönen Dachau, seitdem du uns verlassen musstest, aber eines wird wohl immer bleiben, wie es war: das Lumpenreserl mit seinen reichlich originellen und bisweilen entlang der Grenze zur Unverschämtheit schrammenden Einfällen, sich durchzuschlagen. Ich glaube beinah, dass wir Gesegneten, die nur an der Heimatfront dienen, uns so lange keine Sorgen machen müssen um unser Wohlergehen, wie das alte Lumpenreserl in seiner Unverwüstlichkeit zu bestehen vermag.

Ich wünsche dir ein solches unverwüstliches Lumpenreserl hinüber an die Westfront, das dich bestehen macht und obsiegen lässt über alle Widrigkeiten und Fährnisse. Komm gesund zurück!

Beigelegt sind einige Berichte, von denen ich hoffe, sie könnten dich interessieren. Es ist auch ein Aufruf des Führers höchstpersönlich dabei, da ich nicht weiß, ob du ihn hören oder lesen konntest, da ihr ja nun leider, und dies gewiss zu des Herrgotts ärgstem Missfallen, unter Feuer steht.

Heil Hitler

Johann.

+

Aufruf des Führers

Soldaten der Westfront! Die Stunde des entscheidenden Kampfes für die Zukunft der deutschen Nation ist gekommen. Seit dreihundert Jahren war es das Ziel der englischen und französischen Machthaber, jede wirkliche Konsolidierung Europas zu verhindern, vor allem aber Deutschland in Schwäche und Ohnmacht zu halten. Zu diesem Zweck hat allein Frankreich in zwei Jahrhunderten Deutschland einunddreißigmal den Krieg erklärt.

Seit Jahrzehnten ist es aber auch das Ziel der britischen Weltbeherrscher, Deutschland unter allen Umständen an seiner Einigung zu hindern, dem Reich aber jene Lebensgüter zu verweigern, die zur Erhaltung eines 80-Millionen-Volkes notwendig sind. England und Frankreich haben diese ihre Politik durchgeführt, ohne sich dabei um das Regime zu kümmern, das jeweils in Deutschland herrschte. Was sie treffen wollten, war immer das deutsche Volk. Ihre verantwortlichen Männer geben dieses Ziel heute auch ganz offen zu. Deutschland soll zerschlagen und in lauter kleine Staaten aufgelöst werden. Dann verliert das Reich seine politische Macht und damit die

Möglichkeit, dem deutschen Volk seine Lebensrechte auf dieser Erde zu sichern. Aus dem Grund hat man auch alle meine Friedensversuche zurückgewiesen und uns am 3. September vorigen Jahres den Krieg erklärt. Das deutsche Volk hat keinen Hass und keine Feindschaft zum englischen oder zum französischen Volke. Es steht aber heute vor der Frage, ob es leben oder untergehen will. In wenigen Wochen hatten die tapferen Truppen unserer Armeen den von England und Frankreich vorgeschickten polnischen Gegner niedergeworfen und damit die Gefahr aus dem Osten beseitigt.

Nun ist das eingetroffen, was wir schon seit vielen Monaten immer als eine drohende Gefahr vor uns sahen. England und Frankreich versuchen unter Anwendung eines gigantischen Ablenkungsmanövers im Südosten Europas über Holland und Belgien zum Ruhrgebiet vorzustoßen.

Soldaten der Westfront! Damit ist die Stunde nun für euch gekommen.

Der heute beginnende Kampf entscheidet das Schicksal der deutschen Nation für die nächsten tausend Jahre. Tut jetzt eure Pflicht. Das deutsche Volk ist mit seinen Segenswünschen bei euch.

Berlin, 10. Mai 1940.

Adolf Hitler[62]

+

Überprüft eure Luftschutzbereitschaft!
Dringender Appell des Reichsluftschutzbundes an die Bevölkerung. Von der Landesgruppe VII Südbayern-Tirol des RLB wird mitgeteilt:

Der Schicksalskampf des deutschen Volkes ist in ein entscheidendes Stadium getreten. Dem totalen Angriff wird eine totale Abwehr entgegengestellt! Jede Luftschutzgemeinschaft muss einen unüberwindlichen Wall des Widerstandswillens bilden, an dem jeder feindliche Angriff zerschellt. Es ist daher notwendig, dass jede Luftschutzgemeinschaft sofort ihre Luftschutzbereitschaft überprüft.

1. Selbstschutzgeräte bereitstellen:

Die für den Selbstschutz erforderlichen Geräte müssen, soweit noch nicht geschehen, dem Luftschutzwart zur Verfügung und in den Treppenhäusern bereitgestellt werden. Erforderlich ist besonders die Bereitstellung von Löschgeräten und Wasserbehältern. Die Löschwasservorräte sind aufzufüllen. Jedes Haus muss in der Lage sein, auch bei Störungen der Wasserleitung Brände bekämpfen zu können.

2. Speicher entrümpeln:

Die Dachspeicher sind nochmals auf den Zustand ihrer Entrümpelung zu überprüfen. Dinge, die sich anderweitig im Haus unterbringen lassen, und die geeignet sind, auf dem Speicher die Entstehung eines Brandes zu erleichtern oder das Löschen zu erschweren, sind zu beseitigen.

3. Luftschutzräume herrichten:

Die Luftschutzräume sind so herzurichten, dass sie der Luftschutzgemeinschaft erforderlichenfalls den größtmöglichen Schutz bieten. Die Splittersicherungen an den Fenstern sind, soweit sie nicht mehr sicheren Schutz bieten, zu erneuern beziehungsweise zu verbessern. Die Inneneinrichtung des Luftschutzraumes ist so auszugestalten, dass ein Aufenthalt im Luftschutzraum erleichtert wird.

4. Restlos verdunkeln:

Besonders notwendig ist es, die Verdunklungsmaßnahmen nochmals zu überprüfen und täglich zu überwachen. Der geringste Lichtschein, der aus den Häusern nach außen dringt, erleichtert den feindlichen Flugzeugen die Orientierung und gefährdet damit die Sicherheit der Luftschutzgemeinschaft.

Alle diese Maßnahmen haben jedoch nur dann einen Sinn, wenn sämtliche Angehörigen der Luftschutzgemeinschaft bereit sind, sich unter der Führung ihres Luftschutzwartes in der Stunde der Gefahr restlos zum Schutze der Luftschutzgemeinschaft einzusetzen. Für jeden Einzelnen gilt das Wort Hermann Görings: „Wenn jeder Einzelne für das Ganze eintritt, dann ist auch das Ganze der sicherste Hort des Einzelnen."[63]

+

Wer ist ein Luftschutzsünder?

Wissen Sie denn, wer ein Luftschutzsünder ist? Wer ein Zimmer betritt, das Licht einschaltet und dann erst verdunkelt, der ist ein Luftschutzsünder. Wer das Licht nur mal eben in einem Raum mit nichtverdunkeltem Fenster einschaltet, um irgendetwas aus dem Raum zu holen, der ist ein Luftschutzsünder wider die Gemeinschaft. Wer schadhaft gewordene oder nur schlecht abschließende Verdunkelungsanlagen nicht ausbessert. Wer des Glaubens ist, der feindliche Flieger sähe nicht auch die Hinterfronten der Häuser. Oder noch schlimmer, wer vergisst, eines oder mehrere Fenster oder sonstige Lichtaustrittsöffnungen überhaupt zu verdunkeln, der ist ein elendiger Luftschutzsünder! Einige solche erbärmliche Luftschutzsünder in einer einzigen Stadt können bereits die Verdunklungsdisziplin aller pflichtbewussten Familien wirkungslos machen!

Auch bei uns in Dachau ist in letzter Zeit wieder bei einigen Unentwegten eine gewisse Laxheit eingetreten. Es sieht ja doch niemand, das ist ihre Ausrede. So sieht man abends oft bald in der unteren und dann wieder in der oberen Stadt ein

Fenster im hellen Lichtschein aufblitzen. Wenn auch nur für einige Augenblicke, aber immerhin, die Abdunkelung der übrigen Volksgenossen ist damit wieder im Ernstfalle umsonst gewesen.

Die Fenster nach den Hinterhöfen sind ein besonderes Kapitel. Da kann man von der Straße aus nicht hinsehen, da ist also die Abdunkelung nicht so wichtig. Als wenn alleinig für die Polizeibeamten abgedunkelt werden müsste, könnte man hier meinen. Von oben ist der Lichtschein zu sehen, ganz gleich, ob er von der Straßenseite oder aus dem Hinterhofe kommt.

Auch unter den Verkehrsteilnehmern findet man heute immer noch Sünder. Kraftfahrzeuge haben ja bei uns in Dachau alle abgedunkelt – aber die Radfahrer! Wenn heute einer hier immer noch seine Abdunkelung nicht angebracht hat, dann ist das schon etwas mehr als Leichtsinn. Immer noch trifft man diese merkwürdigen Zeitgenossen an, wenn auch nur vereinzelt. Für sie gibt es anscheinend keinen Krieg und auch keine Volksgemeinschaft, denn ihr zuliebe müssten sie schon ihr Fahrzeug in Ordnung bringen. Hier wäre schon bald eine exemplarische Strafe am Platze, denn im neunten Kriegsmonat kann man sich schon etwas umgestellt haben. Wenn's auch schwerfallen sollte, die anderen – die Anständigen – haben's ja auch gekonnt!

Mehr gibt es zu diesem leidigen Thema einstweilen nicht zu sagen.[64]

Frankreich, 3. Juni 1940

Lieber Volksgenosse Johann,

zunächst und vor allem: Ich bin gesund, es geht mir gut. Wir stehen längst tief im Feindesland. Doch Stehen will ganz eigentlich die falsche Begrifflichkeit sein. Der Franzose rennt so schnell vor uns davon, dass wir ihm nahezu unmöglich hinterherkommen. Es gibt so viel zu tun: Vormarsch am Tage, Kilometer für Kilometer eilen wir nach Westen. Gegen Sonnenuntergang umzingeln wir ein uns für das Nachtlager geeignet erscheinendes Gehöft. Im Anschluss Einnahme, Durchsuchung und Absicherung desselben, nachts Patrouille und gewissenhafter Wachdienst nach allen Seiten hin. Uns bleiben zumeist nur vier Stunden Schlaf. Am nächsten Tag die eben geschilderte Prozedur aufs Neue, nur dreißig Kilometer näher an Paris.

Mir bleibt nicht viel Zeit, dir zu schreiben, ich muss bald auf Patrouille. Unser Zug hat seine ersten bitteren Verluste erlitten. Zwei Kameraden haben Schrapnell abbekommen. Einer war auf der Stelle tot, er war ein Kamerad aus dem schönen Chiemgau, in den er nun nie wieder zurückkehren wird. Ich habe den gefallenen Kameraden nicht gesehen. Es geschah auf Patrouille, während ich mit meiner Gruppe beim nächtlichen Essenfassen anstand. Ich gestehe, ich bin heilfroh, dass ich nicht dabei gewesen bin. Die Kameraden, die auf Patrouille waren und es mit eigenen Augen gesehen haben, schweigen sich aus über das Geschehene. Er muss schrecklich ausgesehen haben. Unter vorgehaltener Hand raunt man sich zu, es hätte den Chiemgauer direkt an der Kehle erwischt und an selbiger unrettbar aufgeschlitzt. Dem Zweiten, er stammt vom Schliersee, hat es den rechten Arm bis zum Ellenbogen hinauf zerfetzt. Ein paar Tage nach dem Vorfall erhielt der Zugführer die erleichternde Nachricht aus dem Lazarett, dass er es geschafft hat. Er wird seinen Schliersee bald wiedersehen. Allein für das winterliche Stockschießen auf dem zugefrorenen See, von dem er uns so gern erzählte, wird er sich künftighin auf den linken Arm verlegen müssen. Unser Zugführer hat uns ermahnt, bloß nicht zu glauben, der unglückselige Vorfall wäre eine Ausnahme oder gar eine Einzigartigkeit in diesem Feldzug. Jederzeit und überall müssten wir mit perfiden Retourkutschen und anderen garstigen Hinterlistigkeiten der Franzosen rechnen.

Wir Gesunden rücken weiter auf Paris vor, unseren Panzern eilig hinterher. Wenn es weiterhin so rasch vorangeht, kann ich meinem nächsten Brief an dich eine Ansichtskarte vom Eiffelturm hinzustecken.

Ich hoffe, es geht dir gut. Grüß mir die Hauswirtin recht herzlich.

Heil Hitler

Simon.

+++

Dachau, 29. Juli 1940
Lieber Simon,

ich komme mir so nutzlos vor wie keiner auf der Welt. Du in Paris, der Eberhart in Polen, und ich daheim im sicheren Dachau. Wenigstens haben meine Gebete geholfen: Du bist gesund und munter. Herzlichen Dank für die Postkarte mit dem Eiffelturm auf der Vorderseite. Wir haben die Karte in der Küche aufgestellt, gleich neben der Todesanzeige vom älteren Eberhart. Du musst wissen, der ältere Eberhart, er ist gestorben.

Man hat dem jüngeren Eberhart nach Polen geschrieben, dass sein Bruder verstorben ist, und er hat es daraufhin uns geschrieben. Seinen Brief habe ich dir beigelegt, ebenso die von der Hauswirtin und mir in Auftrag gegebene Traueranzeige. Auch du sollst wie wir hier in der Küche eine solche bei dir haben, schließlich war der ältere Eberhart doch immer ein netter und reeller Bursche, der des Erinnerns und Gedenkens allezeit wert ist.

Die Hauswirtin kommt aus dem Weinen nicht mehr heraus. Einmal weint sie, weil der ältere Eberhart gestorben ist, dann weint sie vor Erleichterung, wenn Post von dir oder dem jüngeren Eberhart im Briefkasten liegt. Alsbald rinnen ihr wieder die Tränen übers Gesicht, wenn sie im Hof an deinem halbfertigen Kaninchenstall vorüberläuft. Ich habe ihr ausgerichtet, dass es dir nichts ausmacht, wenn ein anderer die Kästen fertigstellt, damit sie endlich mit ihrer kleinen Zucht beginnen kann. Doch sie will kein Wort davon hören. „Die Kästen macht der Simon fertig und sonst keiner", hat sie gesagt. Sie lässt da kein Wort mit sich reden. Heute habe ich die Kästen vom Hof in den Schuppen geräumt, damit sie nicht dauernd an ihnen vorbeigehen und daraufhin weinen muss.

Meine Arbeitstage beim Amper-Boten verbringe ich seit Monaten nahezu ausschließlich mit belanglosen Nichtigkeiten. Stell dir vor, während ihr im Westen Frankreich im Sturm erobert und die wehleidigen Engländer über den Ärmelkanal vom Kontinent gejagt habt, hatte ich über die Eröffnung der Dachauer Kunstausstellung und den neuesten Kinofilm im Lichtspielhaus zu berichten, *Die blonde Christl*, eine ganz gewiss gelungene Ganghofer-Verfilmung. Ich habe wieder einige meiner Berichte ausgeschnitten und beigelegt, damit du dir mit eigenen Augen eine Vorstellung von meiner Nutzlosigkeit machen kannst.

Kannst du dich an den Bericht über den jungen Zimmermann Ammann erinnern, der vor dem Krieg auf einem Gutshof in der Rothschwaige von einem Heuballen erschlagen wurde? Nun haben seine Eltern auch ihren zweiten Sohn verloren. Er ist gefallen.

Die Hauswirtin und ich grüßen dich ganz herzlich. Pass um Gottes Willen auf dich auf, wie der Herrgott seinerseits auf dich aufzupassen geruht.

Heil Hitler

Johann

+

Polen, 13. Juli 1940

Verehrte Frau Hauswirtin, lieber Johann,

es ist etwas Schreckliches geschehen: Mein geliebter Bruder ist tot. Ich habe einen Brief aus Hartheim in Österreich erhalten, wohin mein Bruder jüngst in eine Heilanstalt verbracht wurde, um dort seine Genesung weiter voranzubringen. Man schrieb mir, dass es dort erfahrene Ärzte gibt, die sich mit der Behandlung von Stromverunfallten ganz besonders gut auskennen. Kaum dort angekommen hat mein Bruder jedoch im Schlaf einen Hirnschlag erlitten, vermutlich den Strapazen der Verbringung geschuldet, und ist am nächsten Vormittag gestorben. Man teilte mir zum Troste mit, dass er nicht gelitten hat.[65]

Indes dies will mir keine rechte Tröstlichkeit sein. Nunmehr und vielleicht für alle meine Zeiten hier auf Erden bin ich ganz allein auf dieser Welt. Wer weiß, womöglich werde ich den Bruder recht bald wiedersehen. Mein Hauptsturmführer befehligt jetzt ein Kommando, das im ländlichen Polen nach Widerstandsnestern sucht. Überall, wo wir des Weges kommen, trachtet man uns mit blanker Gewissenlosigkeit und Hinterlist nach dem Leben. Wir müssen fleißig Gebrauch machen von der Luger, um all der Widerlinge und Übelgesinnten Herr zu werden und ihnen ihre abenteuerlichen Flausen auszutreiben. Die von uns gestellten Polen, meist und vielgestaltig handelt es sich bei diesen um Judenpack, sehen zu allermeist nicht so hinterlistig aus, wie sie tatsächlich veranlagt sind. Manch eine dieser Gestalten lächelt dir recht treuherzig und hoffnungsfroh ins Gesicht, als könnte er kein Wässerchen trüben. Aber du weißt genau, hielte er anstelle deiner die Waffe in der Faust, er würde sogleich nicht mehr lächeln, sondern dich kaltherzig und gewissenlos über den Haufen schießen, ohne dir dabei in die Augen zu schauen.

Ich habe mich entschieden: Ich blicke fortan auch nicht mehr in Augen. Ich sehe nur noch meinen toten Bruder vor mir. Es zerreißt mir das Herz, dass er allein gestorben ist, und ich weit weg von ihm war und ihm nicht die Hand halten konnte in seinen letzten und einsamsten Stunden auf dieser elenden Welt.

Im Osten geht gerade in diesem Augenblick die Sonne auf.

Ich will nicht hinsehen.
Heil Hitler,
Eberhart

✝

Mein geschätzter Mieter, mein Mitbewohner im Gesellenhaus,
Peter Eberhart,
Bauhelfer,
ist Ende Mai in der Genesungsanstalt im
Schloss Hartheim bei Linz seinem langen Leiden erlegen.
Wir werden ihn nicht vergessen,
Inge Schwarz, Vermieterin,
und Johann Bauer
im Namen sämtlicher Mieter.

✝

Unser lieber, braver Sohn,
Vitus Ammann,
Feldwebel der Luftwaffe,
ist am 29.06.1940
in einem Lazarett in Göppingen
nach schwerster Verletzung im Alter von 24 Jahren

den Heldentod gestorben.
Er ist nicht umsonst gefallen.
Er gab sein junges Leben
dem deutschen Volke, damit dieses
leben kann und einer freien Zukunft
entgegengeht. Dem geliebten Führer weihte
er sein ganzes kurzes Dasein.
In tiefer Trauer die Eltern Bartholomäus und
Hilde Amman nebst den Verwandten.
Der Heldengottesdienst wird noch bekanntgegeben. [66]

✝

Unser lieber, braver Sohn,
Josef Eichendorf,
Unteroffizier in einem Gebirgsjägerregiment,
ist im Alter von 26 Jahren am 30.06.1940 in
Frankreich den echten Soldatentod für
seinen Führer und das deutsche Volk gestorben.
Mit Leib und Leben war er Soldat.
Sein tapferes Verhalten vor dem Feinde
wird von seinen Vorgesetzten besonders gerühmt.
In tiefster Trauer die Eltern
Josef und Kreszenz Eichendorf

im Namen der Verwandten.
Der Trauergottesdienst findet am
11. Juli, 8.30 Uhr
in der Pfarrkirche St. Peter zu
zu Ampermoching statt.[67]

+

Feierstunde im Dachauer Schloss – Eröffnung der Kunstausstellung Dachauer Land und Leute
Die Dachauer Künstlerschaft hatte für Sonntagvormittag zur Eröffnung der Ausstellung *Dachauer Land und Leute* in die Räume des Schlosses geladen. Leider musste der Festakt auch diesmal wieder nur im kleinen Rahmen abgehalten werden, da die Renovierungsarbeiten im Vestibül noch nicht fertiggestellt sind.

Der Vorsitzende der Dachauer Künstlerschaft, August Kallert, begrüßte auf das Herzlichste die Erschienenen, vor allem Regierungspräsident Gareis, die Vertreter der staatlichen und städtischen Behörden, die Künstlerschaft und so weiter. Er sagte, dass man bewusst wieder das alte Motto *Dachauer Land und Leute* gewählt hat, um das Einheimische und Bodenständige in der engeren Heimat wachzuhalten. Viel vermochte die Künstlerschaft schon beizutragen, die Sitten und Bräuche im Dachauer Land zu pflegen.

Nun ergriff der Regierungspräsident, Parteigenosse Gareis, das Wort. Er sprach davon, dass die Wehrmacht einen entscheidenden Kampf siegreich abschloss, und England in einen Ausnahmezustand nie erlebten Ausmaßes verfiel, während im großdeutschen Raum das Kulturleben ungestört weitergeht. Die Kunst verliere nicht in diesem Kriege, im Gegenteil träfe man in München bereits wieder die eifrigsten Vorbereitungen zur Eröffnung der großen deutschen Kunstausstellung, und auch in Dachau könne die althergebrachte Ausstellung der Dachauer Künstlerschaft ohne Störung eröffnet werden.

Parteigenosse Gareis wies besonders auf die Haltung der Heimatfront gegenüber der Kampffront hin und ermahnte hier besonders, einen innigen Kontakt herzustellen und zu halten. Die ganze Nation muss nun den einzigen Willen haben, nun den letzten und mordgierigen Gegner England zu zerschlagen. Große Aufgaben werden an uns herantreten, wenn dieser Krieg vorüber ist. Diese zu meistern ist eine Selbstverständlichkeit für uns Deutsche.

Mit herzlichen Worten dankte der Regierungspräsident den Künstlern für ihren Mut, in der Kriegszeit unbekümmert die Ausstellung durchzuführen. Den Schluss seiner Ansprache bildete das Gedenken an den Schöpfer Großdeutschlands, an den Förderer deutscher Kunst, an den siegreichen Feldherrn Adolf Hitler. Ihm galt das dreifache Sieg Heil, in das die Versammelten begeistert einstimmten.

Dem Weiheakt schloss sich ein Rundgang durch die Ausstellung an. Herrliche Bilder zeigen uns Dachaus reizvolle Landschaft und Dachaus Volk, so wie es vor hundert Jahren lebte und noch heute lebt.

Ein Bild, eine ganz entzückende Dachauerin, erwarb der frühere langjährige Dachauer Bürgermeister, der Bürgermeister von Traunstein, Parteigenosse Seufert.[68] Dem Vorsitzenden der Dachauer Künstlerschaft, August Kallert, ist dadurch gleich eine ganz besondere Ehrung widerfahren, wird sein Werk nun sicher das Rathaus in Traunstein zieren und den Namen Dachaus hinaustragen ins herrliche Oberland. Parteigenosse Seufert hat mit diesem Kauf bewiesen, dass er heute wie einst mit Dachaus Künstlerschaft aufs Engste verbunden ist.

Nach dem Rundgang trafen sich alle Gäste zu einer frohen Runde in der Zieglerveranda. Noch lange saßen die Künstler und ihre Gäste gesellig zusammen, um den großen Tag der Ausstellungseröffnung nach monatelangem Schaffen ausklingen zu lassen.[69]

+

Auch die Braut erhält Trauerkleidung
Der Sonderbeauftragte für die deutsche Spinnstoffwirtschaft hat verfügt, dass der Personenkreis, welcher zum Bezug von Trauerkleidung zugelassen ist, dahingehend erweitert wird, dass nunmehr auch die Braut eines Gefallenen eine Bezugsberechtigte ist.

Bisher konnte die Braut eines Gefallenen Trauerkleidung nur mit ihrer Kleiderkarte beziehen. Nun, nachdem auch die Braut zu den nächsten Familienangehörigen gerechnet wird, erhält sie bei ihrem zuständigen Wirtschaftsamt einen Bezugsschein auf Trauerkleidung.[70]

+

Dachauer Film-Ecke: Die blonde Christl
Der berühmte Roman von Ludwig Ganghofer *Der Geigenmacher von Mittenwald* erfährt in diesem Film seine lebendige Wiedergabe. Die liebe, zarte Karin Hardt spielt in dem großen Werk die Hauptrolle, und dies allein dürfte schon genügen, um dem Film das Prädikat sehenswert zuzubilligen. Neben ihr die Meisterdarsteller Otto Wernicke, Theodor Loos, Rolf von Goth, Gertrud de Lalsky und Joe Stöckel. Ein erschütterndes Filmwerk rollt vor unseren Augen ab: Die Liebe des jungen

Geigenbauers Hans Brandtner zur schönen Christl Schröder, die beinahe an ihrer beiderseitigen Armut zerbrochen wäre. Ich sage beinahe, wenn nicht ein gütiges Schicksal ihnen geholfen hätte.

Man kann nicht die Handlung in nüchternen Worten schildern. Der Roman Ludwig Ganghofers ist zu berühmt, um darüber noch viele Worte zu verlieren. Tiefste Liebe, bitterste Entsagung und größtes Opfer sind die Grundzüge der Handlung, die fesselnd ist vom Anfang bis zum Ende. Der Film, der vor vielen Jahren als Stummfilm gezeigt wurde, führt uns in die herrliche Landschaft Mittenwalds. Glitzernde Schneelandschaften und Skifahrten fügen sich harmonisch in die wunderbare Handlung ein.

Selbstverständlich wird neben dem Hauptfilm noch die neueste Wochenschau gezeigt.[71]

+

Truppen kehren heim

Am Dienstagnachmittag kehrten motorisierte Verbände unserer Wehrmacht zurück. Trotz des strömenden Regens hatten sich tausende Volksgenossen mit heißem Herzen und glühender Begeisterung eingefunden, um die siegreichen Truppen willkommen zu heißen. Mit lachenden Gesichtern saßen und standen unsere Tapfersten in den Fahrzeugen, die ganz langsam an uns vorüberzogen.

Immer und immer wieder wurden Hände geschüttelt und Liebesgaben ausgeteilt. Vielen alten Mütterchen rannen die Tränen über die welken Wangen, als sie die stolze Jugend heimkehren sahen. Diesmal jedoch als Sieger. Die Fahrzeuge waren über und über in Blumen getaucht. Ein herrliches Bild deutscher Kraft und Stärke. Schade, dass der Wettergott so eine griesgrämige Miene aufgesetzt hatte. Hoffentlich ist er zur endgültigen Siegesfeier besser gelaunt.[72]

+++

Dachau, 5. September 1940
Lieber Simon,

du kannst dir nicht ausdenken, welch großartiges Abenteuer ich dieser Tage erleben durfte! Ich habe Kriegsluft geschnuppert, ganz unverhofft. Ich war bei unserem Dachauer SS-Regiment im Felde!

Ich will ganz gewiss nicht bös sein, wenn du dir jetzt denkst, der Johann ist über sein tatenloses Zurückgelassensein daheim in Dachau verrückt geworden und träumt sich in seiner Einsamkeit und Nutzlosigkeit an die Front. Doch jedes Wort, das ich dir schreibe, ist nichts als die reine Wahrheit, und nicht das Geringste mag übertrieben oder hinzuerdacht sein.

In meinem Brief vor zwei Wochen hatte ich erwähnt, dass unser Bürgermeister Dobler sich in den Kopf gesetzt hat, einen Lastzug mit Siegesgaben zusammenzustellen und diesen persönlich zu unserem Dachauer SS-Regiment nach Frankreich zu bringen. Freilich sollte auch ein trefflicher Schreiber die fröhliche Fahrt begleiten, um alles mit eigenen Augen zu sehen und daraufhin natürlich einen anschaulichen Reisebericht für die Dachauer Zeitungen zu verfassen. Du wirst dich nun gehörig wundern, weshalb denn die Wahl des Bürgermeisters in dieser höchstwichtigen Angelegenheit ausgerechnet auf mich gefallen sein mochte. Lieber Simon, ich kann dir verraten, dass der Bürgermeister natürlich einen anderen im Sinne hatte. Die Wahl Doblers fiel zuerst auf unseren Schriftleiter und naturgemäß nicht auf einen Niemand, wie ich einer bin.

Jedoch just am Abend vor der Abfahrt, die auf den frühen Morgen des nächsten Tages terminiert war und keinerlei Aufschub duldete, fing sich der Schriftleiter im Unterbräu mit dem Verzehr einer Milzwurst einen grimmig schwärenden Durchfall ein, der Stund auf Stund nicht enden mochte. Gegen dreiundzwanzig Uhr schickte der Schriftleiter also seine Gattin zum Hause des Bürgermeisters, um diesen über die beklagenswerte Missgeschicklichkeit und Tollpatscherei seiner Gedärme in Kenntnis zu setzen. Eine halbe Stunde später klopfte die Hauswirtin an meine Zimmertür, die nun schon allzu lang nicht mehr die deine und meine, sondern nur noch die meine ist.

Unten in der Küche saß die Gattin des Schriftleiters und bat mich sogleich inständig um meine Hilfe. Ich übertreibe nicht, ihr rannen bittere Tränen übers Gesicht. Als ich mich zu ihr setzte, begann sie augenblicklich, mir aufgeregt von der Kalamität zu berichten, in welcher ihr Gatte steckte. „Wie kann man überhaupt so narrisch und nachlässig sein, im Unterbräu eine Milzwurst zu essen, hat der Dobler getobt", beendete die Frau des Schriftleiters die Schilderung des Vorgefallenen.

„Da hat unser Bürgermeister mit Sicherheit recht. Es ist wirklich eine haarsträubend riskante Wette wider die eigene Verdauung, im Unterbräu eine Milzwurst zu essen. Das weiß doch jeder", murmelte die Hauswirtin, die sich während meines Gesprächs mit der Schriftleitersgattin an der Spüle mit geradezu unnachahmlicher Langsamkeit dem Auswaschen einer Teekanne widmete.

Kurz gesagt, Bürgermeister Dobler war nichts weniger als fuchsteufelswild, da ihm keine zehn Stunden vor der Abfahrt der Berichterstatter abgesprungen war. Wobei freilich in keiner Weise von einem tatsächlichen Abspringen die Rede sein konnte, da doch der Schriftleiter seit Stunden mit nackten Hinterbacken fest am Donnerbalken und damit unabänderlich auf dem traurigen Boden der allzu irdischen Tatsachen klebte.

Nun galt es also schnellstmöglich tauglichen Ersatz in Auftreibung zu bringen, auf dass der werte Herr Schriftleiter bei Bürgermeister Dobler nicht für immer und ewig in allergrößte Ungnade fiel. Ich sagte freilich augenblicklich zu, die Reise auf mich zu nehmen, lief in mein Zimmer, unser Zimmer, und packte eilig das Nötigste zusammen für die Expedition. So ging es Stunden später und nach einer vor Aufregung und Reisefieber schlaflos verbrachten Nacht auf große Fahrt für mich. Was ich erlebt habe, steht alles in meinem Reisebericht, der vor zwei Tagen im Amper-Boten erschienen ist. Ich habe ihn dir natürlich beigelegt.

Freilich bist du nach deinen Monaten in Frankreich ein weitaus erfahrener Experte, was die dortigen Verhältnisse, Geschehnisse und Eigentümlichkeiten anbelangt. Sei daher bitte nachsichtig mit mir und meinen Schilderungen. Es sind die Darlegungen der Erlebnisse und Eindrücke eines jungen Mannes, dem es bis vor wenigen Tagen noch nie vergönnt gewesen war, die Grenzen unseres schönen Bayernlandes zu überschreiten, und dem Frankreichs Felder, Fluren und Städte bislang einzig in der Wochenschau vor die Augen gerieten.

Seit gut zwei Wochen herrscht bei uns ein Tanzverbot.[73] Jedoch habe ich so viel Lob und Schulterklopfen für meinen Bericht über unsere Reise nach Frankreich erhalten, dass meine Beine vor Freude wild lostanzen wollen. Selbstverständlich versage ich mir derlei kindische Ausgelassenheiten. Zu groß sind meine Sorgen um deine Gesundheit und dein Wohlergehen.

Ich habe dir wieder einige Berichte über das Leben in unserer Heimatstadt Dachau ins Kuvert gesteckt. Bleib gesund!
Heil Hitler
Johann

+

Dachau macht Besuch an der Westfront

Zu Beginn des Krieges zog auch das unsrige Dachauer SS-Regiment unter der Führung seines Kommandeurs, SS-Standartenführer Simon, ins Feld. Überall war unser Regiment dabei. Als die deutsche Wehrmacht im Westen zum Kampfe gegen ihren alten Widersacher Frankreich antrat, da fanden wir an vorderster Stelle wiederum die SS-Division und damit unser Regiment. In einem Kampfweg – durch Holland und Belgien hindurch zum Kanal, durch ganz Frankreich hindurch bis nach Lyon, dann wieder quer durch Frankreich bis nach Bordeaux – von insgesamt über fünftausend Kilometer Länge hat das Regiment überall ruhmvollen Anteil an den siegreichen Kämpfen genommen und dem Ansehen der SS neue Geltung verschafft. Bald hatten die Männer des Dachauer SS-Regiments auch ihren Ehrennamen weg: Wegen ihrer buntgesprenkelten Tarnüberzüge wurden sie vom Gegner ehrfürchtig *Die Tiger* genannt.

Manches Frauen- und Mädchenherz bangte in der Heimat um ihr Liebstes an der Front – aber auch die ganze Stadt Dachau war in Gedanken bei ihrem Regiment und freute sich, als man nach Beendigung der siegreichen Kämpfe endlich einmal einen Standort des Regiments in Erfahrung bringen konnte. Was lag näher, als dass man sich darüber beriet, wie die Heimatstadt des Regiments demselben nun eine Freude machen und zugleich einen bescheidenen Dank abstatten könnte?

Vor ungefähr vier Wochen nahm der Vorschlag unseres Bürgermeisters, SS-Sturmbannführer Parteigenosse Dobler, einen Siegeslastzug selbst zum Regiment hinauszubringen, greifbare Formen an. Die Liebesgabenaktion wurde von

Kreisleiter Eder und Kreisamtsleiter Barbisch begeistert unterstützt und von Bürgermeister Dobler organisatorisch sofort tatkräftig in die Wege geleitet.

In kameradschaftlicher Weise stellte SS-Sturmbannführer Eichele einen Lastwagenzug zur Verfügung. Dachauer Geschäftsleute, die seit Jahren für die hiesigen Einrichtungen der SS große Lieferungen ausführen, stifteten die Mittel zur Beschaffung von dreißig Hektoliter Exportbier sowie vierzehntausend Zigaretten. Die Nationalsozialistische Volkswohlfahrt stellte zur Verfügung achtundvierzigtausend Zigaretten, viertausend Zigarren, zweitausend Beutel Früchtedrops, zwanzigtausend Rasierklingen sowie zweitausend Beutel getrocknete Früchte. Alles zusammen – vor allem das bayerische Bier und die deutschen Zigaretten – war eine hochwillkommene Spende für unsere tapferen SS-Männer.

Am Donnerstag, den 22. August, wurde sogleich nach der Verladung all dieser Liebesgaben abgefahren. Kreisleiter Eder, Kreisamtsleiter Barbisch, Bürgermeister Dobler und der Geschäftsstellenleiter der Ortsgruppe unserer SS, Parteigenosse Becht, fuhren im Pkw gewissermaßen als Transportführer und Quartiermacher voraus.

In Stuttgart wurde die erste Rast eingelegt. Hier wurde auf den Lastzug gewartet. Bei dieser Gelegenheit konnten wir uns von der vorbildlichen Sauberkeit Stuttgarts überzeugen – vor allem aber auch davon, dass keinerlei Spuren eines Bombenangriffs zu finden sind. Der Stuttgarter Hauptbahnhof hat keinen Kratzer, obwohl die Feindpropaganda davon sprach, dass er vollkommen zerstört ist. Auf dem Schlossplatz wurde eifrig gefilmt, und wir sahen dort Hunderte von Filmdarstellern und Komparsen aus der Zeit Friedrichs des Großen – ein farbenprächtiges Bild.

Nachdem wir uns gestärkt hatten, ging die Fahrt weiter bis

nach Kehl, wo übernachtet wurde. Kehl selbst zeigt keinerlei Spuren des Krieges, wie wir auch vorher, als wir Gebiete des Westwalls durchfuhren, kaum etwas von diesem bemerkt hatten.

Neben gut getarnten Bunkern, die man manchmal übersah, sieht man lediglich noch einige Drahtverhaue sich durch die Felder ziehen, die aber nun auch schon wieder abgebaut werden. Recht originelle Aufschriften an den einzelnen Bunkern melden uns, welche Besatzungen dort lagen.

Die Einwirkung unserer Waffen und damit den Krieg selbst sieht man erst beim Übergang über den Rhein bei Kehl nach Straßburg. Alle Brücken des Rheins und der Hafenanlagen sind gesprengt und durch tadellose Notbrücken mit verschiedener Tragfähigkeit ersetzt. Hier arbeitet vor allem die Organisation Todt wie ein wimmelnder Ameisenhaufen. Über all dem reckt sich das Straßburger Münster als das deutscheste Wahrzeichen dieser ewig deutschen Stadt in die Bläue des wolkenlosen Firmaments.

Von Straßburg weg ging die Fahrt in Richtung Kolmar und Belfort an alten Unterständen aus dem Weltkrieg vorbei. Auf dieser Strecke sieht man von den letzten Kämpfen keine Spur, mit Ausnahme einer Anzahl französischer Autos, die zerstreut links und rechts in den Straßengräben liegen.

In Belfort selbst sind ganz unwesentliche Zerstörungen festzustellen. Leben und Arbeit gehen dort ihren neuen Gang. Während wir im deutschen Elsass und Lothringen unsere Wünsche und Fragen immer noch äußern konnten, waren wir anderen jetzt, da wir in Frankreich waren, unserem Dolmetsch Karl Dobler ausgeliefert.

Von Belfort fuhren wir weiter über Besancon nach der Stadt Dijon. Auch diese Strecke ist vom Krieg kaum berührt. Lediglich an den sich nun links und rechts der Straße häufenden

Autokadavern erkennt man, wie sehr der Franzose hier von unseren motorisierten Truppen gejagt und überrannt wurde. Manchmal verdichtet sich dieses Bild zu direkten Autofriedhöfen. Dazwischen stehen ganze und verlassene Batterien von Feindgeschützen aller Kaliber. Die Straßen, die der Franzose nach dem letzten Kriege mit den von uns erpressten Reparationsgeldern baute, sind tadellos.

So fuhren wir denn von Dijon aus weiter und weiter, sahen da und dort auch manchmal die Einwirkungen unserer Stukas oder unserer Artillerie und kamen dann bei Einbruch der Dunkelheit endlich in die Ortsunterkunft unseres Regiments.

Die Begrüßung seitens des Offizierskorps war außerordentlich herzlich, und unsere Ankunft wurde sofort mit dem besten französischen Kognak begossen. Leider war der Kommandeur dienstlich abwesend und sollte erst zwei Tage später zurückkommen. Die Unterkunft im Regimentsstandquartier war tadellos, und so ruhten wir uns von der langen Fahrt erst einmal gehörig aus.

Der erste Tag wurde zur Besichtigung des Ortes verwendet. Es ist einer der ältesten Orte Frankreichs, mit einer Kirche aus dem achten Jahrhundert. Man merkt nur, dass im Laufe der Jahrhunderte verschiedene Baumeister daran arbeiteten. Anschließend besichtigten wir dann auch die Quartiere unserer SS-Kameraden und konnten uns von deren tadelloser Unterbringung überzeugen.

Wir überzeugten uns aber auch mit wachen Augen von der Lebensauffassung des Franzosen. Gutes Essen, prima Weine, ausgezeichnete Betten und an Arbeit nur, was man unbedingt zum Leben braucht. Das ist die Welt, in welcher der Franzose lebt.

Wenn man nur die Abort- und Waschanlagen und so weiter besichtigt, so bekommt man ein leichtes Grausen. Man greift sich an den Kopf und fragt sich, wie der Franzose eigentlich jemals dazu kam, sich so überheblich als Grande Nation zu bezeichnen. Eine öffentliche Waschanstalt besteht aus einem länglichen beziehungsweise breiten Bassin, davor ein ebenso längliches Brett, und hier machen nun acht bis zehn Französinnen ihre schmutzige Wäsche und tauchen sie alle zusammen in ein und dasselbe kalte Wasser. Von Hygiene scheint man dort keinerlei Ahnung zu besitzen.

Ebenso ist es typisch, dass man, man kann tagelang durch Frankreich fahren, den Franzosen in der immer gleichen Stellung antrifft, sei es nun auf der Straße oder vor dem Hause, die Hände faul in den Hosentaschen vergraben und die kurze Pfeife oder die französische Zigarette im Munde.

Ganz überraschend kam jedoch am andern Tage der Kommandeur zurück, und nun musste unser Besuch natürlich erst noch einmal offiziell gefeiert werden. Es ging nun selbstverständlich ein Fragen, Antworten und Erzählen an, sodass die Stunden vorüberrannen, ohne dass man es bemerkte, vor allem als man uns vom Einsatz, Kämpfen und Siegen des Regiments erzählte.

Am nächsten Tag wurden wir zu einer Fahrt nach Orleans eingeladen. Auf dieser Fahrt nun kamen wir so richtig mitten in das Kriegsgeschehen hinein. In einem Orte, den wir auf der Fahrt berührten, sahen wir schon die Spuren des Kampfes um Brücke und Brückenkopf, und hier zum ersten Male in vollstem Ausmaße die Wirkung unserer Stukas. Wir können nur sagen, sie ist gewaltiger, als man sich das im Geiste vorstellt.

Was uns auf der Fahrt aber besonders aufgefallen ist, ist vielleicht und vor allem mit bezeichnend für den Niedergang des sterbenden Frankreichs. Man sah fast keine Kinder, man sah zum Teil gänzlich verfallene Ortschaften, man sah innerhalb von Ortschaften, die man durchfuhr, unbewohnte Häuser, die teils eingestürzt waren, teils dazu neigten.

Wir fuhren unglaubliche Strecken, ohne überhaupt ein Haus oder eine Ansiedlung zu sehen. Und das Unfassbare für uns, die wir jedem Quadratmeter Boden Nahrung und Brot für unser Volk abringen, ist das eine, dass man, so weit der Blick reicht, tausende und abertausende von Tagwerk fruchtbaren Bodens unbebaut und brach liegen sieht. Riesenflächen, seit Jahren nicht mehr gemäht, sind direkt versteppt, das ganze Land von Hecken und Gebüsch durchzogen, kein einziger richtiger Wald, daher auch eine riesige Holzarmut. Wie froh wäre mancher deutsche Bauer, hätte er etwas von diesem fruchtbaren Boden. Was würde er daraus machen! Frankreich kann es nicht, es hat zu wenig Menschen. Die Verneinung des Kindes rächt sich jetzt, es ist ein sterbendes Volk.

Nach diesen trostlosen Feststellungen kamen wir nach Orleans. In der Mitte des Hauptplatzes steht das Riesenstandbild der Jungfrau von Orleans. Der ganze riesige Platz umsäumt von ebenso riesigen Häuserblocks, von dem Platz ausgehend die Ausfallstraßen nach allen Richtungen. Und hier sahen wir nun die Wirkung unserer Stukas in ihrer ganzen Furchtbarkeit. Diese riesigen Häuserblocks, dazu der ganze Stadtteil um sämtliche Ausfallstraßen herum wie von einer riesigen Hand hinweggefegt. Nichts mehr ist vorhanden als einige noch in die Höhe ragende Kamine und im Übrigen, so weit das Auge reicht, ein riesiger Schutthaufen, und hier wieder neben dieser Stätte des Grauens das typische Gesicht des Franzosen, dem das Leben, wie er es sieht, alles ist. An einer Ecke steht ein noch ganz gebliebenes Café. Dasselbe ist gedrängt voll, ja bis weit auf die Straße hinaus sitzen sie herum, lachen und – flirten. Neben dem Franzosen die mit sämtlichen Mitteln der Maltechnik angestrichene und mit allen Künsten der Parfümindustrie bespritzte Französin. Manchmal hat man den Eindruck, als würden sie die Schminke gleich mit dem Messer auftragen wie wir die Butter auf das Butterbrot. Ein Widerwille erfasst einen vor diesen geschminkten Larven, hinter denen nichts steckt als das Elend einer vergnügungssüchtigen, zusammenbrechenden Nation.

Zwischendurch sieht man in der auffälligsten Form die Sünde wider das Blut, die Bastarden, hervorgegangen aus der Vermischung mit Negern und allen anderen Völkern. Jedem Nationalsozialisten wird es hier klar, was für ein Volk die Reinhaltung des Blutes, wie der Führer sie uns lehrt, bedeutet. Dieses Frankreich musste sterben, weil es innerlich faul und verdorben war.

Nach all diesen vielen aufrüttelnden Eindrücken führte uns der Weg wieder zurück ins Regimentsstandquartier, wo wir Abschied feierten. Wir möchten an dieser Stelle nicht vergessen zu danken für die kameradschaftliche Aufnahme, die Unterbringung und Betreuung während unseres Besuches beim Regiment. Dieser Besuch, er war und bleibt für uns ein unvergessliches Erlebnis.

Während wir zum Abschied beisammensaßen, waren die Männer des ganzen Regiments in ihren Unterkünften um die Fässer mit dem edlen Stoff aus der Schlossbergbrauerei geschart und freuten sich, endlich wieder einmal bayrisches Bier und vor allem Dachauer Bier zu haben.

Eine Episode darf hier nicht unerwähnt bleiben: Als der Lastwagenzug mit den Bierfässern und so weiter vor dem Regimentsstandquartier eintraf, sagte der Regimentsadjutant zu uns: „Sehen Sie einmal hinaus, der Posten, er präsentiert." So groß war die Freude und Erwartung der Liebesgabensendung der Heimat. Und vor allem die deutschen Zigaretten. Die französischen sind so hundsmiserabel, dass man den Hunger nach einer deutschen Zigarette verstehen kann. Das haben auf der Rückfahrt die Parteigenossen Eder, Dobler und Becht selbst erfahren müssen, als die deutschen Zigaretten zu Ende gingen. Von diesem Zeitpunkt an sank auch das Stimmungsbarometer.

Über die Rückfahrt, die in zwei Etappen durchgeführt wurde, wir übernachteten diesmal in Kolmar, ist nicht viel zu sagen, da wir die gleiche Strecke wieder zurückfuhren. Wir beeilten uns dabei etwas mehr, denn, wie schon erwähnt, die deutschen Zigaretten waren ausgegangen. Trotzdem vermittelte auch die Rückfahrt wieder Eindrücke besonderer Art. Wenn man aus diesem trostlosen, fast unbebauten Frankreich herauskommt, so merkt man schon in Lothringen und Elsass deutsches Blut, deutschen Arbeitswillen und deutsche Arbeitskraft. Hier sieht man wieder Äcker, Felder und Wiesen und fast keine geschminkten Weiber mehr. Und wenn man dann über die Grenze fährt und sieht wieder fleißig schaffende Bauern auf den Feldern, gesunde Frauen und Mädels und zum Himmel ragende Wälder, dann freut man sich erst so recht wieder, ein Deutscher zu sein. Und je näher man der Heimat kommt, umso mehr steigert man das Tempo, denn es gibt halt doch nur ein Zuhause.

Allen Frauen unserer SS-Führer und -Männer, allen Mädels, die ihren Liebsten dort draußen wissen, allen Dachauern zusammen bringen wir von unserer Fahrt die Grüße des SS-Regimentes und seines Kommandeurs mit. Unsere Tiger haben sich hervorragend für Deutschlands Lebensberechtigung geschlagen, wir wissen es, sie werden auch weiterhin an vorderster Front stehen.

Unserem Regiment aber rufen wir von der Heimat aus lauthals zu: Ihr seid ein Stück von Dachau, ihr lebt in uns, und unsere Gedanken bleiben bei euch, bis ihr bald eines herrlichen Tages sieg- und ruhmgekrönt wieder einmarschiert in das alte, schöne Dachau.[74]

+

Tanzverbot ab sofort

Mit sofortiger Wirksamkeit wurde nun wieder ein Tanzverbot erlassen. Wir begrüßen dieses Verbot wirklich von Herzen. Es ist heute tatsächlich keine Zeit, um in leichtfertiger Weise dem Tanze zu huldigen.

Wir stehen in Entscheidungskämpfen, bei denen unzählige der Besten unseres Volkes ihr Leben aufs Spiel setzen. Wenn wieder Friede ist und der Sieg erfochten, dann wollen wir fröhlich sein und Tanzmusik hören. Aber jetzt gibt es in jedem anständigen Deutschen nur einen Gedanken: Kampf und Sieg. Ob an der Front oder in der Heimat, alle sind wir Kämpfer für die Freiheit unseres Volkes von Knechtschaft und Tyrannei. Wir haben keine Lust wegen einiger verrückter Tanzjünglinge und Mädchen die Größe der jetzigen Zeit missachtet zu sehen. Heute gilt der hinreißende Marsch mehr als das sentimentale Liebesgedudel.[75]

+

Ein Feldpostbrief

Von der Front erreicht uns ein Feldpostbrief, den wir seines interessanten Inhaltes wegen unseren Lesern nicht vorenthalten möchten. Der Soldat Wilhelm Gasser von Feldgeding, zurzeit im Felde, schreibt:

„Liebe Heimatzeitung, als langjähriger Leser Ihrer Zeitung, die mir auch jetzt nach dem fernen Westen jede Woche aus der Heimat geschickt wird, und als Soldat aus dem Kreis Dachau möchte ich Ihnen sowie Ihren Lesern einige Bilder vom

Durchbruch an der Maginot-Linie und auch einige Fotos von Völkern, die uns Deutschen eine bessere Kultur beibringen wollten, schicken.

Menschen aller Hautschattierungen, Männer mit Turbanen, Soldaten in Blau, Soldaten in Khaki, hohe stämmige Nordfranzosen mit blonden Haaren und blauen Augen, daneben pechschwarze N., die aussehen wie mit Ofenwichse bearbeitet und auf Hochglanz poliert. Viele unter ihnen haben ihre Schuhe ausgezogen und laufen barfuß, wie sie es daheim im Busch gewöhnt sind.

Gegenwärtig stehen wir auf Wache in einem Kriegsgefangenenlager in Frankreich, und man hat hier Gelegenheit, beobachten zu können, wie schnell diese Untermenschen hinter den Kasernenbauten eine kleine Wildnis gefunden haben, in welcher einer nach dem anderen verschwindet. Sie fletschen die spitz gefeilten Zähne. Nun sind sie sich selbst überlassen und können hierhin und dorthin gehen, wie es ihnen beliebt, allerdings nur im Bereich des Lagers. Mit ihrem scharfen Instinkt haben die Neger bald die dichtesten Unkrautanpflanzungen herausgefunden. Sie rollen sich darin wie die Hunde, die ihre Lagerstätte treten. Sie schleppen Bretter, Balken und Zeitungen herbei, graben Erdlöcher, die sie mit Stroh ausfüllen. Das Gelände liegt voller Baustoffe, die nun rasch benutzt werden.

Mit langsam schlendernden Bewegungen arbeiten Sudanneger und die Halbwilden aus dem Senegal. Jeder hat was zum Schnattern. Manchmal schreien sie sich wütend an, in ihrer gutturalen Sprache, und fletschen dabei wild die nach Menschenfresserart spitz gefeilten Zähne. Und solche Kreaturen hat ein Land, das den Namen Kulturstaat für sich in Anspruch nimmt, auf einen wirklichen Kulturstaat mit der Waffe in der Hand losgelassen.

Lebhaft und emsig, die kleinen Schlitzaugen wie Mausaugen hin- und herbewegend, immer auf dem Sprung, einen Vorteil für sich zu erhaschen, arbeiten die Ton-Chinesen und Annamiten. Sie sehen alle aus wie Halbwüchsige. Ihre viel zu großen französischen Stahlhelme erdrücken schier die knabenhaften Gesichter. Ganz deutlich bilden sie ihren Clan und sondern sich so weit wie möglich von den starken Geräuschen und Gerüchen der Neger ab.

Ebenfalls für sich und sehr schweigsam sitzen die Marokkaner. Sie haben sich kleine Laubhütten gebaut, ihre bunten Burnusse darübergelegt und genießen wohlig die brütende Hitze des Mittags. Für sie scheint es gerade die richtige Temperatur zu haben.

Die Schwarzen gehen geduldig ohne zu murren, die spitzgefeilten Zähne noch zu einem letzten verlegenen Lächeln gefletscht, ihren schlendernden, müden Gang zum Unkrautacker zurück. Was tut's, sie sind's ja so gewöhnt, sie, das farbige Kanonenfutter französischer Plutokratie, der glorreichen Republik der Grande Nation.

Heil Hitler!

gez. Soldat Wilhelm Gasser"[76]

✝

**Nach langem und bangem Warten ereilte uns
die schreckliche Kunde, dass unser heißgeliebter Sohn
Schorsch Büchner,
Gefreiter bei einer Marineformation,
erst einundzwanzigjährig den Heldentod auf hoher See**

erlitten hat. Er starb am 15. Juni für Führer
und Volk und fand seine Ruhestätte
tief unten auf dem Meeresgrund.
Mit uns Eltern Otto und Emilia Büchner trauern
die Verwandten und das gesamte Dorf Eisolzried.
Der Trauergottesdienst wird noch bekanntgegeben.[77]

✝

Unser lieber, braver, einziger Sohn
Ernst Hoffmann,
Obergefreiter eines Gebirgsjägerregiments,
Teilnehmer des Polenfeldzugs und des
Freiheitskampfs gegen Frankreich,
starb in treuer Pflichterfüllung gemäß seinem
Fahneneid für Führer und Volk auf dem
Felde der Ehre am 23. August 1940 den Heldentod.
Der Trauergottesdienst findet am 02. September,
vormittags halb 10 in der Pfarrkirche St. Jakob statt.[78]

+++

Frankreich, 18. September 1940

Lieber Johann,

ich bin wohlauf und bei guter Gesundheit. Mir wird immer klarer, was mein Kamerad Köhler meint. Immer wieder sagt er: „Der Krieg verändert uns alle! Der Krieg, er schleift unsere Seelen." Ich habe den Eindruck nicht nur die Seelen derer, die im Feindesland im Felde stehen, sondern auch die Seelen jener, die daheimgeblieben sind. Dies offenbaren mir dein letzter Brief sowie die Auswahl und der Inhalt der von dir beigelegten Zeitungsberichte.

In meinem Herzen schlägt mit redlichem Eifer die innigliche Hoffnung, dass dir beim Verfassen deines Expeditionsberichtes ein anderer Geist als dein eigener die Feder geführt haben mag, genauso wie es ganz augenscheinlich bei dem Feldgedinger Feldpostschreiber der Fall gewesen ist. Johann, glaubst du allen Ernstes, dass einem Feldgedinger aus eigenem Antrieb und Wissen jemals das Wort *Plutokratie* zu verwenden in den Sinn käme, um nur eine der zahllosen Fragwürdigkeiten beim Worte zu nennen? Ebenso wenig will ich glauben und hoffen, dass die Schilderungen und Eindrücke von deiner Frankreichreise deinem eigenen Erfahren und Empfinden entspringen.

(…)

Es grüßt dich herzlich,

Simon

Heil Hitler

+++

Dachau, 13. Dezember 1940

Lieber Simon,

ich kann nicht mit Worten ausdrücken, wie froh und glücklich ich darüber bin, dass wir unseren unseligen und gleichsam unausgesprochen schwelenden Zwist über die Frage, wessen Feder denn nun von wem auch immer geführt werden mag, mit deiner im allerwahrsten Sinne des Wortes hölzernen Verzeihung endlich beilegen können. Es war mir schon eine arge Last, dir in den letzten Wochen in sachlichem Ton das Geschehen und Nichtgeschehen in Dachau zu schildern, als wärst du mir lediglich ein Bekannter von vielen, dem man hin und wieder das eine oder andere Unbedeutsame schreibt, um dem Anstand und der Höflichkeit zu genügen und die Bekanntschaft aufrechtzuerhalten, und nicht mein herzensinnigster Freund. Ich danke dir ganz herzlich für das fein geschnitzte Holzfigürchen, das du mir geschickt hast: Ich mit meinen daumendicken Brillengläsern vor den Augen und einer mannshohen Schreibfeder in der Hand, welch herrlicher Anblick! Sag mir, ist es aus Birkenholz geschnitzt? Oder ist es Esche? Oder Ahorn? Die Hauswirtin und ich sind uns nicht darüber einig. Ich vermute es ist Birke, doch will ich als Laie freilich nicht beschwören, aus welchem Holze ich hier von dir ganz wunderbar gemacht und hergestellt bin. Ich habe das witzige Figürchen in der Schreibstube neben meiner Schreibmaschine aufgestellt. Am Sockel habe ich es fest an die Tischplatte geleimt, damit es nicht immerzu ins Wackeln gerät und umstürzt, wenn ich beim Schreiben die Walze meiner Schreibmaschine allzu eifrig zurückschwinge.

Auch die Hauswirtin hat sich ganz prächtig über ihr Figürchen gefreut. Ich soll dir ihren herzlichen Dank ausrichten, auch wenn sie sich als etwas zu wuchtig wiedergegeben betrachtet. Dabei kommt es mir vor, als hättest du aus Höflichkeit – oder war es gar aus blanker Angst? – an Bauch und Hüften besonders eilfertig das Messer angesetzt.

Sie hat ihr Figürchen auf das Fensterbrett in der Küche gestellt. Wenn ihr einer der Papiermacher oder Bäcker allzu großmäulig daherkommt, deutet sie wortlos auf das Figürchen mit dem gewaltigen Nudelholz, und schon hat es ein Ende mit der Großspurigkeit.

Die Hauswirtin, sie lacht jetzt endlich wieder öfter als sie weint. Sie muss mittlerweile nur noch selten an den älteren Eberhart denken. Vom jüngeren Eberhart haben wir vor einer Woche einen kurzen Brief erhalten. Er ist wohlauf. Sein Brief liegt wie immer bei. Über das Schicksal des Papiermachers Rudolf aus dem ersten Stockwerk haben wir von seiner Familie erfahren, dass er den verletzten Arm behalten hat und nach Neujahr wieder soweit hergestellt sein dürfte, dass er wie vor dem Kriege in der Fabrik schaffen kann. Freilich nur, wenn er aus der Wehrmacht gelassen und nicht aufs Neue nach Frankreich muss. Die Aussicht ist gut, dass er bald wieder nach Dachau kommt. Er ist ohne Daumen und Zeigefinger an der rechten Hand für den Kampf ja nicht mehr zu gebrauchen und, da er kaum lesen und schreiben kann, freilich auch nicht für den Stab oder andere Aufgaben hinter der Front geeignet. Daher mutmaßen die Hauswirtin und ich, dass er in Kürze wieder an der Papiermaschine stehen wird, weil er doch stets damit geprahlt hat, in der Papierfabrik erledige er seine Aufgaben jederzeit mit links.

Nach der Zuschickung deiner versöhnlichen Figürchen möchte ich dir ein ganz besonderes Weihnachtsgeschenk bereiten. Ich habe dem Vorsitzenden der Dachauer Künstlerschaft, er heißt Kallert, wie du dich vielleicht erinnerst, die beiden Figürchen gezeigt. Dazu noch die Krippenfiguren, die du einst für die Hauswirtin angefertigt hast.

Kallert war nichts weniger als begeistert von deinen Arbeiten und sagte mir zu, dem Vereinsvorstand deine Aufnahme in die Künstlervereinigung anzutragen, freilich nur, sofern dies in deinem Sinne ist. Du musst deinem nächsten Brief lediglich ein Schreiben an Kallert beilegen, mit dem du offiziell und mit Unterschrift um deine baldige Aufnahme in die Künstlervereinigung ersuchst. Er braucht auch eine Bestätigung von amtlicher Seite, dass du vor deiner Einberufung deinen Wohnsitz in Dachau oder dessen Umkreise hattest. Ich habe den Beigeordneten Zauner aufgesucht. Es heißt, er ist ein reeller und jederzeit hilfsbereiter Mann, und dies hat sich mir bei meinem Besuch bestätigt. Zauner hat augenblicklich zugesagt, sich um das Notwendige zu kümmern. Es wäre ihm geradezu eine Selbstverständlichkeit und Ehre, einem weit weg an der Front stehenden jungen Dachauer bei derlei Formalitäten unbürokratisch behilflich zu sein.

Wie immer in der Adventszeit bringt die KVD im Café Thoma gerade wieder eine Künstlerdult zur Durchführung. Ich habe mir die dort zum Verkauf feilgebotenen Kunstwerke genau angesehen und konnte dabei mit allergrößter Freude feststellen: Deine Figuren können es mit ihrer ganz außergewöhnlichen Kunstfertigkeit und ihrem einzigartigen Ausdruck federleicht mit sämtlichen auf der Dult ausgestellten Holzarbeiten und Plastiken aufnehmen. Stell dir vor, vielleicht kannst du bald die leidige Plackerei im Sägewerk bleiben lassen und wirst hingegen ein großer und berühmter Künstler. Ich jedenfalls vermag mir dies nur allzu gern in den buntesten Farben ausmalen.

In den letzten Wochen habe ich es vermieden, meinen Briefen Artikel aus der Zeitung beizulegen, da ich mir unsicher darüber war, welche dir gefallen, und welche dagegen unseren stillschwelenden Zwist ganz unwillentlich vielleicht noch befeuern mögen. Nun da du mich gebeten hast, dir wieder Berichte zu senden, ist die Sammlung freilich besonders umfangreich geraten. Weil du in Oberstdorf aufgewachsen bist, dort einst bei der Bergwacht warst und noch dazu nun in einer Gebirgsjägereinheit Dienst tust, sende ich dir auch einen recht anschaulichen Bericht über eine wagemutige Bergsteigerei, die einer unserer Richter am Dachauer Amtsgericht einst im fernen Bulgarien unternommen hat. Einen leidenschaftlichen Klettermax, wie du einst einer warst, wird so ein Bericht hoffentlich ganz besonders interessieren. Ich selbst bin auch ein kleinwenig stolz auf ihn, nicht nur, weil ich den Bericht redigiert habe, sondern da er offenbart, dass auch wir Dachauer Flachländler ganz Ausgezeichnetes und Erstaunliches auf alpinem Terrain zu erreichen im Stande sind.

Leider enthält meine Artikelsammlung auch zahlreiche Nachrufe auf gefallene Volksgenossen. Ich möchte sie dir nicht vorenthalten, da es doch deine Kameraden im Felde sind. Politik will ich einstweilen beiseitelassen, da wir uns über diese womöglich ein wenig uneins sind. Stattdessen habe ich dir alles ins Kuvert gelegt, was von der Dachauer Künstlerschaft handelt, damit du über diese auf dem Laufenden bist, denn wenn du willst, sind es bald deine Kollegen, über welche und deren Schaffen die Artikel berichten. In meiner Vorstellung sehe ich deine Werke schon bei uns im Dachauer Schloss ausgestellt oder gar im Münchner Kunstverein, und man wird noch träumen dürfen: angekauft vom Führer selbst.

Bleib gesund!

Heil Hitler

Dein Johann

+

Generalgouvernement, 28. November 1940
Liebe Frau Hauswirtin, lieber Johann,
ich bin wohlauf und bei bester Gesundheit. Ihr braucht euch keinerlei Sorgen zu machen über mein Wohlergehen. Unser Kommando ist jetzt ins Generalgouvernement verlegt worden. Was für ein schrecklich umständliches Wort für so eine gewöhnliche Gegend. Wir haben das Gebiet und die dortige Bevölkerung inzwischen prächtig unter Kontrolle. Die Eintönigkeit unserer Tage und unseres Tuns macht stumpf und wird einzig und allein übertroffen von unserer unumstößlichen Gewissheit über die enorme Bedeutsamkeit und Notwendigkeit unseres Wirkens.

In der Nacht, in der Nacht aber, da kommen die Gedanken – an euch.

Ich wünsche schon jetzt von Herzen frohe Weihnachten.
Heil Hitler,
euer Eberhart

+

Dachaus Künstler geben Rechenschaft
Es wurde in diesen Spalten oft und oft darauf hingewiesen, welch große Bedeutung für das kulturelle Leben unserer Stadt den Dachauer Künstlern immer zukam und zukommt. Über ein Jahrhundert lang haben Künstler die stillen Schönheiten des Dachauer Landes immer wieder für sich und die Menschen entdeckt. Künstler waren es, die den Namen Dachau in aller Welt bekannt und berühmt machten.

Die heute lebende und schaffende Künstlerschaft weiß sich dieser Dachauer Malertradition verbunden und im innersten verpflichtet. Auch heuer, im Kriege, hat die Dachauer Künstlerschaft eine Ausstellung erstellt, die der großen Vorfahren würdig die Räume des Dachauer Schlosses füllte und noch füllt.

Trotz der Schwierigkeiten, welche der Krieg naturgemäß mit sich bringt, hat die Ausstellung ihre altbewährte Werbekraft erneut bewiesen. Der Besuch, vor allem von auswärts, war ein sehr erfreulicher, das Interesse an der Ausstellung, die auch heuer wieder unter dem Motto *Dachauer Land und Leute* stand, ist unvermindert groß geblieben. Es wurde eine Reihe von Verkäufen erzielt, worüber wir uns mit unseren Künstlern herzlich freuen, und zu denen wir sie herzlich beglückwünschen möchten.

Dass die Ausstrahlungen der heimischen Dachauer Kunst sogar über den Ozean reichen, ist ein erfreuliches Zeichen ihrer Lebendigkeit und vor allem auch des Unternehmungsgeistes ihrer Schöpfer. Bekanntlich wurde eine Bilderschau der Dachauer Maler in Brasilien gezeigt und hatte in den Städten Rio de Janeiro und Sao Paulo großen Erfolg. Die dortige Ausstellung erfüllte vollauf ihren Zweck, für deutsche Kunst zu werben. Dass es Dachauer Künstler sind, welche diese Mission auf sich nahmen und ihr gerecht wurden, erfüllt uns Dachauer mit berechtigtem Stolz. Bis zum Ende des Krieges hat nun die Ausstellung im neuen Botschaftsgebäude in Rio de Janeiro in ihrer Gesamtheit eine würdige Unterkunft gefunden. Auch diese brachte Verkäufe und wird aller Voraussicht nach noch weitere bringen.

Wir dürfen auch bereits heute verraten, dass sich die Dachauer Künstlerschaft wiederum entschlossen hat, eine Weihnachtsdult zu veranstalten, wozu wieder, wie in früheren Jahren, auch das einheimische Kunsthandwerk eingeladen wird. Auf die Dult freuen wir uns besonders. Denn dies stille Fest in den Vorwochen der weihnachtlichen Zeit hätten wir nur ungern gemisst.

Es sei auch an dieser Stelle nochmals der Toten der Vereinigung gedacht, zu deren weihevollem Gedächtnis die Lebenden heuer im Rahmen der Ausstellung schreiten mussten – Namen von altvertrautem Klang, verbunden mit langen Jahren der Dachauer Geschichte in guten wie in harten Zeiten: Professor Hermann Stockmann, Hans von Hayek, Ludwig Dill, Carl Olof Petersen.

Sie haben in die Reihen der Künstlerschaft große Lücken gerissen, als sie von uns und ihrem Werke Abschied nahmen für immer. Dass trotzdem die Dachauer Kunst lebendig ist und schöpferfreudig wie eh und je, erfüllt mit Genugtuung und Zuversicht. Denn Dachau und seine Maler: das ist nun schon lange eine Einheit geworden, und man kann sich schwer vorstellen, dass sie einmal nicht mehr bestünde.

Die Stadt und ihre Menschen aber werden sich der Wichtigkeit dieser Einheit immer bewusst bleiben und den Künstlern geben, was sie brauchen, vor allem das Echo und die innere Anteilnahme an Leben und Werk.

Denn ein Künstler braucht seine Gemeinde, sein Volk, das ihn trägt und hält, damit er seiner Sendung leben kann: Der Menschheit das Schöne in immer neuer Gestalt zu offenbaren und den Menschen das Wesentliche ihres Lebens beglückend zu verklären.[79]

+

Plauderei um die Dachauer Kunstausstellung
Wenn man über die alte ausgetretene Wendeltreppe hinaufgeht in die großen Räume des Dachauer Schlosses, dann hält man unwillkürlich den Schritt an, geht langsamer und leiser.

Man spürt hier schon die Stille und die Zeitlosigkeit, die lange und reich belebte Vergangenheit den Dingen verleiht. Man ist bereit sich diesem Zauber andächtig zu überlassen und hat das feierliche Gefühl, zu Gast zu kommen in eine versunkene Welt.

Dann ist man oben. Die Räume, ihre steilen Wände und ihre Decken empfangen den Besucher mit seltsamer Gewalt. Es ist, als wenn hier die Zeit stillgestanden hätte und alles so wäre wie damals, als wenn die Menschen lang vergangener Tage hier noch lebten und, unsichtbar zwar, wirklich zugegen wären.

Besonders an Regentagen spürt man dies. Da hält die isolierende Schicht das Draußen noch mehr ab und lässt das Gegenwärtige nicht mehr hinein. Man hört die Stille – hie und da knirscht es in den alten Dielen, dann ist es wieder ruhig –, kein anderer Platz hätte sich besser geeignet für die Bilder, die da an den Wänden hängen, Zeugnis lebendiger Schöpferkraft und gegenwärtiger Wirkung und doch dem Ewigen und Zeitlosen verhaftet wie alles, was an Kunst sich bereits von seinem Schöpfer gelöst und sein eigenes Leben gewonnen hat.

Dass auch in diese feierliche Ruhe des Erhabenen helle Lichter des alltäglichen Humors hereinbrechen, stört nicht, macht das Ganze nur lebendiger und löst es aus der Geräuschlosigkeit der Jahrhunderte. Ein paar solche Episoden seien hier verzeichnet:

Ein grauer Regentag lag irgendwann über dem Dachauer Land. Es war empfindlich kalt draußen in Wald und Feld. Ein Künstler behütete sorgsam die Schätze und wachte an der Kasse, die ja auch da droben, unentbehrlich wie bei allen menschlichen Dingen, den Besucher daran erinnert, dass er noch in der Zeit und im Wandel der Dinge ist, noch nicht enthoben und entfernt zu jenen Regionen, da schnöder Mammon nicht mehr weiter vonnöten ist. Er hatte wenig zu tun und war mit seinen Bildern, den Geistern der Dahingegangenen und seinen Gedanken allein, soviel er nur wollte. Denn die Besucher blieben an solchem Tage ziemlich aus und waren spärlich.

Da, mit einem Male, kommt es die Treppe herauf, voran ein junges Mädel, so um die angehenden zwanzig herum, blonder Wuschelkopf und recht munter aufgelegt. Hinter ihr drein der Freund. „Ach", so geht das junge Ding unbefangen auf das Wesentliche los, mit der herrlichen Konsequenz unverbrauchter Jugend. „Hier darf man doch ein wenig ablegen. Es regnet ja ganz scheußlich draußen." Nachdem es ihr gestattet: „Und hier geht's doch herein, ja?"

Dies wird bejaht. Und dann geht das Paar herein, ganz hinter in den großen Saal und verweilt dort lange, sehr lange – vielleicht dem Zauber eines Bildes hingegeben, von dem man sich schwer losreißen kann. Aber das schönste Bild hat man einmal gesehen und sich eingeprägt, und unsere Zwei verlassen denn auch einmal wieder die Stätte der Kunst, sie ein bisschen rot im Gesicht und er in gefasster Männlichkeit. „Bei so einem Wetter", sagte sie zur Entschuldigung und gleichsam zur Erklärung beim Abschied, „da muss man tatsächlich noch in eine Kunstausstellung gehen. Schauen Sie nur hinaus, wie es regnet. Doch hier drin war's doch recht schön." Und entschwand heiteren Gemütes und Schrittes über die alte Wendeltreppe hinab und hinaus.

Wer wollte hier von Versündigung an den heiligen Belangen der Kunst sprechen? Die Götter des Hauses, die schon viel Liebe und verschwiegenes Glück gesehen haben, haben sicher das heitere und gütige Lächeln der Ewigen gelächelt, und die Geister der Kunst haben sich an den beiden jungen Menschen gefreut, die ihnen vielleicht den schuldigen ehrfurchtsvollen

Tribut versagten, weil sie in ihrem Glück selber das schönste Kunstwerk waren.

Kam da einer in die Ausstellung und sah, dass es da mehrere Räume gab, die zwar bekanntlich nicht voneinander getrennt sind, bei denen man aber infolge der Türrahmen die Begrenzung erkennen kann. Das war dem Biedermann verdächtig, der darob nicht gescholten sein soll, dem es im Gegenteil hoch angerechnet werden soll, dass er, obwohl in derlei Dingen vielleicht nicht so sehr erfahren, den Weg da hinauffand.

„Sie", sagt er zu unserem Freund und Wächter des Heiligtums, „kost' des jedes Mal dreißig Pfenning, wenn man da wo nei geht?" Erst als dieses beruhigend verneint wurde, da wagte er sich ins Innere vor. Denn jedes Mal dreißig Pfenning – das ginge dann doch zu weit.

Was Werbung vermag, auch dafür war ein Beispiel zu erleben, das in diesem heiteren Rahmen doch zu denken geben sollte. Eine Frau erzählte unserem Gewährsmann, sie sei noch nie nach Dachau gekommen und habe das auch nie vorgehabt. „Aber der Herr im Radio", sie meinte den Vorsitzenden der Dachauer Künstlervereinigung August Kallert, der bekanntlich über die Dachauer Kunstausstellung im Radio gesprochen hat, so versicherte sie treuherzig, „der Herr hat so schön g'red't, dass i mir denkt hab': Da muaß i doch amal auffi in des Dachau und in des Dachauer Schloss. Und jetzt bin i da, und es reut mi net!"[80]

+

Karl Schröder-Tapiau zum 70. Geburtstag
Wir haben neulich unseren Lesern berichtet, dass Karl Schröder-Tapiau seinen 70. Geburtstag feierte. Wenn ein Mann siebzig lange Jahre geschafft hat, dann ist das Grund

genug, seiner zu gedenken. Wenn aber ein Künstler diesen Festtag begeht, dann scheint uns dieser Grund zur Rückschau doppelt und dreifach gegeben. Denn ein solches Leben wirkt in die Weite und Breite hinaus, verstrickt andere Leben und prägt Gestalten und Werke, die sich von ihrem Schöpfer lösen und eigenes Leben gewinnen.

Wir wollen nun grundsätzlich keine Kunstbetrachtung schreiben. Das überlassen wir jenen, die dazu berufen sind. Wir haben den Künstler schlechterdings aufgesucht und mit diesem gesprochen. Auf seinem Tisch lagen noch Glückwünsche und Geschenke ausgebreitet, Blumen erhellten die Räume, in denen Bild auf Bild gestellt ist, Zeugnis der unverwüstlichen Schaffenskraft des Meisters.

Er berichtete uns über die Freunde und über all diejenigen, die ihm zu seinem Feste ehrend gedacht hatten, die Reichskunstkammer, die weitere frohe Jahre des Schaffens für die große Neugestaltung deutscher Kunst wünschte, die Stadt Dachau und das Landratsamt, welche seiner Treue zu unserem alten Dachau Dank sagten, allesamt Freunde und Kollegen. Mitten unter den Zeichen der Arbeit ein kleiner Ständer mit Kakteen, liebevoll aufgebaut, und darunter die seltene Blume, die Königin der Nacht, die nur einmal im Jahre eine einzige Nacht hindurch blüht und verschwenderisch duftet.

Wir haben den Künstler gebeten, aus seinem reichen Leben zu erzählen, und im Licht des verdämmernden Oktobertages sind wir mit ihm durch die Jahrzehnte seines Daseins gewandert, haben Ernstes und Heiteres gehört und sind dabei Zeugen eines Menschenweges geworden, der gerade und ohne Kompromisse war wie selten einer. Allein der bescheidene Künstler will kein allzu großes Aufheben um seine Person machen, und so bat er uns um Beschränkung auf einige wenige Episoden.

Die heitere Episode:

Mit zweiundzwanzig Jahren verließ Schröder die Kantstadt Königsberg und ging nach Karlsruhe. Die Akademie, wie überhaupt das künstlerische Leben dort, stand damals in der vollsten Blüte. Berühmte Namen finden wir unter den Malern der dortigen Künstlerschaft. Wir nennen Graf Kalckreuth, Ferdinand Keller, Professor Gustav Schönleber. Später kamen Hans Thoma und Wilhelm Trübner dazu. Wie also sich unter all den Großen selbst einen Namen machen, die Bevölkerung für sich gewinnen und sich bei allen einführen, die um die Dinge der Kunst sich sorgten? Es war Weihnachten gekommen. Schröder hatte einen Auftrag ergattert. Er sollte zwei Kinder malen, Kinder der besten Karlsruher Gesellschaft, wie man damals sagte. Das war also schon eine Sache. Dieses Kinderbild konnte, wenn es gefiel, die Häuser auftun und, was jeder junge Maler sehnlichst erwartet und braucht, vor allem neue Aufträge und Geld bringen. Schröder malte und plagte sich redlich, um die ebenso vornehmen wie hässlich geratenen Kinder so auf Leinwand zu bringen, wie es gefallen musste. Am Weihnachtsabend selbst kam dann der große Erfolg, allerdings ganz anders, als der Künstler es sich vorgestellt hatte. Die Frau des Hauses malte nämlich auch, wie das damals in solchen Familien Sitte war, und konnte natürlich wenig, wie das auch zum guten Ton gehörte in der guten alten Zeit. Sie war auf die geniale Idee gekommen, ein Kinderköpfchen zu zeichnen, und zwar justament auf eine Malerpalette. Wie sie auf diese spleenige Idee kam, ist Schröder niemals so recht aufgegangen. Jedenfalls kam sie am Nachmittag mit dem angefangenen Portrait zu ihm, ziemlich hilflos, und bat ihn, das Bild zu vollenden, da sie am Ende ihrer Weisheit angekommen sei. Schröder malte das Ding zu Ende, und am Abend bei der Bescherung stand es unter dem Weihnachtsbaum. Und dieses Kinderbild auf der Palette – die Kinder auf dem bestellten Bild fanden achtungsvolle Bewunderung, erregten aber weiter keine Sensation – machte Schröder in der Karlsruher Gesellschaft bekannt und berühmt.

Große Aufträge folgten. Werke größten Ausmaßes erschuf der Künstler in der Folgezeit, ein Bildnis der Maria Theresia für das Schloss in Bruchtal für den Herzog Friedrich von Baden und zum Stapellauf des Dampfers Seydlitz das Bild des Generals, der dem Schiff seinen Namen gab, und das später mit dem Schiffe unterging. Noch zwei weitere Werke gingen durch ein Unglück, nämlich beim Brand des Münchner Glaspalastes, zugrunde.

Die Episode vom halbierten Staatspreis:

Schröder erhielt damals auch den Badischen Staatspreis, allerdings nur zur Hälfte, weil er als Preuße in Baden sozusagen Ausländer war. An solche wurde der Staatspreis grundsätzlich nur zur Hälfte ausbezahlt.

Die Episode über seinen Weg nach Dachau:

Im Jahre 1904 wandte sich Schröder nach München. Dort fühlte er sich nicht sehr wohl. Die Stadt behagte ihm nicht. Er wollte aufs Land. Das Münchner Malerleben besah er eigentlich nur als Außenseiter. Er machte nie so recht mit. Dem Ostpreußen blieb die ausgefallene Schwabinger Simplicissimusfröhlichkeit mit den durchschwärmten Nächten, den Atelierfesten und allem Drum und Dran innerst wesensfremd. Er war, wie er uns sagte, kein Bohemien und für allerlei Ausgelassenheit verdorben. So kam er dann vor dreißig Jahren nach Dachau. Und hier setzte er sich fest und kam nicht mehr los.

Die neue Heimat:

Von dem künstlerischen Leben der Vorkriegsjahre in Dachau spricht Schröder mit heller Begeisterung. Man kann sich das heute gar nicht mehr so richtig vorstellen, was damals

Dachau als Malerort bedeutete. Wirklich in der ganzen Welt wusste man von den Dachauer Künstlern, und jeder, der in den Dingen der Kunst nach Deutschland kam, der wollte auch Dachau einmal wenigstens sehen. Mancher blieb hier jahrelang. Tausende von Künstlern, Bekannte und Unbekannte, die erst etwas werden wollten, kamen damals jedes Jahr durch den stillen Marktflecken. Kaum hatte einer, der schon bekannt war, irgendwo im Moos draußen seinen Malerschirm aufgestellt, Zeichen beginnender Arbeit und des glücklich gefundenen Motivs, so fand sich schon eine stattliche Anzahl Kunstjünger und Malweiber ein, so nannten sie die Dachauer Bürger, und gruppierte sich um den schon bekannten und berühmten Mann. Mit der Ruhe zum Malen und zu friedlicher Durchdringung des Stoffes war es sodann freilich vorbei.

In der heutigen Thomastube und beim Hörhammer tagten abends die berühmten Stammtische. Die ganz großen Namen waren hier zu finden, und diese Gesellschaft gebärdete sich höchst exklusiv. Man musste hier eingeführt werden, sonst hatte man keinen Zutritt. War man eingeführt, so musste man mit geziemender Ehrfurcht vor den Königen der Dachauer Malerei sitzen. Da tat sich im unteren Markt beim Münchner Kindl, in der Bahnhofswirtschaft und in den Drei Rosen die jüngere, noch nicht so berühmte Künstlerschaft neue Oasen des Frohsinns auf, und Schröder gesellte sich zu den Niedrigeren. Es gab manche ausgefallene Nacht, und Schröder, der in München nie heimisch geworden war, fasste hier Fuß, schlug Wurzeln und blieb. Da saßen alle Nationen beisammen in froher Opposition zu der strengen Bürgerlichkeit des oberen Marktes und seinen berühmten Stammtischen klassisch gewordener Malerei.

Der Weltkrieg:

In diese Fröhlichkeit, man saß gerade im Garten der Drei

Rosen, schlug die Kriegserklärung von 1914 ein wie eine Bombe. Auch Schröder tauschte die Palette und den Malerkittel gegen die Uniform. Fast vier Jahre lang tat er als Sanitäter in Frankreich seine Pflicht. Als er heimkam, da fand auch er das veränderte Deutschland und das veränderte Dachau schmerzlich bewegt vor. An die Stelle schön geschlossener, arbeitsamer Fröhlichkeit war bittere Not getreten, Hunger und Elend ohne Grenzen.

Nach dem Krieg:
Auch für Schröder kamen nun harte Tage und ein bitterer Lebenskampf in reicher Fülle. Er ging seinen Weg weiter, ohne Konzessionen, ohne sich in den künstlerischen Wirren der Nachkriegszeit von einer Richtung beeinflussen zu lassen, sich selber treu in guten wie in schlechten Tagen.

Nun ist Schröder über die Schwelle der Siebzig getreten. Er suchte nie den Erfolg, er suchte seine Kunst. Wie aber jedes ehrliche Werk in die Weite wirkt, so auch das seine. Seine Werke hängen in der Städtischen Galerie in München ebenso wie im Ständehaus in Stade bei Hannover. Dort malte er zwölf Portraits, Bildnisse der Welfen wie in Bruchtal. Es gibt Werke von ihm in Amerika, in Afrika, Kapstadt, in Schweden. Seine Bilder sind jedes Jahr, das vermerken wir mit Stolz, Höhepunkte der Dachauer Kunstausstellung.

So gehört auch er zu den Künstlern, die den Ruhm unserer Stadt weit über die Lande und Meere trugen. Vor seinem Werk stehen wir in Ehrfurcht. Für seine Treue zu unserem Dachauer Land danken wir ihm.

Und wenn wir einen Wunsch dazu tun wollen, so sei es der, dass ihm seine unverwüstliche Lebenskraft erhalten bleibe, die er sich trotz mancherlei Fährnisse bis heute bewahrt hat. Dachau aber möge nie vergessen, was es ihm schuldet.

So hat uns bei unserem Besuch im Atelier des bescheidenen

Künstlers der Jubilar doch recht ausführlich Rede und Antwort gestanden und uns allerlei Einblick gewährt in sein Leben und Schaffen. Einen ganz besonderen Einblick aber verwehrte Schröder-Tapiau uns, nämlich einen genaueren Blick auf sein neustes Werk: Es ist ein Bildnis des Führers, beinahe lebensgroß, das seiner baldigen Vollendung entgegengeht.[81]

+

Erlebnisse in den bulgarischen Bergen
Die Ereignisse der letzten Monate haben Bulgarien in unser aller Blickfeld gerückt. Die alte Bundesgenossenschaft aus dem Weltkriege wurde wieder wach und gewann neue Gestalt.[82] Wie freundlich dieses Volk uns stets gesinnt war, haben deutsche Gäste dort immer wieder erleben können.

Der derzeitige Strafrichter am Dachauer Amtsgericht, Dr. Auer, hat uns einen Bericht zur Verfügung gestellt, der von allerlei Reise- und Bergerlebnissen sowie Begebenheiten in diesem interessanten Lande erzählt. In dem Aufsatz wird uns Bulgarien nahegebracht, und zwar aus einer länger zurückliegenden Zeit. Wir geben Dr. Auer das Wort:

Nachdem die zahllosen Vorbereitungen zu unserer geplanten Bergfahrt nach Bulgarien, vom einfachen Passvisum angefangen bis zur Beschaffung eines rostfreien Teeeis und einer unwettertauglichen Laterne, gründlich erledigt waren, bestiegen wir – mein Fahrtgenosse und meine Wenigkeit – am 22. September 1934 den Zug, der uns über Ungarn in zweiundzwanzigstündiger Fahrt nach Belgrad brachte. Nachdem wir die herrlich über der Donau gelegene Stadt besichtigt hatten, fuhren wir anderen Tages weiter nach Sofia, der bulgarischen Hauptstadt.

Der eintägige Aufenthalt dort war ausgefüllt mit Besuchen

bei verschiedenen Mitgliedern des Bulgarski-Planina-Klubs, um Erkundigungen über die Möglichkeit von Kletterfahrten im Gebirge einzuziehen. Am nächsten Tag gelangten wir dann nach einer halsbrecherischen Autofahrt und schließlich mit einer überaus putzigen Kleinbahn zum Nationalheiligtum des Landes, dem weltberühmten Kloster Rila, das prächtig inmitten allerschönsten Hochwaldes gebaut und gelegen ist. Dort fanden wir sogleich freundlichste Aufnahme, gastliche Unterbringung und der Spärlichkeit eines Klosters durchaus überangemessene Verköstigung.

Nachdem wir von hier am folgenden Tag bei herrlichem Wetter, das uns übrigens die ganze Zeit hindurch treu blieb, beladen mit unseren fünfundvierzig Pfund schweren Rucksäcken, in glühender Hitze die steilen und schattenlosen Grashalden des Urdina Vrah (2.555 Meter) und des Elenin Vrah erklommen hatten, überschritten wir noch die Maljowiza (2.729 Meter), von der wir östlich und vom langen Wege in sämtlichen Gliedern erschöpft, doch in höchstem Maße konzentriert und beflissen, wie es sich für Männer im Hochgebirge geziemt, zur gleichnamigen Hütte am Fuße der Nordwand abstiegen.

Der andere Tag brachte die erste Begehung der prachtvollen, äußerst steilen, aus Granit aufgebauten Nordwand der Maljowiza in sehr schwerer Kletterei. Den letzten Tag unseres Aufenthaltes im Rilagebirge widmeten wir den zerrissenen Zacken der Rupiti, wobei uns, als erstmals und einmalig Eingereisten, die überhaupt allererste Besteigung der beiden westlichen Rupiti gelang (2.560 und 2.610 Meter). Mein mitgereister und allzeit treuer Kamerad und ich, wir wollten gar nicht übermütig oder geradezu überschwänglich über unsere vollendeten Heldentaten in Jubel geraten, jedoch insgeheim war unser Stolz auf das in der Fremde Erreichte und Errungene nichts weniger als eine Übermächtigkeit, die wir anders als die eben erklommenen Gipfel bei aller Bescheidenheit nicht zu überklettern wussten.

Als wir uns dann am Hauptgipfel der Rupiti zur verdienten Rast ausgestreckt hatten, schreckte uns plötzlich ein dicht über uns kreisender, mächtiger Adler empor. Da er Miene machte auf uns niederzustoßen, sprangen wir eiligst hoch, worauf er, der Adler, offenbar entrüstet darüber, dass wir entgegen seiner ursprünglichen Ansicht noch keine Leichen waren, alsbald abstrich.

Der Abstieg brachte uns wieder zum Kloster Rila, von wo sodann die Fahrt nach Bansko, dem Ausgangspunkt für das Piringebirge, angetreten wurde. Wir erreichten jedoch den Anschluss an das nur einmal täglich verkehrende Auto nicht mehr. Nach einem lebhaften, ausschließlich in Zeichensprache geführten Gespräch mit den uns umringenden Einwohnern gelang es uns endlich einen Platz in einem zufällig nach Bansko fahrenden Lastauto zu erobern.

Auf halbem Wege ereilte uns jedoch das Missgeschick, dass das Lastauto, dem offenbar die zahlreichen Stöße auf der in schlechtem Zustand befindlichen Straße zu viel geworden waren, infolge eines Propellerbruchs liegen blieb. Die Lage war nicht angenehm, da es bereits Nacht und die nächste Ortschaft immerhin noch fünfzehn Kilometer entfernt war. Auf unsere Fragen hin tröstete uns der Fahrer mit einem Achselzucken und dem erfreulicherweise internationalen Wort „kaputt".

Aber es gibt in der Tat noch Wunder, und so tauchte ganz plötzlich aus der Dunkelheit ein prächtiger Achtzylinder auf, der nun gezwungen war, ebenfalls anzuhalten, da er durch das liegengebliebene Lastauto am Vorbeifahren gehindert war. Man lud uns tatsächlich zur Mitfahrt ein. Um ermessen zu können, welches Glück wir dabei hatten, muss man wissen, dass in Bulgarien Autos und Krafträder außerhalb der Hauptstadt Sofia so gut wie unbekannt sind. Man begegnet dort nur zahlreichen Ochsengespannen und vielerlei Eseltreibern, selten aber einem Kraftwagen.

Wir waren daher ausgesprochen froh, dass wir Bansko noch am selben Abend erreichen konnten. Dort war unser Erstes, dass wir durch unseren Wirt den Leiter des Elektrizitätswerkes herbeirufen ließen, an den wir ein Empfehlungsschreiben hatten, und unser Erstaunen war groß, als uns dieser ehrfürchtigst mit den Worten begrüßte: „Sind Sie die beiden Herren, die soeben mit dem Herrn Minister angekommen sind?" Nun erst erfuhren wir zu unserem Erstaunen, dass wir mit niemand anderem als dem bulgarischen Finanzminister hier angekommen waren. Solcherlei Abenteuer konnte man sich freilich gefallen lassen.

Am nächsten Morgen stiegen wir sodann zur Damjanicahütte auf, wobei wir ausnahmsweise unsere Rucksäcke nicht selber schleppten, sondern sie einem Eseltreiber beziehungsweise dessen Grautier anvertrauten. Es gibt vielleicht einen Einblick in die Billigkeit des Lebens im Bulgarien der damaligen Zeit, wenn man hört, dass der Eseltreiber für den sechsstündigen Weg zur Hütte, das Übernachten dort, wobei er sich noch selbst verköstigte, und den Rückweg, der nochmals den halben Tag beanspruchte, sage und schreibe den Betrag von 1,50 Mark (60 Lewa) verlangte.

Von hier aus gelang uns dann die Besteigung des Nordgrates des Momin-Dwor (2.730 Meter), außerdem bestiegen wir noch den Mangar-Tepa (2.860 Meter) und den Gazen (2.820 Meter). Die besondere Eigenartigkeit und Einzigartigkeit des Piringebirges, wie übrigens auch des Rilagebirges, bilden die zahlreichen Seen, die fast in jeder Mulde heraufblicken und deren allein das Piringebirge über dreihundert zählt!

Ein geradezu prächtiges Abenteuer hatten wir mit vier gewaltigen Schäferhunden, die eines Tages unvermutet uns in geschlossenem Angriff überfallen wollten. Als sie auf etwa zwanzig Meter in einer Linie herangestürmt waren, schien es uns geraten, Front zu machen. Ein Schreckschuss aus meiner Pistole verfehlte seine Wirkung nicht. Die Köter erschraken und blieben wie mit einem Ruck stehen, welche Schrecksekunde wir blitzschnell nutzten, um ihnen ein paar tüchtige Steinbrocken entgegenzuschleudern. Diese Wurfgeschosse wurden offensichtlich nach Hundelogik als Wirkung des vorangegangenen Knalles betrachtet und entschieden unseren völligen Sieg, indem nunmehr alle vier schleunigst die Flucht ergriffen.

Nach dreitägigem Aufenthalt verließen wir die Damjanicahütte und gingen über den Todorin (2.750 Meter) zur Banderitzahütte, die den Ausgangspunkt für den Hauptgipfel des ganzen Gebietes und den zweithöchsten Berg des Balkans überhaupt bildet, den El-Tepe. Dieser bricht mit einer etwa fünfhundert Meter hohen, sehr steilen Plattenwand nach Norden ab.

Es glückte uns in teilweise sehr schwieriger und im obersten Drittel infolge der ungünstigen Plattenschichtung auch in höchstem Grade gefährlicher Kletterei dieses schönste Problem der gesamten bulgarischen Berge, dessen Lösung bereits wiederholt vor uns von bulgarischen Kletterern vergeblich versucht worden war, zu lösen, indem wir einen geraden, in der Falllinie des Gipfels sich bewegenden Durchstieg zu legen vermochten. Der Fels war hier zu unserer Überraschung und im Gegensatz zu allen übrigen Bergen festes Kalkgestein. Auch fanden sich in dieser Wand zahlreiche Edelweiß.

Mit dieser Fahrt war der Abschluss unserer Bergfahrten erreicht und wir kehrten wieder nach Sofia zurück. Dort löste unser Bericht über die errungenen Bergsiege im Bulgarski-Planina-Klub größte Überraschung aus. Noch größer aber war unsere eigene Überraschung, als uns gänzlich unerwartet der Vorsitzende des Klubs in einer feierlichen Ansprache zu Ehrenmitgliedern ernannte. Der Vorsitzende betonte dabei mit aller Ausdrücklichkeit, dass diese Ehre zum ersten Male Ausländern zuteilwurde.

Es darf nicht verschwiegen werden, dass bei dem anschließenden Bankett im Vertilgen edlen Weines die Bulgaren unbestritten die Sieger blieben und sich so wenigstens einigermaßen für die entgangenen Kletterfahrten rächen konnten.

Besonders erfreulich fiel uns überall in Bulgarien die ausgesprochene Deutschenfreundlichkeit der Bewohner auf, die geradezu wetteiferten in Freundlichkeit und Zuvorkommenheit.

In jenen Tagen schrieb mir ein Sohn des Ministers, mit dem wir im Auto gefahren waren, folgendes: „In derselben Zeit, als Sie in Bulgarien weilten, war ich in Ihrer Heimat und konnte durch eine Rundreise in Deutschland das schöne und großartige Werk einer großen Nation bewundern. Überall, wo ich hinkam, sah ich etwas Neues. Aber überall traf ich nur einen einzigen Menschenschlag und einen festen Willen zur Wiederaufrichtung des Vaterlandes."[83]

+

Ein Frontbrief
Der bekannte Dachauer Musiker August Waldenmaier, er schreibt uns eine kleine Betrachtung zur heutigen Tanzmusik. Wir wollen unseren Lesern die guten Gedanken unseres Soldaten Waldenmaier nicht vorenthalten, ist es doch leider immer noch der Fall, dass englische Tanzmusik nicht gänzliche

Ablehnung erfährt. Wir lassen unseren Krieger und begeisterten Musiker selbst sprechen:

„Schon oft habe ich mir in meinen dienstfreien Stunden Gedanken gemacht über die Ausführung der modernen Tanzmusik und des modernen Tanzes überhaupt, besonders nach Beendigung des Krieges. Aber jedes Mal ist die Schlussfolgerung dieselbe: So wie die Ausführung vor dem Kriege war und auch jetzt noch ist, kann sie unter keinen Umständen bleiben. So wollen wir uns einmal mit der Tanzmusik etwas auseinandersetzen:

Tanzmusik gab es schon immer. Nur die Musik und die rhythmischen Bewegungen änderten sich. Viele Komponisten schrieben Tanzmusik. Auch unsere Klassiker wichen ihr nicht aus, und viele Werke zeugen von ihrer Schaffenskraft auf diesem Gebiete.

Angefangen bei Josef Haydn mit seinen entzückenden Menuetten, Walzern und so weiter, dann Mozart mit Menuetten, deutschen Tänzen (elf Hefte), Contretänzen, Kassationen und Walzern, Beethoven, deutsche Tänze, Märsche, Mödlinger Tänze, Deutsche Walzer, ferner Franz Schubert, Deutsche Tänze, Ländler, Walzer und Polkas. Alles wurde getanzt. Es waren eben Tänze der damaligen Zeit. Ob nun im Barock, Biedermeier oder sonst einem Zeitalter spielt keine Rolle. Es war Gebrauchsmusik. Nebenbei blühte auf gleich guter Stufe die Volkstanzmusik in vollem Maße und brachte herrliche Weisen in allen deutschen Gauen hervor.

Langsam jedoch kristallisierten sich verschiedene Formen heraus. In Wien entstand der Wiener Walzer. Franz Schubert übernahm von den alten österreichischen Ländlern den Stimmungsgehalt und formte daraus seine Walzer und deutsche Tänze. Kurze, in sich abgeschlossene Stücke entstanden und konnten beliebig zusammengestellt werden. Joseph Lanner übernahm dann die Art, fügte sie jedoch fester zusammen. Es entstand die Form der sogenannten Waltersuiten und Walzerfolgen. Lanner verband die einzelnen Stücke bewusst mit Zwischenspielen.

So war der erste Walzer in seiner Grundform fertiggestellt. Aber sie sollte noch nicht so bleiben, wie sie war. Erst Johann Strauß Sohn, dem Schüler und späteren Rivalen Lanners, war es vergönnt, den Wiener Walzer als fertig in die Welt zu tragen.

Johann Strauß feierte in der Welt Triumphe und wurde dann auch mit Recht der Walzerkönig genannt. Wer könnte ihn noch überbieten in seinen Meisterwerken wie *An der schönen blauen Donau*, ursprünglich *Fasching in Wien*, *Künstlerleben*, *Rosen aus dem Süden*, *Frühlingsstimmen*, *G'schichten aus dem Wiener Wald* und so weiter? Er brachte aber auch andere Tanzgattungen zu höherer Entwicklung. Wir alle kennen seine Unzahl von Polkas, *Tritsch Tratsch*, *Frauenherz*, *Pizzicato* und andere mehr, Mazurkas und Märsche. Alles herrliche, einmalige Werke.

Eine Abzweigung vom Wiener Walzer bilden dann die Konzertwalzer, die wohl den Charakter des Walzers noch beinhalten, aber in Form und Gehalt anders geartet sind. Der Konzertwalzer tritt auf als geschlossenes Stück oder als Teil der Oper und Operette. Als typische Beispiele seien zu nennen R. Strauß, *Rosenkavalier*, Max Reger, *Ballettsuite*, *Valse d'Amour*, Ernst von Dohnányi, *Hochzeitswalzer*, Ermanno Wolf-Ferrari, *Schmuck der Madonna*, und so weiter.

Nun wollen wir wieder zurück zur Tanzmusik. Wie schon gesagt entwickelte sich alles nach und nach. Die Tänze der vergangenen Jahrzehnte wurden immer mehr zurückgedrängt und durch die neuen Arten ersetzt. Die Wiener Biedermeierzeit verlor auch ihren Reiz. Aus der langsamen Polka wurde die Schnellpolka. Es drängte sich immer mehr der Schieber in den Vordergrund. Der Schiebetanz wurde allmählich dem Rund- und Figurentanz vorgezogen. Immer neuere Arten entstanden. Die Namen können wir alle gar nicht aufzählen. Vom langsamsten bis zum schnellsten Tempo wurden sie dargeboten.

Doch mit dem Ausbruch des Weltkrieges wurde den teils schon entarteten Gebilden mit einem Schlage das Heft aus der Hand genommen. Vier Jahre lang ruhte das Spiel. Aber gleich nach Kriegsende setzten auch die Tanzlustbarkeiten wieder ein. Nicht deutsche Tänze und Kompositionen wurden gespielt, nein, es wurde alles durch die sogenannten Kulturvölker mitgebracht, gespielt und getanzt. Hervorragende Dinge wurden da dem deutschen Menschen als Schöpfungen vorgelegt. Von Negern, Franzosen, Engländern und Amerikanern wimmelte die Tanzliteratur nur so. Die Namen der einzelnen Musikstücke sind unzählig und auch heute für uns nicht mehr von Bedeutung. Einige Namen wie One-Step, Two-Step, Charleston, Foxtrott und so weiter sind uns noch in bester Erinnerung.

Deutsche Komponisten übernahmen und verbreiteten all diesen Kitsch, um möglichst viel Geld einzustreichen. Vorher klarliegende Melodien wurden rhythmisch dem Tempo der Zeit angepasst und dem N.-Tanz[84] gleich gemacht. Auch der amerikanische Hot wirkte sich in der übelsten Form aus. Wenn wir nun das Wort *Hot* in das Deutsche übersetzen, so kommt dabei *Hetz, hetzen*, heraus. So wurden im Laufe der Zeit die Tanzkompositionen immer toller, Tangos und englischer Waltz blieben mehr den Originalen gleich, bis in den Jahren 1923 bis 1925 der Höhepunkt an Verrücktheit erreicht wurde.

Aber nur ein wenig flachte nach dieser Zeit die Entartung ab und wurde dann in den Jahren 1927 bis 1930 von den deutschen Juden noch einmal auf den Siedepunkt getrieben. Die empörendsten Schlager wurden in den Tanzlokalen gespielt. Den Höhepunkt jedoch bildete eine Oper, und zwar Kreneks *Jonny spielt auf*, eine ganz niederträchtige Verunstaltung der früheren *Groschenoper*. Tanzoperetten entstanden, so unter anderem *Blume von Hawaii* von Paul Abraham und *Bomben auf Monte Carlo*.

Erst nach der Machtübernahme boten entsprechende Verordnungen und Erlasse diesem wüsten Treiben Einhalt. Aber trotzdem konnte nicht sehr viel unterbunden werden. Immer wieder setzten sich neue Errungenschaften auf dem Gebiete des Tanzes durch. In den letzten Jahren waren das die hässlichen Gebilde des Swing und des Lambeth Walk.

Nehmen wir ruhig diese Gebilde als Zeiterscheinungen hin, wissen wir doch, dass nach Beendigung des Krieges durch die NS-Gemeinschaft Kraft durch Freude neue Wege beschritten werden. Diese Auswüchse werden und müssen verschwinden. Zielbewusst und klar werden von den maßgebenden Stellen die Volkstänze gepflegt, und für entsprechende Verbreitung im Volke wird Sorge getragen, wenn auch in modernerer Form. Letzten Endes muss doch der deutsche Gesellschaftstanz den Sieg davontragen. Inwieweit die Fortbestehung des Tanzes, langsamen Walzers, Foxtrotts und so weiter erhalten bleibt, wird die Zeit mit sich bringen.

Wir wollen auf jeden Fall mit allen verfügbaren Kräften nach dem Kriege weiterkämpfen, um die jüdischen und artfremden Einflüsse aus der Tanzmusik fernzuhalten und wieder die idealen Formen des deutschen Walzers, des Marsches, des Figurentanzes, der Francaise, der Polka, auch eventuell des Tangos und langsamen Walzers in der reinen Form erstehen zu lassen. Dass dies kommen wird und muss, dessen sind wir uns gewiss.

Es ist leider tiefbedauerlich und höchstgradig verdrießlich, dass sogar in deutschen Rundfunksendungen, Beispiel sei die *Stunde der Heimat* vom 11. November 1940, noch Tanzmusik nach typisch englischem Muster gespielt wird. Dies darf nicht vorkommen. Wir deutschen Soldaten wünschen von unseren Sendern deutsche Musik zu hören und keine Nachäffung fremder Weisen, die uns vollkommen wesensfremd sind und uns unheimatlich berühren.

August Waldenmaier,

zurzeit im Felde."

Wir haben diesem interessanten Thema nichts mehr hinzuzufügen und würden uns nur freuen, wenn wir von anderen Soldaten aus dem Dachauer Lande gleichfalls hin und wieder derlei kleine Hinweise erhielten. Wir sind immer auf Post von der Front gespannt.[85]

+

Tapfere Brüder

Eine seltene Freude ist bei der Familie Knöpfle, Kriegsopfersiedlung an der Hindenburgstraße, eingekehrt. Die zwei Söhne zogen mit Kriegsbeginn ins Feld. Vor einigen Tagen traf nun die überaus freudige Botschaft ein, dass der jüngste Sohn zum Untersturmführer befördert und sein älterer Bruder für seine in Polen bewiesene Tapferkeit zum Oberleutnant und Kompanieführer ernannt wurde.

Die Verdienste des Jüngeren beim Feldzug in Frankreich wurden durch die Verleihung des Eisernen Kreuzes II. Klasse entsprechend belohnt. Die Kunde von dem wackeren Verhalten der beiden Brüder wird von den Dachauern mit herzlicher Freude entgegengenommen. Den Eltern entbieten wir auf diesem Wege für ihre erfolgreichen Kämpfer die herzlichsten Glückwünsche.[86]

✝

Unser lieber, braver Sohn
Maximilian Weber,
Schütze in einem Infanterieregiment,
Gütlerssohn von Orthofen, Gemeinde Wiedenzhausen,
hat am 7. Juli 1940
bei einer gewaltsamen Erkundung an der
Westfront im Alter von 23 Jahren den Heldentod
auf dem Felde der Ehre gefunden.
Sein Grab befindet sich bei Senarpont in Nordfrankreich.
Der Kompanieführer schreibt,
er war ein tapferer und vorbildlicher Soldat,
der getreu seinem Fahneneid für
Führer, Volk und Vaterland das Höchste gab:
Sein junges Leben für des Reiches Größe und Freiheit!
Der Kriegergottesdienst für den toten Helden findet
am Samstag, vormittags 9 Uhr in Orthofen statt.[87]

✝

Unser lieber, braver Sohn
Gustl Freitag,
Schütze in einem Infanterieregiment,

seit 14. Juni dieses Jahres vermisst, ist gefallen.
In tiefer Trauer
Willibald Freitag, Landwirt von Sulzrain.[88]

✝

Mein innig geliebter Ehemann
Wilhelm Raab,
Feldwebel bei einem Kampfgeschwader,
mit dem ich nur wenig mehr als ein Jahr verheiratet war,
hat am 2. Juni 1940 sein Leben
für sein Vaterland hingegeben.
Er ruht auf einem Ehrenfriedhof, wo er mit
seinen Kameraden beigesetzt worden ist.
Mit der Witwe Magdalena Raab trauert das feine
Mädel Maria, das den Vater nie kennen wird.
Aber es wird, wenn es groß ist, erfahren,
dass sein Vater wie ein Mann gekämpft hat.
Es wird einmal stolz auf ihn sein können.
Meines Gatten Hauptmann schrieb:
„Er starb den höchsten Tod eines Soldaten
im Kampf für die Freiheit des deutschen Volkes.
Er wird uns sowohl als Kamerad wie als Soldat
ein Vorbild bleiben. Wir werden sein Bild in steter

Erinnerung behalten und seinen Geist auf allen
Flügen mit uns tragen!"
Der Trauergottesdienst in der Pfarrkirche St. Jakob
wird noch bekanntgegeben.[89]

Östlich von Krakau, 19. Juni 1941
Lieber Johann,
wir sind gut im Osten angekommen. Nun bin ich also im Generalgouvernement. Vielleicht läuft mir hier ja der Eberhart ganz unverhofft und fidel über den Weg. Oder ich höre ihn inmitten einer Schar SS-Männer beim Essenfassen fröhlich schnattern und prahlen, ganz wie wir ihn so prächtig von unseren einstigen Gesellschaftsabenden in der Küche der Hauswirtin kennen. Das wäre schon eine feine Sache, würden sich zwei Dachauer Kameraden aus demselben Hause fern der Heimat begegnen.

Ich habe nicht viel Zeit, dir zu schreiben. Wir haben gerade eben aufs Neue den Befehl erhalten, Marschbereitschaft herzustellen. Wer weiß, wohin es nun schon wieder geht. Steht uns tatsächlich ein neuer Waffengang bevor? Ein neues Leiden, ein nächstes Sterben von Kameraden? Ich will es nicht glauben. Will einfach nicht glauben, dass nun auch der Russe sich gegen uns wendet. Ich will weiterhin auf einen baldigen Frieden hoffen, auf meine Rückkehr und meinen Eintritt in die Dachauer Künstlervereinigung. Ich danke dir tausendmal, dass du dich mit größter Sorgsamkeit und Akribie um die Formalitäten meiner Aufnahme gekümmert hast. Ich selbst hätte dies ganz gewiss niemals vermocht, nicht nur, weil ich aktuell im Felde stehe, sondern weil mir schon immer derlei Formalien ganz eigentlich ein unergründliches Mysterium und damit auch eine unüberwindbare Hürde gewesen sind. Bitte richte der Vereinigung und allen, die mich willkommen geheißen haben, meine innigsten Grüße und allerherzlichste Dankbarkeit aus.

Seit du mir von meiner geglückten Aufnahme in die Künstlervereinigung geschrieben hast, hat mich der Ehrgeiz vollends gepackt, meine Technik noch weiter zu verfeinern. Mit der Spitze eines Nagels, den ich mit einer Kneifzange aus meiner Schuhsohle gezogen habe, sowie der Nähnadel aus meinem Flickzeug und mit Hilfe einer Lupe will es mir inzwischen recht häufig gelingen, selbst den winzigsten Figürchen die feinsten Gesichter zu schenken. Mit dem Nagel bohre ich ihnen Nasenlöcher, und mit der Nadelspitze steche ich ihnen Poren in die Bäckchen und auf die Nasen und ritze ihnen Falten in die Stirn. Raschen Blicks und mit bloßem Auge sind diese filigranen Charakterisierungen kaum zu erkennen, aber nimmt man sie mit Geduld und unter einem Vergrößerungsglas genauer in Augenschein, wage ich es mir einzureden, mit meinen kleinen Werkzeugen einem jeden Figürchen eine Persönlichkeit zu verleihen und Einzigartigkeit zu schenken.

Ach je, ich klinge jetzt schon wie ein berühmter und ob seiner Erfolge eitel und narzisstisch gewordener strahlender Stern am Künstlerfirmament. Dabei will mir gerade in diesen Tagen der Ungewissheit jegliche Prahlhanselei zutiefst zuwider sein, bin ich doch lediglich ein Gefreiter unter abertausend anderen – wer weiß genau wie vielen? –, der gewiss kein Pfennigstück mehr wert ist als meine Kameraden links und rechts auf ihrer Pritsche. Es ist das nächtliche Harren in der Dunkelheit, die schlaflose und stillschnaufende und einsame Warterei auf die Geschehnisse des nächsten Tages, die einen allzu oft träumen macht von einem anderen, glücklichen und geborgenen Dasein.

Unter den Kameraden herrscht die allergrößte Anspannung. Ich merke es, da sie mehr Sprüche klopfen als ohnehin, und sie lauter und länger über ihre Zoten lachen. Unsere Unteroffiziere passen auf wie die Haftelmacher, dass unsere Spekulationen über das, was kommen und uns ereilen mag, nicht allzu arg ins Kraut schießen. Der Russe, werden sie nicht müde uns mitzuteilen, ist gewiss noch miserabler aufgestellt, als es die leichterhand überrannten Franzosen gewesen sind. Ich will ihnen gerne glauben, aber wenn ich sehe, wie unruhig unser Zugführer nach Osten blickt... Unlängst hat er sich von zuhause eine Bibel schicken lassen.

Ich musste dieser Tage oft an den albernen Zeitungsbericht über Pauli Bekehr denken, den du mir im Februar zugeschickt hast. Wie hieß es darin? Moment, ich schlage nach:

„Ein sehr alter abergläubischer Spruch sagt von diesem Tag:
Am Pauli Bekehrungstag
des Wetters solche Rechnung trag:
Scheint die Sonne herrlich klar,
bedeutet es ein gutes Jahr.
Nebel aber, dicht oder fein,
bringt ein Sterben allgemein.
Nimmt der Wind gar überhand,
dann folgt Krieg im ganzen Land."[90]

Ich habe damals herzlich lachen müssen über den herrlich abergläubischen Schmarrn, den du mir sicherlich geschickt hast, um mir ein Lächeln ins Gesicht zu zaubern. Das ist dir freilich gelungen.

Damals.

Doch sag mir heute, Johann, wie war denn nun heuer das Wetter an Pauli Bekehr?

Es grüßt dich herzlich,

Heil Hitler

Simon

SOMMER 1941 BIS ENDE

1941

NACH CHRISTI GEBURT

+++

Dachau, 1. August 1941
Lieber Simon,
bitte verzeih, dass ich erst jetzt schreibe. Dein letzter Brief hat mich erst Anfang Juli erreicht. Danach folgten einige Tage Feldpostsperre. Zwei Kollegen aus der Schriftsetzerei wurden zu den Waffen gerufen. Seitdem schiebe ich nach meinem Dienst in der Schreibstube noch eine Schicht in der Setzerei. Nachts sind meine Augen so erschöpft, dass mir beim Briefschreiben die Buchstaben wirr übers Blatt hüpften wie die Spatzen über den Kies im Hof, nachdem die Hauswirtin eine Handvoll Sultaninen in den Kies geworfen hat. Sie macht dies nur noch selten. Die Spatzen schimpfen wie die Wilden.

Wenn ich die Zeit finde, spaziere ich durch die Stadt und versuche meine Gedanken und Gefühle in eine erträgliche Ordnung zu bringen. Es will mir nicht gelingen, wie es in diesen Tagen der Stadt in ihrer Gesamtheit nicht gelingen mag. Man braucht nur dem Postboten zu folgen. Er tritt aus einem Hauseingang, und keine Minute später schallt ein herzzerreißendes Klagelied durchs offene Küchenfenster auf die Straße hinaus und will und will nicht verklingen. Drei Häuser weiter überreicht er einem sorgengrauen Mütterchen, das bereits eine Stunde lang fieberhaft am Gartentor auf sein Kommen gewartet hat, einen Brief, die Frau küsst sogleich ganz inniglich das schmutzige Kuvert und schickt mit stummen Lippen ein Dankesgebet gen Himmel. Dieser Tage macht es einen derartig gewaltigen Unterschied zwischen einem Brief vom Liebsten und einem Brief über den Liebsten, dass dies grausame Spiel anzusehen wohl nicht einmal der Teufel höchstpersönlich mit seiner sämtlichen Gehässigkeit und Schadenfreude zu genießen in der Lage sein mag. Der Postbote, er will mir in diesen

Tagen und Wochen des Harrens, des Bangens und des Hoffens vorkommen wie ein gänzlich unfreiwilliger Herold der Schicksalsgöttin Tyche. Hier bringt er bitterste Kunde ins Haus und stürzt eine Mutter, eine Gattin, eine Schwester in die elendigste Verzweiflung, und einen Steinwurf weiter besorgt er die glückseligste Erleichterung, der Sohn, er ist am Leben, hörst du, Vater, der Sohn, er lebt, er lebt und hat geschrieben. Nun geht der Postbote weiter und an einem Bankerl vorüber, auf dem behaglich und von den warmen Strahlen der Vormittagssonne beschienen zwei Alte sitzen, sich die Zeitung teilend und mit Feuereifer den Fortgang der Offensive diskutierend. Der Postbote tippt zum stummen Gruße mit dem Daumen an seine Mütze, aber die Alten wollen ihn gar nicht wahrnehmen, so sehr begeistern sie sich über die Zeitungsberichte über euren raschen, unaufhaltsamen Vorstoß tief hinein ins Feindesland, und einer der Alten sagt, er würde ohne jegliches Zögern seine letzte Sau darauf verwetten, dass ihr den elendigen Kriegstreiber Stalin zu Erntedank oder spätestens zu Kirchweih am Krawattl aus dem *Gremml* – so hat er es ausgesprochen –, also aus dem Kreml schleift und ihn hoffentlich sogleich und ohne Federlesens mit einem Strick am nächsten Baum aufhängt, bis seine behuften Beine endlich zu zappeln aufhören und ihm seine grässliche Lügenzunge blaugeschwollen aus dem Schandmaul quillt. Tatsächlich platzen die überregionalen Seiten des Amper-Boten geradezu vor Meldungen über eure grandios errungenen Erfolge im Osten. Aber schon geht der Postbote weiter und über den Stadtplatz, wo unter den in der Sommerbrise träg schwankenden Bannern unseres Deutschen Reichs die letzten Aufbauarbeiten für ein abendliches Festkonzert verrichtet werden. Droben im Schloss, wo die Vorbereitungen zur Eröffnung der Sommerausstellung mit Eifer und Geschäftigkeit ihren Gang gehen, übergibt er August Kallert ein Schreiben, mit welchem der Regierungspräsident Gareis seine Teilnahme an der Eröffnungsfeier der Ausstellung absagt und sein tiefstes Bedauern darüber kundtut, woraufhin Kallert leise flucht, sich sogleich aber unversehens wieder ans Werk macht, denn die prächtige Ausstellung soll ja nicht für den Regierungspräsidenten erstehen, sondern für alle Deutschen. Weiter geht es dem flinken Postboten hinterher hinunter in die Gottesackerstraße und am dortigen Friedhof vorbei, als von dort drei Salutschüsse die friedliche Stille genügsamer altstädtischer Arbeitsamkeit zerreißen als unverkennbares Zeichen, dass wieder ein Dachauer Kämpfer eingegangen ist in Walhall. Manchmal hört man ein Mütterchen innerhalb der Friedhofsmauern bitterlich klagen, es bricht einem das Herz vor Mitleid, und man möchte am liebsten zu ihm hingehen auf den Friedhof und es vor dem leeren Grabe tröstend in die Arme nehmen, ihm versichernd, es hat schon seinen Sinn gehabt, das grausame Los des Sohnes, es hat doch ganz gewiss einen Sinn gehabt. Indes hat es dies wirklich? Und würde ich, wäre ich ganz aufrichtig und ehrlich zu mir selbst, das verzweifelte Mütterchen nicht lieber ersuchen, doch bitte endlich leiser zu trauern? Unten in der Mittermayerstraße sitzt eine Handvoll Stammtischbrüder im kühlen Schatten der gewaltigen Kastanie im Garten des Mittermayer Hofs und stößt mit Biergläsern an, fröhlich darüber schwatzend, dass das Bier Gott sei Dank noch nicht bezugsbeschränkt ist. Zum Glück zähle man zur treuen Stammkundschaft, denn der Laufkundschaft dürften die Wirte neuerdings den Ausschank verweigern.[91]

Du hast sicherlich längst bemerkt, mein lieber Simon, ich spitze zu und verdichte, wie es zum grundlegenden Handwerkswerkzeug eines Journalisten gehört und ich es in der Schreibstube schnell gelernt und verinnerlicht habe. Jedoch wie von mir geschildert und in ganz ähnlicher Weise verhält es sich tatsächlich Tag für Tag bei uns an der Heimatfront. Hier ist Dachau in tiefster Trauer, dort schwelgt es im Glück, einen Schritt weiter ist der Krieg Anlass für erwartungsfrohen Klatsch auf einem Bankerl, und dort geht das Leben seinen Gang, als gäbe es ihn nicht.

Und ich, ich fühle, ich glaube und denke heute dieses und morgen jenes. Ach was, es wechselt sich nicht tageweise ab, sondern binnen Stunden, gar in Minuten. Erst wähne ich mich frenetisch und inbrünstig vom Stolz ergriffen auf dich und deine Kameraden, sodann greift tiefstes Mitgefühl mit den trauernden Familien nach meinem bangen Herzen, bald spült das blanke und nahezu gewissenlose Wissen um die reine Notwendigkeit jedes Mitleid hinweg, und Zuversicht auf einen siegreichen Ausgang macht mich plötzlich hungrig.

Ich vergesse in letzter Zeit allzu häufig das Essen, und wenn es mir wieder in den Sinn gerät, dann sitze ich bald darauf nach drei kümmerlichen Schweinswürsteln mit reichlich Kraut satt im Zieglerbräu und blicke hinaus aus dem Fenster und über das Moos hinweg, das friedlich im gleißenden Licht der hohen Sonne dampft. Und sogleich packen mich die Schuld und die Trübnis darüber, dass ich hier in unserem geliebten Dachau doch recht behaglich und kommod in Sicherheit lebe, während ihr im Felde und im Feuer steht und kämpft für uns daheim und unsre Zukunft. Wenn es Nacht ist, und ich in meinem Bett liege, dann übermannt mich die blanke Angst, dass das Bett auf deiner Seite unseres Zimmers vielleicht auf immer leer bleibt.

Ich musste zwei Tage verstreichen lassen, da ich zu sehr in innerer Aufwühlung begriffen war, um diesen Brief zu Ende zu schreiben sowie eine erbauliche Sammlung an Berichten zusammenzustellen, die dich, so hoffe ich, interessieren und dir das tägliche Leben und allgemeine Geschehen in Dachau näherbringen.

Dein letzter Brief hat mir den Eindruck verschafft, dass du nicht recht wusstest und dich im Vagen darüber wähntest, ob wir recht bald gegen den feigen sowjetischen Verrat zu Felde rücken würden. Vielleicht habt ihr fern der Heimat nicht die Möglichkeit, den täglichen Entwicklungen im Einzelnen sowie der Dynamik und Dramatik der Geschehnisse in ihrer Gesamtheit zu folgen. Deswegen schicke ich dir auch einen Bericht über einen Aufruf unseres Führers, aus welchem der ursächliche Grund und die unzweifelhafte Notwendigkeit des neuerlichen Feldzuges nur allzu klar hervorgehen. Dazu ein recht bunt gemischtes Allerlei über das Werkeln und Wirken der Künstlerschaft und das Dachauer Stadtgeschehen im Allgemeinen, das du hoffentlich ganz bald selbst wieder erleben und mit deiner Kunst bereichern wirst.

Leider musste ich dir auch wieder einige Todesmeldungen beilegen. Die Hauswirtin findet es grob und abgeschmackt, ja geradezu makaber und schauerlich, dass ich dir Gefallenenmeldungen an die Front hinschicke, und dies tut sie mir nahezu täglich kund, aber du hast mich doch ausdrücklich darum gebeten. Ich erachte deine Bitte als unbedingten Befehl, über dessen Sinn, Hintergrund und Wirkung ich mir jeglichen Gedanken zu machen mit aller Gehorsamkeit versage. Du wirst es schon wissen, daher folge ich. Und freilich sollen dir die mitgesendeten Gefallenenmeldungen eine gewiss ebenso anschauliche und gegenständliche wie andächtige Mahnung sein, gefälligst auf dich aufzupassen, auf dass dir nicht ähnliches widerfährt.

Bleib gesund! Und betrachte diesen meinen Wunsch ebenso, wie ich mit dem deinen zu verfahren geruhe: nicht als Bitte, sondern als getreulich auszuführenden Befehl.

Heil Hitler
Johann

+

Abwehrfront vom Nordkap bis zum Schwarzen Meer – Abrechnung
mit dem Sowjet-Verrat – Ein Kampf für die gesamte Kulturwelt
In den frühen Morgenstunden des Sonntags hat der Führer
einen Aufruf an das deutsche Volk erlassen, in dem enthüllt
wird, wie die sowjetrussische Regierung trotz der deutschen
Verständigungspolitik und des Freundschaftspaktes in Zu-
sammenarbeit mit England im Geheimen gegen Deutschland
gefährliche Machenschaften betrieb. Es wird weiter im Einzelnen enthüllt, wie Moskau glaubte, sich in schamloser Weise
Erpressungen gegen das Reich leisten zu können, wie immer
stärkere Streitkräfte an der deutschen Ostgrenze konzentriert
wurden, und wie Sowjetrussland den serbischen Putsch gegen
Deutschland entscheidend organisierte und damit die Zusi-
cherung einer militärischen Unterstützung der Putschisten-
regierung gegen Deutschland verband.

Dadurch sollte Deutschland in monatelange Kämpfe im
Südosten verstrickt werden, während die Sowjetrussen unterdessen den Aufmarsch ihrer Armeen immer mehr vollenden
wollten. Heute stehen hundertsechzig Divisionen an unseren
Grenzen – mit dem Ziel, gemeinsam mit England das Deutsche Reich und Italien zu ersticken und zu zerdrücken.

Der Führer stellt fest, dass Moskau damit die Abmachungen
unseres Freundschaftspaktes in erbärmlicher Weise verraten
hat, so dass nun die Stunde gekommen ist, in der Deutschland
diesem Komplott entgegentreten muss. Der Führer erklärte,
er habe sich deshalb heute entschlossen, das Schicksal und die
Zukunft unseres Volkes wieder in die Hände unserer Soldaten

zu legen. Im Verein mit finnischen Kameraden und zusammen mit rumänischen Soldaten vollziehe sich in diesem Augenblick vom Eismeer bis zu den Gestaden des Schwarzen Meeres ein Aufmarsch gegen Sowjetrussland, der in seiner Ausdehnung und seinem Umfange der größte ist, den die Welt bisher gesehen hat.

Der Führer schließt: „Möge uns der Herrgott gerade in diesem Kampfe helfen."[92]

+

Verlustmeldung
Verloren wurde am Freitag, den 18. Juli, von der Freisinger Straße über die Brucker Straße zum Familienbad hin ein Badeanzug mitsamt einem Handtuch. Der ehrliche Finder wird ersucht, dasselbe beim Amper-Boten gegen Belohnung abzugeben.[93]

+

Handschriftliche Anmerkung Johanns zur Meldung über das verlustig gegangene Badezeug:
Diese Nachricht und freilich auch einige andere, die ihn interessieren könnten, werde ich meinem nächsten Brief an den Eberhart beilegen, da es sich bei dem abhanden gekommenen Badeanzug um keinen anderen als jenen der Furtner Irmi handelt.

Du wirst dich freilich und vermutlich auch mit einem Lächeln im Gesichte daran erinnern, dass der Eberhart während unseres letzten gemeinsamen Sommers vor dem Kriege im ganz Besonderen von der Furtnerin und ihrer ausgesprochenen Geschmeidigkeit auf dem Fahrrad geschwärmt hat. Wenn ich ihm nun vermelde, dass die Irmi fahrradfahrend ihres Badeanzugs verlustig geworden ist und fürderhin gezwungen sein mag, nackert in der Amper zu baden, wird er sich vielleicht ganz besonders beeilen und anstrengen, gesund und wohlauf nach unserem Dachau heimzukehren.

+

Grober Unfug
Die Felder nähern sich ihrer Reife. Hoch steht schon die Saat. Es ist die unbedingte Pflicht aller Volksgenossen, diese reifenden Felder zu schützen und zu achten. Es geht nicht an, wie man es immer wieder einmal beobachten kann, dass breite Spuren in die Saaten gezogen werden durch Leute, die glauben, da hindurch gehen zu müssen. Die kommende Ernte ist für unser Volk lebensnotwendig. Die reifenden Saaten mutwillig zu zerstören, war immer schon ein Frevel. Heute ist es dazu ein nicht zu entschuldigendes Verbrechen. Die Dachauer Eltern sollten besonders auch die Jugend zur Achtung vor dem werdenden Korn erziehen und sie vor derartigem Unfug warnen.[94]

+

Ab Montag Feldpostsperre für einige Tage
Ab Montag tritt für den Feldpostverkehr zwischen der Heimat und der Front für einige Tage eine Feldpostsperre ein. Feldpostsendungen jeglicher Art, welche in der Anschrift eine Feldpostnummer tragen, werden von der Deutschen Reichspost weder angenommen noch befördert. Die Aufhebung der Feldpostsperre wird durch Presse und Rundfunk bekanntgegeben.[95]

+

Dachauer Wochenende im Zeichen der schönen Künste – Konzert am Stadtplatz – Eröffnung der Kunstausstellung

Das erste Wochenende im Juli hatte eine schöne, einheitliche Note, war ausgerichtet auf die große Linie von Dachauer Kultur und künstlerischem Wollen und Können und brachte Veranstaltungen, die aufeinander abgestimmt den Stunden Weihe und festlichen Gehalt gaben.

Am Stadtplatz:

Als sich der Samstag gegen Abend neigte, zogen auf dem Stadtplatz die Dachauer Stadtkapelle und die Liedertafel auf zu gemeinsamer Kunstübung. Die Stadtkapelle, eine Schöpfung neuerer Zeit, doch längst bewährt und überall geschätzt. Die Liedertafel, aus vielen Jahrzehnten des Dachauer Lebens nicht wegzudenken, eine Gründung sangesfreudiger Dachauer Bürger, die Weltkrieg und alle möglichen Zeiten überdauert hat und die aus dem wiedererstehenden Leben der Stadt nach dem großen Umbruch auch ihrerseits neue, mächtige Impulse gewonnen hat.

Es war ein guter Gedanke unseres Bürgermeisters, Parteigenosse Dobler, wieder einmal diese beiden Klangkörper in die Öffentlichkeit zu führen, um zu zeigen, dass sie noch am Werke sind, und zugleich einmal ihnen eine Gelegenheit zu geben, vor allem Volke aufzuzeigen, wo sie nun eigentlich stehen – unserer Bevölkerung zur Freude, der Stadt zur Zier, ihre Festtage verschönernd und mitgestaltend.

Es war auf den ersten Aufruf hin eine selten stattliche Zahl Menschen gekommen, und aus dem lebhaften Beifall und dem Gespräch der Zuhörer war ersichtlich, dass der Gedanke des Parteigenossen Dobler Anklang und freudigen Widerhall gefunden hat. Allseits wurde der Wunsch nach sich oft wiederholenden Veranstaltungen dieser Art laut.

In der Feierabendstimmung des sinkenden Tages hob denn ein fröhliches Musizieren und Singen an, und Lied und Klang gingen über den uns allen so vertrauten Platz. Die Liedertafel unter der Leitung ihres derzeitigen Dirigenten Götz brachte echte volkstümliche Liedkunst und beschritt damit den Weg, der einzig richtig ist. Die Stadtkapelle stand unter der Leitung des langbewährten Leo Flierl, der seine Musiker immer noch in strammer Zucht hat. Wenn wir zusammenfassen, so war diese im Rahmen der Kraft durch Freude durchgeführte Veranstaltung ein voller Erfolg, der schöne Möglichkeiten für die Zukunft ahnen ließ.

Als Lied und Klang verhallt waren, ging noch das uns vertraute und erinnerungsschwere Plätschern des Stadtbrunnens durch die Stille der anhebenden Dachauer Sommernacht. Dachau hatte wieder einmal sein eigenwüchsiges Leben und Sein aufgezeigt und sein unzerstörbares Wesen neu befruchtet, von neuen Antrieben getragen, vom Alten kommend und dem Gegenwärtigen weit aufgeschlossen, traditionsfreudig und zukunftsgläubig dargetan.

Zugleich aber schien uns diese abendliche Musikstunde ein wundervoller Auftakt und Aufklang zu sein zu jener Stunde droben im Dachauer Schloss, die am gestrigen Sonntagvormittage die Sommerausstellung der Dachauer Künstlerschaft ans Licht hob.

Im Dachauer Schloss:

Es gibt Höhepunkte unseres Lebens, die einmalig sind. Sie greifen erschütternd und den gewohnten Gang der Dinge auflösend in unser Sein. Wir staunen und sind beglückt oder zutiefst ergriffen. Wir erschrecken vor dem Ungewöhnlichen, das auf unser ehrloses Herz einstürmt, und finden nur schwer in die alten Geleise. Es gibt aber auch Gipfelpunkte im Leben des Einzelnen, vor allem aber im Leben einer Gemeinschaft, die immer wiederkehren, deren stille Festlichkeit wir nicht missen wollen, die beinahe nach festgestellten Formen doch stets neu und wesentlich sich abwechseln, die wir erwarten und denen wir stets mit gleichen Gefühlen der Spannung, der Freude und Besinnlichkeit entgegengehen.

Diese Feste überraschen uns nicht. Wir sind von ihnen nicht aufgewühlt bis ins Innerste. Aber ihr stilles, nachhaltiges Glänzen teilt unsere Tage in Gezeiten ab, macht unser Herz froh und unsere Gedanken nachdenklich. Sie kommen wie der Frühling und der Sommerwind und sind wie diese uns lange bekannten und vertrauten Dinge immer wieder beglückend und schön, werden uns im Wechsel unserer Lebensjahre in verschiedener Gestalt lebendig und sind doch immer irgendwie dasselbe, was uns anspricht und festhält, als sähen und erlebten wir dies Beschriebene zum ersten Male.

Zu den Festtagen und Feierstunden dieser letzteren Art möchten wir die zu lange geübter Tradition gewordenen Stunden dort droben im Dachauer Schlosse rechnen, das alle Jahre wieder seine Pforten auftut zu der Welt heimischer Schöpfung, zugleich aber zu einem Erlebnis seltener Art, in dem lebendiges Sein unserer Zeit zusammenfließt mit dem Nachhall der steingewordenen Jahrhunderte.

Eine große Zahl Menschen pilgerte denn auch, wie wir es gewohnt sind, gestern Vormittag hinauf zum Schloss, um wieder mit den Dachauer Malern diese feierliche Eröffnungsstunde zu begehen, die zugleich nach altem Brauche den hohen Sommer im Dachauer Land einleitet und mit seinem Beginn zusammenfällt.

In kleinerem Rahmen als in früheren Jahren gestaltete sich diesmal die Eröffnung der Kunstausstellung, doch nicht weniger festlich und eindrucksvoll. Professor Kaspar Schmid hatte zum Beginn ein neues Blockflötenquartett aus eigener Meisterhand verheißungsvoll beigesteuert, eine Musik, die ganz besonders gut in den barocken Rahmen passte.

Dann sprach August Kallert Worte des herzlichen Willkommens an alle, die erschienen waren, um wieder zu zeigen, dass ihnen die Dachauer Kunst und die Bestrebungen ihrer Träger am Herzen liegen. Sein Gruß galt vor allem dem Standortkommandanten, dem Vertreter des am Erscheinen verhinderten Regierungspräsidenten, dem Vertreter der Kreisleitung sowie dem Bürgermeister der Stadt Dachau, Parteigenosse Dobler.

Dachauer Land und Leute, nach diesem Thema ist auch heuer die Ausstellung wieder ausgerichtet worden. Der Maßstab, nach welchem die Bilder ausgewählt worden sind, wurde noch strenger. Es wurden nur Schöpfungen aufgenommen, die dem gestellten Grundgedanken entsprachen. Lediglich Stillleben und hier vor allem das Blumenbild lockern die strenge Regelung dieser Ausstellung auf, die wieder heimatgebundene Kunst zeigen will, Werke, die aus dem Erlebnis dieser Dachauer Landschaft geboren wurden und die aus der Ehrfurcht und der Liebe zur Heimat entstanden sind, sämtlich gemalt von Menschen, die diesem Land selber innerlichst verbunden sind und immer waren. Neben diesem Gesichtspunkt war für die Beschickung der Ausstellung lediglich noch das soziale Motiv ausschlaggebend und richtungweisend. Im Übrigen sollen die Bilder selbst ihre beredte Sprache sprechen und zeigen, was ihre Schöpfer gewollt haben.

An Stelle des verhinderten Regierungspräsidenten Gareis, den wir sonst jedes Jahr als warmherzigen Förderer der Dachauer Kunst begrüßen konnten, war in dessen Auftrag der Regierungsdirektor Hindelang erschienen. Er brachte die Grüße und Wünsche des Regierungspräsidenten für ein volles

Gelingen dieser Ausstellung. In denkwürdiger Stunde wird diese Ausstellung eröffnet, so führte der Redner des Weiteren aus. An den Fronten sprechen die Waffen, und das deutsche Volk ist im Begriffe, die große Auseinandersetzung mit dem Bolschewismus hart und unerbittlich zu vollziehen. Die besten Söhne dieses Volkes kämpfen diesen lebensnotwendigen Kampf. Die Kräfte der Heimat sind auf diesen Kampf in erster Linie ausgerichtet und in ihn einbezogen.

Das Wunder ist, dass neben dieser Unsumme von Aufgaben unser kulturelles Leben auf allen Gebieten, planend für die Zukunft und des Tages harrend, da die Kräfte des Volkes wieder frei werden für die Aufgaben des Friedens, lebendig und ununterbrochen schöpferisch weiterfließt. In diesen Rahmen steten Weiterwirkens und Weiterlebens unseres kulturellen Daseins, das in begrüßenswerter Weise lange schon die Mauern bestimmter Kulturzentren gesprengt hat und hinausflutet in das Land, fällt auch diese neue Schau altbewährter Dachauer Malkunst. Diese lebendige Schau ist der Beweis dafür, dass ein altes Wort, dass nämlich im Kriege die Musen schweigen, im Deutschland des Führers keine Geltung hat.

Wie immer, wenn deutsche Menschen zu ernster Arbeit oder festlichem Erleben zusammenkommen, galt freilich auch in dieser Eröffnungsstunde der Gruß dem Führer, dem Retter unseres Volkes und darüber hinaus der ganzen europäischen Völkergemeinschaft, die eines Tages zu unserem Gruß und unserer Welt hinfinden wird.

Mit diesem Gruß an den obersten Schirmherrn deutscher Kunst erklärte Regierungsdirektor Hindelang die Dachauer Sommerausstellung des Jahres 1941 für eröffnet.

Ein erster Rundgang führte die Teilnehmer der Eröffnungsfeier dann durch die hohen Räume, die wieder eine Summe des Schönen bergen und zu denen als zeitlos gültiger Hintergrund das weite Dachauer Land heraufgrüßt wie seit ewigen Zeiten.[96]

+

Jungmädel besuchen unsere Soldaten im Lazarett
Zu einem vergnügten Nachmittag für die Verwundeten im SS-Lazarett Dachau trugen auch diesmal wieder die Jungmädel Dachau mit fröhlichen oberbayerischen Liedern und einer lustigen Scharade am Gelingen bei. Mit dem Lied *Ich bin ein Musikant aus dem Schwabenland*, an dem sich auch die Soldaten beteiligten, bereiteten sie viel Spaß. Auch die Schwerverwundeten des Lazaretts wurden nicht vergessen. Die Mädel brachten ihnen Blumen und sangen ihnen ihre Lieder vor.[97]

+

Unverantwortliche Gerüchte
Seitdem die Kampfhandlungen im Osten begonnen haben, zeigt sich im Kreis Dachau wieder eine ganz besonders üble und verwerfliche Gerüchtemacherei. Wir haben schon des Öfteren auf dieses sinnlose Erfinden unsinniger Dinge in anderem Zusammenhang hingewiesen. Hier ist es angezeigt, ganz energisch gegen diese Gerüchtemacherei Stellung zu nehmen und denen, die es angeht und die es nicht lassen können, von vornherein klar und eindeutig zu sagen, was sie zu erwarten haben.

Es ist ganz klar und selbstverständlich, dass Menschen, die Angehörige, den Sohn, den Mann, den Bruder an der kämpfenden Front wissen, bei aller Tapferkeit ihrer Haltung und bei aller Einsicht in die Notwendigkeit dieses Kampfes in steter Sorge um ihre Lieben sind. Es ist schwer genug, die Tage hindurch seine Arbeit unverdrossen zu tun und seinen Werktag abzuwickeln, wenn man weiß, dass ein Familienangehöriger draußen an der Ostfront steht. Diesen Menschen begegnen wir alle mit dankbarer Ehrfurcht, und unser Bestreben muss es sein, ihnen über diese schweren Tage der Ungewissheit hinwegzuhelfen.

Da gibt es nun wieder Leute, der Ehrenname Volksgenosse ist für sie nicht angebracht, die aus einer geradezu sadistischen Klatschsucht heraus Gerüchte in die Welt streuen und in der Stadt Dachau und im Lande herumtragen, dass ein jener Soldat gefallen oder schwer verwundet sei. Sie wissen es angeblich immer ganz bestimmt aus einer zuverlässigen Quelle. Das ist keine irgendwie entschuldbare Ratschsucht mehr. Das ist eine schamlose Gemeinheit sondergleichen.

Die Gerüchte kommen natürlich den Angehörigen zu Ohren. Diese werden noch mehr beunruhigt, verlieren die Haltung und wissen schließlich nicht mehr aus und ein. Wenn einer unserer Volksgenossen sein Leben daransetzen musste, dann wird dies den Betroffenen amtlich mitgeteilt. Diese werden mit ihrem berechtigten Schmerz fertig zu werden wissen. Und unser aller Aufgabe wird es sein, ihnen in echter, aufrichtiger Volksverbundenheit beizustehen und ihnen zu helfen, wo wir nur können.

Wer aber auf den Nerven seiner Mitmenschen ohne Grund und Anlass herumtrampelt, man kann es nicht besser bezeichnen als mit dem folgenden Ausdruck, ist ein Volksschädling schlimmster Sorte, und er wird die Folgen zu tragen haben.

Wie die Dinge oft liegen, das erhellt aus einem typischen Fall dieser Art, der uns in den letzten Tagen zu Ohren kam. Da ging straßauf, straßab das Gerücht, der uns allen bekannte R. aus D. sei gefallen. Dabei ist er gar nicht an der Ostfront eingesetzt, sondern befindet sich auf einem Fortbildungskurs.

Wir sind von der Kreisleitung Dachau aufgefordert und angewiesen, auf diese Dinge mit allem Nachdruck hinzuweisen und keinen Zweifel darüber zu lassen, dass jeder, der derartige Gerüchte in die Welt setzt, mit seiner Inhaftnahme zu rechnen hat. Wie bei allen anderen Dingen, die wir in der letzten Zeit offen zu besprechen gezwungen waren, handelt es sich auch hier nur um einige wenige, die in dieser unverantwortlichen Weise Unruhe in die Bevölkerung bringen. Sie mögen sich schämen vor der wundervollen Haltung derjenigen, die tatsächlich in Sorge um ihre Lieben sein müssen, die Soldaten an der Ostfront oder andernorts im Felde wissen, welche ihrem Herzen nahestehen, und die nicht jammern und klagen.

Erst vor wenigen Tagen hatte der Schreiber dieser Zeilen Gelegenheit, sich mit einer Frau zu unterhalten, die ein Kind erwartet und deren Mann im Osten steht. Wenige Tage nach ihrer Eheschließung ging er zu den Waffen. Kein Wort der Klage, des Missmutes, kein Ruf der Angst kam über die Lippen dieser tapferen deutschen Frau aus dem Dachauer Land. Man sah ihr an, wie sie in stündlicher Sorge lebt. Jedoch wie sie dieses schwere Schicksal zu tragen weiß, das ist aller Achtung wert.

Wir hoffen durch diese Zeilen die Angelegenheit nunmehr ein für alle Mal klargestellt zu haben. Sie sind ein Ruf an die ewigen Gerüchtemacher zur Besinnung und zur Vernunft. Wer diese Warnung überhört, der wird aus der Volksgemeinschaft entfernt, die ein Recht darauf hat, dass sie in ihrem schweren Kampf des Tages nicht beunruhigt und sinnlos gequält wird.

Der Kreisleiter wünscht keinen Zweifel darüber zu lassen, dass er mit nichts weniger als rücksichtsloser Schärfe durchgreifen wird, wenn es nötig werden sollte. Wir hoffen, dass dies nicht notwendig sein wird, sondern dass die wenigen, die es angeht, und es sind immer dieselben, sich besinnen und einmal darüber nachdenken werden, wie schamlos es ist, Menschen, die in Sorge sind, in dieser Art aufzuregen und zu beunruhigen.[98]

+

Schwerer Unfall
Der Wagnermeister Ferdinand Silberbauer sen. von Günding hatte am Montag das Unglück, von der Hobelmaschine an der linken Hand erfasst zu werden, wobei ihm mehrere Finger zertrümmert wurden. Dem überaus tüchtigen Mann zur baldigen Genesung recht viel Glück.[99]

+

Unglücksfall
Am Dienstag brachte der Wagnermeister Schneiderlein von Dachau die Hand in die Fräsmaschine, die ihm zwei Finger zermalmte. Wir wünschen Meister Schneiderlein recht baldige Genesung und hoffen, dass er wie bisher seinem Beruf nachgehen kann.[100]

+

Schwerer Unfall eines Kindes
Das Söhnchen des Bauern Moosauer von Hebertshausen ist am Samstag nach Dachau gekommen, um das Konzert am Stadtplatz anzuhören. Bei der Rückfahrt mit der Bahn nach Walpertshofen passierte dem Kinde das Unglück, dass es die Finger in die von selbst zufallende Waggontür brachte und ihm dabei zwei Finger der rechten Hand abgequetscht wurden.

Dem unter fürchterlichen Schmerzen leidenden kleinen Buben konnte erst nach längerer Dauer ärztliche Hilfe herbeigebracht werden. Wir wünschen dem Kinde, dass es recht bald wieder genesen werde.[101]

+

Karlsfeld – Schmerzliches Kindersterben
In jeder deutschen Familie ist das Kind höchstes Gut und glücklicher Besitz. Wenn nun ein grausames Schicksal solch ein junges Menschenkind hinwegholt aus dem Kreise der Familie, so ist dies wohl der härteste Verlust, den es geben kann. Ob nun das Kind eine Woche alt ist oder bereits Jahre zählt, von jenem Moment an, wo es in der Gemeinschaft lebte und sein Dasein geltend machte, ist der Tod das furchtbarste Erlebnis, das über die Eltern hereinbrechen kann.

In der Gemeinde Karlsfeld wurden drei Familien auf einmal vom letzten Abschied eines geliebten Kindes überrascht. Dem Sattlermeister Vogelmeier verschied das Töchterchen Anni im Alter von vier Jahren an den Folgen einer hinterlistigen Blinddarmentzündung. Die Familie Kaiser, ebenfalls von Karlsfeld, verlor im Alter von sechs Jahren den geliebten Sohn Wilhelm, der einer heimtückischen Krankheit erlag. Schließlich musste noch die Familie Zengerle ihr Töchterchen Katharina im Alter von vier Monaten der Erde übergeben. In drei Familien hat der Tod grausame Ernte gehalten.[102]

✝

Der durch seine Tätigkeit beim Dachauer Amtsgericht

allseits bekannte und geschätzte
Anton George
hat die Feldzüge in Polen und Frankreich mitgemacht.
Nun hat auch er sein Leben für Deutschland gegeben.
Er fiel im Alter von 27 Jahren an der Ostfront.
Er starb im festen Glauben an den deutschen Sieg.
Wir werden ihn und sein Opfer stets in treuer Erinnerung halten.
Die Kollegenschaft[103]

✝

Der Gedanke an die Heimat gab
Gottfried Lessing,
Oberfeldwebel in einer Kradschützentruppe,
die Kraft zum heldenhaften Einsatz.
Am ersten Tag der Kämpfe im Osten fiel er,
der die Feldzüge in Polen und Frankreich mitgemacht hatte,
heldenhaft in einem Gefecht.
Das Eiserne Kreuz II. Klasse schmückte seine stolze Brust.[104]

✝

Beim Kampf im Osten fiel unser lieber Sohn

Georg Hegel,
Schütze in einem Infanterie-Regiment,
im Alter von 21 Jahren.
In heldenmutigem Einsatz gab er sein Leben für Führer
und Großdeutschland.
Glonn, den 7. Juli 1941.
Die tieftrauernden Hinterbliebenen.
Der hl. Seelengottesdienst findet am Mittwoch,
den 9. Juli, vormittags 9 Uhr, in Glonn statt. [105]

✝

Am 23. Juni fiel im Osten unser über alles
geliebter, einziger Sohn und Bruder
Johann Fichtel,
Obergefreiter einer Panzerabwehrabteilung,
im Alter von 27 Jahren.
Dachau, den 10. Juli 1941.
In unsäglichem Schmerz:
Johann und Hilde Fichtel, Eltern,
und Schwester Hilde.
Der hl. Seelengottesdienst findet am Dienstag,
den 15. Juli, vormittags 9 Uhr,
in Mitterndorf statt. [106]

✝

Wir betrauern hiermit aus tiefstem Herzen
den Heldentod unseres lieben, guten Juniorchefs
Johann Fichtel.
Sein allzeit vorbildliches Leben,
seine Schaffensfreude und zuletzt sein Heldentod
sollen uns allen jederzeit ein
leuchtendes Vorbild sein.
Die Gefolgschaft der Firma Fichtel. [107]

✝

Treu seinem Fahneneid hat mein über alles geliebter Mann,
der beste Vater seines Kindes,
unser guter Sohn und Schwiegersohn, Bruder, Schwager und Onkel
Anton George,
Feldwebel in einem Infanterieregiment,
Teilnehmer der Feldzüge in Polen und Frankreich,
am 26. Juni 1941 im Osten sein junges Leben
von 27 Jahren dem Vaterland geopfert.
Er starb im festen Glauben an den Sieg.
In unsagbarem Schmerz: Maria George, Gattin,
mit Töchterchen Paula im Namen der Hinterbliebenen.

Der hl. Seelengottesdienst findet am
Donnerstag, 17. Juli, vormittags 8 Uhr,
in der Pfarrkirche St. Jakob in Dachau statt. [108]

✝

Am 22. Juni fiel im Kampf im Osten im 30. Lebensjahr
in treuester Pflichterfüllung unser lieber, guter
Sohn, Bruder, Schwager, Onkel und Neffe
Johannes Gensfleisch,
Oberfeldwebel in einem Infanterieregiment,
Feldzugsteilnehmer in Polen und Frankreich,
Inhaber des EK II.
Er gab sein junges Leben im
festen Glauben an seinen Herrgott
und seine geliebte Heimat. [109]

✝

Im Kampfe um die Freiheit unseres Volkes
fiel bei den Kämpfen im Osten am
26. Juni 1941 unser Kamerad
Christian Heine,

Unteroffizier in einem Infanterieregiment.
Seine Ehre hieß Treue.
Er bleibt unvergessen.
Dachau, den 13. Juli 1941.
SS-Sturm 12/92, Schuster, SS-Oberscharführer.[110]

✝

Im Einsatz für sein Vaterland hat am 28. Juni 1941
mein Gefolgschaftsmitglied und Soldat
Georg Helm,
Chauffeur in Dachau, an der Ostfront sein Leben geopfert.
Er war ein zuverlässiger und treuer Arbeitskamerad.
Wir werden ihm ein ehrendes Andenken bewahren.
Dachau, den 15. Juli 1941.
Peter Hubrig, Inhaber einer Kohlenhandlung, Dachau.[111]

✝

Als Dritter der Ortschaft Lauterbach gab für Deutschlands
Ehre und Größe der Obergefreite
Bernhard Kellermann
sein junges Leben.

Im Osten traf ihn bei einem Einsatz seines Gebirgsjägerregiments
am 29. Juni 1941 eine feindliche Kugel.
Kellermann ist am 22. April 1915 in Lauterbach geboren und
wurde von seinen Pflegeeltern Esswein (beim Schlohwieser)
wie als eigener Sohn geliebt und geschätzt.
Zu einem vorbildlichen, ruhigen und fleißigen Menschen
wurde er großgezogen und war überall geachtet.
Bis zum Oktober 1935 arbeitete er in der Landwirtschaft mit,
dann rückte er in den Reichsarbeitsdienst ein,
woraus er 1936 wieder entlassen wurde.
Im Oktober 1937 wurde er zur Wehrmacht einberufen.
Als aktiver Soldat zog er in die Kämpfe nach Polen, Holland,
Belgien, Frankreich und Russland.
Im Kugelregen schwerster Kämpfe opferte er dort sein Leben.
Für die Angehörigen mag es ein großer Schmerz sein, alle, die ihn
kannten, trauern mit ihnen.
Der Sportverein Unterbruck verliert mit
Kellermann einen guten Kameraden.
Als Heldensohn wird er allen unvergesslich bleiben und
weiterleben im Herzen seines Volkes, für das er sich opferte.[112]

✝

Für Führer, Volk und Vaterland ist am 22. Juni 1941 im Osten

mein lieber Sohn, unser guter Bruder, Onkel, Schwager
Johann Herder,
Gefreiter in einem Gebirgsjägerregiment,
im 28. Lebensjahr gefallen.
Der hl. Seelengottesdienst findet am Dienstag
um 9 Uhr in Deutenhausen statt.[113]

✝

Unser lieber Sohn und Bruder
Martin Wieland,
Oberschütze in einem Infanterieregiment,
Teilnehmer am Feldzuge in Frankreich,
gab sein junges Leben am 2. Juli in Russland
im Alter von 31 Jahren für Volk und Vaterland.
Der Seelengottesdienst findet am Donnerstag,
den 24. Juli, um 9.30 Uhr
in Langenpettenbach statt.[114]

✝

Am 2. Juli 1941 fiel im Osten für
Führer, Volk und Vaterland

mein lieber Sohn, unser guter Bruder,
Schwager, Onkel und Vetter
Robert Hauptmann,
Gefreiter in einem Krad-Schützenbataillon,
im Alter von 22 Jahren.
Der hl. Seelengottesdienst findet am Freitag,
25. Juli um 9 Uhr in Etzenhausen statt.[115]

✝

Am 14. Juli 1941 fiel im Osten in treuester
Pflichterfüllung mein innigst geliebter
jüngster Sohn und unser guter Bruder
Karl Moor,
Obergefreiter in einem Infanterieregiment,
Feldzugsteilnehmer in Polen und Frankeich, im 26. Lebensjahr.
Der hl. Seelengottesdienst findet am Freitag,
25. Juli um 8.30 Uhr in Großberghofen statt.[116]

✝

Die Trauerfeier für unseren lieben, guten Sohn
August Baumert,

Leutnant der Luftwaffe,
findet am Mittwoch, den 30. Juli,
vormittags 10 Uhr, an der Friedhofskapelle Dachau statt.[117]

✝

Der hl. Seelengottesdienst für den gefallenen
Fahnenjunker-Gefreiten
Albert Kropp
findet am Donnerstag, den 31. Juli, halb 9 Uhr
in der Stadtpfarrkirche zu Dachau statt.
Familie Kropp.[118]

+++

Am Morgen des 4. August 1941 brachte ein ungewöhnlich frischer Ostwind endlich Abkühlung in die Straßen, Gassen und Häuser der Dachauer Altstadt. Johann war der Erste in der Schreibstube und riss sogleich sämtliche Fenster auf, auf dass die kühle Brise die drückende Schwüle aus der Stube vertreibe. Anschließend setzte er sich an seinen Arbeitsplatz und fand dort einen Durchschlag vor, versehen mit dem Kürzel des Schriftleiters. Johann griff nach dem Durchschlag und las die knapp gehaltene Mitteilung: „Redaktionsschluss heute Nachmittag, 3 Uhr, anschließend Besprechung, Teilnahme für sämtliche Schreiber ohne Ausnahme Pflicht." Johann stand auf und besah sich die Arbeitsplätze seiner Kollegen. Vor jeder Schreibmaschine lag ein Durchschlag mit derselben Nachricht.

Johann fluchte leise. Eigentlich hatte er sich vorgenommen, heute Nachmittag endlich wieder den Tierarzt Doktor März aufzusuchen mit dem Ansinnen, einen Artikel über die in den heißen Sommermonaten besonders dringliche Haustierproblematik zu verfassen. Der Grund für Johanns Vorhaben entsprang eigenem Erleben. Am Vortag hatte er frei gehabt und war stundenlang und rastlos vor Sorge um den an der Front stehenden Simon durch Dachau gestreift. In der Stadt jedoch war es zur Mittagszeit unerträglich heiß geworden, weshalb Johann gegen zwölf Uhr im Schatten der Bäume flussaufwärts die Amper entlang und zur Stadt hinaus ging. Vom anderen Flussufer her drang das fröhliche Kreischen von Kinderstimmen an seine Ohren heran, und als er aufblickte, sah Johann in der Ferne eine Schar Kinder von einem Holzsteg im Freibad vergnügt und in verschiedentlichen Körperhaltungen in den Fluss hineinspringen, manche mit den Armen und dem

Haupt zuvorderst, andere mit angewinkelten Beinen und dem Hintern zuerst, wiederum andere die Gliedmaßen weit von sich reckend, sämtliche Kinder mit all ihren Sinnen und Gedanken im Augenblick verhaftet, wie es ihnen ihr unverbrüchlich vom Herrgott zuerkanntes Recht auf Ausgelassenheit und Freude seit jeher billigte. Johann nahm das frohgemute Treiben der Kinder kaum war. Ihn beschäftigte einzig die Frage, wie es Simon wohl im Osten ergehen mochte. Vor allem an Tagen, an denen er arbeitsfrei hatte und sich nicht mit dem Verfassen von Artikeln oder dem Redigieren eingereichter Berichte ablenken konnte, pflegten ihn die Gedanken, Hoffnungen und Befürchtungen mit anhaltender Unerbittlichkeit heimzusuchen. Wie nur wollte und könnte sich jemand wie Simon gegen einen heranstürmenden Russen zur Wehr setzen? War es nicht geradezu eine unübertreffliche Unzumutbarkeit des Schicksals, einen so feinen, herzlichen und reellen Menschen, wie Simon einer war, nun den brutalen, alles Menschliche verachtenden Angriffen der unbarmherzigen Stalinrussen auszusetzen? Johann zermarterte sich den Kopf über solcherlei Fragen und kam freilich nicht auf eine einzige zufriedenstellende Antwort.

Dergestalt gefangen in seinen schwermütigen Gedankengängen geriet Johann schließlich an einem Bauernhof bei Mitterndorf vorbei, vielleicht auch war er längst schon achtlos an dem kleinen Dorfe vorübergegangen, und es handelte sich bereits um einen Hof in dem etwas ferner der Stadt gelegenen Günding oder gar Feldgeding, jedenfalls schlich sich beim Vorübergehen an jenem Gehöft das Vernehmen eines kümmerlichen Bellens in Johanns Trübsinn hinein. Jedoch es war bei nun folgendem genauerem Horchen Johanns weniger ein Bellen denn ein geradezu hundsmiserables und elendigliches Röcheln und Japsen. Johann verließ daraufhin mit plötzlich erwachender Neugierde den Fußweg und schritt von der Amper weg zu dem Hofe hin. Derselbe bestand aus einem ebenso kleinen wie verwitterten Bauernhaus, wohl bereits vor hundert Jahren oder gar schon zu Napoleons Zeiten stolz und mühselig am Rande des Amperwaldes hingestellt, einem windschiefen Stall, dessen verfaulte und hie und dort gänzlich fehlenden Wandbretter den Blick freigaben auf im gleißenden Licht der hineindringenden Sonne von Kot wundschimmernde Kuhhintern, und einem Geräteschuppen, dessen Dach an mehreren Stellen eingesunken oder gar zusammengebrochen war. Johann hatte noch nie einen derart heruntergekommenen, ja elendigen Bauernhof zu Gesicht bekommen.

Vor dem Bauernhaus befand sich eine faulende Hundehütte in den Kies gestellt, die sich wie alles an diesem Ort in einem miserablen Zustand befand, als wollte sie die Erbärmlichkeit des gesamten Gehöfts in Miniatur imitieren. Johann schritt zu der Hundehütte hin. Im Schatten des Bretterverschlags lag schwer und ächzend atmend eine abgemagerte Schäferhündin auf ihrer Flanke. Unter dem Kopf der Hündin hatte sich eine aus mehreren Kälberstricken gewundene Kordel tief ins Fell und Fleisch ihres Halses hineingeschnitten, jedoch nicht tief genug, das arme Tier endlich und gewissenhaft zu erwürgen, sondern es lediglich hin und wieder röcheln zu machen und kurz und schrill zu bellen. Johann kannte sich nicht gut mit Tieren aus, jedoch hätte bei diesem grässlichen Anblick wohl selbst der Ahnungsloseste bemerkt, dass der daliegenden Hündin nicht mehr zu helfen war. Selbst wenn man die einschneidende Kordel rasch löste, war sie doch unwiderruflich eine Sterbende.

Noch bitterer war die Ansicht dessen, was vor den trockenen Zitzen der verendenden Hündin im Staube lag. Ein Welpe saß dort erstarrt und vertrocknet im Kies, er war dem Tod wohl längst vor Stunden begegnet. Fliegen taten sich fröhlich summend und schwirrend an ihm gütlich. Eines seiner winzigen Zähnchen hatte sich in eine der Zitzen seiner sterbenden Mutter verbissen, das kleine Zünglein quoll ihm blau aus dem todverzerrten Maule. Neben dem toten Welpen suchte ein zweiter Welpe seinen Körper auf dürren Pfötchen vorwärts zu schaffen, einer der Rettung verheißenden Zitzen zu, doch alles, das seine traurigen Versuche und erschlaffenden Pfoten zustande brachten, war ein paar Kieselsteine wegzuschieben, ohne seinem Ziel auch nur einen Zentimeter näher zu geraten.

Johann hob den Welpen hoch und blickte sich eilig nach Wasser um. Der blecherne Wassertrog vor der Hundehütte glänzte strahlend in der Sonne, als gefiele er sich mehr darin, herrlich zu funkeln als seinem eigentlichen Zwecke zu dienen. Kein Tropfen Wasser befand sich darin. Johann hastete, den Welpen zart streichelnd, über den Hof, eine Regentonne oder einen Milchkübel zu entdecken, doch es fand sich nichts dergleichen. Schließlich wandte er sich vom Hof ab, das arme Tierchen zur Amper zu bringen, um es dort aus dem Fluss trinken zu lassen.

„Werfen Sie es mir nicht vor", rief plötzlich eine Stimme. „Der Herrgott möge Sie segnen, wenn Sie es mir bloß nicht vorwerfen."

Johann blieb stehen und drehte sich um. Im Schatten des Beischlags am Bauernhaus saß jemand. Johann schritt zu der Stimme hin, und als er endlich selbst im Schatten stand, wurde aus der dunklen Silhouette unter dem Beischlag endlich ein Mensch. In einem Schaukelstuhl saß eine alte Frau, so klein und verhutzelt wie ein ausgewachsenes Menschlein nur sein konnte. Sie saß aufrecht, als wäre sie eine Adlige, die über ein stattliches Landgut herrschte, dabei besaß ihr Schaukelstuhl nur noch auf einer Seite eine Wippkufe. Auf der anderen Seite

des Schaukelstuhls ruhten dessen zwei auf halber Länge abgeschnittene Holzbeine auf einem wohl zu diesem Zwecke dort
hingestellten Strohballen. Mit ihren blaugeäderten Füßen versuchte die Alte, den Stuhl ins Schaukeln zu bringen. Es war
einfach nur grotesk, mit welcher Hingabe die Alte sich dem
Wippen ihres zerbrochenen Schaukelstuhls widmete. Der
Stuhl schepperte hin und her, und machte die winzige Person
darauf nur ruckeln statt gemächlich schaukeln. Die Augen der
Alten blickten Johann scharf an.

„Wie können Sie die Hunde einfach verrecken lassen?",
brüllte Johann die Alte an.

Die alte Frau hörte nun endlich auf mit dem unmöglichen
Versuch, ihren Stuhl ins Schaukeln zu bringen. Sie nahm ihre
faltigen und rissigen Hände von den Stuhllehnen und verbarg
darin ihr noch faltigeres Gesicht. „Gestern haben wir Nachricht bekommen, dass der Enkel, der letzte Enkel, gefallen ist.
Er war noch keine zwanzig Jahre alt. Heute ist mein Sohn mit
seiner Frau hinaus zu den Wiesen, das Heu einbringen, bevor
Schlechtwetter kommt. Ich frage mich, für wen schaffen sie
es überhaupt hinein?"

Der Welpe in Johanns Händen begann an dessen linkem
Ringfinger zu saugen. „Mein Beileid", sagte Johann. „Wenn
Sie es mir erlauben, nehme ich den Welpen mit."

„Ach", sagte die Alte, „nimm dir, was du willst. Mir ist alles
einerlei geworden."

Johann machte sich grußlos mit dem Welpen davon und
eilte zurück zur Amper. An einer Flussbiegung, wo ein ausge-
trocknetes Bachbett abzweigte, das nur bei Hochwasser ein
Altwasser zu speisen vermochte, stieg Johann in den Fluss,
schöpfte mit der linken Hand Wasser und hielt sie dem Welpen vor die Schnauze. Erst vorsichtig, bald jedoch eiliger und
gierig leckte das Hündchen nach dem kühlen Wasser. Johann

gab ihm noch eine Handvoll zu lecken, dann hielt er das Tier einfach knapp über die Wasseroberfläche und ließ den Hund direkt aus dem Fluss trinken. Nachdem der Welpe fertig getrunken hatte, machte sich Johann eiligen Schrittes auf den Rückweg in die Stadt.

Was würde die Hauswirtin sagen, wenn er ganz ohne zu fragen ein kleines Hündchen mit nach Hause brachte? Würde sie schimpfen? Gewiss nicht, sagte sich Johann, er müsste lediglich von der traurigen Herkunft des Hundewaisen und dem elendigen Bauernhof erzählen, daraufhin würde die Hauswirtin ganz gewiss sogleich ihr großes Herz öffnen und ihren neuen Mitbewohner mit einer Schale Milch willkommen heißen.

Johann hatte die Stadt noch nicht erreicht, ja nicht einmal die Brücke bei Mitterndorf, als der Welpe aufhörte zu atmen. Johann hatte lang nicht mehr geweint. Als er dem gestorbenen Hündchen mit bloßen Händen ein Grab in der toten Erde des Amperwaldes grub und es darin zur letzten Ruhe bettete, weinte er wie ein kleines Kind.

Nun, in der Frühe des nächsten Tages saß Johann auf seinem Arbeitsstuhl in der Schreibstube und blickte auf seine Hände. Sie zitterten kein bisschen. Unter seinen Fingernägeln klammerte sich noch die schwarze Graberde des Amperwaldes fest. Johann empfand sie als Ermahnung des Gewissens, seinen Artikel über die leidige Haustierproblematik nicht auf die lange Bank zu schieben. Er nahm sich mit Entschlossenheit vor, gleich nach der vom Schriftleiter anberaumten Besprechung den alten Veterinär Doktor März aufzusuchen. Und im Anschluss zur Polizei zu gehen, um bei dieser die unmenschlichen Verhältnisse auf dem Bauernhof zur Anzeige zu bringen.

Um Punkt drei Uhr am Nachmittag trat der Schriftleiter aus seinem Büro, ging zu einem der offenstehenden Fenster in der Schreibstube, schloss es und setzte sich auf die Fensterbank. Er klatschte in die Hände und wies Johann an, die weiteren Fenster zu schließen. Nachdem alle Fenster geschlossen waren und der Schriftleiter sich bei den Kollegen erkundigt hatte, ob sämtliche Berichte und Artikel des Tages pflichtgemäß fertiggestellt und in die Schriftsetzerei hinüberverbracht waren, blickte er jedem seiner fünf Schreiber in die Augen, um sich ihrer ungeteilten Aufmerksamkeit zu vergewissern. Endlich begann er zu sprechen: „Es geht mir um die Gefallenen. Es werden immer mehr, viel zu viele", sagte er. „Wir müssen etwas unternehmen."

Seemüller pflichtete dem Chef sogleich bei. Er sei exakt, ja geradezu deckungsgleich derselben Auffassung. In der Weise, wie sich die augenblickliche Situation darstelle, könne man auf keinen Fall mehr weitermachen wie bisher. Zwei der anderen Kollegen nickten zustimmend, also nickte auch Johann, der immer noch der Jüngste und Unerfahrenste in der Schreibstube war. Jedoch genügte seine Erfahrung, um längst zu wissen, dass sich die Tage in der Schreibstube angenehmer verbringen ließen, solange man dem Schriftleiter und den weiteren Kollegen möglichst wortlos beizupflichten geruhte.

Der letzte Kollege hatte noch nichts gesagt und auch noch nicht genickt. Hinter seinem Rücken nannten ihn alle scherzhaft und nicht einmal bös gemeint den Goethegoebbels, da er seinen Vornamen mit dem Propagandaminister teilte und dazu in einem Haus in der Goethestraße lebte und beim Amper-Boten in der Hauptsache der Beschäftigung nachging, die vom Propagandaministerium an die Schreibstuben im gesamten Reich versandten Leitartikel einzudachauern.

Eindachauern, so bezeichneten sie es in der Schreibstube, wenn es wieder einmal galt, einen vom Ministerium verfassten Text mit Anekdoten aus der Heimat auszuschmücken und diesem ein wohldosiertes Quäntchen Lokalkolorit beizumengen und mit Hilfe weiterer sanft vorzunehmender Änderungen bei der Leserschaft den Eindruck zu erwecken, die eben vernommenen Worte und Gedanken entsprängen dem sinnierenden Geiste eines ortsansässigen Dachauer Schreibers und nicht etwa jenem eines fernen und unbekannten Propagandisten an einem kleinen Schreibtisch im Prinz-Karl-Palais zu Berlin Mitte. So pflegte man im Propagandaministerium beispielsweise recht gern und ausführlich über erholsame und erbauliche Sonntagsspaziergänge durch die heimatlichen Eichenwälder zu schreiben, was es freilich zu ändern galt, da es derart bewaldete Örtlichkeiten im Dachauer Land nicht gab, und auch das Wetter sowie der zeitlich verschiedentlich eintretende Wechsel der Jahreszeiten verursachten hin und wieder Anpassungsbedarf, da es in Berlin womöglich längst Frühjahr geworden war, und die dortigen Frühlingsblumen wieder einmal mit der allergrößten Herrlichkeit sprießten und blühten, während sich die Dachauer Flora noch unter einer zehn Zentimeter dicken Schneedecke verbarg, und von den die Menschenseele beglückenden Wonnen des langersehnten Frühlings noch nicht im Wenigsten die Rede sein konnte.

Keiner in der Schreibstube des Amper-Boten war geschickter und geübter im Eindachauern als der Goethegoebbels, und die Kollegen verfluchten längst schon jenen Tag, der zum Ende des Jahres anstand, an dem der Goethegoebbels sich fröhlich winkend in den Ruhestand verabschieden würde. Insgeheim hofften die Kollegen wie auch der Schriftleiter, dass er noch ein oder zwei Jahre dranhängte, zum Wohle des Amper-

Boten wie auch des gesamten Großdeutschen Reiches. Das Eindachauern war Johann und sämtlichen Kollegen eine geflissentlich zu umgehende Unannehmlichkeit, denn nichts war öder als das Redigieren von Propagandatexten. Die Meinung des Goethegoebbels zu hören war in der Schreibstube daher von allergrößter Bedeutung, nicht etwa, weil man sich tatsächlich für dessen Sichtweise interessierte, sondern allein um ihm in dieser beipflichten zu können und ihm damit das erhebende Gefühl zu vermitteln, ohne ihn ginge beim Amper-Boten rein gar nichts.

Der Goethegoebbels kraulte gemächlich seinen in den vergangenen Jahren weiß gewordenen Backenbart und genoss die Aufmerksamkeit, die ihm seine Kollegen und auch der Schriftleiter schenkten. Alle warteten schweigend, um ihm, egal was er sagen würde, zuzustimmen. Der Goethegoebbels sagte: „Es wird nicht mehr lange dauern. Das Problem wird sich gewissermaßen von selbst lösen."

„Dann sollen wir also nichts tun, Sepp?", fragte der Schriftleiter, als könnte er nicht glauben, was sein ältester Schreiber gerade von sich gegeben hatte.

Der Goethegoebbels blickte in die Runde und schenkte seinen Kollegen das Lächeln eines Gnädigen, für den es keine Ungewöhnlichkeit und gewiss auch keine Unannehmlichkeit darstellte, seine Gedanken in der notwendigen Ausführlichkeit darzulegen. Das Folgende sprach er, als spräche er zu dummen und unwissenden Kindern, und wir sind versucht, das Gesagte zu verkürzen, denn der Goethegoebbels sprach lang und ausdauernd, doch die Zeit eilt, während wir hier schreiben und lesen, und nicht alles muss hier wiedergegeben und in aller Wortwörtlichkeit dokumentiert sein. Es will genügen, das Wesentliche festzuhalten. Der Goethegoebbels sagte nun etwa: „Es mag augenblicklich ganz zweifellos eine harte

Zeit sein, die unser Deutschland aufs Neue zu durchschreiten hat. Aber was rede ich da von Schreiten, es ist doch geradezu ein Rennen, ein unaufhaltsames Erstürmen und Niedermachen unseres letzten Feindes. Gewiss mag der Blutzoll im Moment ein gewaltiger sein, doch in zwei Monaten werden wir den Russen bis hinter den Ural vertrieben haben, wo aus ihm werden mag, was will und wozu ihn das ihm eigene niedere Sein und Sinnen bestimmt. Unsere Soldaten, und ein jeder von uns weiß einen seiner Liebsten an der Front, erobern im Augenblick gerade unser aller Zukunft und machen dem Schlimmsten, was die Welt je zu Gesicht bekommen und zu erleiden hatte, endgültig den Garaus. Bis zur Erfüllung dieser allergrößten und gottgefälligsten Aufgabe der Menschheitsgeschichte, die unser Volk und unsere Soldaten ausersehen sind, sie auszuführen und zu Ende bringen, wird noch mancher Blutstropfen deutscher Soldaten heldenhaft auf den Boden des neuen Reiches tropfen und in der Erde versickern, aber eines wird er gewiss nicht: Dem Vergessen anheimfallen, denn kein Tropfen deutschen Blutes wird jemals vergessen werden."

Seemüller klatschte dem Goethegoebbels eifrig Beifall, während dieser sich ein Pfeifchen zu stopfen begann. „Gut gesprochen, werter Kollege. Ich drücke beide Daumen, dass die Zukunft und die Geschicke des Führers es exakt so einrichten werden, wie du es uns gerade in aller Herrlichkeit ausgemalt hast. Doch was unser aktuelles Problem angeht, bringt uns das bedauerlicherweise in keinerlei Hinsicht weiter."

Der Schriftleiter klatschte wieder in seine Hände. „Ich habe also vernommen, dass ihr wie auch ich der Meinung seid, dass es aktuell nicht so weitergehen kann. Und lieber Sepp, du hast mir dankenswerterweise mit deinen Worten die Gewissheit in Erinnerung gerufen, dass es sich bei dem Problem lediglich um ein temporäres, also in seiner Zeitlichkeit beschränktes, handeln will. Ich habe mich mit dem Verleger besprochen. Wir haben entschieden, dass wir einstweilen keine Berichte über Gefallene bringen. Ansonsten bliebe im redaktionellen Teil der Zeitung kaum mehr Platz für andere bedeutsame Mitteilungen und Nachrichten. Die Gefallenenanzeigen nehmen wir selbstverständlich weiterhin ins Blatt. Aber einem jeden Gefallenen nunmehr noch einen redaktionellen Beitrag zu widmen, dazu sind wir zu wenige, und der Platz in jeder Zeitung auf dieser Welt ist, wie ich immer gerne zu sagen geruhe, doch ein arg begrenzter." Der Schriftleiter wandte sich nun an Johann. „Einen Artikel über deine Hausviecher kann ich mir in der augenblicklichen Situation nur äußerst schwer vorstellen. Wir müssen Papier sparen und brauchen, bis der Sieg errungen ist, mehr Platz für die Todesanzeigen."

Johann nickte, wie er es immer tat. Dann blickte er auf seine Finger, und der Anblick der unter bitteren Tränen aus dem Amperwald geschabten Graberde unter seinen Fingernägeln machte ihn plötzlich und nahezu unwillentlich sprechen. „Wir könnten für die Gefallenenanzeigen doch fortan eine kleinere Schrift verwenden", schlug Johann vor.

Nach der Besprechung in der Schreibstube machte sich Johann auf den Weg in die Mittermayerstraße zur Tierarztpraxis des Doktor März. Der Schriftleiter war von Johanns Vorschlag, für das Setzen der Gefallenenanzeigen nunmehr eine kleinere Brotschrift statt der bisher zur Verwendung gekommenen Akzidenzschrift zu gebrauchen und damit mehr Platz für Artikel und Berichte zu schaffen, derartig angetan gewesen, dass er Johanns Ansinnen, einen Leitartikel über die humane Haltung von Haus- und Hoftieren zu schreiben, schließlich doch noch zugestimmt hatte.

Johann trat in das Treppenhaus, das zur Praxis des einbeinigen Veterinärs hinaufführte. Die gut zweieinhalb Jahre, die seit Johanns Besuch im Winter des Jahres 1939 durchs Land gezogen waren, hatten dem Zustand des Hauses ganz offenbar in beträchtlichem Maße zugesetzt. Im Treppenhaus roch es beißend nach Urin. Johann hoffte, dies mochte von Hunden oder Katzen stammen und nicht etwa von Menschen. Von den Wänden bröckelte der Putz und gab den Blick frei auf feuchte Ziegelsteine, die ihrerseits längst zu zerbröckeln begonnen hatten. Gut die Hälfte der Holzstufen, die in das erste Stockwerk hinaufführten, war geborsten, und die noch leidlich intakten knarrten und ächzten bei jedem vorsichtigen Schritt, den Johann sich auf diesem brüchigen Terrain zu tun getraute.

Im ersten Stockwerk angekommen hob Johann die Hand, um an der Tür zur Praxis zu klopfen, als er von drinnen Doktor März rufen hörte: „Nur herein, junger Mann, wir haben uns doch allzu lange nicht gesehen." Johann öffnete die Tür. Ihre Klinke und Angeln knarzten und ächzten, als wären sie lange nicht mehr bewegt worden. Das Wartezimmer war, sofern Johann sich richtig erinnerte, was das Mobiliar betraf nahezu unverändert, jedoch was die Atmosphäre anbelangte ein vollkommen anderes geworden. Wie damals quoll es geradezu über von Büchern. In der Mitte des Raumes stand immer noch der abgewetzte und durchgesessene Ohrensessel und neben diesem ein Beistelltisch, auf welchem in einem Aschenbecher abgelegt eine Zigarre glomm. Die Unterschiedlichkeit zu Johanns vorherigem Besuch bestand vor allen Dingen darin, dass neben dem bleiernen Aschenbecher keine dampfende Kaffeetasse stand, sondern eine halbleere Schnapsflasche, und dass der Doktor bereits in seinem Sessel saß, ferner darin, dass durch das mit dicken, schwarzgetünchten Brettern verdunkelte Fenster nunmehr kein einziger Sonnenstrahl mehr den Weg hinein ins Innere des Raumes fand. Im schummrigen Licht der Tischlampe auf dem Beistelltisch schwebten Rauchschwaden ebenso träge wie dicht durch das Zimmer, es stank in geradezu beißender Weise nach Zigarrenrauch, und wenn Johann in dem schwärenden Qualm, den man kaum mehr Luft zu nennen vermochte, etwas anderes zu riechen vernahm als den ätzenden Rauch selbst, so war es gewiss und unverwechselbar der Gestank von Urin. Johann stand unschlüssig in dem dunklen Wartezimmer, vergrub, statt dem Aufgesuchten die Hand zur Begrüßung entgegenzustrecken, seine Hände in den Hosentaschen und überlegte, ob er denn einfach wieder gehen sollte, schließlich war Doktor März nicht der einzige Veterinär in der Stadt, bei dem er seine Erkundigungen einholen konnte.

„Setz dich, junger Mann, ich habe auf dich gewartet", sprach nun Doktor März.

Johann gehorchte und setzte sich auf einen der Stühle. Es waren immer noch sechs an der Zahl, allesamt an der langen Wandseite gegenüber Doktor Märzens Sessel eng aneinandergereiht, doch nur noch einer der Stühle war zum Sitzen geeignet, denn auf den restlichen stapelten sich Bücher zu krummen Türmen fragilster Statik, und wenn vermutlich jemand wagte, hier hart mit dem Fuße aufzustampfen, stürzten wohl unverhinderlich alsbald hunderte Bücher auf den Wagenden herab. „Sie haben auf mich gewartet?", sagte Johann, ohne sein Staunen über das Gehörte verbergen zu können.

Doktor März griff hektisch nach der schwelenden Zigarre im Aschenbecher, zog eilig an derselben und stieß den Rauch sogleich wieder in jener seltsamen Eigenart aus, die Johann damals schon als ebenso außergewöhnlich wie abstoßend aufgefallen war. Der Doktor rauchte also immer noch, als wäre ihm das Rauchen insgeheim eine zutiefst zuwidere und verhasste Beschäftigung. Der von Johann missliebig Beäugte legte die Zigarre zurück in den Aschenbecher, hielt sich nicht ohne Theatralik die Hand gegen die Brust und hustete mehrmals trocken und keuchend, jedoch nur leicht und keineswegs mit dem gesamten Körper bebend, wie man es hin und wieder bei ernstlich Erkrankten vorzukommen erlebte, sondern als gehörte das gepflegte Husten ganz einfach und untrennbar zur eigentlichen Prozedur des Rauchens. Nachdem er fertiggehustet hatte, sagte der Doktor zu Johann: „Ich habe in letzter Zeit nicht oft Besuch begrüßen können. Deshalb erinnere ich mich recht gern an meinen letzten Besucher, und der bist eben du gewesen."

Johann konnte nicht glauben, was der Doktor gerade gesagt hatte und fragte rundheraus: „Sie haben seit über zwei Jahren keinen Besuch mehr empfangen? Was ist denn mit den Kunden Ihrer Praxis?"

Doktor März lachte heiter und anhaltend und kratzte sich dabei eifrig an seinem Beinstumpf. „Ach, du musst wissen, bald nach deinem damaligen Besuch habe ich die Praxis geschlossen. Es ist mir auf meine alten Tage zu einer geradezu übermenschlichen Herausforderung geworden, die fettgefressenen Hündchen unserer allseits verehrten Garnisonsgattinen zu entwurmen und ihnen die prallen und wunden Analdrüsen leerzudrücken. Ich habe in meinem langen Leben genug gearbeitet und genug gelitten", er deutete auf seinen Beinstumpf, „und nur allzu genügend gegeben, um mir nun, da mein Lebensabend nicht mehr nur dämmert, sondern längst dunkle Nacht geworden ist, derlei Widerlichkeiten zu ersparen."

„Ist es unhöflich zu fragen, ob ich denn ein Fenster öffnen darf?", fragte Johann.

„Um denn was zu bezwecken?", fragte der Tierarzt, zog aufs Neue an seiner Zigarre, spuckte Rauch und hustete.

„Ich finde, ein bisschen Frischluft könnte nicht schaden", sagte Johann. „Und bei helllichtem Tage braucht man freilich nicht verdunkeln."

Doktor März lachte schallend. Johann hatte noch nie jemanden mit solchartiger Ausdauer lachen erlebt. Das Lachen des Doktors war ihm zutiefst zuwider. „Willst du mir etwa gerade weismachen, junger Mann, dass es draußen tatsächlich hell ist?", fragte der Doktor in sein entsetzliches Lachen hinein. „Dass dort draußen ganz wirklich noch ein Licht existiert, das uns leuchtet? Wenn du mir dies tatsächlich und allen Ernstes einreden willst, dann nenne ich dich fortan nicht mehr junger Mann, sondern wie damals einfach nur Bub, und obendrein einen strohdummen noch dazu."

Johann empfand den plötzlichen Anwurf des Doktors als eine geradezu unerträgliche Unverschämtheit. Er nahm allen Mut und Stolz zusammen, ein kleines bisschen von beidem musste doch noch irgendwo vorhanden sein in seiner Seele, der prügelnde Vater, die grässlichen Heimsuchungen des toten Erzeugers und der elendiglich gestorbenen Überfahrenen

362

in seinen Träumen, das verzweifelte Bangen um den an der Front stehenden Freund und seine Bitternis über die eigene nichtsnutzige Zurückgelassenheit an der Heimatfront konnten ihm doch nicht jeglichen Mut und Stolz geraubt haben. Es müsste doch zumindest noch ein Fünkchen von beiden in ihm schmoren, und ja, tief im Innersten seines Herzens begann nun tatsächlich etwas zu glimmen, und bald, ja binnen Sekunden, loderte ein Feuer in seiner Brust, wie er es lang, ach was, wie er es noch nie gefühlt hatte. Johann sprang auf von seinem Stuhl und richtete seinen Zeigefinger auf den einbeinigen Doktor, der wieder eifrig mit seinem Maul an seiner Zigarre saugte und den Rauch sogleich aus seinem Schlund spie, als wäre ihm dieser gegen seinen Willen eingeflößt worden. „Bilden Sie sich bloß nicht ein, mich einen Bub zu nennen", schrie Johann den Doktor an. „Ich bin kein dummer Bub, ich bin nicht weniger ein Mann, wie Sie ein Mann sind, und wie es Millionen und Abermillionen dort draußen gibt. Mit dem Unterschied, dass Sie sich den Luxus gönnen, auch bei Tag zu verdunkeln, um nicht mit den eigenen Augen ansehen zu müssen, was die Wirklichkeit ist, und was sie uns allen abfordert. Ach, was würde ich für den bequemen Komfort geben, wie Sie in einem finsteren Raum im Sessel zu sitzen, Bücher aus längst vergangenen und glücklicheren Zeiten zu lesen und mich einen Dreck um das Wollen und Werden und Sehnen der Menschen im Leben und Sterben dort draußen zu scheren. Sie, Herr Doktor, Sie sind es, der spricht wie ein saudummer Bub, und sähe ich nicht mit eigenen Augen, wie alt und halb Sie sind, ich hielte Sie ganz gewiss für einen gemeingefährlichen und meldenswerten Teufel."

Der Tierarzt lachte bitter. „Gut gesprochen, junger Mann. Die Frechheit und Unverschämtheit, dich einen dummen Buben zu nennen, will ich nach deinen Worten gewiss nicht mehr wagen. Doch glaub bloß nicht, dass ich, nur weil ich mich hier eingeschlossen und mich gewissermaßen aus freien Stücken in meinen eigenen vier Wänden exiliert habe, nichts weiß von der Wirklichkeit, wie du sie nennst. Du musst wissen, die Gattinnen der SS-Männer, deren Hunde ich hier entwurmt habe, sie waren recht geschwätzige Weiber. Allzu meist dumm wie Brot, ja ungebildet bis zum Erbrechen für einen jeden, der je ein Buch gelesen haben mag, saßen sie einst dort, wo du nun sitzt. Aber allesamt mit Anmut und Grazilität und blondem Haar und vollständigem Gebiss gesegnet waren sie, dies schien den edlen SS-Helden unserer Garnison ganz offenbar genügt zu haben, sie zu freien und zu ehelichen. Ihr Hundsvieh zärtlich streichelnd und inniglich gegen die Brust drückend, als wäre das Vieh ein Neugeborenes, fragte mich einst eines dieser schrecklichen Weiber geradezu hysterisch, ob das Tier wohl fürderhin unter einem grässlichen Schock zu leiden habe, da in der vergangenen Nacht nahe dem Wohnhause die Schüsse mit einer für eine unschuldige Tierseele nachgerade unerträglichen Lautstärke geknallt hatten, als es einen Ausbrecher aufzuhalten galt. Nach der Knallerei wäre ihr Hündchen ganz gegen seine eigentliche gewohnte Verhaltensweise wie wild und gänzlich unzähmbar durch die Räume gehetzt, hätte dabei ungezügelt auf den Teppich im Salon uriniert, und wollte und wollte sich einfach nicht beruhigen lassen. Ich könnte dir derlei Beispiele mehr geben."

„Worauf wollen Sie hinaus?", frage Johann, und ihm war, als hätte er dem Doktor diese Frage auf ebendiesem Stuhle sitzend, auf den er sich nach seinem Ausbruch gerade wieder niedergelassen hatte, schon einmal gestellt.

„Ich mag in meinem Tag auf Tag aus meinem Körper schleichenden Leben auf gar nichts mehr hinaus", sagte der Doktor und wiederholte die abstoßende Prozedur des Rauchens und

Hustens. Dann zeigte er mit dem Finger auf Johann. „Ich will, dass du auf etwas hinauswillst in deinem Leben."

Johann nahm die Bemerkung des Doktors zum Anlass, endlich auf sein eigentliches Ansinnen zu kommen. „Sie haben recht", sagte er, „ich will tatsächlich auf etwas hinaus. Gerade deswegen habe ich Sie aufgesucht. Aber ich kann mich gewiss auch an einen anderen Tierarzt wenden."

Der Doktor paffte wieder auf seine eklige Art an der Zigarre, unterließ jedoch das Husten. „Das wird nicht nötig sein, junger Mann. Ich werde dir Rede und Antwort stehen auf Treu und Glauben und nach bestem Wissen und Gewissen. Geh nicht."

„Ich war gestern spazieren. Ich ging dabei flussaufwärts den Weg an der Amper entlang und kam schließlich an einem Hof vorbei, an dem mich ein schreckliches Jaulen und Jammern aus meinen Gedanken riss. Ich ging zum Hofe hin und fand dort eine verdurstende Schäferhündin vor und einen an einer ihrer Zitzen vertrockneten Welpen, sodann ein noch lebendes Geschwisterchen. Ich trug das Lebende zur Amper hin und gab ihm zu trinken. Ich wollte es mit nach Hause nehmen, es gesundpflegen und dort aufziehen. Es starb jedoch in meinen Armen, noch ehe ich die Stadt erreichte."

Doktor März schnaufte schwer und kratzte sich an seinem Beinstumpf. „In menschlicher, ja auch in christenmenschlicher Hinsicht hast du sicherlich ganz richtig gehandelt. Hungert deinen Feind, so speise ihn mit Brot, dürstet ihn, so tränke ihn mit Wasser." Der Doktor deutete auf ein Buch, das sich offenbar in einem der Stapel befand, die sich auf den Stühlen neben Johann auftürmten. Im schwachen Licht der Stehlampe war kein einziger Buchtitel zu erkennen. „Lutherbibel", sagte der Doktor. „Wer selbst den Feind mit Wasser tränken soll, der handelt gewiss auch recht, wenn er einem verdurstenden Welpen zu trinken gibt. Aber ich schweife ab, schließlich geht es hier nicht um Religion. Medizinisch betrachtet ist das arme Hunderl wohl bald an einem Schock gestorben, den das kühle Amperwasser in seinem kleinen ausgedörrten Körper verursacht hat."

Johanns Herz fühlte sich sogleich an, als hätte es ihm der Teufel selbst aus der Brust gerissen und unter fröhlichem Gelächter in einen Glutofen hineingeworfen. „Sie glauben, dass ich es gewesen bin, der das Hunderl umgebracht hat?", fragte er. Jene Worte Johanns, sie sind rasch geschriebene und flink zu lesende, jedoch sie auszusprechen weilte länger, weitaus länger als das geschwinde Nu des Hinschreibens und Lesens, denn Johanns Stimme stockte, als müsste er jede einzelne Silbe über seine Zunge wälzen und wöge jedes der Wörter schwerer denn ein Fels.

„In gewisser Weise hast du dies sicherlich getan", sagte der Doktor, und er tat dies mit einer vollkommentlichen Nüchternheit in der Stimme, als spräche er über nichts Bedeutsameres als das Wetter, oder als hätte ihm Johann gerade eine alltägliche Belanglosigkeit aus der Schreibstube oder Schriftsetzerei geschildert und nicht etwa das tragische Vergehen eines Lebewesens. „Nüchtern besehen", setzte Doktor März also hinzu, „hast du das Hunderl schlicht und einfach umgebracht."

Johann vergrub sein Gesicht in den Händen. Seine Augen begannen zu tränen, und er unterließ jeden Versuch, dies Tränen auf den beißenden Rauch im Zimmer zurückzuführen. Er wusste es besser. Seine Gedanken waren nichts weniger als von seelischer Raserei verursacht, und spräche er sie aus, ein jeder, der sie zu hören bekäme, würde ihn sogleich für einen unrettbar Irregewordenen halten. Denn sein Gedanke, um welchen binnen Sekunden alles weitere zu Denkende kreiste und brauste und toste, war kein anderer als dieser: Wann immer er, Johann, etwas tat, musste jemand sterben, freilich nicht von ihm gewollt oder gar bezweckt, und dennoch war es nichts weniger als eine Offensichtlichkeit, womöglich gar eine natürliche und unabänderliche Gesetzmäßigkeit. Sein Tun, so ungewollt es immer war, es war tödlich. Johann war auf die Welt gedrungen, und die Mutter starb. Er war in ein Automobil gestiegen, und die Überfahrene starb. Er hatte ein Hunderl getränkt, und auch dieses starb von seiner Hände Tun. Was um des Herrgotts Willen mochte dies für Simons Schicksal bedeuten? Johann kniete jede Nacht vor Simons Bett, faltete die Hände und sprach still ein Gebet für Simon, und Simon starb? Johann begann zu zittern, als wäre es im Wartezimmer des Doktors nicht drückend schwül, sondern eiskalt wie winters beim Beten in der Jakobskirche. „Ich hab das nicht gewollt, ich hab doch um Gottes Willen nicht gewollt, dass das arme Hunderl stirbt. Ich wollte es retten. Deswegen habe ich es doch überhaupt erst aufgehoben und mitgenommen."

Doktor März kratzte sich an seinem Stumpf. „Beruhige dich, junger Mann. Wärst du nicht des Wegs gekommen und hättest den Welpen nicht aufgelesen, wäre er eben auf dem Hof verreckt. Du hast ihm immerhin das Erlebnis verschafft, einmal in seinem Leben Wasser zu trinken. Und ihm mit deinen Händen, mit welchen du ihn zart trugst, das Gefühl gegeben, nicht einerlei zu sein auf dieser Welt." Der Doktor griff nach einem Buch, das neben seinem Sessel auf dem Boden lag und riss eine Seite aus. „Nun bring dich zur Räson und schnäuz dir die Nase damit." Er hielt Johann die ausgerissene Buchseite hin.

Johann nahm das Blatt und wischte sich den Rotz und die Tränen aus dem Gesicht.

„Du kannst das Papier gern zerknüllen und auf den Boden

werfen. Es weiß sich dort in bester Gesellschaft."

Johann blickte auf den Boden. Überall um des Doktors Sessel herum lagen kleine zerknäulte Buchblätter.

Der Doktor paffte an seiner Zigarre und schwieg eine Weile. Endlich sagte er: „Hast du deine Gefühle und deinen Verstand jetzt wieder beisammen, junger Mann? Wenn dies der Fall ist, würde ich dir gern einen Gedanken aufzeigen."

Johann wischte sich mit dem Ärmel seines Hemds über die Augen, in jenem Moment mehr Kind denn Mann, dann nickte er, jedoch handelte es sich bei genauer Betrachtung nicht um ein Nicken in Komplettheit, sondern lediglich um ein halbes, denn Johann behielt den Kopf nach unten geneigt, als fehlten ihm der Wille oder die Kraft oder beides, das Haupt wieder zu heben.

„Du weinst, weil ein Hunderl wegen deines Zutuns gestorben ist. Hast du denn jemals eine Träne vergossen darüber, dass jemand gestorben ist, weil du nichts getan hast?", fragte Doktor März.

Johann war unsicher, was er antworten sollte. Vorsichtig sagte er, den Blick immer noch auf den Boden gerichtet: „Ich kenne niemanden, der gestorben sein mag, weil ich nichts getan habe. Wie könnte ich um jemand weinen, von dessen Schicksal ich nicht weiß?"

Doktor März sog gierig an seiner Zigarre, spie den Rauch aus wie ätzendes Benzol, hustete nun wieder, jetzt anhaltend und nahezu unaufhörlich, und sein ganzer Körper bog sich nun ob dieses grässlichen Hustens, und sein Beinstumpf hüpfte dabei auf und ab, als drohte der Beinrest durch das Husten gänzlich vom Körper abgeworfen zu werden und schließlich der ganze Mann elendiglich zu ersticken, ehe er sich wieder fing und jetzt mehr keuchte als er sprach: „Mir scheint, so möchte es einem jeden hier in dieser Stadt ergehen."

Mit zitternder Hand deutete der Doktor auf den schwarzgetünchten Bretterverschlag, der alles Sonnenlicht aus dem Wartezimmer bannte. „Du wunderst dich darüber, junger Mann, weshalb ich nicht mehr nach draußen blicke. Ich will dir eine Antwort geben. Meine Antwort ist, es gibt dort draußen nichts zu sehen, was mich hoffend macht. Und nun geh, schreib, wonach immer dir der Sinn steht, und komm erst wieder, wenn dir das Schicksal der Menschen Tränen verursacht." Doktor März sprang auf mit einer Behändigkeit, wie sie einem Olympioniken Ehre machen würde, deutete zur Tür hin und schrie, dass ihm der Geifer aus dem Mund flog: „Raus mit dir, dummer Bub, hinfort mit dir, saublödes Kind, ich will dich nie mehr zu Gesicht haben, raus mit dir und mach dich fort in deine Blindheit, die du Wirklichkeit nennst."

Johann stand auf und ging wortlos zur Tür. Der Doktor, so wollte Johann nun endlich begreifen, hatte ganz zweifellos seinen Verstand verloren. Johann war schon an der Tür, als der Doktor rief: „Geh nicht, ehe ich dir nicht ein weiteres gesagt habe."

Johann hielt inne und drehte sich um. Doktor März machte mit seinem Bein zwei Sprünge auf Johann zu, bis er direkt vor seinem Besucher stand. Der Doktor streckte Johann sein fahles, faltiges Gesicht hin. Gelber Geifer rann ihm übers Kinn, an welchem der ekelerregende Seiber sich in einer tiefen Hautfalte sammelte. Was der Doktor nun zu Johann sagte, war für diesen gleichermaßen grässlich zu hören wie zu riechen, denn der Atem des Verrücktgewordenen roch wie Säure, und seine Worte waren von nichts anderem als kochendem Hass, als er Johann geifernd ins Gesicht flüsterte: „Die Pest in dieser Stadt, sie wäre ein Segen."

+++

Johann hatte allzu arg und auch ein wenig widerstreitend mit seinen Gefühlen und Eindrücken zu kämpfen, um zurück in die Schreibstube zu gehen und dort seinen Leitartikel zu verfassen. Außerdem, was sollte er nun Neues und Wissenswertes über die Haustierproblematik schreiben, hatte Doktor März ihm entgegen seiner Beteuerungen doch die Tür gewiesen, ohne Johann die Möglichkeit eingeräumt zu haben, seine Fragen zu stellen? Er würde morgen ganz unweigerlich einen anderen Veterinär aufsuchen müssen. Auch sein Vorhaben, die unmenschlichen Verhältnisse auf dem Bauernhof zur Anzeige zu bringen, verschob er auf den kommenden Tag. Hatte es denn überhaupt einen Sinn oder machte einen Unterschied, das Verreckenlassen der Hunde mit einer offiziellen Anzeige zu rächen, und hatte er überhaupt noch die Berechtigung zur Erstattung einer solchen, nun da er selbst am Tode eines der Welpen unabänderlich die Schuld trug?

Johann wollte über derlei nicht länger nachdenken, und ganz gewiss wollte er die gerade erlebte Szene in der Tierarztpraxis so schnell wie möglich vergessen. Ginge er nun nach Hause ins Gesellenwohnheim, würde ihn die Hauswirtin dort freilich beim Abendbrot fragen, was er über den Tag hinweg getan und erlebt hatte, wie sie es immer zu tun pflegte. Johann verspürte nicht die geringste Lust, ihr das Erlebte des heutigen Tages zu rekapitulieren, etwa mit diesen oder ähnlichen Worten: „Ich habe vorgeschlagen, die Gefallenenanzeigen künftighin kleiner zu schreiben, weil sie zu viele geworden sind, bin in einer Tierarztpraxis in Tränen ausgebrochen, ließ mich von ihrem verrückten Eigentümer anbrüllen und hinauswerfen und habe eine zum Himmel schreiende Tierquälerei nicht zur Anzeige gebracht, weil ich am Vortag selbst den Tod eines

Hündchens verursacht habe." Nein, dies alles wollte Johann heute nicht aussprechen, ja fürderhin niemals, er wollte dies alles begraben, wie er gestern den Welpen verscharrt hatte, und nie mehr darüber nachsinnen. Also ging Johann nicht nach Hause. Er wandte sich zur Straße hin, blickte geflissentlich nach links und rechts, um zu prüfen, ob sich denn ein Fahrzeug näherte, wie sie dies nicht zu vergessen im Amper-Boten schon oftmals angemahnt hatten, und schritt hinüber zum Mittermayerhof.

+

Die stattliche Wirtsstube des Mittermayerhofs war verwaist, lediglich am Stammtisch saß ein halbes Dutzend Männer, vier davon mit dem Rücken zu Johann, als gelte es, ihre Bierkrüge mit breiten Nacken und Schultern vor eintretenden Fremden zu schützen. Zwei trugen Schwarzröcke, die anderen Arbeiterkleidung. Johann kannte zwei der Arbeiter vom Sehen. Es waren Kollegen der Papiermacher, die einst im Gesellenhaus gewohnt hatten und nun an der Front standen. Sie nickten Johann einen stummen Gruß zu, dachten aber freilich nicht im Geringsten daran, einem flüchtigen Bekannten, wie Johann einer war, einen Platz am Stammtisch anzubieten.

Johann war es einerlei. Er setzte sich an den Nebentisch, zog seinen kleinen Schreibblock aus der Jackentasche und tat so, als beschäftige er sich mit dem Studium seiner Notizen. Der Wirt stellte ihm ungefragt ein kleines Glas Bier auf den Tisch. „Ich hab dich hier noch nie gesehen, also gibt es nur ein kleines Bier. Willst du was essen? Schweinsbraten ist alle, Blutwurst noch da, dazu zwei Scheiben Brot und eine Essiggurke."

Johann schüttelte den Kopf.

Der Wirt winkte unwirsch und setzte sich an den Stammtisch. Dort war ganz offenkundig eine rege und energische Diskussion im Gange. Das Thema konnte also nur der Krieg und der Endsieg sein, und bis wann die beiden gewonnen und errungen sein mochten. Johann irrte. Die Diskussion handelte von weitaus Wichtigerem.

Einer der versammelten Stammtischbrüder sprach brusttönlich: „Der Kreisleiter hat doch ganz unmissverständlich klargemacht, dass ein jeder Wirt seine Stammgäste beim Bier sehr wohl bevorzugen kann."

Der Wirt klopfte zustimmend mit den Fingerknöcheln auf den Holztisch.

Einer der Männer im Schwarzrock rief lauter als es notwendig war, denn abgesehen vom stillen Johann saßen sie ja alleine in der Stube: „Bevorzugen darf er, der Wirt, jedoch nur in den Grenzen, die vom Gesichtspunkt der Volksgemeinschaft aus zu rechtfertigen und tragbar sind."

„Hör mir auf mit deinem Parteideutsch", rief der Wirt sogleich.

Der zweite Schwarzrock sprang seinem Kameraden zur Hilfe. Dass sich bei der allgemeinen Bierknappheit die Höhe des dem Wirt zugewiesenen Bierkontingents an der Anzahl der Stammgäste orientiere, sei doch eine allzu billige Ausrede für die Ungehörigkeit, einem Fremden sein Glas Bier vorzuenthalten. Schließlich wäre doch allgemein bekannt, dass ein Gastwirtsbetrieb von seinen Stammgästen allein nicht existieren kann, und zu allen Zeiten habe ein jeder Wirt den zahlreichen Besuch auswärtiger Gäste außerordentlich gerne gesehen. Dies eingedenk wäre es geradezu beschämend für jeden einzelnen Wirt wie für das gesamte Gaststättengewerbe, lediglich den Stammgästen Bier zu verabreichen und Gästen aus Nachbarorten oder Reisenden dasselbe vorzuenthalten.

Der Wirt schnaubte verächtlich. Auch die anderen Stammgäste taten ihren Unmut über die geradezu unerträgliche Haltung der beiden Schwarzröcke kund. Einer rief: „Sauft's ihr in eurer Garnison halt einfach weniger, dann bleibt mehr für die Fremden."

Der zweite Schwarzrock ließ sich nicht beirren. Es könne doch wahrlich nicht sein, Volksgenossen aus Nachbarorten kein Bier zu verabreichen, wie dies erst jüngst bei einer Parteiversammlung der Fall gewesen sei. Immerhin, insistierte er, sei das Gaststättengewerbe konzessioniert und genieße von daher einen gesetzlichen Schutz vor beliebig sich aufmachender Konkurrenz. Und gerade aufgrund dieses staatlichen Schutzes fielen dem Wirt auch Pflichten zu, und diese bestünden vor allen Dingen in der Aufgabe, grundsätzlich einen jeden Gast bestmöglich zu bedienen. Die Mehrheit der Gaststättenbetriebe werde gewiss auch heute, in der ausnahmsweise schweren Zeit, den Dienst am Gast, egal wo dieser ganz eigentlich herkomme, als ihre vornehmste Aufgabe betrachten und jeden Deutschen ohne Ausnahme bedienen.

Der Wirt schnaubte wieder, ja wieherte geradezu, als wäre er kein gestandener Mann, sondern ein alter Klepper, und hatte ganz offenbar Mühe, seinen Zorn im Zaum zu halten. Johann, der lediglich so tat, als wäre er in seine Notizen vertieft, hörte genau hin, und ihm drängte sich der Gedanke auf, die beiden Schwarzröcke wären vom Wirt und seinen Stammgästen ob ihrer energischen, ja geradewegs impertinenten Haltung in der Bierfrage längst hochkant und handgreiflich in den Straßenstaub vor der Gastwirtschaft befördert worden, schützte sie nicht die Farbe ihrer Uniform vor diesem gewiss unangenehmsten und peinlichsten aller Wirtshausschicksale.

Nun ergriff der erste Schwarzrock wieder das Wort, da sein Kamerad damit beschäftigt war, einen großen Schluck Bier zu nehmen. Mancherorts gebe es tatsächlich Gastwirte, welche einem hungrigen und durstigen Gast, der des Weges kam, einfach nichts verabreichten, ganz einfach, weil dies momentan eine Unbequemlichkeit darstelle. Dabei gebiete es die unbedingte Anstandspflicht, nach Möglichkeit einem jeden Gast etwas anzubieten. Und diese Möglichkeit bestehe bei gutem Willen gewiss auch heute noch. Der Schwarzrock hob seinen Bierkrug und blickte lächelnd in die Runde. „Freunde, wir wollen uns über unsere unterschiedlichen Ansichten in der Bierfrage doch bitteschön nicht die Laune und den Durst verderben lassen. Ich will euch eine Runde spendieren."

Diesen Vorschlag ließ sich freilich auch der Wirt gefallen. Er klopfte dem edlen Spender herzlich auf die Schulter, sodass nicht wenig des Bieres aus dessen Krug schwappte und sich auf den Tisch ergoss.[119] Die Männer lachten schallend, und der Wirt machte sich auf zum Schanktisch, um frisches Bier zu zapfen.

Johann trank sein Bierglas aus, bezahlte, ging nach Hause und dort direkt nach oben in sein einsames Zimmer.

+++

Russland, 28. August 1941
Sehr geehrte Hauswirtin, lieber Johann,
vielen Dank für euren Brief, den ihr mir Anfang August ge-
sendet habt. Ich habe ihn erst vor zwei Tagen erhalten. Es ist
schon seltsam. Der Simon und ich stehen im Felde, vielleicht
keine zehn Kilometer voneinander entfernt, und dennoch seid
ihr im fernen Dachau quasi das Zentrum unseres feinen Brief-
zirkels. Ich danke euch herzlich für eure Schreiben und die
beigelegten Briefe von Simon sowie die Zeitungsartikel. Ich
bin froh, dass es euch und dem Simon gut geht.

Wenn ich mir die Meldungen über die Unfälle durchlese, die
jüngst bei euch daheim passiert sind, dann mag ich beinahe
annehmen, dass es bei euch an der Heimatfront gefährlicher
zugeht als bei mir hier im Osten. Jedenfalls hat meine Einsatz-
gruppe – es mag wohl ein Wunder sein – noch keine Verluste
erlitten. Auch hat sich keiner die Finger zerquetscht oder zermalmt oder abgeschnitten, wie es bei euch daheim geschehen
ist. Ich habe meinen Kameraden die Unfallberichte gezeigt,
die ihr mir beigelegt habt. Einer der Kameraden hat daraufhin
sogleich von mutwilliger Selbstverstümmelung schwadroniert.
Es gebe nun einmal auch unter den Deutschen gewissenlose
Individuen, die kaum eine Ungehörigkeit scheuten, um sich
vor der Front und ihren Gefahren zu drücken und dabei nicht
einmal davor zurückschreckten, eine ihrer Hände in allerhand
Schneide- und Quetschgerätschaften hinein zu verbringen.
Ich hatte gute Lust, dem Kameraden eine Tracht Prügel angedeihen zu lassen. Ihr müsst wissen, er ist ein feiner Pinkel aus
gutem Hause, jung und dumm, wie ich es einst war. Nur kenne
ich die Arbeit der Handwerksleute aus eigener Erfahrung und
weiß, dass es nur eine kurze Sekunde der Unaufmerksamkeit

braucht, und schon sind die Hände drin in einer Maschine und die Finger weg. Ich habe seither kein Wort mehr mit dem Kameraden gesprochen. Zumal dieser sich in unserem augenblicklichen Handwerke selbst ganz jämmerlich verhält. Immer hat er eine Ausrede. Wenn ein Kamerad einen Schnupfen hat, dann will er eine Grippe haben. Seine Stiefel sind immerzu die drückendsten, seine Rationen stets die spärlichsten, und wenn Nachschlag ausgerufen wird, ist er immer der Erste, der aufspringt, um sich reichlich zu holen. Und so einer will sich ein Urteil über die Fährnisse des Handwerks einbilden. Ich könnte ausspeien. Doch dies ist nur eine kleine und ganz gewiss untypische Episode aus unserem Leben und Erleben hier im Osten.

Wir stehen nun seit zwei Wochen an vorderster Front und dürfen fleißig mittun an der Erstürmung dieses riesigen Landes. Um ein Haar wäre mir meine Schreibhilfe, ein Obergefreiter namens Bertram, der im nahen Schleißheim eigentlich der Gemeindeschreiber ist, abhandengekommen. Gestern ist nämlich eine Artilleriegranate eingeschlagen, keine zwei Meter neben ihm, jedoch das Ding war ein Blindgänger lausigster slawischer Bauart und schepperte und klirrte zum Küchenfenster des Bauernhauses hinaus, das wir gerade genommen hatten. Im Hof hat die Granate eine dürre Kuh erschlagen und ist an dieser schließlich doch noch explodiert. Nach diesem geradezu unglaublichen Zwischenfall war für unser Grillfest nur noch das Hinterteil des Viehs zu gebrauchen. Dem guten Bertram war dies freilich einerlei, er war gottfroh, dass es die Kuh und nicht ihn erwischt hatte, und ich wie alle anderen Kameraden waren das natürlich auch. Bertram führt seine Unversehrtheit auf die Gnade unseres Herrgotts zurück, der seine schützende Hand über all jene hält, die im Kriege anständig geblieben sind. Welch herrlicher Geist bei uns herrscht, das kann man kaum glauben, wenn man es nicht selbst erlebt.

Nach zehntägigem Kampfe und fleißigem Marsch nach Osten hatten wir den besagten Hof erreicht und genommen. Ein altes Väterchen – ganz runzlig und dürr, gebeugt wie eine nicht gegossene Sonnenblume hat er dagestanden – leistete eifrig Widerstand mit einer Heugabel. Wir sind ihm freilich leichter Hand Herr geworden. Im Anschluss an die Einnahme des Hofs wurden zwei Ruhetage befohlen. Nach beinahe zwei Jahren im Hinterland der Front weiß ich nun endlich, wie es vorn im Kriege zugeht, wenn hin- und auch feste hergeschossen wird. Es hat sich des Öfteren bewiesen, dass unsere strenge Disziplin und Ausbildung sehr viele Vorteile bringen. Hoffentlich werden wir nach der Ruhepause bald wieder eingesetzt, damit wir an der völligen Vernichtung unseres größten und zähesten Gegners immer dabei gewesen sind. Unser allergrößtes Vertrauen zu unserer Führung wird uns bald den Endsieg bringen.

Macht euch keine Sorgen, dieser Krieg ist für uns junge Burschen nur halb so schlimm. Glaubt mir, ein Draufgängertum herrscht hier bei uns, außergewöhnlich. Die Landschaft ist mittelmäßig, aber die Dörfer! Da war Polen noch schöner, hier ist alles nur Dreck und Stroh.[120] Ein Kamerad scherzte, die Kuh habe sich mutwillig in die Flugbahn der Granate geworfen, um ihrem traurigen Dasein in diesem tristen Lande endlich ein Ende zu bereiten. Dagegen unsere Soldaten, meine Kameraden, standhaft, wild entschlossen, voller Siegeszuversicht von unterm Helm bis in die Stiefelspitzen. Gegen solche Soldaten mag der Teufel selbst kommen, er wird geschlagen werden. Der Sieg wird unser sein. Bleibt gesund und grüßt mir den Simon, der sicherlich ebenso wie ich ganz Erstaunliches erlebt und zu berichten weiß.

Ach, könnte mich doch hier der Bruder sehen! Oder schaut er mir von oben zu? So will ich es mir vorstellen.

Heil Hitler

Euer Eberhart

+++

Dachau, 30. September 1941

Lieber Simon,

das Grauen, das Grauen des Krieges hat nun auch unser Haus heimgesucht. Uns hat die entsetzliche Nachricht erreicht, dass Moritz Hein im Osten gefallen ist. Du erinnerst dich sicherlich, wir mochten ihn nicht recht leiden. Kaum zwanzig Jahre alt, ein Hilfsarbeiter in der Papierfabrik, aber das Maul so weit aufgerissen, als wäre er der Fabrikdirektor. Damals haben wir noch gescherzt, die Fabrik drüben könnte gar nicht so viel Papier herstellen, um darauf all die Aufschneidereien und Lügenmärchen niederzuschreiben, die der Hein uns jeden Abend auftischt. Jetzt ist er für immer verstummt.

Wir haben es von seinen Eltern aus Eichstätt erfahren. Diese haben der Hauswirtin ein Einschreiben geschickt mit der „Kündigung des für den Sohn angemieteten Wohnraums wegen Todes". Du weißt ja, auch die Hauswirtin hat den Hein nicht gemocht, er war immer der Erste, der mit beiden Händen zugelangt hat, wenn es etwas umsonst gab, und der Letzte, der selbst einmal etwas zu geben bereit war. Dennoch hat die Hauswirtin sich nach der Todesnachricht die Augäpfel aus den Höhlen geheult, und auch ich bin tatsächlich schwer getroffen. Ich muss gestehen: Getroffen bin ich nicht vor allen Dingen von der Trauer um den armen Hein, sondern weil etwas Realität geworden ist, das ich mir in meinen tristen und finsteren Nächten erhoffte, nicht weil ich es erhoffen wollte, ich hoffte es ganz und gar gegen meinen Willen. Nun ist es aber einmal so, und auch was dies betrifft, kann ich nichts dafür, dass wir beim Amper-Boten jeden Tag so viele Gefallenenanzeigen eingereicht bekommen, dass es schließlich nur eine Frage der Zeit und der Wahrscheinlichkeit gewesen ist,

379

dass es irgendwann auch einen aus unserem geliebten Gesellenhaus erwischt. Ich habe nicht darüber nachdenken wollen, wen dieses bittere Schicksal treffen soll, und dennoch war es mir in allzu dunklen und einsamen Stunden im Nachtlager eine Unmöglichkeit, dies Nachdenken zu unterlassen. Und dann dachte ich: Wenn es schon jemanden erwischen muss, dann soll es der Hein sein. Oder überhaupt alle, nur nicht du.

Und dann packt mich der fürchterliche Gedanke, dass es bei uns in der Stadt wie überall im Reiche Mütter gibt, die gleich mehrere ihrer Söhne in diesem schrecklichen Kriege an der Front wissen. Liegen auch diese Mütterchen wie ich nachts wach? Gewiss doch liegen sie wach! Und wissen sie wie ich, dass es nichts weniger als eine große Wahrscheinlichkeit ist, dass zumindest einer der Söhne den Heldentod finden wird? Freilich werden sie es wissen, die Zeitungen landauf, landab strotzen ja nur von Gefallenenanzeigen. Im Vergleich mit einem bemitleidenswerten Mütterchen, das um das Leben eines jeden seiner Söhne zu bangen und zu beten hat, konnte ich mir den Hein geradezu leichterhand als Gefallenen wünschen. Doch wie mag es einer Mutter ergehen, die drei Söhne an der Front hat, die sie alle drei gleichermaßen liebt?

Ich gehe seit ein paar Tagen recht gern in den Hofgarten oben beim Schloss. Meistens in der Mittagspause, weil ich keinen Bissen mehr hinunterbekomme, bis mir am Abend die Hauswirtin das Essen aufzwingt mit der Drohung, selbst auch nichts zu essen, sollte ich ihr nicht gehorchen und fleißig zulangen.

Wenn ich zur Mittagszeit oben auf einer Bank im Hofgarten sitze, will mir die Welt so friedlich erscheinen. Die Spatzen und Schwalben flitzen mit fröhlichem Zwitschern durch den Laubengang hinter mir, der Gärtner recht gemächlich die in die Kieselwege gestapften Fußtritte der Spaziergänger hinweg, ich blicke schweigend und nachsinnend auf München, dessen Schlote friedlich rauchend von unentwegter Arbeitsamkeit zeugen, und an föhnigen Tagen sehe ich am Horizont die mächtige Zugspitze emporragen, die du schon so oft erklommen hast. Ich wünschte, ich wäre nur ein einziges Mal dabei gewesen. Ihr silberner Gletscher funkelt in der Ferne so gleißend in meinen Augen, dass ich dich auf ihm nur als winzige, tiefschwarze Silhouette erkenne, die fest entschlossenen Schrittes dem Gipfel entgegen schreitet.

Ach, wie herrlich sind manchmal meine Träumereien, und wie schrecklich ist die Wirklichkeit. Der Hein ist gefallen. Muss ich mir jetzt, da er tot ist, in meinen wachen Nächten den Nächsten denken, der hinübergeht? Muss ich nun hoffen, ganz ohne es zu wollen, dass es den Bäckergesellen Diethart erwischt, auf dass dies schreckliche Schicksal nicht dich treffen mag, und du heil zu mir zurückkehrst?

Ich weiß, es ist nichts weniger als gemein und niederträchtig bis ins Mark hinein, solcherlei Gedanken zu hegen. Ich bete jeden Tag zum Herrgott, dass ihr alle unversehrt zurückkommt. Am liebsten würde ich euch allen den Befehl erteilen, gesund zurückzukommen, am eindringlichsten dir. Aber ich weiß, dass ihr im Osten nicht zurückweichen könnt. Ihr steht im Felde gegen unseren schlimmsten Feind, und ihn niederzuwerfen ist ganz zweifellos eine unerlässliche Notwendigkeit, um der eigenen Unterwerfung zu entgehen. Ich habe dir zu diesem Thema einen interessanten Artikel über den Bolschewismus beigelegt, der ganz eigentlich für sich spricht.

Gestern ist ein Gestreifter durch die Altstadt getorkelt. Es war geradezu hanebüchen. Ich kam gerade den Berg hinauf zu unserm Wohnhaus hin. Der Gestreifte schleppte zwei Körbe voll mit Holzscheiten. Vor jedem, dem er mit seinen klappernden Holzschuhen über den Weg kam, setzte er die Körbe ab und faltete die Hände, flehentlich zu glauben bittend, er sei zum Kartoffellager im Birgmannbräu abkommandiert, er sei nicht auf der Flucht, ganz gewiss nicht auf der Flucht. Weit hinter ihm her schlurfte ein SS-Mann und hielt ein Schwätzchen mit der jungen Nachbarin vom Vorderhaus, die gerade vom Milchholen beim Schlammerhof kam. Auch wenn der Wachmann recht weit weg war von dem Gestreiften, besaß dessen zuerst unbewacht und unrechtmäßig wirkende Anwesenheit bei uns in der Altstadt also ganz offenbar ihre Richtigkeit. Schließlich überholte ich den Gestreiften, da er die Körbe doch recht langsamen Schrittes den Berg hinaufbrachte. Die Hauswirtin fegte gerade den Bürgersteig, und als ich vor ihr stand, schaute sie mich an, dann den Gestreiften, endlich wieder mich und fragte leise: „Soll ich ihm noch ein Scheit reichen? Er wird es wohl gebrauchen können. Aber dann muss er noch mehr schleppen. Oder soll ich für uns eines herausnehmen? Dann wird's ihm leichter und uns wärmer?" Wir sind ins Haus gegangen, ehe der Gestreifte uns erreichte.

Ich soll dir herzliche Grüße von August Kallert ausrichten. Wenn es dir möglich ist, sende bitte einige kleine Figuren für die weihnachtliche Künstlerdult im Café Thoma, bitte mit Preisangabe und, wenn möglich, mit deinem in den Sockel eingeritzten Namen oder zumindest deinen Initialen, auf jeden Fall aber mit dem Zusatz „zurzeit im Felde" versehen. Jener Zusatz ist nichts weniger als bares Geld, sind doch Kunstwerke von Soldaten derzeit ganz besonders gefragt. Und vielleicht mag dir auch wieder ein kleines Figürchen für mich gelingen. Ich sehe mich so gern von dir geschnitzt.

Es grüßt dich herzlich,

Heil Hitler

Johann.

+

Dachau und der Bolschewismus

Tag für Tag hören wir die Frontberichte vom östlichen Kriegsschauplatz, hören von den grauenvollen Geschehnissen, die da drüben sich begeben und die sich täglich aufs Neue ereignen. Wir greifen uns oft an die Stirne und fragen uns, ob denn dies alles überhaupt denkbar und möglich ist, dass solche Gräuel aus den Hirnen und Herzen von Menschen geboren werden können?

Die klare Sprache dieser Berichte, die Bilder, die wir da und dort zu sehen bekommen – und es sind noch lange nicht die grauenvollsten –, überzeugen uns immer wieder, dass dies kein böser Traum ist, sondern dass eine Wirklichkeit uns hier gegenübertritt, die uns das Blut in den Adern erstarren lässt. Eine Wirklichkeit, die uns erschüttert und fast erdrücken will. Was uns hier entgegenstarrt, es ist das Gesicht des Bolschewismus, sein wahres Gesicht.

Unser Denken, es geht weiter. Was, dies fragen wir uns nun, wäre geschehen, wenn dieses Grauen in deutsches Land hineingedrungen wäre? Wenn nicht durch die Wachsamkeit des Führers diese ungeheure Gefahr gebannt worden wäre? Was wäre dann geschehen? Unser Verstand weigert sich, dies zu Ende zu denken, und unser Gefühl drängt weit weg von diesen Vorstellungen. Instinktiv wenden wir uns dem klaren und schönen Bild unserer Heimat zu, dem reifenden Segen auf unseren Feldern, der sommerlichen Weite mit ihren Dörfern und den friedlich arbeitenden Menschen. Wir suchen Halt an diesen vertrauten Bildern gegen die auf uns einstürmende Not der bloßen Vorstellung.

Unsere Soldaten aber, die können sich nicht wegwenden wie wir. Sie können nicht zu gewohnten Bildern greifen, um festen

Boden unter den Füßen zu haben, da die ganze Welt sich vor der Urgewalt dieser Kämpfe aus den Angeln zu heben scheint. Unsere Soldaten, und darunter unsere Dachauer Söhne und Brüder, Väter und Männer, müssen kämpfend und opfernd unter Entbehrungen und Verzichten aller Art, blutend und immer diesem entsetzlichen Grauen freien Auges Trotze bietend ihm mitten ins Auge und ins Herz schauen – und das Grauen mit ihrem Mut überwinden, auf dass es uns daheim erspart bleibe.

Wenn wir dies alles überdenken, dann steigen Bilder aus unserem Erinnern auf, die lange verblasst schienen, und die gerade in diesen Tagen wieder ein bleiches Leben gewinnen wollen. Wir haben doch schon einmal hier in Dachau das Gesicht des Bolschewismus gesehen:

Es war im Jahre 1919. Ein Lastauto fährt über den Karlsberg herauf. Auf diesem stehen seltsame, unheimliche Gestalten, die Zigarette schief im verwegenen Gesicht, mit bitterbösen Blicken die Häuserfronten absuchend, den Urhass der Ausgestoßenen in den verzerrten Zügen. Am Marktplatz hält die traurige Fuhre an, und der Wagen speit seinen Inhalt aus. An der Mauer der Kirche sind die Granaten bald aufgeschichtet bis zur Fensterhöhe. Auf dem Platz um den Marktbrunnen herum rauchen die Gulaschkanonen. Die Leute sammeln sich in bedrohlicher Nähe des Rathauses, dreckige Gestalten, die Gewehre mit der Mündung nach unten, Leinenjacken mit roten Armbinden als Uniform. Und in den Dachauer Häusern sitzt die Angst in jedem Winkel. Wann werden sie aufbrechen und allen Gewalt antun?

Aus München kommt die grauenvolle Kunde vom Geiselmord. Es liegt eine Wolke der Verdüsterung über unserem alten Dachau, und die Menschen reden leiser, wenn sie sich auf der Straße treffen.

Mit diesen Gestalten hat der Bolschewismus bei uns hier im Dachauer Lande einst seine Visitenkarte abgegeben. Dass die grauenvolle Fratze des Bolschewismus sich nicht gänzlich erheben konnte, dies danken wir heute noch dem Schicksal und den tapferen Männern, die damals an Deutschland glaubten und den Spuk verjagten, ehe er entsetzliche Wirklichkeit werden konnte.

Heute geht der Kampf gegen diese Form restloser Verneinung und Vernichtung. Sie trägt den blutbefleckten Namen Stalins. Unsere Soldaten, unsere Volksgenossen aus dem freien Dachauer Land, bieten dem Grauen die Stirne und gehen dem Ungeheuer zu Leibe, auf dass es nun für immer von dieser Erde verschwinde. Noch nie war ein Kampf gerechter, noch nie war ein Krieg mehr Gottes Wille als dieser Krieg! Noch nie war ein Kampf härter und gefahrvoller als dieser Kampf im Osten. Niemals aber auch waren die Menschen geschlossener und einmütiger angetreten gegen einen gemeinsamen Feind.

In diesen Tagen größter Entscheidungen und härtester Kämpfe ruft das Kriegshilfswerk des Deutschen Roten Kreuzes zur fünften und letzten Haussammlung auf. Es ist nicht vorstellbar, dass man unseren Menschen in diesen Tagen größter Opfer und des letzten Einsatzes unserer Soldaten noch sagen muss, was wir alle zu tun haben. Nein, wir müssen sie nicht auffordern oder wachrütteln. Sie alle wissen, um was es heute geht.

Seht euch die Bilder an, die von dem Treiben dieser asiatischen Horde Kunde geben. Lest die Briefe eurer Soldaten, die alle nur einen Willen atmen, mit dieser Pest ein Ende zu machen. Hört die Berichte unserer Berichterstatter, und wir sind überzeugt, dass eine Welle letzter Opferbereitschaft und hingerissener Dankbarkeit an diesem kommenden Wochenende über das ganze Dachauer Land gehen wird, ein ungeheurer Strom der Hingabe und der Opferwilligkeit für diese Männer draußen an der Ostfront, die im Hagel der Granaten, überall bedroht von List und Schurkerei, in äußerster Gefahr ihre Pflicht tun, um die Heimat und ihre Felder, ihre Höfe und ihre Städte zu verteidigen, auf dass niemals die Brandfackel des Bolschewismus sich hier erheben kann.

Diese Männer verteidigen die Heimat mit ihrem Blute, auf dass bei uns kein Blut fließen muss. Unsere Kinder sehen alle Tage die Sonne und spielen auf den Wiesen, weil unsere Soldaten draußen kämpfen. Unsere Frauen tragen ungefährdet die heilige Lebensfrucht unter dem Herzen, weil sie von deutschen Soldaten geschützt werden. Bei uns brennt kein Dorf und kein Haus, weil es deutsche Soldaten gibt. Bei uns dringt kein Wehgeschrei gefolterter und zu Tode gequälter Menschen durch die stillen, sommerlichen Nächte. In heiligster Ernteerwartung liegt das weite Dachauer Land im Segen des sich vollendenden Sommers, wie es seit alters her war. Da gibt es keinen in diesem Land, dem nicht das Herz überginge, wenn er an die Männer denkt, die Unsagbares leiden und ertragen, damit die Heimat ihren Frieden hat.

Wir Menschen des Dachauer Landes haben schon einmal das Gesicht des Bolschewismus gesehen, als es noch halb verhüllt unsere Tage bedrohte. Wir wissen heute, wie dieses grauenvolle Antlitz aussieht, wenn es sich ganz enthüllt, sodass vor seinem Blick die Welt erstarrt. Der Kampf ist hart und schwer. Groß ist das Ziel. Groß ist unser Glaube, und übergroß ist unser Dank.

Die Dachauer Heimat gibt doppelt, nein dreifach. Sie trägt mit heißem Herzen einen winzigen Bruchteil einer ungeheuren Schuld ab. Besonders unsere Bauern mögen dies bedenken. Sie gehen in diesen Tagen an eine gute Ernte. Ihre Scheunen stehen unversehrt im Land, der Frucht gewärtig. Sie, wie wir alle, danken diesen unseren Soldaten durch unsere entschlossene Opfertat.[121]

✝

Mein lieber treuer Mann, Parteigenosse

Vitus Müller,

Wachtmeister in einem Artillerieregiment
der Waffen-SS, fand am 13. Juli 1941
im Kampfe im Osten den Heldentod.
In tiefer Trauer:
Hilde Müller, geb. Landerer,
nebst den übrigen Verwandten.[122]

✝

Unser lieber, braver Sohn, Bruder und Neffe

Markus Leer,

Soldat in einem Infanterieregiment,
hat bei den Kämpfen im Osten am 11. Juli 1941
im Alter von 21 Jahren sein junges Leben für das
Vaterland geopfert.
Gottesdienst am Dienstag, vormittags halb 9 Uhr,
in der Stadtpfarrkirche St. Jakob, Dachau.[123]

✝

Für Führer, Volk und Vaterland starb im
31. Lebensjahr den Heldentod unser geliebter
Sohn, Bruder, Schwager, Onkel und Neffe

Paul Bäumer,

Gefreiter in einer Vorausabteilung einer
Panzerdivision, Inhaber des Eisernen Kreuz II.
Im Kampfe gegen den Bolschewismus fiel er am
29. Juli 1941 in einem Gefecht im Osten.
Dachau, den 20. August 1941.
In tiefem Schmerz: Vater und Mutter mit den zwölf Geschwistern
und den übrigen Verwandten.

Der Trauergottesdienst findet am Montag, den 25. August, halb 9 Uhr,
in der Stadtpfarrkirche statt.[124]

✝

Für Führer, Volk und Vaterland starb unser lieber, guter,
unvergesslicher Sohn, Bruder, Onkel und Neffe
Karl Schlegel,
Teilnehmer des Polen-, Frankreich- und Jugoslawienfeldzuges,
Obergefreiter der Waffen-SS, im Alter von 20½ Jahren im Osten den Heldentod.
In tiefer Trauer die Eltern mit Bruder Ferdinand mit Frau
nebst den übrigen Verwandten.
Der Trauergottesdienst findet am Sonntag,
den 7. September, in Lanzenried statt.[125]

✝

Mein herzensguter, innigst geliebter Mann,
unser guter Vater, Sohn, Bruder,
Schwiegersohn und Schwager
Hermann Bote,
Gefreiter in einem Infanterieregiment,
gab sein Leben für Führer, Volk und Vaterland
am 1. August 1941 im Kampf im Osten im 31. Lebensjahr.
In unsagbarem Schmerz:
Lena Bote, Gattin mit sieben unmündigen Kindern,
Ernst und Anna Bote, Eltern, nebst den übrigen Verwandten.
Der Seelengottesdienst findet
am Mittwoch um halb 10 Uhr in Sulzemoos statt.[126]

✝

Danksagung
Für die überwältigende Teilnahme an dem Trauergottesdienst
unseres lieben, unvergesslichen ältesten Sohnes, Bruders und Großneffen
David Friedrich,
Hauptwachtmeister in einem Panzerartillerieregiment,
zuletzt Führer eines Panzerspähtrupps,
Inhaber des Eisernen Kreuz II., des Verwundetenabzeichens
und verschiedener anderer Auszeichnungen,

für die vielen Beileidskundgebungen,
Kranz-, Kerzen- und sonstige Spenden, deren Fülle es uns
unmöglich macht, den Dank einzeln abzustatten,
sagen wir auf diesem Wege unseren tiefempfundenen Dank.
Besonders danken möchten wir Herrn Kaplan Hopp für die
ergreifende Schilderung des Lebensbildes des Verstorbenen,
dann den Kameraden des Turn- und Sportvereins Dachau 1865 e.V.,
der Fußballabteilung 1865 und der Kriegerkameradschaft Dachau
für die zahlreiche Begleitung und die Fahnenabordnung,
endlich meinen Freunden in der Deutschen Jägerschaft
im Jagdkreis Dachau, die ihm in der Stille des freien deutschen Waldes
die letzte soldatische Ehre erwiesen.
Als einziger Trost in diesem herben Schmerz bleiben die vier jungen Geschwister.
Sie zu braven, arbeitsamen Menschen und guten Deutschen zu erziehen,
ist uns verpflichtendes Vermächtnis.
Dachau, 11. September 1941.
In tiefer Trauer,
Ludwig Friedrich und Frau Helene
im Namen aller Verwandten. [127]

+++

Im Osten, 21. November 1941
Lieber Johann, liebe Hauswirtin,
es tut mir im Herzen leid, dass ich nicht die Gelegenheit habe, euch in steter Regelmäßigkeit zu schreiben. Zuerst: Es geht mir gut. In den letzten Wochen und Monaten sind wir so weit gen Osten marschiert, dass, wenn die Erde tatsächlich eine Kugel sein will, ich euch bald lachend und winkend von Westen her entgegenschreite. Auf meinem Weg nach Osten zum Westen hin ist mein Körper zu einer Maschine geworden, die kraftvoll und unaufhaltbar ihr Tagwerk verrichtet. Ihr werdet es euch gewiss nicht ausmalen können, aber ich besitze inzwischen Waden und Oberschenkel, die sich dank ihrer Stattlichkeit in jeglicher Lederhose gerade allzu prächtig sehen lassen könnten. Ich sehne schon den Tag herbei, an dem ich beim prachtvollen Aufzug zum Dachauer Volksfest mit all meinen baldigen Künstlerkollegen mitmarschiere.

So fest meine Waden geraten sind, so entschlossen ist unser Wille, wenn es denn sein muss, die ganze Welt von Ost nach West bis zurück ins großdeutsche Heimatland zu durchschreiten. Es sind gewiss hier und da ein paar Rückschläge in Kauf zu nehmen, über welche uns der Leutnant erlaubt hat, auch ganz offen und in aller Ehrlichkeit zu schreiben und der Heimatfront zu berichten. Hier und dort wird gewiss gestorben, weil ein Krieg, wie er hier im Osten tobt, ganz freilich nicht ohne Verluste gewonnen werden will.

So muss ich dir berichten, dass es nun den Köhler, meinen treuen Helfer beim Briefescheiben, nicht mehr gibt. Eine ganz hinterlistig vom Russen abgefeuerte Panzergranate hat ihn in einem Eroberungsgefecht entzweigerissen, er konnte nicht das Geringste dafür.

390

Aber inzwischen habe ich so viele seiner Bücher gelesen, die er in seinem Rucksack zusätzlich zu seinem Gepäck tagein, tagaus mit sich schleppte, und mir dank dieser Lektüre eine gewisse Sicherheit im Schreiben angeeignet, dass ich auch ohne ihn auszukommen vermag. Es will gewiss traurig sein, dass aus dem Köhler jetzt kein Hauptmann mehr werden kann, doch immerhin hat er sein Leben und seinen Leib gegeben für die große, ja allergrößte Sache, die wir die Ehre haben, sie auszuführen. Wir, meine Kameraden und ich, wir sind nichts weniger als Auserkorene, die Welt vom Kommunismus zu befreien und ihr alsbald den ewigen Frieden zu bescheren.

Lieber Johann, du merkst ganz sicherlich, dass ich längst einen neuen Kameraden gefunden habe, der mir treffende Worte und korrekte Rechtschreibung leiht. Ich habe vorhin ein wenig geflunkert. Die Qualität meiner Briefe hängt ganz sicherlich auch nach dem Dahinscheiden des bedauernswerten Köhler von einer kameradschaftlich helfenden Hand ab, die eine Feder besser zu führen weiß, als ich es jemals zu tun in der Lage sein werde, selbst wenn ich alles läse, was der unversehrt gebliebene Rucksack des dahingegangenen Köhler an Büchern beinhaltet.

So hat nun der wunderbare Feldwebel höchstpersönlich zur Feder gegriffen und dies alles zu Papier gebracht, nicht ohne Unterstützung unseres hochgescheiten und edlen Leutnants, der, was ich dir nicht frei von Stolz vermelden kann, mich mittlerweile zu seinem Adjutanten auserkoren hat. Der Feldwebel wie auch der Leutnant, sie sind wahre und geborene Anführer. Wir niederen Soldaten sind allesamt bereit, ihnen überallhin zu folgen, und ihre täglichen Ansprachen versichern uns Tag für Tag aufs Neue, dass es ein Morgen geben wird, an dem wir heil und siegreich heimkehren werden, ganz egal von welcher Front und aus welcher Himmelsrichtung dies geschehen wird. Allein und einzig von Bedeutung ist: Es wird geschehen.

Der Russe in seiner Insgesamtheit, er erscheint mir ein viel zu feiger und einfältiger Gegner zu sein, als dass er unserem eisernen Willen und Tun noch recht viel länger entgegenstehen könnte. Natürlich schafft er es allein aufgrund seiner Vielzähligkeit, den einen oder anderen meiner Kameraden zur bedauernswerten horizontalen Daseinsform zu verbringen, aber sei gewiss: Für einen jeden von uns, der nicht mehr dabei ist, strecken wir derer zehn nieder, wenn nicht hundert. Allesamt speisen die von uns Erlegten nun in der Hölle am schlechten Russentisch, pflegt unser Leutnant zu sprechen, ich weiß nicht, was es damit auf sich haben mag, aber dies Bild will uns Unwissenden dennoch recht gut gefallen, ist es uns doch Ansporn und Ermutigung, beim nächsten Gefecht die höllische Tafelrunde mit neuen slawischen Tischgesellen zu bereichern.

Erst vorgestern bin ich in einen der zahllosen vom Russen geschaufelten Aushübe hineingesprungen, die er in die allerhärteste Lehmerde hineingegraben hat, und mit denen er überall im Land in purer Verzweiflung das Vorrücken unserer unwiderstehlichen, siegreichen Panzer aufzuhalten erhofft. Das steile Erdloch war voll von Blut und Körperteilen und Gedärmen und ja auch voll von Gehirn, sofern die Russen ein solches überhaupt zu besitzen mögen. All das Genannte, so es denn flüssig war oder klein genug geschnetzelt, schwappte in meine Stiefel hinein. Es war geradezu unendlich eklig. Einer der von unseren Panzern zermalmten Russenkörper war noch leidlich am Leben und bei Sinnen, jedoch nicht mehr lang. Natürlich verstand ich seine Sprache nicht, wir Landser sind ja freilich alles andere als kümmerliche Studienreisende auf beliebiger Exkursion, die sich die wesensfremde Sprache und Lebensart eines entarteten und wider jede Vernunft und

Menschlichkeit handelnden Volkes anzueignen geruhen wollen. Jedoch was ich hörte und zu erkennen vermochte, war gewiss der bittere Ruf eines Sterbenden nach seiner Mutter, der verzweifelte Ruf nach der Mama, wie er überall auf unsrer Welt zwar in den verschiedentlichsten Sprachen ausgestoßen werden mag, doch in den Ohren aller Menschen gleichklingt, egal ob man dessen Sprache nun kundig ist oder nicht. Ach, hätte der arme Junge nur den einfach zu verstehenden Regeln der Vernunft gehorcht, er hätte ganz sicher nicht mit zertrümmertem Leib und offenem Schädel in diesem Loch gelegen, sondern sich längst aufgemacht, sich der ganz zweifellos guten Seite in diesem Kriege anzuschließen und unser Streben gen Osten mit eifriger und hilfreicher Hand zu unterstützen.

Der Sterbende besaß recht gute und warme Stiefel. Mit diesen Stiefeln an meinen Füßen will mir nicht bang sein vor dem aufziehenden Winter. Es ist hier nun, da wir erst November haben, bereits so bitterkalt wie nur selten bei uns daheim im Januar. Doch ausreichend Holz und anderes brennbares Material wärmen uns nachts die Glieder, wie unsere Kameradschaft, unsere Siegesgewissheit und unsere heiße Heimatliebe allzeit unsere Herzen erwärmen.

Dass der arme Hein aus dem ersten Stock gefallen ist, tut mir leid.

Auch den Bäumer, dessen Gefallenenanzeige du mir geschickt hast, habe ich gekannt. Er hat vor ein paar Jahren eine Zeitlang als Holzfahrer für das Sägewerk gearbeitet. Ich sehe ihn noch auf dem klapprigen Bock seines Schleppers sitzen, einen qualmenden Zigarettenstummel zwischen den Lippen und der Tochter des Schreinermeisters zuzwinkernd. Er war ein stattliches und fleißiges Mannsbild. Das EK II hat er sich sicherlich mit Feuereifer verdient. Allein sein Gesicht, es will mir nicht mehr einfallen. Ich werde ihm wohl kein Figürchen schnitzen können zu seinem Gedenken.

Ich vergesse überhaupt so viele Gesichter. Magst du mir eine Fotografie von dir und der Hauswirtin zukommen lassen? Noch habe ich eure Gesichtszüge in guter Erinnerung. Doch wehe mir der Tag, an dem sie mir entschwinden. Ich wüsste fortan nicht mehr, was ich schnitzen sollte.

Heil Hitler
Euer Simon

+++

Dachau, 24. Dezember 1941

Lieber Simon,

noch immer habe ich seit deinem Brief vom 21. November nichts von dir gehört. Ich hoffe und bete, dass du wohlauf bist. Heute ist Heiligabend. Es ist ein einsamer Heiligabend. Wer von den Mietern nicht im Felde steht, ist nach Hause zu seiner Familie gefahren. Nun schlagen allein das Herz der Hauswirtin und das meine unter diesem Dach, beide inniglich hoffend, dass es dir gut geht.

Am frühen Abend setzten wir uns in der Küche zusammen. Auf den Küchentisch hatte die Hauswirtin ein Packerl für mich hingelegt. Ich legte das meinige Geschenk, das ich für sie hatte, daneben. Wir wünschten uns eine frohe Weihnacht, aber es wollte uns nicht recht gelingen, in heitere Feststimmung zu geraten. Nicht ohne ein Lebenszeichen von dir. Auch der Eberhart hat seit vier Wochen nicht mehr geschrieben. Vom Diethart wissen wir, dass er mit reichlich Schrapnell in den Beinen in einem Lazarett im Osten liegt. Ich getraue mich nicht, ihm etwas zu wünschen, damit du am Leben bleibst, aber insgeheim tu ich es.

Die Hauswirtin schenkte uns einen Schnaps ein. Wir trinken jetzt öfters ein kleines Glas. Es ist bitterlich kalt draußen. Der Schnaps wärmt. Er ist viele Jahre alt, sagt die Hauswirtin. In der Systemzeit hat ihr verstorbener Gatte reichlich davon destilliert und in Flaschen abgefüllt. Nun hat sie es mir und ihr zur Aufgabe gemacht, die im Keller versteckten Vorräte zu vernichten und auszulöschen wie alles, was aus guter, alter und glücklicher Zeit stammt und nun nichts mehr wert ist, da einzig nur euer Leben und Überleben draußen an der Front uns von wirklicher Bedeutung und ein Schatz sein wollen.

Der Blockwart kommt recht häufig vorbei, um sich das eine oder andere Glas zum Wohle des Führers zu genehmigen. Er ist ein ungehobelter, ungebildeter Flegel und dumm wie Stroh. Seine fast täglichen Besuche geraten mir immer mehr zu einer Unerträglichkeit. Jedoch die Hauswirtin meint, ein dummer und durstiger Blockwart ist hundertmal besser als ein dienstbeflissener und nüchterner. Die Vorräte seien dermaßen stattlich, dass sie für fünf oder sechs durstige Blockwarte reichen. Die Hauptsache dabei sei, dass der Blockwart nicht auf die Idee komme, im Dachspeicher die Luftschutzvorkehrungen zu inspizieren.

Neuerdings macht die Hauswirtin ganz nämlich ein großes Geheimnis um den Speicher. Sie hat die Tür mit einem mächtigen Vorhängeschloss verriegelt. Ich sehe ihr an, dass sie nicht nach dem Grund gefragt werden möchte.

Zurück zum Heiligabend. Die Hauswirtin und ich haben uns darauf verständigt, dass wir unsere Geschenke erst öffnen, wenn wir Nachricht von dir und dem Eberhart haben und wissen, dass auch ihr mit der Feldpost eure Weihnachtsgaben erhalten habt. Bis dahin ruhen unsere Päckchen im traurigen Zimmer. So nennen wir das Zimmer der Eberharts, von denen der Ältere ja schon lang tot ist, und der Jüngere kein Lebenszeichen hören lässt.

Eigentlich wollten wir zur Mette in die Stadtpfarrkirche gehen. Doch dann kam es uns allzu falsch vor, Weihnachten zu feiern ganz ohne euch. Wir werden es nachholen, wenn du wieder da bist. Wir wollen dich wieder im Haus haben, in der Küche, dich, den fröhlichen und aufgeweckten und liebevollen Simon, der gewiss nicht an der Front stehen sollte, sondern längst in einem Atelier, und nicht in einem Verschlag irgendwo im eisig kalten Osten übernachten sollte, sondern in unserem Zimmer.

Ich muss diesen Brief wohl noch einige Male überarbeiten und ausbessern, ehe ich ihn tatsächlich im Postamt aufgeben kann. Aber dies sind meine Gedanken am Weihnachtsabend des Jahres 1941, der nun inzwischen der Dritte ist, den ich ohne dich begehen muss, und den du hoffentlich bei guter Gesundheit erlebst.

Recht gute Nachrichten gibt es von der Dult der Dachauer Künstlerschaft. Sage und schreibe dreizehn deiner Figürchen fanden zahlende Abnehmerschaft, sodass du, mein Künstler, hier an der Heimatfront nicht unwesentliche Einnahmen verzeichnen kannst. Es sind immerhin einhundertdreiundzwanzig Mark, die vom Vorsitzenden der Künstlerschaft bis zu deiner Rückkehr treuhänderisch verwahrt werden.

Frohe Weihnachten, melde dich und bleib gesund.

Heil Hitler

Dein Johann

+++

Generalgouvernement, 18. Dezember 1941
Verehrte Hauswirtin, lieber Johann,
es geht mir gut. Ich konnte euch viele Wochen nicht schreiben, ich war ganz arg beschäftigt. Ich bin wieder hinter die Front befohlen worden, zurück ins längst eroberte Polen – das ich ja bereits kenne –, meiner Treue und Gewissenhaftigkeit in der Ausführung von Befehlen wegen. Ich hätte mich freilich gern weiterhin an vorderster Linie und mit aller Kraft gegen den Russen geworfen, doch Befehl ist Befehl, und man tut seinen Dienst und leistet dort seinen Beitrag, wohin auch immer man gestellt wird. Es mangelt uns an nichts, wir haben alles im Überfluss und gehen fern dem dunklen Grollen der Front unserer täglichen Arbeit nach.

Da euch mein Brief wohl erst nach Weihnachten erreichen wird, wünsche ich euch nachträglich eine schöne Weihnacht und ein glückliches und gesundes Jahr 1942.
Heil Hitler
Euer Eberhart

+++

Im Osten, 19. Dezember 1941
Lieber Johann, liebe Hauswirtin,
dies will mein Weihnachtsbrief sein, und ich wische mir beim
Schreiben eine Träne von der Wange, weil ich weiß, dass ihr
meine Worte erst nach dem Stefanitag zu lesen bekommen
werdet. Ich kenne euch nur zu gut, ihr habt Heiligabend
sicherlich in einer von allergrößter Sorge um mich getrübten
Stimmung verbracht. Bitte entschuldigt, dass ich nicht rechtzeitig zum Schreiben kam.

Es macht mich immer wieder staunen, dass es die für das
Wollen und Werden an der Front gänzlich unwesentlichen
Dinge sind, die mich zum Weinen bringen, während ich hier
Tag für Tag klaren und unbewegten Blicks und Sinnes Gräu-
eln begegne, die mich längst nicht mehr blinzeln oder gar weg-
schauen machen.

Heute Früh hat es einen Kameraden erwischt. Wir rückten
gerade in den Vorort einer Stadt ein, deren Namen ich nicht
kenne und der mich gewiss auch nicht interessiert, denn morgen wird es eine neue hässliche Stadt sein und übermorgen ein
weiteres miserables Dorf, das wir nehmen. Sich alle zu merken, übersteigt längst mein Interesse und meine Erinnerungs-
fähigkeiten. Jedenfalls stürmten wir den westlichen Vorort der
heutigen Stadt, der Russe vor uns wieder einmal vorzüglich
die Füße in die Hände nehmend und feige davonstaubend
nach Osten hin. Im Davonlaufen drehte sich plötzlich und
ganz unangekündigt einer der Fliehenden um und knallte uns
aus seiner Pepescha ganz unversehens eine stattliche Salve um
die Ohren. Dem Kameraden vor mir ist eine reichliche Anzahl
Kugeln in den Leib gefahren, und hinter ihm weg, als er noch
zwei, drei Schritte tat, spritzte das Blut aus seinem Rücken.

399

Mir geriet ein Tropfen ins Auge, ich sah den Kameraden nur noch verschwommen hinstürzen, wischte mir geschwind mit dem Handschuh das Blut aus dem Auge und rannte bei nun wieder freier Sicht weiter voran, auf den hinterlistigen Mörder anlegend und sogleich losfeuernd, ihn seine Untat zu strafen. Ich weiß nicht, ob es die Garben aus meinem Gewehr waren oder die der Kameraden, aber der Mörder hatte gewiss keine Gelegenheit mehr, darüber nachzusinnen, welch Perfidie es darstellt, im Wegrennen begriffen noch hinterlistig zu schießen. Ein jeder in meinem Zug mag beim Leben seiner Mutter versichern, dass ihm eine derartige Heimtücke nicht im Traume einfiele. Indes was mich ein wenig ergriffen machte, war die Tatsache, dass sich keiner von uns an den Namen des zerschossenen Kameraden erinnern konnte. Johann, sei dir gewiss, ich zähle hier noch zu den der Erinnerung Fähigsten und Willigsten und deshalb sicherlich zu den Mitfühlendsten. Doch ob er Michael oder Max oder Markus hieß, will mir einfach nicht mehr einfallen. Vielen anderen war es egal, wie er denn geheißen hat, und ich kann sie auch ein wenig verstehen. Der arme Bub war erst zwei Tage bei uns, und man kann sich ganz einfach nicht jeden merken, auch wenn man es sich immer wieder geflissentlich vornimmt.

Die zerfetzte Brust meines namenlosen Kameraden hat mir nicht eine Träne verursacht. Aber jede Nacht, wenn ich mich in einem Heuschober oder in einem Bauernhaus oder im Zimmer eines eingenommenen Stadthauses zum Schlafen lege, rinnen mir unverhinderlich Tränen über die Wangen und tropfen auf fremden Boden, wenn ich an euch daheim denke.

Ich habe mir in den letzten Wochen ganz fest vorgenommen, euch eine Weihnachtsbotschaft zu senden, die euch zuversichtlich und froh und glücklich macht. Und deswegen will ich euch verkünden: Um mich herum machen die Kugeln und

Granaten der Russen einen weiten Bogen, als wüssten sie, dass ich ihnen inniglich nichts Böses will, da ich einer der Wenigen bin, der ihnen wünscht, dass sie sich doch endlich ergeben, bevor wir sie am Ende samt und sonders erschießen müssen, und darauf läuft es ja letztendlich hinaus, wenn sie einfach nicht aufgeben und sich fügen wollen.

Ich kann euch versichern, mir wird hier gewiss nichts Schlimmes widerfahren. Der Krieg, er scheint zu riechen, dass ich ganz eigentlich nicht für ihn gemacht bin, und so ignoriert er mich mit größter Entschlossenheit und ist gewillt meine für ihn geradewegs zufällige Anwesenheit in ihm mit keiner Granate, keiner Kugel und keinem Splitter zu würdigen. Jedoch, fährt es mir nun gerade durch den Kopf, der arme Michael oder Max oder Markus, er schien ja auch nicht recht für den Krieg gemacht zu sein, und doch hat der Krieg sich sogleich an ihm gütlich getan.

Mir jedoch pfeifen die Kugeln um die Ohren, als wollten sie mich geradezu verfehlen. Einmal hörte ich ein Geschoss knapp links am Ohr vorbeizischen und keine Sekunde später das nächste rechts, aber treffen wollte mich keines, und so bleibe ich unversehrt bis auf einen groben Schnitt im linken Daumen, den ich mir selbst mit einer Unaufmerksamkeit beim Schnitzen beibrachte. Ein anderes Mal, wir eilten im Laufschritt einigen unserer leichten Panzerkampffahrzeuge hinterher einem kleinen Dorfe zu, prasselten von einem Augenblick zum anderen hin dutzendfach Granaten vom Himmel. Hier und dort erwischten sie einen der Panzer, und auch der eine und andre Landser gab sein Leben dran, aber ich schwöre euch, die Granaten mieden mich, wohin ich auch trat und wohin ich mich warf, wie der Teufel das Weihwasser.

Ich führe mein tägliches Glück in der Schlacht auf zwei winzige Figürchen zurück, die ich allezeit bei mir trage. Ich verrate

euch nicht, wen sie darstellen, um mein Schicksal nicht leichtfertig herauszufordern. Jeden Morgen nehme ich sie in die
Hand und reibe mit den Fingern über sie, dann küsse ich eine
jede und verstaue sie geflissentlich in meiner Brusttasche. Die
Kameraden fragen mich freilich eifrig, was das für Figürchen
sind und welchen Hokuspokus ich mit ihnen da jeden Morgen
treibe, aber ich verrate kein bisschen von meinem Überlebens-
geheimnis, und so soll es auch bleiben. Nach meiner glücklichen Heimkehr werde ich euch in mein kleines Geheimnis
einweihen und euch die Figürchen zeigen. Sie werden wahrscheinlich recht arg abgewetzt sein, sie sind es jetzt schon,
aber ich bin mir sicher, ihr werdet sie auf den ersten Blick hin
erkennen.

Heil Hitler

Euer Simon

+++

Jener Brief, den wir nun zuletzt gelesen, erreichte das Gesellenhaus am 29. Dezember, am letzten Montag des Jahres 1941 um dreiviertel neun, zu welcher Uhrzeit der Postbote von außen gegen das Fenster der Küche klopfte, in welcher die Hauswirtin gerade den Abwasch verrichtete. Die Hauswirtin blickte ob des Klopfens von der Spüle auf, sah zum Fenster hin und den draußen stehenden Postboten lächeln. Sogleich stapfte die Hauswirtin, ohne sich die Hände abzuwischen zum Fenster hin, riss dieses auf und dem Briefträger das Kuvert aus der Hand. Sie besah sich den Namen des Absenders und rief augenblicklich: „Johann, er lebt! Johann, komm runter, der Simon, er lebt!" Den Postboten winkte sie zur Haustür. „Nur herein mit dir, einen Schnaps für dich für deine frohe Kunde."

+

Nachdem Johann der Hauswirtin und dem Postboten Simons Brief vorgelesen hatte, fielen Johann und die Hauswirtin einander in die Arme. Die Hauswirtin hatte vom ersten Satz an geheult vor Glück. Der Postbote drang auf sein Weitergehen. Jetzt nach den Feiertagen war eine stattliche Menge verspäteter Post zu verteilen. Er blickte finster zum Küchenfenster hin, denn gegenüber galt es traurige Kunde zu bringen. Die Hauswirtin schenkte dem Postboten einen zweiten Schnaps ein. Der Postbote nickte dankbar, trank rasch aus und machte sich hinaus in die Kälte und der anderen Straßenseite zu. Durchs Küchenfenster blickten Johann und die Hauswirtin dem Postboten hinterher. Beiden schien es, er ginge so langsam, wie jemand nur gehen konnte.

+

Nachdem der Postbote aus dem Hof verschwunden war, hockte sich die Hauswirtin auf ihren Stuhl, schenkte sich und Johann noch einmal nach und bat ihn, Simons Brief ein weiteres Mal vorzulesen. Johann tat es mit allergrößter Freude. Simon war am Leben, er lebte, er lebte, und was er sonst vom Geschehen an der Front schrieb, war ihm nichts mehr als einerlei. Sie hatten sich den Brief noch einige Male gegenseitig vorgelesen und dabei die bittersten Stellen ausgelassen, ehe Johann vorschlug, die glückliche Nachricht von Simons Wohlaufsein mit einem Festmahl zu feiern. Er hatte heute frei und bot an, zum Metzger nebenan zu gehen, um Weißwürste, oder was immer dort vorhanden und im Angebot war, zu kaufen, dazu vielleicht ein paar Flaschen Bier.

+

Johann trat in den Hof und hielt kurz inne, sich vergewissernd, ob er denn genügend Marken für Wurst und ausreichend Geld für Bier in seiner Brieftasche hatte. Zufrieden stellte er fest, dass von beidem genügend vorhanden war. Er steckte das Portemonnaie zurück in die Innentasche seines Mantels und unterließ es, nachdem dasselbe verstaut war, die Knöpfe seines Mantels zuzuknöpfen. Der Weg hin zur Metzgerei, er war nur kurz, und überhaupt nach der herrlichen Nachricht von Simons Am-Leben-und-Wohlaufsein fröstelte Johann kein bisschen, obwohl es bitterkalt war und der Wind geradezu eisig blies. Tiefgefrorener Schnee knirschte unter jedem Schritt, den Johann tat, und rieselte in seine Stiefel. Es war Johann einerlei. Johann blickte zum Himmel. Das Grau desselben, es wollte ihm ein wenig heller vorkommen als gestern. Und war da nicht gerade eben ein fröhliches Zwitschern zu vernehmen? Wohl vom Schnabel einer Amsel gepfiffen, derer sich drei in einträchtiger und geschäftiger Abwechslung an einem am Knauf der Schuppentüre aufgehängten Futterknödel gütlich taten. Oder stammte dies Zwitschern nicht doch von einem Schwälbchen, ganz hoch oben am Himmel nur als graues Pünktchen vorüberfliegend und vom baldigen Frühling kündend, wie Johann es sich einbildete? Ans eiserne Hoftor des Gesellenhauses hatte die Kälte der vergangenen Nacht strahlend weiße, kristallene Reifgebilde und Frostfiguren hingezaubert, wie kein Mensch sie jemals mit solchem Filigran und ebensolcher Feinheit zu erschaffen in der Lage wäre. Johann besah sich die fragilen Gebilde, lächelte und dachte bei sich: Kein Mensch, aber Simon.

Johann schritt durchs Tor, und als dieses hinter dem zur Metzgerei hin Stapfenden zurück ins Schloss fiel, brachen die herrlichen Frostgebilde ab vom Eisen des Tores und rieselten laut- und formlos in den Schnee, als hätten sie niemals in ihrer einzigartigen und fürderhin nie wiederkehrenden Gestalt und Verbindung existiert.

+

Johann hatte Glück. Nach einigen Minuten ungeduldigen Ausharrens in der Warteschlange war es ihm tatsächlich gelungen, in der Metzgerei sechs Weißwürste und drei Flaschen Malzbier zu erstehen. Der Metzger fragte Johann, ob er denn einen Korb oder etwas anderes zur Mitnahme Geeignetes dabeihabe, denn ganz nämlich seien die Papiertüten ausgegangen und deren Nachschub lasse seit Tagen auf sich warten. Johann verneinte und ließ sich die Würste vom Metzger einfach in die Hände reichen und die Bierflaschen geflissentlich zwischen den rechten Arm und den Leib klemmen. Dergestalt ausstaffiert mit diesen dem freudigen Anlasse angemessenen Leckereien schritt Johann vorsichtig zur Tür. Ein gerade hereinkommendes Mütterchen hielt ihm dieselbe auf, und als er schon fast zu dieser hinaus war, hörte Johann jemanden in der Warteschlange einem anderen Wartenden zuraunen: „Hast du schon gehört? Die Leute aus dem Gesellenhaus, sie sterben wie die Fliegen. Jetzt hat es den vorlauten Schreinerbengel erwischt, der ein Künstler sein wollte. Sie wissen es noch nicht, aber dem Vater in Oberstdorf wurde schon geschrieben. Wenn du mich fragst, es liegt ein Fluch auf diesem Haus der Vermaledeiten."

Johann stolperte auf den Bürgersteig und taumelte zum Gesellenhaus, glitt aus und fiel hin, stand auf, rutschte erneut aus, rappelte sich wieder hoch und rannte nun, rannte hin zum Heim, zum Daheim, zum Zuhause. Die Würste glitten ihm aus den Händen, die Bierflaschen fielen tonlos in den Schnee. Oben am Himmel keine Schwalbe. Im Hof kein Zwitschern und keine Amsel. Überall nur Schnee. Nur kalter Schnee. Nur bitterste Kälte. Und auf Johanns roten Wangen die Tränen das weithin einzig nicht Gefrorene.

Die Glocke der Jakobskirche schlug dreimal. Einmal. Zum zweiten Mal. Ein Drittes mal. Es war dreiviertel zehn.

+

Zur gleichen Zeit schlossen sich im Atelier des Dachauer Künstlers Schröder-Tapiau neben dem endlich fertiggestellten Führerportrait gänzlich unbesehen die Blüten der Königin der Nacht und wollten nie wieder aufgehen.

Ende Teil II. Es folgt Teil III.

ANMERKUNGEN / QUELLEN

[1] Edward Bulwer-Lytton: Richelieu, or the Conspiracy, 1839.

[2] H. Seemüller, Journalist beim Amper-Boten. Die meisten Berichte im Amper-Boten erschienen ohne Nennung des Autors. Allein H. Seemüller wurde häufig namentlich genannt. Er galt wohl als die Edelfeder des Amper-Boten.

[3] Amper-Bote, 14.03.1938

[4] Amper-Bote, 14.03.1938

[5] Ergebnis der Reichstagswahl nach Amper-Bote, 11.04.1938, Wortwahl nach Amper-Bote, 12.04.1938

[6] Lissa Kallert und Paula Wimmer, damals in Dachau lebende Künstlerinnen

[7] Alle genannten Künstler sowie sämtliche folgende waren real existierende Personen (außer die Figuren Heinrich Bürgers und Nelly Lerch, die beiden Hauptfiguren von *Dachau 1933 -1945, Teil I)*. Ihr Sprechen, Denken und Handeln ist reine Fiktion, es sei denn, dies ist mit Nummerierung gekennzeichnet.

[8] Amper-Bote, 17.08.1938

[9] Künstler und Werke der Sommerausstellung *Dachauer Land und Leute* des Jahres 1938 nach Amper-Bote, 17.08.1938 und 26.08.1938

[10] Amper-Bote, 04.07.1938

[11] Amper-Bote, 11.08.1938

[12] Wortwahl nach Amper-Bote, 30.08.1938

[13] Amper-Bote, 13.10.1938

[14] Hans Cramer (1904 – 1945), Dachauer Bürgermeister (1937 – 1939), ab 1939 Bürgermeister im besetzten Leslau (Włocławek), 1941 – 1944 Gebietskommissar in Kaunas, Träger des Goldenen Parteiabzeichens der NSDAP, Mitglied der SA, 1945 gefallen

[15] Hans Eder, Kreisleiter der NSDAP, real existierende Person

[16] Wortwahl nach Amper-Bote, 07.11.1938

[17] Amper-Bote, 28.10.1938

[18] Amper-Bote, 08.11.1938

[19] Ablauf der Gedenkstunde und Wortwahl nach Amper-Bote, 07.11.1938, 08.11.1938

[20] Süddeutsche Zeitung, Lokalausgabe Dachau, 11.01.2013; außerdem Hans Holzhaider: Vor Sonnenaufgang. Das Schicksal der jüdischen Bürger in Dachau, Verlag Süddeutsche Zeitung, 2006

[21] Hans Zauner (1885 – 1973), Dachauer Lokalpolitiker, NSDAP-Mitglied, Beigeordneter des Bürgermeisters, Dachauer Bürgermeister (1952 – 1960), Träger des Goldenen Ehrenrings der Stadt Dachau (1955), ausgezeichnet mit dem Bundesverdienstkreuz 1. Klasse (1955)

[22] Amper-Bote, 01./02.01.1939, nur einer von zahlreichen Hassartikeln gegen Juden, die im Amper-Boten erschienen. Besonders aufschlussreich in Bezug auf die dreisten Lügen der nationalsozialistischen Propaganda ist die Behauptung, die amerikanische Arbeitsministerin Frances Perkins sei eine eingewanderte russische Jüdin. Frances Perkins wurde 1880 in Boston geboren. In der Frankfurter Zeitung vom 15.08.1936 findet sich ein Artikel, in welchem Perkins von der nationalsozialistischen Propaganda noch gelobt wird: „Man ist fast versessen darauf, von Männern und Frauen zu lernen, die etwas geleistet, die etwas zu sagen haben. Miss Perkins kann beides für sich in Anspruch nehmen. (...) In der von Reden, Resolutionen, Denkschriften und Beratungen angefüllten Atmosphäre Genfs (Anm.: Dort hielt Perkins auf einem Kongress eine Rede) ist das ein neuer Ton, ein hoffnungsvolles Zeichen."

[23] Amper-Bote, 07.01.1939

[24] Erneut Süddeutsche Zeitung, Lokalausgabe Dachau, 11.01. 2013, und Hans Holzhaider: Das Schicksal der jüdischen Bürger in Dachau

[25] Amper-Bote, 28.01.1939

[26] Zu Walter von Ruckteschell siehe: Anja Seelke, Kwaheri Askari – Auf Wiedersehen, Askari – Die Portraits der Lettow-Mappe in neuer Sicht, Hrsg. Stadt Dachau und Anja Seelke. Das Buch Heia Safari! strotzt von Rassismus, Kolonialromantik, Verklärung und

Menschenverachtung.

[27] Amper-Bote, 01.04.1939

[28] Amper-Bote, 22.04.1939. Kallerts Urheberschaft ist ohne Beleg, sie ihm hier zuzuschreiben allein künstlerische Freiheit.

[29] Amper-Bote, 26.04.1939

[30] Karl Dobler, Dachauer Lokalpolitiker, Beigeordneter des Bürgermeisters, später Bürgermeister, SS-Hauptsturmführer und Sturmbannführer

[31] Amper-Bote, 27.04.1939

[32] Robert Teufelhart, Dachauer Bäckermeister und Lokalpolitiker, stolzer Nationalsozialist früher Stunde, gestorben 1937

[33] Amper-Bote, 27.04.1939

[34] Otto Nippold (1902 – 1940), stellv. Gauleiter des Gaus München-Oberbayern, zudem Leiter des Reichspropagandaamtes München-Oberbayern

[35] Adolf Wagner (1890 – 1944), Gauleiter des Gaus München-Oberbayern, bayerischer Kultusminister, SA-Obergruppenführer, zur Zeit der Errichtung des KZ Dachau bayerischer Innenminister

[36] Nach Amper-Bote, 01.05.1939

[37] Werke der *Leistungsschau Schaffende Kunst* nach Amper-Bote, 29.04.1939

[38] Amper-Bote, 27.04.1939

[39] Amper-Bote, 24.06.1939

[40] Nach Amper-Bote, 25.07.1939

[41] Amper-Bote, 28.07.1939

[42] Amper-Bote, 01.08.1939

[43] Amper-Bote, 15.08.1939

[44] Amper-Bote, 10.08.1939

[45] Amper-Bote, 22.08.1939

[46] Amper-Bote, 21.08.1939

[47] Amper-Bote, 10.08.1939

[48] Amper-Bote, 23.08.1939

[49] Amper-Bote, 23.08.1939

[50] Amper-Bote, 24.08.1939

[51] Amper-Bote, 21.08.1939

[52] Amper-Bote, 22.08.1939

[53] Amper-Bote, 23.08.1939

[54] Amper-Bote, 04.09.1939

[55] Amper-Bote, 18.09.1939

[56] Amper-Bote, 16.09.1939

[57] Amper-Bote, 11.12.1939

[58] Amper-Bote, 02.02.1940

[59] Amper-Bote, 11.05.1940

[60] Amper-Bote, 08.04.1940

[61] Die ersonnene Szene ist eine Außergewöhnlichkeit. Bald nach der Errichtung des KZ Dachau begann die SS die Versorgung des Lagers durch Zwangsarbeit der Häftlinge in eigenen Betrieben zu organisieren. Sehr lesenswert hier: Sybille Steinbacher: Dachau – Die Stadt und das Konzentrationslager in der NS-Zeit, Verlag Peter Lang, 1994.

[62] Amper-Bote, 11.05.1940. Dass es sich bei dieser Darstellung freilich um eine vollkommene Umkehr der Ereignisse handelt, sei nur kurz erwähnt. Der historisch interessierte Leser wird derlei auch an anderen Stellen selbst erkennen.

[63] Amper-Bote, 11.05.1940, nicht nur das Göring-Zitat, sondern der gesamte Artikel über die Luftschutzbereitschaft

[64] Amper-Bote, 11.05.1940

[65] Die Aktion T4 sowie die Rolle der Tötungsanstalt Hartheim bei den von den Nationalsozialisten begangenen Krankenmorden siehe u. a. Werke von Götz Aly und Henry Friedlander.

[66] Amper-Bote, 10.07.1940

[67] Amper-Bote, 10.07.1940

[68] Georg Seufert (1885 – 1957), von 1925 bis 1934 Dachauer Bürgermeister, trat nach der Machtübernahme 1933 der NSDAP bei; von 1935 bis 1945 Bürgermeister von Traunstein

[69] Amper-Bote, 09.07.1940

[70] Amper-Bote, 16.07.1940

[71] Amper-Bote, 16.07.1940

[72] Amper-Bote, 18.07.1940

[73] Amper-Bote, 16.08.1940

[74] Amper-Bote, 03.09.1940. Obwohl der Bericht in dieser Form im Amper-Bote abgedruckt wurde, kenne ich keinen Hinweis darauf, dass ein Journalist des Amper-Boten bei der Fahrt dabei war. Vermutlich hat wohl einer der mitgereisten Parteifunktionäre den Bericht verfasst.

[75] Amper-Bote, 16.08.1940

[76] Amper-Bote, 04.09.1940

[77] Amper-Bote, 06.08.1940

[78] Amper-Bote, 31.08.1940

[79] Amper-Bote, 21.09.1940

[80] Amper-Bote, 19.09.1940

[81] Amper-Bote, 02.11.1940

[82] Am 18.11.1940 kam der bulgarische Zar Boris III. auf Staatsbesuch nach Berlin. Am 25.11.1940 lehnte Bulgarien einen Freundschaftsvertrag mit der Sowjetunion ab. Am 01.03.1941 trat Bulgarien schließlich dem Pakt der Achsenmächte (Deutschland, Italien, Japan) bei.

[83] Amper-Bote, 23.06.1941

[84] Dem Leser mag auffallen, dass ich hier zum zweiten Mal die Schreibweise N. verwende, jedoch an anderen Stellen den in den Quellen vorkommenden Begriff Neger übernehme. Der Begriff Neger war in der damaligen Zeit ein zwar abschätziges und rassistisches, jedoch gängiges Wort in der Literatur und der Berichterstattung und wird daher auch von mir als Schriftsteller übernommen, ohne ihn mir zu eigen zu machen. Nicht aber soll dies bei dem noch weiter abwertenden Wort N. der Fall sein. Es auszuschreiben fällt mir nicht ein, jedoch Waldenmaier wählte dieses Wort (bzw. ist es in dem ihm zugeschriebenen und im Amper-Bote veröffentlichten Frontbrief zu finden), obwohl er gewiss auch das gängigere kannte.

[85] Amper-Bote, 13.11.1940; August Peter Waldenmaier (1915-1995), Träger des Goldenen Ehrenrings der Stadt Dachau

[86] Amper-Bote, 04.10.1940

[87] Amper-Bote, 13.09.1940

[88] Amper-Bote, 18.09.1940

[89] Amper-Bote, 03.10.1940

[90] Amper-Bote, 25.01.1941

[91] Amper-Bote, 19.07.1941

[92] Amper-Bote, 23.06.1941, freilich erneut eine vollkommene Umkehrung der Tatsachen

[93] Amper-Bote, 23.06.1941

[94] Amper-Bote, 23.06.1941

[95] Amper-Bote, 23.06.1941

[96] Amper-Bote, 07.07.1941

[97] Amper-Bote, 08.07.1941

[98] Amper-Bote, 09.07.1941

[99] Amper-Bote, 09.07.1941

[100] Amper-Bote, 09.07.1941

[101] Amper-Bote, 09.07.1941

[102] Amper-Bote, 09.07.1941

[103] Amper-Bote, 15.07.1941

[104] Amper-Bote, 15.07.1941

[105] Amper-Bote, 08.07.1941

[106] Amper-Bote, 11.07.1941

[107] Amper-Bote, 14.07.1941

[108] Amper-Bote, 15.07.1941

[109] Amper-Bote, 15.07.1941

[110] Amper-Bote, 15.07.1941

[111] Amper-Bote, 15.07.1941

[112] Amper-Bote, 18.07.1941

[113] Amper-Bote, 21.07.1941

[114] Amper-Bote, 21.07.1941

[115] Amper-Bote, 25.07.1941

[116] Amper-Bote, 25.07.1941

[117] Amper-Bote, 29.07.1941

[118] Amper-Bote, 29.07.1941

[119] Nach Amper-Bote, 26.07.1941

[120] Wortwahl nach Amper-Bote, 18.07.1941

[121] Amper-Bote, 30.07.1941

[122] Amper-Bote, 31.07.1941

[123] Amper-Bote, 01.08.1941

[124] Amper-Bote, 20.08.1941

[125] Amper-Bote, 29.08.1941

[126] Amper-Bote, 29.08.1941

[127] Amper-Bote, 11.09.1941

Milton Keynes UK
Ingram Content Group UK Ltd.
UKHW010703240424
441619UK00004B/222

9 783758 363382